日知文丛

实斋笔记

章开沅　著

浙江古籍出版社

序　言

我本无斋，何来斋名？乃因此书出版时丛书统一命名《×××（斋名）笔记》，聊以虚应故事罢了。此次再版，便仍延用此名。

可能有人怀疑，读书人岂能无书斋？殊不知古今中外，世上没有书斋的读书人多矣哉！在下即曾长期为其中一分子。忆往昔，两代人挤住一室，或一室半，或无厅且共用厨房、厕所之两小室，内人为保证两位千金做作业，常以缝纫机代替书桌，又有多少空间可以布置书房？“文革”期间，我沦为重点批斗对象，大批书籍或毁于火，或半卖半送给旧书店。仅奉命搬家时拖走两大板车。近阅《堪隐斋随笔》，始知嗜书如命的谢兴尧前辈亦有类似遭遇，伤哉！

直至1980年落实知识分子政策，加以外国学者来访者渐多，我才得以“破格”住进四室一厅的教授楼。虽然是高踞夏天奇热、冬季酷寒的顶层，却成全校众多同事羡慕不已乃至略有烦言之对象。全家喜出望外，仿佛一步登天。妻子怜我历经磨难，慨然留大房一间，摆满书架，俨然书斋。书籍扬眉吐气，主人握笔欣然；思如泉涌，文似天成，其乐无穷。然而好景不常，斋名尚未拟就，忽膺校长之选。书房顿时成为办公室之外延，或可称之为全天候的接待室，电话铃声频起，不速之客常来，书且难读，遑论斋名？曾忆蔡元培先生所言：“我本来是个可以做点学问的人，却从未想到会当大学校长，每天要见许多不愿见的人，要说许多不愿说的话……”而现今大学校长之难当，较之五四时期更有甚焉！

岁月如流，又复蹉跎六年。幸而上级念我迟暮，允许辞去校长之职，得以重操故业。自1990年起，先后在美国、日本等国家及台湾、香港各大学，或任教，或研究，历时已逾多载。海外萍踪，飘泊无定，虽有伏案笔耕之所，毫无书斋归属之感。且海外高校教授备课室，一概称为office（办公室），连辅导学生时间亦称office time。室内电话、电脑一应俱全，上班下班与行政职员无异，所以很难认同为传统的读书撰述之所。

1995年夏，行云野鹤，重返故园。不久又有幸迁入学校新盖的“博导楼”，由于已属资深行列，得免“顶天立地”之憾。贤妻慷慨如故，仍为我留南向大房一间，且配以一色书架，气派更甚于前。由于中外、两岸学术交流日多，新书增添过速，虽挖尽潜力亦难以容纳于一室。于是只有为书籍扩张储存空间，见缝插针，无空不入，连小孙女的闺房亦未能幸免。妻虽贤淑，亦有怨言：“你的书把全家最好的空间都占了。”反躬自省，颇觉内疚。过去把大批书籍堆置于床下柜顶，那是人对不起书；如今书多成灾，无限扩张空间，实乃书对不起人。平心而论，书籍固应珍惜，家人亦当爱护。为了正确处理人书之间关系，急忙把一大批书刊运往历史研究所为我保留的办公室。此室宽敞明亮，俯瞰南湖，远眺云天，景色尤甚于寒舍。一介书生，坐拥两间书屋，神游古今中外，情驰天上人间，富贵尊荣于我何足道哉！

然而几经冥想苦思，斋名缺失依旧，其原因似在于自己有思想障碍。长期以来，我对书斋一词陈义过高：专属于己，此其一；功能单一，此其二；品位较高，此其三；主人醇雅，此其四。时至今日，前两条虽已具备，后两条则尚未入流。藏书虽多，但较杂乱，且乏珍本。至于主人，既乏师承之薪传，更无家学之余韵；治学已难大成，岂敢附庸风雅。是以踌躕再三，斋名未定如故。此书之所以取名《实斋笔记》，无非遵从丛书体例，与群贤保持一致，非敢有所志得意满也。

清代大史学家章学诚字实斋，他是浙江会稽人（今绍兴），我则源于浙江湖州荻溪章氏一系，因此决无冒充名牌促销此书之意。我取名实斋，乃是借用荻溪章氏第十二世祖节文公的斋名。节文公字实庵，曾在山西做过地方官多年，老家曾藏有林则徐书赠给他的对联和条幅。我至今还保存他的两方印章，一牙质，曰“实斋”；一水晶，曰“率真”。荻溪清芬堂章家这位老实斋（第十二世）与我这个“小实斋”（第十七世）相距约150年，手头虽有一本《浙江湖州荻溪章氏家乘补编》，但过于详近略远，自第十四世以上皆语焉不详，故不知节文公人品与政绩如何，是清官还是贪官？我借用其斋名只是由于欢喜这个实字，随手拈来，懒得动脑筋而已，与彰显祖德毫无关系。对我来说，实即诚实、朴实、扎实，别无其他深奥之意。实是做人治学的根本，应奉为一生言行准则。中央电视台“东方时空”把一个节目命名为“实话实说”，大约也有此意。但当今之世要做到实字谈何容易，即使中央电视台经常标榜“东方时空真诚面对观众”，似亦未必能够赢得全体国人的共识。不过有此承诺总比没有好，我就经常欢喜倾听这句字正腔圆的开场白，因为它至少每天都在提醒人们要诚实。

或曰：借用祖先斋名岂非犯讳？我则认为这种陈规旧矩早就应该废除。君不见英国皇室从不避讳与先世同名，如乔治六世、伊丽莎白二世之类。即使一般西方平民，大卫、查理、詹姆士等等，也往往好多世代轮番使用。例如20世纪颇有名气的基督教中国内地会，其创始人戴德生，英文名字为James Hudson Taylor。我与他的曾孙戴绍曾为同龄好友，其实这位小戴的英文名字与老戴德生就完全相同。说到底，名字无非是一个符号，本人究竟是什么角色，全凭自己去创造，当然也有待于他人评判与历史检验。

似乎越扯越远，但也不算多余。交代斋名来自何处，以示不敢掠先人之美，更不愿借前贤之光，正是为了力求做到一个实字。

即以此为序。

章开沅

目　录

海外学记

域外寻史

辛亥期刊

史料拾零

治史偶感

历史寻踪

我的家庭历史[①]

我的老家在安徽芜湖青弋江畔。童年的记忆早已变得模糊，只记得对岸是一望无际的田野，每到春季油菜花开，触眼是灿烂的金黄，与岸边绿色的垂柳相映成趣。

但家里的人们从来都把自己的籍贯填报为浙江吴兴（今湖州市），至今连我们兄弟的下一代亦复如此。我从小流浪在外，对家族历史了解甚少。幸好大哥作为长房长孙，还保存着一本《吴兴荻溪章氏家乘补编》（1944年版），才使我粗略地获知自己的家世渊源。

荻溪亦称荻港，因水中芦苇丛生、无边无际而得名。聚族而居的章氏最初似乎没有什么显赫的祖先。一世祖、二世祖连名字都没有留下，二世祖的牌位上"题曰处士"，可能都是普普通通的农民或小手工业者。三世到五世均系一脉单传，直至六世才算有了兄弟三人。自此人丁逐渐繁衍，从九世开始分成若干祠堂，我家属于清芬堂。荻港地少人多，出外谋生者渐众，尤以经商、游幕者为多，我家先人大概就是游于业幕而侨居外省。

据文献和实物可考者，从我们的十二世祖实庵公开始才进

① 1995年年初，香港中文大学崇基学院以"黄林秀莲访问学人"名义邀我前往讲学。为满足许多友人的要求，我在一次全院师生参加的周会上，作了题为"历史寻踪"的讲演，概略地介绍了我的家世和学术生涯。由于许多香港人听不懂普通话，据该院李院长说大概只有30%的人真正了解演讲的内容。所以，我感到有必要自己动手把讲话稿整理成为文章。今分篇收入本书中。

入仕途，成为官僚世家。实庵公在晋、陕两省做过知府或道台之类官员，家中曾长期保存着林则徐书赠给他的条幅和对联，可惜焚毁于“文革”中“破四旧”之际。十三世祖怡棠公亦曾任地方官员并一度入左宗棠幕府，以前老家曾存有他手书的诗词结集，但早已无可查寻。大约正是由于怡棠公的渊源，十四世祖干臣公（我的曾祖）少年从戎。于光绪二年（1876）以监生报捐州同身份投效左宗棠西征大营，转战于新疆南北两路。1880年以军功补知州，并在左营经办哈密屯防。西征结束后，历任安徽抚署文案、牙厘局提调、无为州知州、怀宁县（安徽首县）知县等职。

干臣公是我们家人心目中的英雄。其实他的仕途并非得意，后来在宣城任内，因上级对当地“教案”肇事民众处分过重，愤而辞职。甲午战后转而投身实业，用今天的语言来说就是“下海”。1896年在芜湖创办益新面粉公司，这是中国第一家机器面粉工厂，正式开工比南通张謇创办的大生纱厂还早两年。嗣后他又在安徽当涂以新法开采凹山铁矿，并在上海设立宝兴铁矿公司。宝兴铁矿有自己的铁路和码头，矿石主要是外销日本八幡制铁所，堪称是今日马钢的前身。干臣公进取心很强，晚年还曾与开滦公司协议合办开平煤矿（我的大哥即以开平为名），不幸在1920年初因病早逝。此后家人不善经营，加以日本侵华战争的破坏和国民党政府的巧取豪夺，两家公司先后被政府“劫收”或宣告破产。

及至我出生之日，家道已逐渐中落，我并未看到先辈当年的辉煌。我之所以追忆往事，无非是因为这种家世对我的学术生涯有两点影响。一是由于干臣公的事迹，诱发我研究张謇的兴味，也有助于我对张謇的理解；二是由于这样绅商门第的背景，有利于我与自己某些研究对象之间的沟通，使我得以结识一批清末民初的知名人士和他们的后裔。记得1963年秋天，我们学校的老院长杨东莼先生，时任全国政协文史资料委员会副主任，把我借调进京，协助征集北洋政府时期史料，并指派我经常与章士钊（行严）先生联络。他在带我去史家胡同章府初次拜会之前，曾悄悄问我："你与行老有无宗亲关系。"我说："没有。他是湖南人，我是浙江人。不过我的堂伯章宗祥倒是与他有北洋同寅之雅。"东老非常高兴，连忙嘱咐我说："很好，老辈人特别重视世谊，这样便于你和行老深入交谈。当然，章宗祥名声不好，但你不必有所顾虑，万一引起什么麻烦，由我负责。"那时正是"千万不要忘记阶级斗争"的声调响彻云霄的年代，所以东老才作如此似乎是多余的解释。果然，行老见到我倍加亲切，待我以世交子弟情谊。事后他曾对夫人吴弱男说："我见到仲和（章宗祥的字）后人了，人品、学问都好。"其实我属清芬堂一支，章宗祥属振麟堂一支，并非很近血缘关系。但总算因为这点宗族渊源，行老对我撰写《张謇传稿》颇为关心，在我一部分张氏未刊信札笺注上作了认真的批注和订正。至于其他的历史人物或其后裔为我提供的资料等多方面帮助，这里就不必一一缕述了。

我的学术生涯

我有幸成为一个历史学者，或多或少出于偶然。

中学时代，酷爱文学，勤练写作，由于牢骚太甚，语多冷峭，同学间有以“小鲁迅”相称者。我虽不敢有此非分之想，但确实很想将来成为一个文学家。

大学时代，虽然在历史系读书，但并未树立此项专业思想。除听课与应付作业、考试以外，爱读文学作品与其他社会科学书籍，并未认真攻读史学经典。记得我们历史系有一个小小的读书会，曾不定期出一个名叫“天南星”的墙报，属于进步学运阵营。我常为这个墙报撰稿，也曾在夜深人静与三五同学悄悄把墙报贴出去。我写的稿件稍有影响者有两篇：一篇是政治讽刺诗，题为《火车抛锚》。此诗摹仿马凡陀（袁水拍）通俗风格，而采用的却是印第安古老歌谣《大白翅》（Big White Wing）的格律，由于内容和形式都比较清新而流传到校外。据说曾有音乐系学生打算为之谱曲，但不知到底谱成没有。另一篇是政治评论，题为《漫话金圆券》。起因是读书会曾为金圆券的发行举办一次小型座谈会，大家认为我的发言比较中肯，便推我执笔撰写此文。记得当时领导读书会的曾宪洛同学，还为我代拟一个“文封湘”（暗寓章开沅）的笔名。墙报贴出后居然招引很多人前来观看，因为金圆券的发行不仅关系到整个社会经济和国民党政府的前途，而且也直接影响到每个人的生活费用。据说连经济系有的师生也很重视这篇文章，到处打听“文封湘”是什么人，为什么能够运用西方货币学的理论与方法来剖析刚刚出笼的金圆券的运作及其前景，而且说理还比较切中要害。其实连历史系的同学都不知道，我在进入金大以前，曾经读过不到一年的会计大专，多少有点中外经济学、经济史和货币学之类的底子。现在看来，这些文章当然都很稚嫩粗疏，但说明我很早就有钻研社会科学的兴趣，不过却从来未曾想过要研究历史。当时我的志愿是当一名记者，特别是战地记者，那才是充满挑战的够刺激的职业。

1948 年冬天，如同千千万万进步学生一样，我辍学进入中原解放区。革命改变了整个中国，也改变了我的人生道路。本想当个跨马佩枪、文武双全的战地记者，却不料被中原大学校方看好我这个三心二意的“理论人才”，被留在政治研究室革命史组，从此与历史建立不解之缘。以后中原大学随军南下，我又隶属于该校新创办的教育学院历史系。1951 年秋中原大学与华中大学合并，两年以后正式改名为华中师范学院，我便在这个学校的历史系教了一辈子中国近现代史。我们这一代人大多是带有浪漫色彩的理想主义者，确实是心口如一地献身革命。革命的需要就是自己的志愿，当然革命也不容许个人有自己独立的人生选择。

因此，我常说，是革命为我选择了职业，而职业使我从家族的历史走向中国的历史、世界的历史。我又常自我解嘲：“我的职业像包办婚姻，通常应该是先恋爱后结婚，我却是先结婚后恋爱。”我是在担任历史教师以后，才逐渐增长了对于史学研究的兴趣。

1954 年以前主要是应付教学，试想，一个只读完大学二年级的学生要独立地为大学本科生，甚至为在职中学历史教师（有些人相当于我父亲的年龄）开课，而且经常是每周3门课、13个课时，那是多么勉为其难。不过，也许是由于我的运气太好，教学从一开始就得到较佳反映，无论是本科生还是比我年长的中学教师，大多乐意听我讲课。这样才逐渐增强继续教学的信心，并挤出一点时间进行若干结合教学需要的课题研究。

初期的研究往往是赶潮流，侧重于中国近代史分期问题与太平天国史。1960年以后转入辛亥革命研究，特别是张謇研究。1960年以前，我发表论文较少，与外地同行学者的联络更少，可以说是僻处乡野，孤陋寡闻。1961年辛亥革命50周年学术讨论会在武汉举行，使我得以聆听一些著名历史学者的教诲，也使我结识外地一批才思敏捷、学有所成的青年隽秀。1963年，承蒙杨东莼先生的关切与提携，经学校同意，把我借调到北京，名义上是协助全国政协文史资料委员会工作，实际上是享受带有进修性质的学术休假。在北京一年多期间，主要是研究张謇，利用北京图书馆善本室收藏的《近代史料信札》和原来在南通搜集的《张謇未刊函札》等相关原始资料，对照《张季子九录》《张謇日记》等已出版书籍，做系统的史料长编与笺注工作，然后在此基础上写成20多万字的书稿，这就是迟至1986年才经中华书局出版的《开拓者的足迹——张謇传稿》一书的原坯。北京之旅使我大开眼界，不仅得以利用北京图书馆、北京大学、中国科学院近代史研究所的丰富藏书，而且得以向许多全国知名的师友经常问难切磋，可以说是我学术生涯一个新的起点。

但是，北京作为首都，又是一个政治极为敏感和人际关系相当复杂的地区，而我对此毫无察觉。1964年秋天，名为学术讨论而实为政治批判的意识形态讨伐渐形紧锣密鼓，一向谨小慎微的杨东老唯恐我们年少气盛，有可能以文字惹祸，曾多次说及这些学术讨论实质上就是阶级斗争，并以自己的老友孙冶方等知名学者受批判为活生生的例证。对于这些好心的劝喻，我却漫不经心，仿佛与自己毫无关系，只知道埋头从事张謇研究。不料有天《光明日报》记者突然前来约稿，希望我对戚本禹评论李秀成的文章发表一些意见。我与《光明日报》关系比较密切，而且这位记者与我谈得又很投机，所以便连夜赶出一篇题为《不要任意美化，也不要一笔抹杀》的文章寄给该报。没过几天《光明日报》就刊登了这篇急就之作，但却在上半版同时刊登了署名任光（即吴传启）的批判文章，直指我是反马克思主义，以折中主义手法为叛徒辩护。不久，中宣部即通知湖北省委，内定我为重点批判对象，回鄂接受批判，同时通知各地报刊不得发表我的文章。既动员参加学术讨论，又不容许为自己声辩，我这才体会到"学术领域内的阶级斗争"的厉害，也才体会到东老谆谆告诫的苦口婆心，但一切都为时晚矣！

这种挨批的角色一直延续到1966年，而由于有此前科，我在"文革"中受到更为严重的冲击，学术研究随之长期停顿，蹉跎岁月达十年以上。

直到1976年"四人帮"垮台前不久，人民出版社林言椒编辑不甘于寂寞，悄悄鼓励我组织两湖与川、黔部分学者编写《辛亥革命史》大型专著，这才又在极其艰难的情况下重操旧业。幸好"文革"不久就收场了，《辛亥革命史》编写组的同仁情绪很高，日以继夜地全力投入编写，而且其他各地相关学者也给以许多关切与帮助，这部120万字的《辛亥革命史》三卷本终于在1981年10月以前全部出齐，成为对辛亥革命70周年的一份厚重献礼。

中共十一届三中全会以后，我国进入改革开放的新时期，并且提倡解放思想与实事求是的新学风。学术界和其他各行业一样，人们备受压抑而又积蓄甚久的积极性，像埋藏在地下的泉水一样突然喷涌而出。这也是我一生之中精力最为旺盛而成果也最多的时期。继合编《辛亥革命史》三卷本之后，又陆续出版了《辛亥革命与近代社会》《开拓者的足迹——张謇传稿》《离异与回归——传统文化与近代化关系试析》《辛亥前后史事论丛》等专著，还在国内外重要学术刊物上发表许多论文。从1979年秋天开始，我又多次应邀前往美、欧、澳、亚许多国家及地区开会、讲学和访问，1990—1993年更先后在美国普林斯顿、耶鲁、加州三所大学任教和研究达三年以上，在促进中国近现代史领域，特别是辛亥革命研究领域的中外学术交流方面，也做了大量工作并取得丰硕成果。

20世纪80年代以来，我在辛亥革命的研究和教学工作中，非常强调社会环境、社会群体与社会心态的研究，也比较注意区域研究（如江浙）与个案研究（如张謇）。有些中外学者以为我可能是接受了美国同行学者的影响才有此变化。其实历史唯物主义本来就重视社会环境（特别是经济基础）的研究，而且我对辛亥革命的研究，从一开始就以社会运动为整体对象，并没有局限于个别的人物与事件。至于说把社会学方法引入辛亥革命史研究，则要感谢我在金大求学时的已故老师马长寿教授。他作为历史学家来讲授社会学课程，自然使我这个历史系学生得到更多的启发，所以对于社会学的一些理论、概念和方法我早已略有所知。我还要感谢另一位已故老师王绳祖教授，是他在动荡不安的南京为我们开设汤因比史学介绍讲座，使我们对这位大学者的思想体系兴味渐浓。所以，当80年代国内介绍西方的社会学和历史学渐形热潮时，我并不感到十分陌生，而且多少知道有所鉴别。当然，我并非完全否认当代海外知名学者对我的影响，他们对我在信息和资料方面的无私帮助，特别是他们出色的研究成果对我的多方面启发，都使我受益匪浅。

不过，我在运用社会学理论与方法时，也有自己的特点：一是比较注意分析个人、群体与社会环境之间的互动关系，二是把研究重点放在作为个人与阶级的中介——群体之上。这两个特点，实际上都是从 60 年代初研究张謇时即已开始呈现，只不过由于长期受“左”倾教条主义的束缚，难以充分挥洒而已。80 年代中期以后，为了拓展自己和自己所在的历史研究所的工作领域，我与一批年轻学者先后开始投入中国现代化研究与中国教会大学史研究。由于人所共知的原因，过去我所损失的时间已经太多，剩下的时间又未免太少。现在，我只能做一点力所能及的工作，例如《贝德士文献研究系列》之类，别无更为宏大的抱负与规划。但我内心却抱持着一个宏愿，那就是努力把人类历史作为一个整体，用全人类和大史学的观念和方法研究历史，不断以此自勉并寄希望于年轻一代。

我的人生追求

尽管年轻时曾有种种浪漫的幻想和不切实际的抱负，但却命中注定只能当一辈子教师。不过，我欢喜教师这个职业，我欢喜学生，学生也欢喜我，这就是最大的幸福。古语云，人生得一知己，死而无憾。我有那么多理解、信任、喜欢我的学生，遍及国内和海外。对于我这样的凡夫俗子来说,已经足以自慰了。

我对于以豪言壮语装点起来的伟大空话历来非常讨厌，更不满于有些人常常想把史学变成政治的婢女。我与楚图南先生素不相识，也从未参观过戴震纪念馆，但却非常欣赏楚老先生为该馆题诗中的两句："治学不为媚时语，独寻享知启后人。" 20 世纪 80 年代以来，我经常以此自勉并勉励自己的学生。我认为，史学应该保持自己独立的科学品格，史学家应该保持自己独立的学者人格。无论在政治压力还是金钱诱惑之下，都不能忘记这个根本。优秀的史学是文化瑰宝，应该属于全人类，而且可以流传于千秋万载，这就是有些真正的学者所追求的永恒。尽管史学在社会上受到冷落，甚至还不免受到某些无知的干扰，但历史学者不应妄自菲薄，必须保持学者的尊严与良知，以自己高品位的学术成果争取社会的理解和支持。我深信,除非是史学自己毁灭自己，只要还有一个真正的史学家存在，史学就绝对不会灭亡。何况当今真正的史学家决不止一个，而是一批乃至一大批。勇敢地迎接权势与金钱的挑战吧，史学和史学家们！

我一向关心青年学者的成长，把他们视为希望之所在。但我从来不敢以人梯自喻，因为我缺乏应有的学术高度，一部分是由于丧失的时间太多和思维的空间有限，一部分是由于自己的少年失学与勤奋不足。时下流行的人梯之说已失原意，常见平庸之辈也高唱“甘当人梯”，使人未免啼笑皆非。人梯之说大概是由牛顿的名言引申而来，然而牛顿的原话是：“我之所以比别人看得远些，是因为我站在巨人的肩膀之上。”试问，如果是站在侏儒的肩膀上，难道也能看得比别人更远吗？人云亦云，不求甚解，随波逐流，大抵如此。当然，我并非贬抑一般长者扶掖青年的热情，因为“甘当人梯”毕竟比“踩着别人肩膀往上爬”高尚得多，至少是有益无害。我在这里只不过是从更高的学术标准出发，同时也结合自己的切身体会，说明人梯自有严格含义，并非人人可当，正如“大师”“人师”的称号也非人人都可以领受一样。至于我个人的志愿，无非是甘当铺路石子，让青年学者成长的道路稍为平坦一点，可以比我们前进得更快更远。

有一个深夜我忽发奇想，觉得自己的一生好像一只忙忙碌碌的老母鸡，成天到处啄啄扒扒，如发现什么谷粒、昆虫之类，便招呼小鸡前来“会餐”。1979 年在东京大学搜集宫崎滔天和梅屋庄吉的档案文献，1980 年在苏州市档案馆勘察苏州商会档案的史料价值，1991 年在耶鲁大学神学院图书馆检阅中国教会大学史档案的收藏状况，都为本所中青年教师的学术成长起了若干导引作用。而经过他们不懈地协同努力，便开辟了商会史研究、教会大学史研究等等新的研究领域。这正是我聊以自慰之处。

真正的学术，应是全人类的公器。真正的史学，其价值必然超越国界而为世界所认同。为了史学的国际化，包括把外国优秀史学介绍进来，把本国优秀史学介绍出去，国际学术交流是历史学家义不容辞的责任。从 1979 年开始，我有幸在这方面参与了大量工作，不仅加强了中外史学的交流，而且增加了中国学者和外国学者之间的了解与友谊。至今，我们历史研究所与日本、美国一些著名研究所的交流与友谊已经延续到第三代人了，与我国香港、台湾地区有些学术重镇的交流与友谊也正在向中、新生代延伸。

同时，在旅居海外期间，我又与外国留学或任教的众多中国年轻学人建立了广泛的联系，为他们的学业成长与回报祖国多少也做了一些力所能及的工作。当我离开耶鲁大学时，该校两岸学会的王宏欣同学即席赠诗：

桃李满天下，文章鬼神惊。
讲学广会友，寻道每怀情。
侃侃谈国事，谆谆励后生。
男儿轻聚散，唯愿海河清。

诗中虽有溢美之语，但其恳挚之情确实使我深受感动。40多年来，无论课内课外，校内校外，国内国外，我为年轻一代历史学者的成长，耗费了不少精力与时间，对自己的著述撰写或多或少有些影响，但我永远无怨无悔，因为学术的小我只有汇入学术的大我才能进入永恒。

总而言之，为造就青年学者开路，为发展学术交流搭桥，这就是我的人生追求。

《荻溪章氏家乘》初探

一、从“瑞典王子”湖州寻根谈起

——介绍有关荻溪章氏的若干宗谱

一年多以前，承王立嘉先生寄来1998年11月29日《钱江晚报》“彩色人生”版剪报，题为《瑞典王子湖州寻根记》。因为此文主人公罗伯特·章源出荻溪章氏，而荻溪也是我的家族源远流长的根，所以读后备觉亲切而有兴味。现根据舍间有关荻溪章氏的文献资料，略述读后心得如下，或许可供乡梓热心人士的参考。

能够说明罗伯特·章身世最重要的文献应是家谱，幸好荻港村沈家墦老人还保留一本章氏家谱，上面有罗伯特的祖父祖申和父亲宗启的名字，所以一查便清清楚楚。按章氏家谱有好几种，目前收藏较多的可能是日本东洋文库（在东京）。最早的是明朝章冠等重辑《会稽偁山章氏家乘》,包括正集三十一卷、首一卷、初集二卷、汇集六卷，崇祯七年（1634）会稽章氏刊本，清前期增补重印。与此相关的则为清朝章贻贤等重辑《会稽偁山章氏家乘》六卷，首一卷，光绪二十二年（1896）会稽偁山章氏世德堂木活字印本。清朝章贻贤辑《章氏会谱德庆编》,有二编四卷、三编十六卷、四编十卷，民国初年会稽偁山章氏排印本。清朝章广朝、章怀福等重辑《会稽傅家墺章氏宗谱》

六卷，包括章氏宗谱与章氏家乘，光绪二十二年会稽傅家墺章氏永锡木活字印本。这四种乃是荻溪章氏的源，因为他们正是从会稽迁来，是会稽章氏的流（支脉）。另外三种则与荻溪章氏直接相关。最早的是清朝章绳曾、章福基等重辑《章氏家传族谱》（不分卷），即《章氏荻溪支谱》，道光后期湖州归安荻溪章氏抄本。然后是清朝章文熊、章乃吉等辑《湖州荻溪章氏三修家乘》十四卷，即《荻溪章氏家乘》，光绪十八年（1892）至二十三年（1897）《湖州归安荻溪章氏》刊本。到民国年间，族人重修家谱，于是又有章奎、章祖佑等四辑《吴兴荻溪章氏四修家乘》十五卷，民国十三年吴兴荻溪章氏于上海大中华印刷局排印本，线装八册，这是目前所见荻溪章氏家乘中较为完备的一种。

据日本历史学家山根幸夫了解，以上七种章氏家谱都是1940年从北京购买的，现在中国反而罕见。但是，我大哥开平保存的一本《吴兴荻溪章氏家乘补编》（铅印线装一册），东洋文库却未曾收藏。四修家乘补编叙言云：

> 我章氏族谱佑庵公创其端，岷圃公继其绪，至芸伯公始修订成书。兹事体大，成功盖若是其难也。阅三十年，觉庐老人重修之，以旧藏宗佑木版剥蚀不堪复用，易为聚珍，参以石印，岁一周而成，是为四修家乘。四修迄今，忽忽又二十年矣。癸未孟夏，仲和驰书，力主谱牒续修事，伯初复邮致续修条议。余乃亟与爱存、伯初、仲和商定办法，先采访，次编纂，次刊印。由伯初总其成，而以季和（乃佐）（季和月前病故，竟未及见本编出版）、商贤、辛铭佐之。京沪荻诸族人出力，荣初、朗西、述均、仲和出赀，未及七八月而功竟成，讵非创者难而因者易乎！惟丁此百

> 物腾踊之秋，工料之贵方诸曩日修谱时，高出数十倍以上，整部重印，力固不逮。且旧谱之毋庸更动者什之八九，全印不免叠床架屋，徒靡巨金，甚无谓也。李申耆先生云夹山熙河王氏修谱，析全谱为前后编，前编一成不易，而以后编为易日续修之地，可为修谱者法。爰参用其例，将应修者刊订一册，附诸四修家乘后，以备他日五修时取资焉。民国三十三年一月一日乃炜记。

叙续修始末甚详。

乃炜为荻溪章氏第十三世，可能为当时辈分最高者，亦有可能为族长或章氏宗祠的主要负责人。同治甲戌（1874）年生，清附贡，南洋公学师范生，员外郎衔农商部矿政司主事，历充商务官报局总编辑，故宫博物馆文献馆科长，著有《清宫述闻》六卷，又补编六卷。叙中提到的仲和就是民国初年曾任司法总长、驻日公使且因《二十一条》挨打的章宗祥，伯初是他的胞兄宗元，民初曾任财政部次长、唐山工业专门学校校长等职。宗元是四修家乘补编的总纂，宗祥则为对此事最为热心且捐助最多者，前后共计中储券一万一千七百五十元。其次则为荣初（增骅），共捐中储券六千七百五十元；我祖父朗西（兆奎）、叔祖述均（兆彬），也合共捐助中储券六千七百五十元。当时兆奎、兆彬都避难住在上海法租界，宗元兄弟与荣初亦有可能在上海，所以与荻溪联络比较方便，共同资助家乘续编的刊印。

罗伯特的祖父祖申，续编谱牒有简要介绍："字茝生，号无可。母周氏。光绪丙子（1876）正月初八日生。廪生，光绪壬寅（1902）补行庚子、辛丑恩正并科举人，甲辰（1904）进士，翰林院编修。出使俄国二等参赞官，荷兰一等参赞官，驻比代办公使。民国外交部参事，署次长。驻瑞典、挪威特命全权公使，二等大绶嘉禾章，三等文虎章，二等宝光嘉禾章。民国十四年五月十六日即乙丑四月二十四日卒，火葬北京阜成门居士塔。”祖申为荻溪章氏第十五世，与兆奎兄弟同辈。他的妻子姓钱，另有侧室邓氏。一子一女，女名复宝，已许配沈家，未嫁而卒；子宗琦，是第十六世，与宗元兄弟及我父学海同辈。谱牒对他的记载，只有“母□氏，民国八年十月十八日生”寥寥十余字，可能因为祖申已死多年，宗琦一直侨居在欧洲，加以战乱频仍，遂与族人音讯隔绝。宗琦应是邓氏所生，因钱氏在民国六年（1917）即已病故。

祖申兄弟二人，弟弟祖纯谱牒亦有记载：

> 字子山号钝龛，母周氏，光绪癸未三月初六日生。庠生。美国加利福尼大学农学士。民国农林部佥事，农商部技正，历充统计科科长、农林司第四科科长、中央农事试验场场长、棉业试验场场长等职，兼任北京大学、农业大学等教员。三等嘉禾章。民国十六年任农工部技监，十七年后历任浙江省建设所技正、科长、秘书，浙江省蚕丝统制委员会委员兼秘书，中央实业部专门委员，经济部专门委员等职。

他是曾经留学美国的资深科技人员，与海外联络较多，所以在祖申病故后曾写信给宗琦寄养的家庭，建议让这个七岁儿童回归故土。祖纯有五子一女，前面三个儿子宗瑛、宗璜、宗瑗都早殇，只有宗社、宗炎存活下来，女儿宗琇嫁给沈氏，不知是否就是其复宝曾许配的那一家。据谱牒简略记载，宗社生于1921年，宗炎生于1932年。他们是罗伯特血缘最近的父系亲人，而且有可能仍然健在，但愿他们能有机会与这个五十多年素未谋面的海外骨肉团圆。

在《补编》的末尾还附有祖纯撰写的《茝生公行略》，除叙述祖申简要经历外，尤注意说明其个性与品格。文云：

> 民国肇建，甲辰同登第者多跻显要，往往植党以自重，汤化龙、王揖唐诸人，尤为众所趋附。及先兄归，争致之，悉谢却，独就外交部参事。退食余闲，读书自娱，屏绝酬酢，寂处寡俦。滞部六年，始出任公使。他人之任参事者，不过藉为进身之阶，不久迁擢。而先兄不忮不求，坦然任运，盖亦天性使然也。先兄使瑞典时，距丁母艰未期年，先是庶母周、先嫂钱，及祖纯长子宗瑛，皆已相继殂化。比履任数月，长女复宝又病瘵殁于京师。自此颓丧不振，旋病归国。归则病益甚，而礼佛益虔。病革时语祖纯曰："吾自三十通籍，做官十六年，清勤奉公，幸免陨越。顾吾分应尔，弟毋蒐我政绩以示人。今大梦已醒，还我明镜，生前尘埃，幸知拂拭，何可执着过去，重自缠缚？速持佛号，助我往生。"祖纯谨受教，于是家人绕床合诵。须臾，其师广济寺现明方丈至，付嘱数语，先兄口已不能言，颔首而已。自盱芒至日午，呼吸仅属，而神色镇定，虔听佛号而逝。从先兄志，丧葬不讣告，不受吊，今且不敢述其政绩。遗著有《箫心剑气楼诗文集》如干卷。遗孤宗琦才七岁，滞欧洲未归，鞠育成人，以绍其先，后死者之责也。

罗伯特远渡重洋回乡寻根，可以说是实现祖纯未了的心愿。据《寻根记》称，罗伯特曾去下昂斜鱼漾祖坟深情祭扫。我不清楚下昂斜鱼漾的具体位置，但这确实是有可靠文献根据的。四修本《家乘》卷十三"事略四"补遗，收有祖申兄弟为其父恩陛撰写的《山稼府君行略》，内称恩陛病故于光绪壬辰（1892），享年四十有六。恩陛长期在上海城北新闸巡防局任巡官，所以死后暂厝于沪郊，"越二十余年祔葬于荻港斜鱼漾先茔"。恩陛是罗伯特的曾祖父，为荻溪章氏第十四世。恩陛往上追溯到第十世，有念祖（聿斋）、光祖（霁岚）兄弟，四修本《家乘》对他们的墓地有简略记载，念祖墓在归安176庄沈塔村，光祖墓在德清西门外一区平阳岭，似乎都与斜鱼漾不在一处。据我初步考订，斜鱼漾先茔的购置可能在第十一世见龙（竹友，恩陛之曾祖）另行创立鸿仪堂之后。鸿仪堂在荻港人丁兴旺，为荻溪章氏较大的分支，另行设置本堂公用墓地是很自然的事情。①

不过祖申的骸骨却决不会归葬斜鱼漾，因为他是虔诚的佛教徒，业已屏弃世俗家族观念。四修本《家乘》补编收有无锡侯士绾撰《无可居士塔铭》，内称祖申（无可）自使欧病归，即"奉北京广济寺住持现明和尚为本师，受优婆塞戒，易名悟念，屏绝外缘，专修净土。"所以他临终要求家人齐诵佛号以助往生，并且是"面西而逝"。祖纯刚"遵遗命为受沙弥冥戒，行荼毗礼，丧葬不赴告，不受吊，建塔广济寺，塔院在阜城门外五里许白堆子。"这些年北京地区变化太大，塔院不知尚存与否？罗伯特如有兴趣，不妨前往探寻，或许又将有新的发现。

二、《荻溪章氏家乘》四修本及其补编

日本东洋文库收藏会稽、荻溪章氏家乘为数最多，但《荻溪章氏家乘》四修本之补编则尚缺。补编原意为五修，只因工料昂贵，无力全部重印，只有改为单出补编，以续四修本之后，并"以备他日五修时取资焉"。补编刊印于1944年，其时日本侵略者在第二次世界大战中已呈败相，所以也顾不上继续收罗新出章氏家

① 《家乘》四修本卷六谱牒三记云："见龙字映初，号竹友。母闵氏，乾隆己卯（1759）十月二十二日生。附贡。嘉庆乙丑（1805）九月十七日卒，葬下昂斜鱼漾口。"

乘了。

就目前所知情况，荻溪章氏家乘最早纂辑者，应为章绳曾、章福基等重辑《章氏家传族谱》(不分卷)，即《章氏荻溪支谱》，道光后期湖州归安荻溪章氏抄本，东洋文库收藏至今者可能已是孤本。所谓重辑，应是清前期增补重印的《会稽偁山章氏家乘》底本，其所以称为《荻溪支谱》者亦因此故。绳曾为荻溪章氏第十世，《家乘》四修本卷六谱牒二记云："字辅，号珊渔，又号墨林。母郑氏。乾隆乙酉(1765)三月十二日生。廪贡，候选训导。咸丰辛亥(1851)正月十六日寿终，年八十有七，葬长趋山。"福基为第十一世，四修本卷六谱牒三记云："字养泉，号平田。母韩氏。乾隆乙酉(1765)四月十一日生。太学生。道光壬午(1822)七月二十六日卒，葬堂六堡。"他们在道光初年编成这本支谱，乃是《荻溪章氏家乘》的发端。

从会稽最先迁来荻溪的章氏一世祖乃是章家独户，而且连名字都未能流传下来，可见是普普通通的老百姓。二世祖在宗祠的牌位上仍缺名字，大概也没有什么文化。三世名纲(又名允发，字维明)，四世祖名世德(字棲桥，号西翘)，五世祖名良荣(字思乔，号斯巢)，总算都有了名字。但五世之前多为一线单传，人丁长期萧条。到五世良荣才有三个儿子(嘉猷、嘉祉、嘉闻)，于是六世分为三支。嘉猷读书小有所成，四修本《家乘》卷六谱牒一记云："字宸献，又号霞桴。母陈氏。崇祯丁丑(1637)六月初六日生。太学生，康熙庚寅(1710)举乡饮介宾。康熙辛卯(1711)五月初八日寿终，葬钞田村。"据云郡志、县志均曾列传，可以看做是荻溪章氏迁居百余年才出现的第一个稍稍知名的知识分子。嘉猷有子二女三，嘉祉有子一女一，嘉闻有子二女一，合共有十个子女，加上父母和每人的妻子，便是十五人的大家庭了。所以七世在谱牒上留名的男丁增至五人，八世更增至十二人。这两代人读书做官者渐多，其中较为显达者是八世的有大。谱牒一以较多篇幅记云：

> 原名允明，字容谷，号祐庵，又号临门。母沈氏。康熙戊寅（1698）九月十一日生。庠生，雍正己酉（1729）科中式举人。庚戌（1730）科中式进士，殿试二甲，朝考二等，赐进士出身，福建即用知县，升用主事。历官工部都水司、虞衡司主事，记名御史，营膳司员外部，都水司郎中，山东道御史兼贵州道御史，礼科给事中加一级。历充雍正乙卯福建乡试正考官，乾隆丙辰会试同考官，广东乡试副考官，丁巳会试同考官，甲子四川乡试副考官，庚午顺天乡试监试，两窑监督，督理五城街道事务，稽查旧太仓事务，纂修《大清会典》工部则例。诰授朝议大夫。乾隆己丑（1769）四月十八日寿终，葬逸村埠长嶆山。郡志、县志列传。著有《息匀诗文集》列《郡志艺文略》。入《两浙輶轩录》。

《瑞典王子湖州寻根记》说：“市侨办得知菱湖荻港章家是望族，曾出过不少显赫的子孙。”所谓望族云云，大概只能从八世开始。

据《家乘》谱牒一记载，九世男丁增至三十一人，十世增至七十二人。可能就是由于人丁的繁衍，遂产生编辑《荻溪章氏家乘》之想。不过当时聚族而居，总共人口不过四五百人，编辑家乘大概并非甚难。《荻溪章氏家乘》四修本序一为嘉庆丁卯（1807）体仁阁大学士朱珪所作，内称：

> 湖州章氏自明季由会稽道墟里播迁于归安县之荻港村，屡经兵燹，家渐式微。传至五世，讳思德，三龄失怙，

赖母丁氏鞠之。琐尾流离，仅存一线，以至记籍荡然，世次莫考。至六世赠朝议公讳嘉猷，敦孝友，尚德义，乡里之誉籍籍播在人口，而家道亦渐昌焉。其孙给谏讳大有，始以进士官于朝。长君讳宝传，亦以进士官给谏。自是簪缨相继，里中推为望族，而食指亦繁，自始迁祖以下，现计以数百人矣。有孝廉名耀曾者，赠朝议公之裔孙也，品学端粹，拳拳以尊祖敬宗为心，去年偕其族人编辑宗谱。其家本有给谏公手定草谱，成于康熙乙巳年，叙次详明，规模美备。孝廉复为之搜访参核，裒集成书，将以锓板，传之永久……考廉嫡弟名汝金，为余门下士，成乙丑进士，入词馆。今年六月，携其家乘求序于余。

这篇序言不长，但是却让我产生了几个问题：

一是东洋文库所藏《章氏家传族谱》(《章氏荻溪支谱》)，并非最早的《荻溪章氏家乘》，最早的应是康熙乙巳（1665）“给谏公”手定的草谱。其后是嘉庆丙寅年（1806），耀曾偕族人所编且已正式成书的家乘。但是我们现在只能看到朱珪替它写的序，却无从发现原书。因为耀曾虽然想“将以锓版，传之永久”，却似乎并未刊印。光绪辛卯（1891）工部尚书祁世长为《三修家乘》所写序也说：“自康熙乙巳、嘉庆丁卯两修，而后久未锓板。”不过丁卯本确实流传下来，因为它是四修本的依据。至于如何流传，唯一的办法就是手抄，因为当时族人不多，家乘分量单薄，抄起来似乎并非甚难。现在需要考虑的是，东洋文库所藏道光后期手抄本家乘，与耀曾所编家乘未刊本究竟是一种还是两种？这还有待作进一步对照考订。

二是耀曾与绳曾同为十世，耀曾生于乾隆己卯（1759），绳曾生于乾隆乙酉（1765，福基同年生），相差不过六岁。编谱时族人甚少，且又聚居一村，何须分头编两种族谱？也有可能是绳曾等对耀曾所编谱稿不大满意，或是事后又有所增补，道光后期抄本或系其后裔传抄于耀曾（带碧堂）、福基（墨耕堂）等支脉。不过，这毕竟不影响耀曾所编家乘的正统地位，因为三修本已经明确交待系以此稿为重修底本。

其三是朱珪的序存在一处纰漏，他说："给谏公手定草稿，成于康熙乙巳（1665）年，"却未说明是哪位"给谏公"。因第七世"朝议公"廷宏长子有大（八世）曾任山东道御史兼贵州道御史，是荻溪章氏第一位"给谏公"；其长子宝传（九世）亦曾任福州道御史，是荻溪章氏第二位"给谏公"。宝传生于康熙丁酉（1717），草谱肯定不是他"手订"的。而有大也不可能手订草谱，因为他生于康熙戊寅年（1698），比手订草谱之时也晚了三年。因此，手订草谱的便不会是"给谏公"，而可能是第一位给谏公的父亲"朝议公"廷宏，但他生于康熙丙辰年（1676），也比草谱手订之时晚了十一年。那么只有再往上推到六世嘉猷，他出生于明崇祯丁丑年（1637），手订草谱之时他已将近而立之年，而且又是文化程度较高的太学生。如果我的推断能够成立，朱珪序文中所说的"给谏公"便应该改为"朝议公"，因为嘉猷与廷宏都是因为以子孙有大官而得朝议大夫的恩封。不过那时荻溪章氏人丁甚少，一至六世连妻室子女加在一起也不过 30 多人，这样的草谱手订起来也不过薄薄一本，但可惜我们已无从目睹其真容了。

不过，四修本以丁卯本作为底本却是毫无疑义，因为祁世长为四修本所作序已说得很清楚。四修本的总纂是十二世文熊。谱牒六记云：

字寅伯，号芸伯。母沈氏。道光丁亥九月十四日生。廪生。

丁丑岁贡，候选训导，敕授修职郎。光绪甲辰十二月十九日寿终。著有《恰受航文稿》二十四卷,《经说》十六卷,《丛钞》四十二卷,《诗集》二卷,《杂识》二十卷,《家谱》十四卷。以子震福官诰赠朝议大夫。葬葡萄港东北东大章路。

祁世长称之为“其族之有道能文者”，殆非溢善之言。文熊等所辑家乘堪称完备，光绪十八年（1892）开雕，二十三年（1897）告成，称为《湖州荻溪三修家乘》。内有祠宇二卷、遗像一卷、坟墓二卷、祭产二卷、世系三卷、谱牒十卷、文集六卷，总二十六卷，约之为十四卷。助谱捐助者为：源远公堂二百千文，介宾公堂陆十千文，桐岚公堂一百二十千文，月葭公堂一百二十千文，杨庐公堂六十千文，乃缙十五元，镜清十五元，鸿森三十元，维藩一百元，缜二十元。维藩是我曾祖，是个人捐助最多者，因为他当时已弃官下海，在安徽芜湖创办益新面粉公司且赢利颇丰也。

东洋文库所藏四修《家乘》为民国十三年（1924）重印者，对光绪刻本增补较多,但凡例完全沿袭其旧。其后有十二世奎(曾桐）所作序，文云：

> 清光绪间续修家乘，迄今垂三十年，岁月递迁，子孙蕃衍。族兄咸文、彬堂、侄震福曾有增修之议，未果而先后物故。奎以频年作客，未遑从事此举。癸亥春，族侄辈乃焜、增森、洪钧、祖佑、祖申、兆奎提议续修。余闻之而喜，惟以各支之侨寓远处者实繁有徒，遂由祖佑担任总调查之职，而以承恩、鸿恩、增霖、鸿钤、祖慰分任之。今祖佑以调查事毕，函索序言。奎以三修时自光绪壬辰以迄丁酉，六阅寒暑，始克告竣。今于一年之内即观厥成。曩时虽系创始锓版，一切规模几费斟酌，事之繁简固属悬殊。而今

> 之调查采访，散焉而使之聚，非有人专理之事，何能提纲挈领，举重若轻，是祖佑之有功于谱事，拟诸堂兄文熊、族侄乃吉，无多让焉。而付印校勘之事，仍由祖佑董承之，乃梅、宗元襄任之。裒然成帙，以垂弈禩。题曰四修家乘，盖继三修而言也。后之人一再续修，循绪而增，当亦如岁月之无穷期焉。

文中所云祖申，即所谓“瑞典王子”罗伯特的祖父，兆奎则是我的祖父（维藩长子），他们都是积极倡议续修者，宗元是祖佑之长子，宗祥之兄，属十六世晚辈，所以只能任襄助付印校勘之事。

此次重印，改用聚珍版，参以石印，且篇幅更为扩充，所以花费亦甚大。上海大中华印书局承印一百六十部，章氏付给一千四百〇五元七角。这笔钱也是由族人共同集资，除源远、介宾、桐岚、月葭四个公堂提银五百八十元外，个人捐助较多者，祖佑带头捐三百两（估计大部由宗元兄弟承担），祖申、祖纯弟捐一百元，兆奎、兆彬兄弟捐二百元，其他洪钧、祖僖各一百元，还有鸿钊也捐五十元。鸿钊是荻溪章氏族人中第一个著名科学家，为十四世。谱牒九记云：

> 字仪声，号演群，又号爱存。母郑氏。光绪丁丑正月二十七日生。庠生。日本帝国大学、理科大学地质学科毕业。宣统辛亥科进士。民国工商部技正，历充农商部地质研究所所长，地质调查所股长兼会办，矿政司第四科科长，北京农科大学、北京高等师范学校、北京农业专门学校、北京女子高等师范学校教员。著有《师弟修业记》《三灵解》《石雅自鉴》《蠹余集》等。

祖申、祖纯除热心捐助外，还为家乘提供了两篇传记。一是《山稼府君行略》，叙其父恩陛生平。恩陛字山稼，生于道光丁未（1847）八月十七日。其父乃宪曾官江苏常州府知事，但恩陛幼丧父母，且羸弱多病，家道遂中落。太平军攻占湖州后，辗转流徙上海，授徒自给。同治壬申（1872）以试用从九品保升主簿，自此在苏沪间作小吏。光绪庚寅（1890）春，自上海小东门城守汛，调补城北新闸巡防局巡官。新闸是时尚未辟为租界而与租界毗连，辖地数十里而居民流品甚杂，又有租界可为逋逃薮，是以积劳成疾。光绪壬辰（1892），病故于上海，二十余年后始归葬故土。另一篇是《周太淑人行略》，简述其母生平。周氏京兆宛平人，也是由于咸同之际战乱随寡母流徙到扬州，同治庚午（1870）嫁给恩陛，可以说是境遇相似的患难夫妻。壬申（1872）以后迁居上海，祖申、祖纯都是在上海生的，属于“各支之侨寓远处者”。民国初年又为祖申兄弟迎养于北京，此后祖申子宗琦侨居瑞典，祖纯长期供职京师，离湖州更为遥远，但思乡情结则萦绕终身。宗琦子罗伯特从欧洲回湖州寻根，可谓履行祖先遗愿，为荻溪章氏门风增添新的光彩。

三、随寓占籍——《荻溪章氏家乘》的传统

我国家谱大多重视门第地望，而《荻溪章氏家乘》却强调随寓占籍，不愿勉强攀引往古那些辉煌的世系。

清嘉庆丁卯朱珪为《荻溪章氏家乘》所作序，一开始就说：

> 章氏之先，本出姜姓，为神农氏之裔。齐太公支孙，受封于鄣，厥后去邑为章，遂称章氏。自秦汉迄于后唐，人才迭出。浦城人讳仔钧，撰战攻守三策，御敌有功，官至太傅。其夫人练氏贤而多识有恩，曾全活建州一地民命，遗爱在人，难可阐述。生一十五子，六十八

> 孙，先后显达，皆列于朝，文武各称厥职。由是子孙蕃衍，布于东西，宦游四方，随地占籍。至宋中兴时，章氏分七十有二派，本固而枝茂，源深而流长，推其谱牒，皆太傅公之苗裔也。

这都是套用《会稽偁山章氏家乘》的现成文字，其原始根据已无从查考。

说是神农氏后裔，南方汉人各氏族大多以为如此，无非是把神农氏作为一种远祖的象征，正如黄河流域的汉人大多把黄帝认同为自己的老祖宗一样。至于姜子牙与以后的章氏有无血统关系，这却是应该然而又很难加以稽考者。不过这种说法对后世姓章的人家影响甚深，我小时候就听老辈说过章、姜同源，因此世世代代都不能通婚；还有什么我们的祖上是从山西逃难出来的，洪洞县的老槐树就是历史见证；还有什么家庭离散时，母亲把每个孩子的右脚小指头都咬一口作为印记，因此后世章氏族右脚小指甲的右上侧都多一小块硬肉……至于章仔钧其人，则从未听说过，可能因为他毕竟没有姜子牙伟大。再则他和太太生下十五个儿子，还有六十八个孙子，很像苏联的英雄母亲，与荻溪章氏最初四世的一线相传相距太远。

光绪辛卯（1891）祁世长序亦云：

> 章氏系出齐太公支孙，至五代之始，泉州人有讳仔钧者，官太傅，其夫人有全城功，子孙多为显官。降至炎宋，有讳得象者，为仔钧之后，生时母梦庭横象笏，因以得象名之。官翰林学士，承旨同中书门下平章事，封郇国公，谥文简。子孙蕃衍，或迁皖之铜陵，或迁浙之宁绍，皆随寓占籍。

与朱序相比，祁序多提出一个宋代的得象，大概亦属仔钧后裔的七十二派之一支，而且明确指出是章氏“迁浙之宁绍”的先人。但《荻溪章氏家乘》对这些古老的世系似乎都不大在意，因为确实很难一一考订精详。他们颇有一点实证精神，最重视的是真凭实据。他们追溯既往，只能说是从会稽道墟村迁来荻岗（港），再不愿作任何攀扯，因为连迁荻港的一世、二世名字都失传了。一世、二世大约都是一线单传，三世、四世是否有兄弟姐妹也说不清楚，所以在家乘谱系出现的仍然是一线单传，这说明他们确实恪守实事求是的原则。《荻溪章氏家乘》从三修开始，其凡例第一条就是：“欧阳氏、苏氏诸谱，皆远溯本源。吾族先世无考，今仿法氏谱例，谨以迁荻始祖为第一世。”祁序把“以迁居之祖为荻鼻祖，远代世系，慎而阙之，不妄引他族”，作为这部家乘“三善”之第一善，就是说谱传的价值首在真实可靠。祁序还夸奖：“章氏自明季迁荻及今十有余世，三百年来，科第接踵，绵绵延延，蝉联无间，虽乏骇人闻誉与震世功名，而登仕籍者克守清白家声，居家者亦洵洵有士君子之行。”这大概就是章氏老辈常挂在口中的所谓“清清白白做人，老老实实做事”之意，尽管并非人人都能说到做到。

“随地占籍”或“随寓占籍”，体现了一种移民文化。浙江地少人多，各地人口增长到一定程度，必然会向外寻求生存和发展的空间，所以并非那么安土重迁，而有冒险犯难开拓进取的精神。荻港以水域宽阔芦苇丛生得名，可以想见四百多年间必定颇多荒芜之地，所以有一章姓人家从人口稠密的绍兴迁居到此。这一世、二世两位章先生大概都是没有文化的农民或渔民，否则决不会连自己的名字和生卒年月都没有留下来。三世、四世的文化程度也不会有多大提高，他们虽然留下了名字，但生卒年月也无从查考。我想他们属于移民先驱（Pioneer）那种类型，披荆斩棘，开疆辟土，筚路蓝缕，胼手胝足，为后世章氏家庭的繁衍奠定了最初的基础。

关于荻溪章氏初期生活情况，最早略有记述的文献应是七世廷宏与八世勋合写的《霞桴公行述》。霞桴公即六世嘉猷，生于明崇祯丁丑（1637）六月初六日，卒于康熙辛卯（1711）五月初八日，享年七十五岁。他的一生正好经历了明末清初的由大乱而大治，并且在晚年还被地方官员荐举，享受了“乡饮介宾”的荣誉。《行述》说：“府君曾祖讳纲（三世），祖讳世德（四世），父讳良荣，俱隐居不仕。”所谓“隐居不仕”乃是后代对先人社会地位的含糊描述，不一定是可仕而不仕，更有可能是以耕渔为生。纲的父亲早死，连名字都没有留下来，母亲丁氏“毁容截发，以立孤自誓”，可见乱世乡民（特别是孤儿寡母）的艰难困苦。嘉猷少年时代，“会当明怀宗之季，四海兵乱，而曾王父家（世德）故贫窭”。嘉猷虽聪颖好学，但为家计所迫，十四岁就“奔走四方”经商，幸好赢利尚丰，家庭经济状况才有明显改善。世德晚年“藉是优游田园，间或以余赀结方外缘”，可见至少已是小康人家。其后随着康熙盛世的到来，章氏家庭经济渐趋富裕。《湖州府志·孝义传》记云：

> 章嘉猷，字遐孚，归安人，太学生。少时父为盗掠，嘉猷伏林莽，伺盗醉，亟负父宵行四十里，得脱。所居荻冈，泥涂蒿径，嘉猷捐金甃石，悉成坦途。康熙戊子（1708），岁大饥，诸乡设粥厂。嘉猷独计路之远近，口之大小，给以米，民得实惠，当事咸取法焉。

据此可以看出，嘉猷不仅为章氏此后的繁衍发达奠定了最初的经济基础，而且对荻溪的经济繁荣、社会稳定与风气改善，也做过某些贡献。

荻溪章氏的“随寓占籍”似乎有两重性，既有落地生根的移民精神，又有落叶归根的乡土情结。《美国精神》一书的作者康马杰，把移民精神比喻为：“决不会把自己的帆船驶入安静的港湾，那是因为他能够领略在狂风巨浪中驾驶一叶扁舟的乐趣。”或许可以说，正是这种移民精神，给北美的辽阔荒野灌输了蓬勃的生机与活力。我觉得，荻溪章氏族人很多也具有这种可贵的移民精神，他们不屑于单纯从先辈的辉煌中寻求精神慰藉，更不愿株守在祖宗遗留的有限基业上为生存而挣扎，他们宁可走出家乡，走向未来，在荒芜的土地上开创新的基业。清朝中叶以后，不仅是由于人口的过于密集，而且还因为吴兴地区这片狭隘的空间，已经容纳不了移民精神的猛烈涌动，荻溪章氏于是又出现一拨往外地寻求发展的热潮，或经商，或游幕，或投军，或远仕，或留学。正如《中国商业史》的作者王孝通早曾指出：“浙人性机警，有胆识，具敏活之手腕，特别之眼光。”他们在海内外的创业竞争中具有一定的优势，不少人都取得比较显著的成就。及至清末民初留学潮兴起，荻溪章氏在海外留下足迹者亦渐增多。如十三世晋循即曾奉学部命赴日本考察实业教育。十四世世恩曾奉派美国圣鲁易赛会专员暨考察欧美各国军政；鸿创毕业于日本帝国大学理科大学地质学科；鸿宾曾任驻日本公使馆主事，调升驻菲律宾馆随习领事等职；鸿春毕业于日本陆军士官学校骑兵科，曾任驻日大使馆武官；鸿业毕业于法国巴黎大学政法系并获法学博士学位。十五世祖申曾出使俄、荷、比、瑞、挪等国；祖慰毕业于日本明治大学商科；祖纯毕业于美国加州大学农学系；经芳美国哈佛大学硕士，曾任留美学生监督；祖琪毕业于日本陆军士官学校；祖涵曾在日本农林省园艺试验场进行研究。十六世宗元美国加州大学理学士，曾任驻外财政员；宗祥毕业于日本帝国大学法科，曾任驻日全权公使，特派瑞士通商订约专使，并著有《日本游学须知》《东京之三年》《欧游琐记》等书；宗琦自幼在瑞典受教育并定居，亦葬于瑞典；十七世德慎香港大学电机工程学士，曾在英国工厂实习。……[①]值得提出的是章氏家族女性成员中出国者亦渐多，如十六世宗祥的六个女儿都受过很好的高等教育，长女德馨上海圣约翰大学医学博士，德珊金陵女子大学文学士、美国密歇根大学文学硕士，德温沪江大学文学士，德和适美国爱欧瓦大学硕士李炳鲁。十七世德慎的妻子李名玉，光华大学文学士并曾在英国留学。

荻溪章氏自清末以来，受新式教育、高等教育者甚多，因此在向外发展时具有明显的优势，并且能够在浙江以外的南北各地，特别是在许多大城市落地生根，形成一个又一个新的支脉。但是他们无论离乡多少年，繁衍多少代，始终保持着吴兴的籍贯，牢记着荻溪这个根。作为章氏十七世的罗伯特，虽然母亲是瑞典人，又出生在瑞典并成为一个瑞典亲王的继子，却能不远万里远渡重洋到湖州来寻根，实现了祖辈的遗愿，这正是落叶归根心理的潜在传承。

我家属清芬堂一支，十一世岳佑以前大多生活并安葬于故土。十二世节文（1798—1873）长期游幕在外，其子棣、楠、桐所撰《石庵府君行述》说他：

① 因《荻溪章氏家乘补编》刊印于1944年，十七世大都未成年，且更多未出生者。按宗族大排行，我大哥居第二，我居第七（时年17岁），所以除十七世龙头老大德慎（宗元子，时年30岁）有学历、经历介绍外，其他大多在谱牒上只有名字和出生年月。实际上我们这一代人先后出国者更多，惜无法统计。

历赞两江、东河幕府，专司笺奏，名动一时。尤为陶文毅公、林文忠公所推重，胪陈盐政、河工、夷务各折，半出府君手，具合机宜。以河工议述，选河南按察司司狱。未数年，迁滑县县丞，授固始令。为政以爱民清讼为首务，凡赴诉者，无不立予判断，案无留牍。而嫉恶如仇，不畏强御。有巨室戚友横暴，人发其事，廉得实，贿属关顾，府君弗许，立下诸狱。由是巨室衔怨，以他事中府君，落职。时林文忠公（则徐）督办粤西军务，闻公被议，叹曰："刚正如章某，使得尽其所长，政绩必可观焉。"

节文大约是在道光十一年（1831）至道光十七年（1837）林则徐先后任东河、两江总督时入其幕府，宾主关系堪称融洽。去年肖致治教授在重新编辑《林则徐集》时，无意中在林之日记中发现有两则与节文有关记述。一是道光十七年二月十九日，林则徐由北京南下赴湖广总督任，路过郑州时记云："住西关外行馆，罗丞、蔡令皆随到此，赖通判（安）、章实庵（节文）亦来见。……留实庵共饭。"长途跋涉，刚到住宿处就单独留节文共饭。还有一则是道光三十八年（1838）十月二十三日，林则徐奉诏晋京，两次路过郑州，又是"馆于西门外"，日记中又提到"章（节文）、满副将俱来见"。当时节文大概仍在河南按察司任职，所以林则徐每过郑州他都赶来谒见。过去我家曾保存林则徐书赠给节文的一副对联和一张条幅，都写得很有情意，可惜"文革"时毁于火，我连词句也都忘记了。

当年林则徐正是在节文最困厄的时候援之以手，在军书旁午之际，"因专弁书慰藉，并邀赴粤，仍司奏牍。府君感知遇之深，应召前往。遂奏请开复原官，洊升直牧，并专折特荐堪升道府，请旨擢用。未几，文忠薨，府君乃以直牧筮仕山右，历署隰、绛、平、定等州，皆有政声。同治己巳（1869）补代州直隶州”。他最后就是由于冒雪清查“游勇滋事”，病死在代州任上，葬于山西阳曲县沙河村。节文有三子。长子棣少时侍父于河南任所，正逢上“光固土匪不靖”，棣居然“督壮丁立擒其渠”，因此得到河南巡抚陆应榖的器重，“委带练勇驻归德等处”，战功颇著。以后又随山东巡抚张曜（字朗斋）出征关陇，并奉命留守酒泉总理新疆后路粮台。遂以军功累保知州、同知、知府、江苏尽先题奏道。及至光绪八年（1882）左宗棠总督两江（从陕甘转任），“首先奏调奉旨发往江南差遣委用”，此前在甘肃工作近十二年。棣在南京奉旨“会同司道清理庶狱”，事竣又奉派总办海运事宜。终以积劳成疾，于光绪癸未（1883）死在津沽出差途中，三年以后始归葬于钱塘章家园（今杭州第二制药厂后山），这是我家在杭州另辟的墓地。但是他的两个弟弟楠与桐，却生于山西，长于山西，工作于山西，永远安息在山西的土地上。楠曾任五品衔盐运司经历署山西河东西场大使，葬阳曲县沙河村，与其父永远相伴。桐以直隶州用山西知县，葬太原东门外剪子湾沙河村，可能亦与父兄之墓为邻。

楠有二子六女。长子启瑞曾任山西解州直隶州吏目，亦葬于太原东门外沙河村，永伴自己的祖父和父亲。次子世恩曾任四川候补道兵工厂、造币厂总办、常备军统领，并曾赴欧美各国考察军政。亦葬于太原东门外剪子湾沙河村。六个女儿中有两个出嫁在山西，一在陕西，一在甘肃，一在河北，只有一个回到南方（江苏）。桐无后，以世恩过继。但启瑞两子均夭折，遂以世恩子兆春兼祧。兆春陆军大学毕业，亦曾出国考察军事，长期在河南工作，死后以后人祭扫不便，归葬杭州章家园与伯祖相伴。妻言氏归养我家，其子学源一支则长期侨寓于河南。

棣的长子维藩是我的曾祖父，幼随其父（棣）“宦游齐鲁、晋陇间，习韬钤，好驰马，弱冠从明公镜泉于新疆”。除参议军事外，负责在哈密等城安排屯垦。左宗棠督师出关，“委以转运军实，往来水天雪窖之中，飞挽储胥，士马腾饱，其坚忍勤劬，有人所不能胜者”。后经左宗棠以知州上荐，曾任安徽无为州知州，先后调权怀宁、宣城等地。甲午战后绝意仕途，才三十八岁就“陈情乞养”,转而投身实业,先后创办益新面粉公司（芜湖）、宝兴铁矿公司（当涂），其三子诸孙遂定居于上海、芜湖等地，基本上以上海为各自新的创业的出发点。

我家虽迁于山西三世，再迁于皖、沪亦三世，但世代谨守族训、族规，对湖州、杭州三处祖坟仍然每年祭扫，未曾稍辍，直至 1949 年以后情况才有所变化。维藩和兆奎兄弟是《荻溪章氏家乘》四修本与补编的主要捐助者，保俶塔下西湖边上的上善庵以前亦是我们的家庵，系维藩逝世后其爱妾（我们称之为大老师太）创建与主持。

维藩虽然终生劳碌,但诗作亦有可读者,曾辑为《铁髯诗草》。其中有《北固山人寄赠西湖图帐簷赋此以谢》一首，诗云：

一幅吴绫远寄将，龙眠妙笔胜倪黄。
知余时作思乡梦，为画湖山旧草堂。
相约蒹葭白露天，六桥三筑共留连。
何修结得犹龙侣，杖履追随亦是仙。
同官同志早悬车，更得同骑湖上驴。
四世同堂同叙乐，两家佳话有谁如。
我家昔住圣湖东，烽火频惊草阁空。
愿构孤山三架屋，四时常作主人翁。

诗中提到四世同堂，其长曾孙开平（我大哥）生于 1919 年，而维藩卒于1921年，可以推知此诗当作于1920年左右。诗中乡情浓郁，但维藩孤山构屋的愿望已无法实现，只有他的骸骨葬于杭州章家园，永远与家乡的湖山相伴。

师友杂忆

中小学老师

师恩难忘。中小学时代的师恩更加难忘。这是由于儿童和少年可塑性很强，中小学老师比大学老师对学生的影响更大。

我开始读的小学，在武昌胭脂路，但给我留下的印象并非如校名那么美好。抗战前，武汉的小学老师都执有教鞭，在课堂上除用以指点地图、板书外，还具有敲讲台乃至“接触”学生肢体的威慑功能。有位姓凤的中年女教师，语文课教得很好，但从来不苟言笑，极为严厉。我由于大字往往写出格线且溅有墨汁，时常有幸蒙受教鞭的“关爱”。凤老师出手颇重，特别是冬天酷寒，我们上课前都要在课桌边角上把手心摩擦得红彤彤的，否则冷手挨重鞭其痛更加难熬。但我从不怨恨凤老师，她确实希望我们有所长进，而每次上课眼眶都有两个大黑圈，操劳已使她过早苍老。

1933 年，我回到芜湖，随着哥哥、姐姐进入襄垣小学。记得抗战胜利后我曾旧地重游，看见 1937 年我们毕业时捐献给母校的纪念亭依然保存完好，碑石上还刻有我们全年级的同学姓名。这所小学当时小有名气，特别是文艺活动出色。可能由于校长张学诗是艺专毕业，教导主任程先生则是音乐教师。程主任曾把京剧《蒋干盗书》等折子戏改编成现代歌剧，演员、伴奏完全由学生担任，演周瑜、蒋干的两位主角都是我们同班同学，公演后在当地引起很大轰动。这样浓郁的艺术氛围，对儿童性灵的陶冶很有好处。

但对我影响更大的却是张校长。我才进入该校一年，他就因为校内人事纠纷愤而辞职。父亲很敬重他，请到家中教我们兄弟姐妹，还有小姑、小叔等一大帮孩子，仿佛是一个新式的家塾。课堂利用我家工厂接待外国工程师的“洋房子”（一座欧式小楼），大家围着长形的大餐桌听他讲课。他就住在楼上，星期六晚上才进城回家。为了表示尊师，每天中午由三哥开诚与我陪同进餐，无非是四菜一汤的家常便饭，冬天则把汤改成火锅。张校长文化素养很好，语文、数学、史地都能教，虽然在我家是宾客，但对学生要求甚严。不过他从不打骂，总是温文尔雅地耐心规劝。他最看重的是开诚，据说有意把女儿许配给他。有次作文，开诚突有神来之笔，说“时间比欧文斯跑得还快”。欧文斯是20世纪30年代美国短跑名将，声誉遍及全球。张校长对开诚的作文非常欣赏，说他摆脱了“光阴似箭，日月如梭”之类套语。此后作文每逢有时间描写，我都沿用“比欧文斯跑得还快”的比喻。张校长对此不以为然，正色告诫说：“外国有句话，第一个把女人比做月亮的是天才，第二个则是白痴。”我那时还不满十岁，跟着哥哥姐姐勉强读五年级课程，对这个批评感受颇深，开始知道模仿和抄袭都没出息，应该努力自己创造发明。

不久张校长另有高就，于是我又跟着哥哥姐姐，每天沿着漫长的石板路进城，在襄垣小学读六年级。这时，平津局势渐趋紧张，大批高校学生南下，或从事抗日救亡，或在南方转学就业，我们小学至少有三位这样的新老师。其中有位冉先生，北师大毕业，教我们语文课。他出的作文题目都结合现实，如《致华北前线抗日将士书》之类，爱国救亡的热浪滚滚于课堂内外。就在抗日战争爆发之际，我在小学毕业了。毕业典礼开始时，程主任指挥全体师生高唱当时流行的电影《桃李劫》主题歌：

同学们，大家起来！担负起天下的兴亡。
我们今天是桃李芬芳，明天是社会的栋梁。
我们今天欢聚在一堂，明天要掀起救亡的巨浪。
巨浪，巨浪，不断地增长。
同学们，同学们，快拿出力量，担负起天下的兴亡。

大家热血沸腾，心潮澎湃，仿佛我们稚嫩的肩膀果真已担负起国家安危的重担。

抗战爆发后，我们一家随着辗转西迁的难民潮进入四川。父亲由于薪水微薄，难以养活众多子女，便把我和二姐、二哥送到江津德感坝读国立九中。作为沦陷区学生，既可得到"贷金"维持生活，又可免费继续升学，真是天大的福音。但从此也就与家庭长期隔绝，完全靠学校和老师照管，当然是极为粗放的照管，不可与现时"封闭式"贵族学校同日而语。

德感坝是一个乡下集镇，九中校部就在附近。我先后读过的初一分部、高一分部，却都在更为偏远的山上，借用两座很大的祠堂，另外临时搭建一些简易的竹篱茅舍，就算我们寝室与教室，只能说是聊以避风雨而已。但九中的师资与图书堪称上乘，实验器材也能满足课堂教学需要，这在战时是很少见的。据说安徽大学部分教师内迁四川后无法复校，便降格以求大批转入九中。校长是国民党中央委员陈访先，但他似乎从未来过，实际负责的是副校长邓季宣。邓原是安徽大学教授，为清代怀宁名书法家邓石如的后裔，曾留学法国专攻哲学，是深受人们尊敬的一位学者。在他的领导下，九中学风严谨而又比较开放，经常请住在重庆或路过江津的学者专家为学生做报告，现在记得姓名的有魏猛克、马丝白等。他对蛰居江津的陈独秀也很尊重，不时过江前往探望这位同乡前辈，陈的儿子松年就在九中管庶务。

在我的记忆中，九中有许多好老师，特别是在高一分部。有两位语文老师对我影响较深。一位是姚述隐，应该是河北或山东人，颇有慷慨悲歌的燕赵风格，教学深入浅出，讲元曲尤为精彩，听课简直成为美的享受。“枯藤老树昏鸦”之类意境，往往使我流连忘返。我对中国文学史稍具常识，多半是得益于姚先生的熏陶。他对我们的作文批改认真，遇有佳句则朱笔圈点，批语亦耐人咀嚼。另一位是朱彤（原名金声），南京人，刚从复旦大学中文系毕业不久，当时却已小有名气，曾把《红楼梦》改编成话剧《郁雷》，并且有著名的话剧团在重庆演出此剧，引起不小轰动。但他对我们影响较深的，却是非常注意课外活动，曾带我们去附近的著名诗人吴芳吉故居参观，还去过一处劳动条件极为恶劣的煤矿。我们这些难民学生已经够苦了，但看到那些赤身露体、瘦骨嶙峋的工人，在黑暗且积水的洞穴中匍匐着掘煤或拖煤，有的工人两眼已经失明依然勉强背煤，这才知道世界上还有比我们更苦的人，那场景简直是人间地狱！朱老师把我对文学的兴趣从古代吸引到现代，并且促使我更加关切与同情挣扎在社会底层的劳苦大众。我离开九中以后，朱老师仍然经常与我通信，教我如何读书与做人。

我们还有一位很出色的英语老师赵宝初。安徽人，毕业于南开大学英语系，已有较丰富的教学经验。他不像朱老师那样热情奔放，课余与我们也少接触，但课堂教学却是非常投入。他的文化素养较高，知识面很宽，讲课时常能纵横比较，引人入胜。他的讲课仿佛缓缓流动的溪水，时时以知识的清泉滋润我们幼小的心灵。在他的启发下，我热衷于读英、法近代文学作品，增强了对于西方文学史的了解；同时也酷爱做英语语法图解练习，虽在失学失业四处流浪之际仍乐此不疲。我的英语现今勉强可用，应该归功于赵老师诱导有方。赵老师课余爱好京剧，偶尔也唱几句，他的弟弟荣琛则是享誉海内外的程派青衣。1990 年，我在普林斯顿见到他的妹妹，据说当时也在德感坝教小学，谈到大哥（宝初）即不胜凄楚，原来已过世多年。

对学生课外活动关心更多的，应数音乐老师瞿安华。他也是怀宁人，瘦削然而精干，可能是由于指挥时习以为常，头总是稍微左偏作倾听状。他不仅把全校抗日救亡歌咏活动弄得热火朝天，还物色一批有天分的男女学生组织合唱团，经一段时间强化排练后，正式以四声部演唱赵元任的《海韵》，使我们听得如痴如醉。他擅长二胡，常在课余辅导我们学琴，还指导我们做二胡。好在遍山都是竹林，琴杆、琴筒和制弓的材料取之不尽，用之不竭，蛇皮靠自己捕捉剥制，马尾（做弓弦用）从附近歇息的马屁股上拔。一时间几乎人手一琴，弦歌不绝。刘天华的名曲，诸如《良宵》《病中吟》《光明行》《空山鸟语》我都会拉，基本上可以上台演出。可惜弓法习惯已坏，难以进一步提高。抗战时期的农村，连温饱都无保证，何敢奢望广播、电影，只有群众性的自演自唱，为艰苦的生活增添了不少情趣与色彩。离开九中后，我与瞿先生毫无联络，但他那火一般的热情使我终生难忘。“文革”后我曾在报上看见上海音乐学院招收研究生的广告，二胡演奏的导师就是瞿安华，职称是教授。我想这是他应有的归宿，好人理当平安。

学生时代大家很爱给老师起绰号，有位数学老师兼班主任被叫做“老马”，其真实姓名反而早已忘记。他对我们关怀得无微不至，且常以生活经验开导我们。有句口头禅常挂在他嘴边：“我是一匹老马呀，你们都是小马”，遂以此得名。但我们当时却厌烦这位识途老马的啰唆，老远看见他便悄悄避开，唯恐被他拉住喋喋不休。半个世纪早已过去了，但“老马”那穿着俭朴的身影，却时时浮现在我的脑际。多年以来，我也常爱向学生喋喋不休，大谈什么人生经验和治学方法，年轻人礼貌地微笑听着，但他们是否也有点厌烦我啰唆呢？我觉得“老马”的基因似乎已遗传给我了。

九中老师中也有若干对我深恶痛绝，并号召大家“鸣鼓而攻之”者，现在唯一记得其姓氏的是教世界近代史的魏老师。魏老师是山东人，身躯高大，乡音极重，经常穿一身深黄色中山装，颇有军人风度。他非常崇拜俾斯麦，在课堂上大谈这位铁血宰相的文治武功，却又用浓厚的山东口音把俾斯麦念成Biesmarkai，所以我们背后就称他为“俾斯马凯”。九中本来宁静得像世外桃源，师生安于清贫而专心于教与学。但1941年“皖南事变”以后，国民党加强对学校的控制，连僻处乡野的区区中学也难以幸免。邓校长因遭受诬陷与污辱愤而辞职，教育部把原在八中当校长的邵华调来九中。邵华也是国民党中委，但不像陈访先那样无为而治。他长期住在校部并且带有一批亲信，与当地军、警、宪、特均有联系。高一分部多次发生学潮，更是他注意防范的目标。我本来是个循规蹈矩用功读书的学生，只是在比我高一年级的若干学生影响下，常为他们的壁报写点散文，偶尔也画点漫画。乡下见闻有限，写的画的都是校园内的所见所闻，免不了对校方有所讽喻。但就连这些微笔墨竟也引起某些人注意。

1943年春，我已读高三上，“俾斯马凯”时任高一分部训育主任。有天上世界史课，他先不讲正课，却拖长声调宣读我的一篇周记（实际是课外作文）。大意是说一群白鸽在蓝天飞翔，悠扬的鸽铃声惊扰了酣睡者的清梦。这些绅士们怒吼并持竹竿驱赶，但鸽群飞翔与鸽铃悠扬如故。我不知自己为什么要写这样的内容，可能是模仿鲁迅的某篇散文，但丝毫没有讥刺时政之意，何况当时我根本不知道有什么国共之争。但魏老师却小题大做，厉声呵斥："你要自由？什么地方自由？到莫斯科去！"当时我还不满 17 岁，又昧于政治斗争的残酷，对"到莫斯科去"一语的险恶含义毫未察觉。但感到很委屈，因为完全没有这些念头，却又气愤得说不出话来。魏老师号召全班同学揭发批判，但无人应声，只有班长（姓王，以前在学校当过号兵，有 20 多岁）站起来编造一些情节坐实我确对党国心怀不满。我更愤极语结，当然也毫无认错之意，顿时形成僵局，课堂一片寂静。魏老师似不满意，但又无可奈何，大手一挥命我坐下，这才开始讲课。课后我冷静下来，恍然大悟，祸源出于班长，因为周记一般是经由班长收齐交给班主任的，而兼语文课的班主任平时还常常夸奖我这些摹仿鲁迅杂文风格的稚气作文和周记。班长大概是刚发展的国民党员或三青团员，接受了什么特殊任务，因急于表功便把我当成牺牲品，其实平时我是把他当老大哥看待的。课堂风波以后，学校领导并没有找我谈话或立即给以处分，但学期结束时我却接到勒令退学的通知。

事后才知道，邵华认为高一分部乃是九中乱源，主张"治乱世，用重典"，所以任命"俾斯马凯"这样的铁腕人物当分部训育主任。1943 年上半年受处分的不止我一个，上一年级的学生有多人被开除甚至被捕，有一人且病死于狱中。

田园牧歌似的中学生活就这样戛然而止。然而九中在我心中依然保持着永恒的美好回忆。因为那里留下了我天真无邪的童年和少年的梦。

忆黎澍

久仰黎澍大名，但说老实话，早先并不怎么喜欢他的论著。20 世纪 50 年代初，常在《学习》杂志上看到他写的一些配合干部学习的理论文章，觉得并无多少新意。特别是他写过一篇批评侯外庐文字艰涩的短文，给我留下对长者过于苛求的轻慢印象。

但 1961 年初夏的首次面谈，迅速改变了我的看法。当时我受湖北省社联的委托，为筹备纪念辛亥革命 50 周年学术讨论会，到北京与学术界联络，听取各方面的意见。我住在东厂胡同 1 号近代史研究所，由该所学术秘书刘桂五负责接待。有天桂五说："你应该见见黎澍，他是我们的新任副所长，是为了加强近史所的领导派来的。"经由他的安排，我按约定时间前往拜会。黎澍工作虽已变动，但暂时仍住中宣部。我第一次走进这样高层的大机关，心情有点紧张，又不认识路。正在为难之际，有一中年妇女走过来问我找谁。我说找黎澍，她笑着说："跟我走吧！"于是把我带进一间很大很大的办公室，只见一位矮胖且已秃顶的中年人正在伏案工作，那情景使我感到很像电影里的列宁。中年妇女轻声说"有客人来了"，便走进内室，事后我才知道这就是黎澍夫人。黎澍让我坐下，随即滔滔不绝讲起来。他好像事先对我的来意已有所了解，所以谈话颇有针对性。主要强调两点：一是双百方针，一是实事求是。他反反复复地解释，还怕我理解不深，便打比喻说："如果一百株花都是一样形状，一样颜色，好看吗？又好比一百只鸟，叫起来都是一种声音，好听吗？”见我点点头，他才满意地笑了。接着说：“现在学风不好，尽讲空话，空头理论，范老要在《历史研究》发表一篇文章，题目就是《反对放空炮》。中央现在提倡实事求是，你们要开辛亥革命学术讨论会，正好可以借此改进学风。”他还问我准备提交什么论文，我说是结合辛亥革命史实探讨民族资产阶级性格。他对此未加可否，只是强调一定要有大量史料，从历史实际出发，并劝我不必参加当时颇为热络的辛亥革命时期社会主要矛盾的争论，切切实实做自己的研究。

我在青少年时代性格比较内向，很少主动与外界联络，加以自幼即离开家庭，可说是不通人情世故，连一些日常应酬礼仪都不大懂。但见了黎澍之后，才知道世界上还有比我更加不讲客套的人，这就增添了我对他的亲近感。1961 年 10 月在武昌举行纪念辛亥革命 50 周年学术会议，吴老（玉章）致开幕词，其内容与此前黎澍对我强调的两点大体相同，原来这篇开幕词就是他起草的。会议期间，他还为年轻学者做了报告，特别强调学习中西哲学以丰富思想的必要，这也对我此后的治学产生了深刻影响。

1963 年，经全国政协文史资料委员会借调，我到北京参与北洋军阀史料征集工作，随后又参与中国近代社会历史调查委员会的筹备工作。他是这个委员会的副主任委员，但并未具体过问筹建事务，因为正在主持批驳苏联有关中苏边界问题的种种言论。在此期间，我与他只是偶尔在开会时见面，别无任何私人之间交往。但在其后的漫长灾难岁月中，我们却都沦落为史学界的批判对象，尽管我们原来的地位大为悬隔。因为，历来的政治运动，在学术界也培养出一批“侦破里手”，他们不仅善于“上纲上线”，对别人文章“鸡蛋里挑骨头”；而且善于“上挂下连”，编织种种“黑线”“黑网”。就连我与黎澍这样平淡的关系，也曾被人追寻其中的“线网”踪迹。1964 年秋天，我不满于戚本禹评论李秀成文章的武断专横，在《光明日报》发表《不要任意美化，也不要一笔抹杀》的争鸣文章，却不料立即横遭无休无止的粗暴批判。这篇文章是我自己有感而发，而且是在一个夜晚匆匆写成，事先并未与任何人商量过。可是“侦破里手”们却不满足于对我个人的批判，偏偏要“顺藤摸瓜”，追查我写这篇文章的背景和动机。“文革”期间，在批判我为叛徒李秀成辩护的一次会上，有人揭发说，1963 年秋天近代史研究所曾召开过讨论戚本禹文章的座谈会，黎澍在邀请与会名单上特地增添祁龙威与我的名字。可见我“抛出那株大毒草”决非个人行动，而是有组织、有计划、有预谋云云。真是欲加之罪，何患无辞！幸亏那天我正好有别的事情，确实未曾参加近史所这次会，使“侦破里手”们的追踪又一次扑空。

我与黎澍的再次见面已是在十年以后，即 1975 年暑假，我们都去哈尔滨参加一次有关中俄边界史的讨论会。会议的具体内容早已记忆模糊，倒是众多师友在历经磨难之后的重新相晤，其情景的热烈至今印象犹深。黎澍当时还比较谨言慎行，因为“四人帮”仍然把他视为敌对势力，所以借口牙疼没有在大会发言。我曾借用列宁的话开玩笑，说他恨不得把痛牙与修正主义一并吞下去。他却感慨地说：“以前有能力到处跑，却只愿呆在北京；现在很想到各处走走，却已是力不从心了。”其实他当时才 62 岁，除血压偏高外没有什么大的毛病。

会后，他提议到边境看看，由丁名楠、陈铁健和我伴随。原想沿大兴安岭作边境考察，因当时中俄关系正趋紧张而作罢，改为到镜泊湖参观。镜泊湖原先是一个巨大的火山口，以水平如镜得名，为重重叠叠的山峰与森林环绕。50 年代曾经作为苏联专家的休假别墅，因此没有高楼大厦，都是一座一座造型各异的俄罗斯风格的木屋，与自然景观十分协调。中苏关系恶化以后，这里改作中央领导人休养之地，但除刘少奇夫妇以外，其他高层领导似乎都未曾来过。“文革”期间此地已成被遗忘的角落，连道路和木桥都破损不堪，只有一个管理员、一个厨师和两个女服务员（由牡丹江市北山宾馆轮流派往）象征性地照管。当晚我们住在刘少奇夫妇住过的一座木屋，倒也宽敞、清洁、舒适，据说黎澍睡的就是刘氏夫妇的卧室。客厅墙上有大幅庆祝“无产阶级文化大革命”伟大胜利的招贴画，可能是表示以正压邪，也可能是管理人员用以应付造反派，避免无谓的损坏。晚间出外散步，只见无边无际的浓密森林，一片黑黝黝的阴影，偶尔有点点绿光闪烁，女服务员说是虎狼的眼睛，吓得我们毛骨悚然。不过湖水确实清净，在月光下泛出银光，我们忍不住下水游泳，因为浴室已无自来水供应。这一晚，偌大的山庄只有我们十个人（连同工作人员与陪同人员）住宿，分别住在三座木屋中，其余的房屋都是一片黑暗。次日黎明，鸟声悦耳，松鼠不时跳到窗台上，人与自然的距离顿时缩短。我与老丁出外散步，发现有的空房走廊上竟有新鲜的野兽粪便，想必昨晚定有“不速之客”光临。黎澍在整个行程中都兴致颇高，谈笑风生，偶尔还喝一杯白酒助兴。临别时，山庄工作人员一定要与“中央首长”合影留念，我们不敢招摇撞骗，但他们硬是不依，强拉我们合照了一张相，那老厨师还激动得紧紧与我们握手。我们事后开玩笑说，一定是黎澍太像中央首长了，否则不会有此误会。黎澍则认为，大概过去每次中央首长来此都照例要合影留念，在冷落多年之后，幸而有我们光顾，虽明知不属高层领导，总算聊胜于无吧。那时邓小平还在中央主持工作，大刀阔斧的整顿颇见成效，我们对前途怀有相当信心，没有想到一股新的反动逆流正在暗中酝酿，其中也包括对黎澍的再次冲击。

“四人帮”垮台以后，黎澍精神振奋，思想活跃，除批判“影射史学”外，还率先突破禁区，就历史动力等重大问题勇敢提出独立见解，对史学革新产生极为深远的影响。我们也因此更加尊敬他、信任他，愿意向他寻求指点与支持。1978 年春天筹建辛亥革命史研究会，他欣然答应担任顾问，并建议一定要加上“中南地区”的限定。他认为中国太大，人际关系由于历经多次政治运动而更加复杂，办全国性的大学会难处很多，不如办人员精干的小学会反而易见成效。十多年来，我们的研究会一直坚持人员精干、团结务实的优良作风，为推动辛亥革命研究做了大量卓有成效的工作，这与黎澍的正确建议是分不开的。

黎澍很高兴看到我们这一代历史学者已经趋于成熟，并且在各个领域成为主要骨干。他对我们期望更殷，要求更高，谈话也更深切。记得在中国史学会重建召开成立大会期间，他对某些高论颇为不满，悄悄对我说：“有的人总想以史学领域党的代言人自居，你能代表党吗？史学是党的宣传工具吗？这不仅是玷污史学，也是玷污党！”会间休息时，他又走过来对我说：“我们都赞成说真话，但说真话是有可能杀头的哟！”这些掷地有声的金石之言，犹如暮鼓晨钟，时时发我深省。此后我们多次在各地学术会议中见面，他都是兴致勃勃，论古道今。尽管其处境已经不甚佳妙，但仍然对个人、对国家前途充满信心。甚至对于自己的健康，他也充满信心。有次桂五笑着对我说：“黎澍的体检情况最好，下水（内脏之谑称）全没病。”大家都为此感到欣慰。他也显得精力充沛，光彩照人，全无老迈迹象。所以连日本同行学者也称之为“湖南血性男儿”，请他到东京浅草喧闹的小酒店里放大嗓门高谈阔论。

我确实没有想到一个充满生命活力的人会那么迅速离开人间。我不仅为中国学术界惋惜，也为自己惋惜。他是当代中国学人中思想最为丰富、气象最为宏大者之一，属于能开风气的宗师。我与他有那么多接触机会，却未能抓紧向他多多请教，且由于我的疏懒，平时也没有什么书信往来。记得有次他在《辛亥革命史丛刊》上看到沈渭滨写的一篇有关早年孙中山的文章，对其中若干问题甚感兴趣，曾写信给我打听作者地址，但就连这唯一的来信也没有保存下来。所以当黎澍夫人为他编辑文集向我征求函札时，我竟无以为应，内心倍增愧疚。

现在更为年轻一代的学人对黎澍大多已不甚了了，但我认为他对史学革新的开风气之功是不会湮没的。他那追求真理的勇气，对史学理论探索的执著，以及对人的肝胆相照、真率热忱，都永远是我们学习的榜样。

忆东老

在湖南醴陵当代杰出人士中，有两位与我关系较深，一是黎澍，一是杨东莼，即人们通常所说的东老。

东老是中国有数的早期马克思主义者之一，以翻译摩尔根的《古代社会》而享誉于进步学术界。他在政治上经历的风风雨雨，现今已经鲜为人知，倒是在教育方面的多年劳绩永远遗爱人间。

初次认识东老是在1954年。那时我已在武汉华中师范学院历史系任教，他则刚从广西大学奉调来汉任我院院长。东老的到来使全院师生大为振奋，因为此前数年武汉高校工作颇受“左”倾思潮干扰。不仅是对某些高级知识分子的粗暴批判，而且还沿用过去办革命大学（实即党校）的方法来办正规大学，因此很难实现以教学为主的目的。中共中央与中南局对此已有察觉，并采取一系列措施加以改进，调杨东莼出任华师院长，正是这些重要举措之一。记得中南教育局副局长孟夫唐代表中南局和中南军政委员会，向全校教职员宣读任命文件时，特别强调东老的高校工作背景，称之为著名的教育家和历史学者，全场顿时爆发热烈掌声。东老的讲话颇为平易近人，一开口就自我介绍：“我叫杨东莼，常被叫做杨东专（莼的本字为蓴），名字取得不好。”风趣的发言引起哄堂大笑，增加了人们对他的亲近感。

东老就职以后，除向全校师生员工做过一次大报告，强调建设社会主义需要真才实学以外，别无其他豪言壮语和空头号召。

他非常强调务实和深入，常说只要认真看看食堂和厕所，就可以知道一个学校的管理水平。历史系是他分工亲自抓的基层单位，他与每个教师都个别谈过话，而且事先都看过人事档案，并作认真的准备，因此谈话颇有针对性，并非走走过场。与我谈话时，他询问家世、学历和工作情况甚详，并征求如何办好院、系的意见。他丝毫没有大首长、大学者的架子，待人亲切如家人父子，与他谈话称得上如坐春风。也许是由于我教中国近现代史，与他的研究领域相近，此后他对我非常关切。每逢接待外国相关历史学者，他必定要我陪同并为他准备发言。我邀请武大唐长孺教授来历史系介绍科研经验，他也赶来与唐先生晤谈。甚至连我偶尔生病，他如知道也必定嘱我不宜过于劳累。1955 年学院创办学报，我为练笔写的一篇论太平天国土地政策的习作，长达四五万字，经他同意也得以在学报作两次连载，这对我这样的年轻教员是极大的鼓励。

1957 年暑假，他奉调去北京任国务院副秘书长，并参与民主促进会中央领导工作。尽管临行应酬很忙，他仍嘱人将一箱常用的中国近代史书籍赠送给我。其中有一本李六如送的《六十年的变迁》，他还特地用毛笔注明书中主人公季交恕即李六如，并介绍李六如的简历。这些细微之处都给我留下终生难忘的印象。

1963 年，学校领导鉴于我未能完成大学学业，参加工作后一直承担繁重的任务，因此给我两年进修时间（相当于国外的学术休假）。他又热情相助，以全国政协文史资料委员会名义把我借调到北京，协助他征集北洋时期史料，并筹建中国近代社会历史调查委员会。其实，他给我布置的工作都比较轻松，主要还是让我利用北京的优越条件访师问友与查阅资料，做自己的研究课题。

全国政协文史资料委员会当时的主任是范文澜，但实际负责的是两位副主任，一是东老，一是申伯纯，人们通常称其为申伯老。二老对我的到来都很欢迎，为我提供颇为优厚的工作与生活条件。但他们对我的具体工作安排却有不同意见，申伯老一见面就满腔热忱地要我帮他撰写西安事变回忆录，东老则坚持不必让我局限于专门的单一工作。看见二老争得面红耳赤，我真有点尴尬，幸好申伯老终于让步，同意东老既有的安排。我想东老大约是尊重我们学院领导的意见，不愿过多侵占我自己进修的时间吧。我对二老都很感激，正是由于他们的关切与支持，使我在北京得以结识许多学识丰富的师友，会见许多在中国近现代史上占有相当地位的重要当事人，阅读许多珍贵的文献史料。这不仅使我大开眼界，而且为此后的治学奠定了比较坚实的基础。

东老的工作作风极为细微深入，属学者型而又无书生气。中国近代社会历史调查委员会的筹建，许多事情都靠他具体张罗。此会一经成立，他立刻带领我们（包括邵循正、何仲仁、郝斌等）前往天津，在市博物馆、档案馆、图书馆、政协文史资料委员会进行调查研究，为制定调委会全面工作计划做准备。当时根据副主任刘大年的建议，确定先抓两个项目，一是知识分子千人传，一是资产阶级千人传，而首先要求作充分的调查研究。为此，我们又广泛征求意见，多次修改传主参考名单。东老见多识广，交游面特宽，在这方面为我们提供很多宝贵意见。而为了拟订资产阶级调查计划，他还抽空带领我和刘望龄，先后拜访全国工商管理局理论处长吴承明和中央统战部工商处长万景光，请他们从全局上介绍中国资产阶级的历史与现状。这些活动不仅有助于当时的工作，而且也有助于我此后的资产阶级研究。

中国近代社会历史调查委员会尽管处于草创阶段，但它进行的是一件意义重大而且备受学术界重视的工作，如果能持续下去并正常运转，现今决不会让美国哥伦比亚大学的口述历史（Oral History）计划独占鳌头。可惜它生不逢时，刚刚建立便碰上新的阶级斗争劫难。其时名为学术讨论实为思想领域的阶级斗争已经初步展开,各协作单位又要抽回借调人员参加农村“四清”运动，因此到1964年秋天工作便渐趋瘫痪，终于只剩下我一人守办公室，也无非是验收若干书店陆续送来的新旧书籍而已。不久，我又因为写评论李秀成的文章出了问题，奉命回校接受批判，这个委员会便名存实亡了。

东老倒是颇有恢复此项工作之意。1966年初，他以纪念孙中山诞生100周年筹委会的名义又把我借调到北京，协助廖承志和他（该会正副秘书长）处理一些学术性事务。多次见面他都谈起如何恢复并拓展社会历史调查工作，并且很想设法让我长期留在北京参与此事。但这时我已处于经常挨批的困窘境地，有点心灰意懒，对此并未存有什么奢望，只是不便明言让老人扫兴而已。不久，“文革”开始，我们一别就是八年。

1974年《历史研究》杂志奉命复刊，我被借调参加编辑部工作。到北京后立即去看东老，一进门便听见浓重的湖南口音：“开沅同志你来了。”东老踉踉跄跄地疾步下楼，紧紧握住我的手问长问短。但他对我此次来京颇不以为然，认为是在不适当的时间来到不适当的单位从事不适当的工作。他预料复刊后的《历史研究》将与“梁效”“罗思鼎”一样，成为中央文革“批林批孔”的工具。他愤然说:“什么儒法斗争？完全不顾历史事实，连常识都没有。你看过‘大参考’没有？连苏联学者都骂我们无知。这是民族的耻辱，我要给总理写信，向中央提意见。”一向文静儒雅的东老变得异常激动，连连拍桌以发泄怒气。告别时，他意味深长地说：“你这个工作干不久的，干不久的。”东老对我个人的关切仍然一如既往，经常要我到他家叙谈。有次编辑部要我写一篇《论〈訄书〉》，由于《訄书》艰涩难懂，他还特地介绍我去见章太炎的弟子马宗霍，让马老多加指点以免出现常识性错误。

1975 年秋天，《历史研究》杂志改组，重新交归中国科学院哲学社会科学部领导，黎澍本来有意留我继续在编辑部工作。我因为经过一年多的观察，深知当时政治情况复杂，刊物乃是派系必争的是非之地，便坚决要求回原单位工作。离开北京前，到东老家告别。他正好在医院打针回来，虽然略显疲惫，但仍强打精神与我叙谈，并且笑着说：“我早就讲过干不久的，是吧？”东老过去很想让我长期在北京工作，但现在却为我能从《历史研究》脱身感到欣慰，这种心情的奥秘当时只能意会而不可言传，但我绝未想到此别竟成永诀。

“四人帮”垮台以后，举国欢欣若狂，偶尔从报上可以看到东老参加庆祝或座谈的消息。但当时人们刚从“十年浩劫”中解脱出来，百废俱兴，重振故业，工作千头万绪，大多十分忙碌。我当时正以全力投入《辛亥革命史》（三卷本）的编写工作，所以抽不出时间去看望东老，只有通过北京的李侃、陈庆华等友人转致问候。他与比较年轻的学者（实际上已不再年轻，一般已逾知天命之年）热情交往如故，但据说脑力已不如前，略有老年痴呆征兆。1979 年秋，我应邀赴美讲学，在西雅图才从中文报上得知他逝世的消息。归国后又知道他的遗嘱要求：不开追悼会，不向遗体告别，不保存骨灰。东老一生俭朴，自律甚严，对身后的安排亦复如此。以后，我曾在一篇怀念文章中赞叹“不占人间一抔土，愿化春雨育新苗”，堪称一代人师。

东老理论素养很高，知识渊博，学贯中西，在20世纪30年代即有多种著述流行。但也许过于谨慎，或者是由于工作和社会活动太忙，新中国成立后反而没有新的学术佳构问世。我只知道他曾注意搜集宁调元诗文，准备为之结集付刊；也曾努力搜集《苏报》主人陈范的资料，可能是想写人物传记，但这两个计划都未能实现。东老后半生的绝大部分精力用于教育行政和统战工作，他的业绩另有所在，自然不应作为一般专业人士对其苛求。但以那么好的学术素养，竟以过于忙碌与谨慎流于“述而不作”，毕竟使我们这些知之甚深的后辈感到遗憾。不过东老毕竟是很勤奋的，他在百忙之余尽量挤出时间继续翻译或改译外国学术名著，如摩尔根《古代社会》、狄慈根《哲学讲演录》等。“文革”后期，他由于靠边站而颇得宽闲，在马雍兄弟（马宗霍之子）协助下，将《古代社会》又重新校订改译一次，成为现今流行的最佳中文译本，可以看做是他最后留给人间的心血结晶。

诂经谭史，言传身教

——纪念钱基博先生诞辰 100 周年

今年（1987）是钱基博先生诞生 100 周年，也是他逝世 30 周年。在各方面人士的关心与支持下，华中师大学报编辑部特出专辑以表达全校师生对于这位著名学者的缅怀敬爱。编辑要我为此写一序言，我却踌躇数日，迟迟未能下笔。因为，在基博先生面前，无论是就年龄还是就学问而言，我都是名副其实的后生小子，何敢妄议前贤。

但是，从 1951 年到 1957 年，我与他毕竟是在同一学校与同一系科工作，对于钱老的道德文章、音容笑貌至今记忆犹新。在我的印象中，他是一位热爱祖国并以弘扬中华文化为毕生职志的淳朴学者。那些年，由于健康欠佳与说话困难，他已不再到教室上课，但对于学校与历史系的教学、科研与师资培养仍然非常关心，常常给校、系领导提供恳挚而有益的建议。对于青年教师的请益问难，他也是循循善诱，热情给以指点。不过，那时运动连绵不绝，开会的时间特多，而他又按照老习惯很少参加会议，基本上是独自治学，所以大家见面的机会并非很多。

华中大学由私立改为公立，并且与中原大学教育学院等院校合并建立华中师范学院以后，钱老出于对国家对教育事业的热爱，把自己珍藏多年的数万册图书赠送给学校图书馆，又把大批心爱的文物捐献出来，帮助学校筹建历史博物馆，以后改为文物陈列室正式向校内外开放。我校师生，乃至整个武汉地区的许多中学师生，至今仍然从钱老的遗爱中受到教益。华师图书馆古籍收藏以集部见长，也与钱老的“集部之学，海内罕对”有关。

但是，由于“左”的影响，钱老的学问在他的晚年并没有受到应有的尊重，更谈不上充分发挥其作用。而在 1957 年，他对党披肝沥胆的忠直之言也没有得到正确的理解，而且还横遭无可避免的粗暴批判。他逝世于这一年，虽然确实是死于不治之症，但至少在离开人世前的心情是痛苦抑郁的。死者已矣，死者无言。但愿从今以后，千秋万世，中国知识界再勿遭此厄运。

我对钱老的学术水平、社会声望之稍有真切了解，是在 1962 年秋为研究张謇而到南通一带调查访问以后。所到之处，人们知道我来自华中师院，都纷纷询问钱老晚年的遭遇，并追忆钱老的治学与为人。“大江以北，未见其伦。”我这才知道当年那位以文章经济为全国士流归重的张季直先生，对比他晚生 34 年的钱基博竟然是如此推重。其实，推重钱老的又何止于江北，我在无锡、常熟等苏南各地，也感受到老一辈知识分子对他的更为深挚的关切。回校以后，我曾将这些情况向校、系领导汇报，希望能对钱老的逝世作若干追念的表示。但这时“千万不要忘记阶级斗争”的口号已经喧腾全国，我所带回的大江南北老辈知识界的微弱呼声，自然很难获取任何积极反应。

只有到现在，即钱老离开人间 30 年以后，我们才有可能确认钱老在学术和品格上的重大价值，并且通过出版这本专辑以寄托我们的追念。

关于钱老的学术成就，本辑所收的一些当年受业者的文章已有详尽的评说。我只想说一点，即钱老使我最为倾慕的，是他的恢弘学术气象。他自称："基博论学，务为浩博无涯涘，诂经谭史，旁涉百家，抉摘利病，发其阃奥。"正如他的名字一样，其学术魅力在于淹博，在于会通以至形成通识。学术境界有高低之分，专而狭则易流于饤饾琐碎之学，唯有博通古今才能成一家之言。

然而，浩博又必须有坚实的根基。钱老终生勤学不辍，或精读札记，或反复记诵，积蓄既久，遂能成其宏大。他批评那些浮薄之徒："略披序录，便膺整理之荣；才握管觚，即遂发挥之快。"强调读古籍必须精研原著，融会贯通，不能只读选本，支离破碎，浅尝辄止。1933 年，他在光华大学草拟的中文系改革方案，把国学课程分为三大类：诵读学程、整理学程、训练学程，其目的即在于引导青年学者扎扎实实打好基础，形成雄厚的学术根底。

但钱老决非是强调读死书，他不断总结自己的治学经验，注意从门径上指点学生，特别是注意方法与能力的训练。他曾结合教学撰写《周易解题及其读法》《四书解题及其读法》《〈文史通义〉解题及其读法》《〈古文辞类纂〉解题及其读法》《老子解题及其读法》，这些书曾帮助不少青年人跨进国学的门槛，至今仍可作为整理与研究古代典籍的参考。

钱老既是一代国学大师，又是诲人不倦的教师。他从就任无锡县立第一小学国文、史地教员开始，历任吴江丽则女子中学国文教员、江苏省立第三师范学校国文经学教员及教务长、国立清华大学国文教授、圣约翰大学国文教授、第四中山大学中国语文系主任、私立无锡国学专门学校校务主任、光华大学中国文学系主任及文学院院长、浙江大学中文教授、国立师范学院国文系主任、华中大学与华中师范学院教授，终身辛勤耕耘于教育园地。

钱老热爱教育，热爱学生，从不计较个人地位待遇。在任教无锡县立一小以前，他已经是知名度颇高的文士，曾任苏浙联军、江苏都督府重要幕僚且已有中校军衔，月薪则常在200元以上。当小学教员以后，每周任课24小时，“哓口苳音，自朝至于日昃不遑”，任职两年未尝一日旷课，而月薪只有过去的十分之一（20元）。校长颇以待遇菲薄感到不安，钱老则坦然笑语：“君何浅之乎测我也！吾家三世传经为童子师，何所不足于我乎！”据早年也曾在无锡一小与省立三师任教的钱穆先生回忆，当基博先生已成为名教授以后，1923年仍在无锡第三师范兼课，每周从上海回无锡一次，直至自己教的班级毕业为止。

钱老很重视“树立师范”，即注意培养教师的风范。他不仅认真在课堂教学，而且认真进行课外辅导；不仅传授专业知识，而且教导学生如何做人。身教重于言教。他正是用自己的热爱祖国、学而不厌、诲人不倦、严于律己、讲究操守等等美德卓行，感染与培育了一批又一批青年学者。“竭生平之所知，勿曲学以阿世。”这是先生的生平志趣,至今也未尝不可作为我们的座右铭。

钱老日与古籍为伍,但思想并非陈腐。在光华大学任教期间，他曾在报上看到一篇题为《欧洲教育最新趋势》的演说词，特别欣赏其中的一段话：

> 意大利一世纪以来，一方追求国家的统一，他方却期望固有民族文化的复兴。自信无论为现在及将来，再造意国的基础，须建筑于意大利传说（统）之上；因为在过去历史之中，才包含着新时代文化的渊源；想在古代文化中找出精神的新泉；而以古文化的存在，为保证民族统一和团结的根据。但是他们的重兴古代文化运动，并不是纯粹

的复古教育；他们的宗旨，是用现代方法，去实行罗马教育，以现代人的心理，去了解古罗马的精神；就是以历史传说（统）为手段，而以地方环境、时代精神为背景，产生一个现代化的罗马教育，以图整个民族的团结。”他用这番话教导光华的毕业生，并且加以发挥说：“诸位，须知道我们光华的成立，就是教会教学的反叛（指反抗圣约翰大学校长卜舫济的殖民主义言行——引者），而表示一种国性之自觉；要以现代人的心理去了解古中华民族的精神，想在中华民族古代文化中找出精神的新泉，而产生一种现代化的中国教育，以图整个民族的团结和统一。

他曾把《中山全书》与谭嗣同的《仁学》、康有为的《大同书》并列为中国维新以来的“三部奇书”。新中国成立以后，《毛泽东选集》第一卷刚一出版，他即以十天工夫通读全书，着重“观其会通，以籀其成功”，并且在扉页上写下自己的心得。他称赞毛泽东“主义一定，方略万变，所以头头是道，无著不活，而能因祸而得福，转败而成功”，还特别指出：“《实践论》最启发人神知。”这些都说明，基博先生始终是脚踏实地、心口如一地努力跟随着时代潮流前进。

我想，我们纪念钱基博先生，最好的办法是继承他的宏愿与实践他所未能完成的事业。我希望，一切热爱祖国的人们，都能像钱老所说的那样，在努力引进、消化、吸引外国先进文明的同时，也要以现代的心理、意识与方法去了解中华民族的传统文化，从中辨析找出切合于今日四个现代化所需要的精神新泉，“以图整个民族的团结和统一”。

［附记］基博先生与钱穆都是无锡人，同宗而不同支，曾同事且相交甚深。钱穆对他极为推重，在《师友杂忆》中称：

“然余在中学任教，集美、无锡、苏州三处，积八年之久，同事逾百人，最敬事者，首推子泉（基博号）。生平相交，治学之勤，待人之厚，亦首推子泉。余离大陆不久，即闻其卒于湖北，惜哉！”

钱穆晚年颇有莼鲈之思。1990年春夏之间，钱夫人胡美琦女士曾致函在我校任教的表妹夫陈盛杰，询问有无可能由华师协助办理回大陆探亲手续。我当时还在校长任内，陈持函相告，我表示一定尽力促成此事，学校有关部门亦均有共识。但未几钱先生即病故于台北新居，未能了却最后的心愿。三年以后，我到台北讲学，曾前往其故居（素书楼）参观，并向钱穆纪念馆馆长谈及此事，均为之惋惜不已。我常自问：祖国大陆知名高校甚多，钱先生何以独选我校作为返乡桥梁。有亲戚可托，固为原因之一；而对基博先生的眷恋，可能亦有关系。

1997香港回归之年补记

忆贝德士

贝德士是我在金陵大学历史系读书时的老师，也是我现今正在研究的历史人物。

他是美国人，1897 年生于俄亥俄州的纽瓦克。原名 Miner Searle Bates，贝德士是来华后取的中文名字。父亲是当地一位新教牧师，长期担任海勒姆学院院长。小贝德士就在这所学院读书，1916 年以优异成绩毕业，并获得罗兹奖学金去牛津大学攻读历史。因欧战期间曾去前线服务，1920 年始获硕士学位。也正是在这一年，他接受美国教会派遣，来到南京金陵大学教书。

贝德士为金大整整工作 30 年。其主要贡献有二：一是创建历史系并促进其发展，一是抗战期间维护校产并救济南京难民。

20 世纪 20 年代之初，金大只有政治系，历史专业原本附设该系，贝德士来校以后才分开独立建系。贝德士 20 多岁便当系主任，从制定教学计划到聘请教员，自己还要担任许多课程，其工作之繁忙艰巨可想而知。1947 年，他在一封家信中曾经深情而不无感慨地回忆自己走过的道路：

> 我逐渐认识到，如果从我来华获得第一个稳定职业（1920 年，23 岁）开始算起，到可能退休之时（1965 年，68 岁），五分之三的岁月已经消逝了。如果从大学本科毕业（1916 年，19 岁）算起，则渡过的年华所占比重还要略大一些。因此，现在是我应该潜心工作的时候了！虽然我不

愿改变持续寻求新知的道路，返回到往昔的兴趣，但我应该更为彻底、坚决地执著于去做或将要去做我所已知的工作。无论如何，我曾延展于广阔的知识领域：历史学，我的主要训练是近世欧洲史与英国史，通过自学与研究生攻读，扩大到古代和中世纪的中国、日本、印度、俄国，还有若干美国史——几乎是除了拉丁美洲以外的所有地区的历史；与史学研究相关联，还有政治学、社会学方面的兴趣，包括在牛津的攻读与早先在金大讲授政治学，接着是政治史、国际关系和当代事件，特别是远东地区；拉丁文和希腊文（前者每星期用一二次），谙习法文、中文、德文，俄文、日文可以对付姓名、工具书及勉强阅读……我深知，其结果是使我成为一个出版专著甚少的可怜专家，同时又是一个具有潜力的好教师，因为我总是勤奋而广泛地阅读。我试图扶植中国青年教师，让他们得以顺应自己的兴趣与长处，而我则只有担任其余的历史课程。重要影响已逐步显示出来，但这却意味着我要像新教员那样，不断从一门课程转移到另一门课程，同时还要遵循部颁教学计划的不时变化而担任新课教学。结果已表明这一决策完全正确，例如我现在的主要同事王绳祖与陈恭禄，还有此前的三四位同事。王、陈不仅教学出色，他们的著作已有并将继续增长广泛的影响，因为他们编写的大学教材已成范本。

王、陈都是贝德士早期的得意门生，他们分别撰著的《现代欧洲史》与《中国近代史》，都被商务印书馆列为大学丛书出版，具有部颁教材性质。其实，以贝德士在牛津、耶鲁所受的良好专业训练，渊博的知识与多种语言才能，本来可以自己驾轻就熟地讲授欧洲近代史。可是，为了让王绳祖学有专精，脱颖而出，却把这门得心应手的熟课让给弟子，自己又主动承担史学方法论、俄国史等一大堆新开课程。贝德士为金大历史系的发展立下汗马功劳，这是全系师生（包括校友）所一致公认的。王绳祖曾对我说："根据留学英国期间的比较，如果仅就本科教学而言，金大的水平决不低于牛津、剑桥。"而就我的切身感受来说，金大历史系对中外近现代史的重视，与强调兼学其他社会科学课程（如社会学、经济学等），这两方面都堪称开国内风气之先。我一生治学之稍有所成，或多或少得益于此。

1937 年抗战爆发以后，金大西迁成都。贝德士奉命以副校长名义全面负责留守校产。南京沦陷前后，他是南京国际安全区委员会的发起人之一，随后又是南京国际救济委员会的骨干与最后一任主席，在日军大屠杀期间做了大量保护与救济中国难民的工作。关于这方面的情况，我在贝德士文献研究系列之一《南京大屠杀的历史见证》书中已有详细记述。1991 年 12 月 12 日，"纪念南京大屠杀受难同胞联合会"在纽约举行集会，我应邀在会上发表简单演说，大意是：

> 当我们沉痛悼念南京大屠杀的牺牲者时，应该记住一个名字——贝德士。在南京陷入日军烧杀淫掳的大灾难中，他和一小群外国人，以恳求、争辩乃至自己的躯体，在刺刀与难民之间从事救援工作，尽管他们的努力常以失败终结。这个小小的外国人团体（20 余人）和他们同样勇敢的中国同事，日以继夜地救死扶伤，把难民聚集于庇护所，借助外国人的援助稍许减轻大屠杀的损害，并且为难民区内的七万难民谋求食物与住处。他们作为一个小小的公众群体生活在一起，没有足够的食物与服务，常常一连数周得不到他们眷恋的家庭的讯息，丈夫或妻子不知道自己的

另一半是死了抑或被囚禁。他们几乎与外面的世界隔绝，但仍然坚持留在南京。正如贝德士博士所说："我同其他人一样明白整个局势的严重与黑暗，在这里很难找到公理与正义。个人自身的问题早就得到回答。基督徒努力履行自己的职责，用不着为自己的生命担忧，而只会为自己难以满足巨大的需求而感到歉疚。"他们日复一日地前往日本驻南京的大使馆，送交抗议、呼吁和逐日逐事记录的日军暴行。贝德士所保存的此类大量文献已妥善收藏于耶鲁大学神学院图书馆。这是南京大屠杀的真实记录，血写的历史不可改变。

我师从贝德士的时间只有两年多，因为我于1946年10月进入金大，1948年11月即离校前往解放区。就我回忆所及，无论课堂内外，他从未向我们谈过这些悲惨的往事，虽然其间他曾先后作为证人出席过东京和南京两次对于日军暴行的审判。我所记得的只是贝德士老师那肃穆而凝重的表情，仿佛在心灵上经常承受着很重的负担。我想，任何有良知的人，经过那样惨绝人寰的浩劫以后，恐怕都会在内心留下永远无可磨灭的痛苦回忆。1950年他永远离开中国，回到美国后在纽约协和神学院任教直至1965年退休。作为南京国际救济委员会的最后一任主席，他把该会留存的档案全部带到美国，并在60年代连同所保存的其他文献全部捐献给耶鲁大学神学院图书馆档案室。由于郭钰、吴天威两位学长和我的共同努力，经过精选的贝德士文献中有关南京大屠杀的资料，即将以原件影印方式在美国出版。去年冬天，神学院档案室在史茉莉小姐主持下，还举办了贝德士和国际委员会其他成员的文献展览，揭露日本侵略者在南京犯下的滔天罪行。

但在我们金大历史系校友的心目中，贝德士主要还是一位好老师。他诲人不倦，循循善诱，特别是乐于帮助学生。他常利用周末举行家庭茶叙，轮流邀请部分同学做客，不仅作为史学的第二课堂，还借以训练我们英语的口头表达能力。他与贝师母都非常和蔼可亲，以助人为乐。记得有段时间我异想天开，突然对研究印第安民间文学兴味甚浓。他们不仅没有批评我不务正业，反而设法帮助我向美国新闻处和英国文化委员会借阅有关新出版的著作。但贝德士对学生要求的严格也是众所周知的，不仅参考书布置得多，Paper（读书报告）也布置得多。据说有的同学由于英文写得不好，报告被退回来要求用中文重写，结果再送去仍未能使贝德士满意。他严肃地批评说："我原来以为你英文不好，却未想到你的中文比英文还糟糕。"正是由于这样严格的训练，我们在养成良好学风方面受益匪浅。

贝德士回美国以后依然是诲人不倦，无论是任教期间还是退休之后，他对求教者从不吝惜自己的时间与精力。据我所知，在五六十年代成长起来的年轻一代美国的中国近现代史研究者中，很多人都曾得到他的热忱帮助。正如他的老朋友威廉博士回忆所说："某位单身去中国的传教士的太太叫什么名字？或是要他对某一文献提出意见，或是某些学者为撰写论文著作、学位论文要他提供帮助。有位年轻学者为撰写美国教会有关领事派遣问题的博士论文，写信向贝德士请教，竟收到11页密密麻麻的打字回信。贝德士本来可以自己作出富有成果的研究，并撰写另外一篇有关中国的论文。"以研究中国教会大学史而享誉国际史学界的鲁珍晞（Jessie Lutz）教授，也曾多次向我谈及贝德士对她的热情指点，把他视为校外导师。

还有一件在中国教会史研究者小圈子内成为美谈的往事。

1977 年，德国学者古爱华（Winfried Gluer）写信问贝德士："赵紫宸何时接受何种学位？" 于是贝德士立即查阅 F·普莱士写的《中国重新发现她的西部》(*China Rediscovers Her West*)，并参照吴贻芳的有关回忆，获知赵紫宸是在 1947 年由普林斯顿大学授予博士学位。于是他立即写信向普大注册部门查询，并得到该校 1947 年一期《校友周刊》的影印本。赵紫宸果然列于当年 6 月该校 200 周年纪念授予荣誉博士学位的名单之中，并注明他早先已曾获得博士学位。贝德士穷根究底，向赵紫宸的儿子询问，得知其父早先博士学位是 1930 年左右由东吴大学授予。但贝德士仍不以此为满足，直至发现一份南方美以美会的会刊《教会之声》的影印本。该刊 1927 年 6 月号载有赵紫宸的照片，他是作为四位中国著名学者之一被东吴大学授予荣誉博士学位，而这一年正好是该校建校 25 周年。贝德士这才放心，迅速把这些影印件全部寄给大西洋对岸的年轻学者古爱华，他本来也可以自己写一篇很精彩的有关赵紫宸博士学位的考订文章。1975 年春，我在香港中文大学崇基学院见到古爱华博士，他早已成为研究赵紫宸的知名学者。回忆这段往事，他认为贝德士在治学与为人两方面都为年轻一代树立了榜样。

贝德士于 1965 年退休以后，继续留在纽约协和神学院潜心从事《基督徒在华奋进六十年，1890—1950》这一学术巨著的写作，迄至 1978 年秋猝然病逝。费正清对此项工作极为重视，曾主动为他筹措经费并建议雇请辅助人员。他自己也是殚精竭虑，穷尽 13 个寒暑，为我们留下约 1000 种书刊、报纸的摘录和复印资料，还有 800 页工作笔记，其中包括多次修改的全书预拟提纲，许多章节的提要和初稿等。但他毕竟未能完成这部大著作，或许是由于从未想到自己会这么早就离开人间？或许是由于治学过于穷根究底，在细节考订上花费太多的时间？或许竟是由于花费过多精力答复他人的求教，以致影响了自己的主体工作？总之，这已成为无可弥补的缺憾，无论是对他个人还是对整个学术界。

但他也并非完全没有留下自己的学术成果。《基督徒在华奋进六十年，1890—1950》的大量写作资料，本身就具有很高的学术参考价值，正如有的美国学者所说，每个年轻的研究者如想跨进中国基督教教会史的门槛，都应该充分利用这部尚未成形的丰富书稿。除此以外，他还先后出版过：《西文东方学报论文举要》(*An Introduction to Oriental Journals in Western Languages*)、《论宗教自由》(*Religions Liberty*：*An Inquiry*)、《中国在变化中》(*Chinain Change*：*An Approach to Understanding*)等书，并且在《太平洋事务》《世界召唤》《远东评论》《教务杂志》上发表过大量文章。威廉博士甚至认为："贝德士本人和他的工作已经为后人的研究与写作，提供了一个广阔的领域，包括金陵的贝德士，协和神学院的贝德士，而后一时期又包括纽约与世界学术讲坛的报告或评论人，以及难以数计的博士候选人以及其他有关中国论文作者的顾问。"旨哉斯言！

忆庆华

已记不清到底是哪一年与陈庆华初次见面，但他的大名倒是很早就知道。20 世纪 50 年代初期，由于他动笔较勤，常在报刊上（如《光明日报》史学周刊）看到他的文章。大约是在 1961 年武昌纪念辛亥革命 50 周年学术会议期间，我们才初次结识，但此后并无联系。

直到 1963 年我被借调到北京，参与筹建中国近代社会历史调查委员会，由于邵循正先生也是该会委员，因而与庆华开始有所交往。记得有次邵先生以北京史学会名义，在中山公园来今雨轩邀请我与祁龙威等外地学者餐叙，庆华以东道主身份与我们谈话甚多。他那谦和诚朴的风貌，给我留下极为深刻的印象。当时我受杨东莼的委托，就北洋史料问题经常与章士钊联络。行老（大家对章士钊的尊称）个性较强，不大好打交道。但由于我的堂伯章宗祥与他曾有北洋同事之雅，他把我视为世交子弟，倒是比较亲切热情。不过我第一次单独前往史家胡同 11 号拜会时，心情还是比较紧张的，因为自己说话一向没有遮拦，唯恐无意冒犯将会误了东老的正事。为了表示诚心向他老人家求教，我特地把近期写的两本张謇部分未刊函札笺注请他审阅。他倒不讲客套，没过几天就将两本笺注交还，并用毛笔在上面批字多处，或补充，或纠正，颇为认真。不久，庆华高兴地告诉我："行老对你印象极好，以后工作就方便了。"

我问他怎么知道，他说是行老女婿（含之前夫，在北大经济系任教）转告的。这一期间虽然交往不算密切，但他对我的关心与帮助已与日俱增。

真正与他交往较多，是在“文革”后期。1974 年我被借调到《历史研究》编辑部工作,由于单身在外又长期住在旅馆，工余时间很难打发。幸好庆华热情邀约，常在假期到北大朝润园他家中聊天。庆华藏书极多，称得上满坑满谷，连沙发乃至沙发扶手和茶几上都堆满书刊，来客要临时搬开部分书籍才有座位。庆华嗜书如命、读书成瘾，见面后没有任何客套寒暄，开门见山就谈中外新出书刊，以及各处典藏，历历如数家珍。在北大历史系，庆华有“活神仙”之称，大约是笑他生活没有规律，工作没有计划，常常夜读至凌晨，而上午要很迟才能起床。那时他已患糖尿病，经常自己注射胰岛素，但却从来不知爱惜自己的身体，依然猛读如故。

朋友中间有人认为庆华懒散，我倒觉得这是一种误解。他读书并非为了消遣或随便翻翻，对重要书籍和文章都有较详尽的笔记。应该说，这些笔记当时大多很有价值，可以提供许多新的学术信息，特别是国外学术动态。他外语条件很好，在“文革”期间像他那样努力阅读外文书刊的人真是凤毛麟角。庆华历来以助人为乐，从不以资料为私有。他读书做笔记往往是为了帮助别人，例如他为清华党史教研室查阅了大量新出外文书刊，笔记上好些都已转译成中文，以便让更多人利用。1976 年以后我们编写《辛亥革命史》，他又看了许多相关外文书刊，每次见面都与我交流资讯，以求书稿不至昧于海外学术进展。伯纳尔《1907 年以前的社会主义》，就是听他说及我才从近代史研究所借阅的。其中有关孙中山与第二国际交往的描述，以及所引用的比利时社会主义报纸《人民报》所载消息，对国内辛亥革命史和孙中山研究，都是比较新鲜而又重要的资料。庆华的妻子是东北人，在工厂工作，文静贤淑。每次我去都必留饭，因朗润园离校门很远，那时北大附近餐馆不多，而庆华又爱长谈。中饭无非两菜（或三菜）一汤，以素菜为主，但颇精致。她与女儿在其他房间就餐，让我与庆华边吃边谈。那种浓郁的家庭温馨，化解了我长年羁身京华的寂寞。

“文革”以后，特别是进入80年代以后，大家工作渐忙，交往自然不如“文革”后期那么密切。但庆华对我们工作的关心依然如故，中南地区辛亥革命史研究会举办的学术活动，他只要有空必定参加，而且每来必发表很中肯的意见。记得在筹划《辛亥革命史丛刊》的座谈会上，他一反日常的沉静平淡，热情洋溢地鼓励我们应该像法国学者研究法国大革命一样，把辛亥革命研究会与丛刊坚持100年、200年。语重心长，给我们很大鞭策。除此以外，我们还有共同的海外朋友，这也增加了相互之间的经常联系。其中比较密切的有两位：一是法国的巴斯蒂，一是日本的陈来幸。巴斯蒂“文革”前曾来北大教法语并进修，侧重研究张謇和中法战争前后的中国社会，经常向庆华请教并得到很多帮助。特别是与张謇相关的师友的众多文集，如果没有庆华这样知识渊博的老师指点，一个外国年轻学者是很难查寻与解读的。“文革”后巴斯蒂再次访问北大，这时她已是法国相当知名的教授了。因为我对张謇也有多年研究，所以庆华介绍她与我结识，从此经常书信往还，成为海外知己之一。庆华病逝后，巴斯蒂非常悲伤，曾结合学术研究撰写悼念文章。日本京都大学的朋友们对这篇文章评价很高，德高望重的岛田虔次教授亲自译成日文，经由狭间直树交给我要求再译成中文发表。我请两位博士生（一懂日文，一懂法文）合作译成中文，在《辛亥革命史丛刊》发表，为庆华的英年早逝表示过迟的悼念。1991 年 11 月我应邀到巴黎讲学，巴斯蒂在家中亲自做饭款待，谈话间多次回忆庆华过去热心帮助，并以未能实现邀请他访问法国为莫大的遗憾。这时巴斯蒂亦有亡夫之痛，身边仅有幼女相伴，虽然强打精神整整陪伴我一天，但眉宇之间仍然不时流露出淡淡的哀愁。陈来幸原来是神户大学的博士生，旅日华侨第三代，著名作家陈舜臣的侄女，1979 年秋天来京都大学听我讲演时相识。1980 年，她在上海华东师范大学进修，随即到北京查阅资料。她的博士论文是虞洽卿研究，而庆华恰好是宁波人,所以我带她去求教。庆华为她讲"阿德哥"（当地人对虞洽卿的昵称）的若干故事，并且介绍了相关资料与论著，我们也交换了对虞的基本看法。随后庆华到京都大学讲学,来幸几乎每周都来听课,两人交往更为密切。1981 年 11 月，我到日本开会，庆华曾嘱我带去一对杭绣枕套，作为我们对来幸新婚的贺礼。1993 年夏天我与内人在日本客居三个月，在京都与来幸重晤时也谈了许多与庆华结交的往事。庆华的学识与为人，常为许多海外学者所津津乐道，他对中外学术交流是有很多贡献的，这一点似乎只有少数人知之较深。

庆华的逝世使中外友人感到意外，简直不敢信以为真。因为他虽然有糖尿病，但并不严重，且体质较好，又爱乒乓球、游泳等运动，加以性格温和而又开朗，本来不应这样过早离去。听说是医疗不够及时且诊断不够确切，这就使人难免要为中国知识分子的处境而感慨。庆华一向没有什么大病，如果有较好的生活条件与医疗待遇，也许还可以工作十年、二十年。但他就这样匆匆走了，没有留下一本较大的专著，这是多么令人遗憾！但有这么多海内外同行学者怀念他的学问与美德，庆华在天之灵当可感到欣慰。

忆旭麓

陈旭麓与陈庆华，对我来说，都处于师友之间，一向以学长视之。

1956 年暑假，学校让我到北京参观学习，并顺便购买历史博物馆编制的一套中国近代史图片。1949 年南下以后，我一直僻处武汉，与外界颇为隔绝，又是第一次到首都北京，所以事事都觉得很新鲜。当时教育部正在召开师范院校中国近代史教学大纲讨论会，到会者限定为副教授以上，因此只有少数人参加，其中便有陈旭麓。我刚评上讲师，当然不够资格，但会议的组织工作由北大历史系中国近代史教研室承担，我又恰好借住在该校招待所。承蒙陈桂英、龚书铎的帮助，让我们非正式地列席此次会议。

我早年性格内向，不善交际，又是第一次列席这样层次的会议，所以颇感拘束，只是默默聆听王仁忱、孙守任两位滔滔不绝的长篇大论。倒是上海师院（今上海师大）的魏建猷怕我冷落，满面春风地给我送来一杯茶，使我受宠若惊，反而更加忐忑不安。会议休息时，陈旭麓热情地邀我到他房间小坐，问长问短，并鼓励我大胆发表自己的意见。那天会议讨论的是中国近代史分期问题，恰好我已做过一些研究并写过一篇论文，所以复会后便鼓起勇气参加讨论。当时“双百方针”刚刚提出，中国近代史分期问题又是争鸣的热点，所以讨论相当热烈。会后，《历史研究》发表了我的论文摘要，使我深受鼓舞。

20世纪50年代不像“文革”以后，人文社会科学很少开什么全国性学术会议。1956年在“向科学进军”口号的鼓舞下，报刊上学术讨论曾经热闹一时，但是好景不长，1957年反右，接着又是1958年“教育革命”拔白旗，史坛一片冷寂，同行之间连书信往还都极少。直到1961年召开纪念辛亥革命50周年学术讨论会，我才再次见到旭麓。他与夏东元、胡绳武、金冲及等已有辛亥革命方面的论著多种发表，是会议上的热点人物，但他们对我这样后进地区的后进分子却颇为提携。会议安排我第一个在大会宣读论文，他们都很高兴，旭麓连说：“这是我们上海代表提议的。”我自然非常感激，但由于会务工作繁忙，未能与他们深入交谈。

我与旭麓交往比较密切是在“文革”以后。他对多卷本《辛亥革命史》的编写和中南地区辛亥革命史研究会的活动非常关心，虽然并未给以顾问之类名义，他却每会必到，并且提出许多非常中肯的建议。我们也常请他为学生演讲，他也有求必应，尽管那浓重乡音很难懂,需要找人不断写黑板或“翻译”。老实说，我对“文革”前的旭麓文章并不喜欢，觉得大多较为平淡且无新的突破。但“文革”后旭麓的思想和文风都大为解放，几乎每篇文章都闪烁着思想火花，常能提出一些引人深思的问题，如爱国与卖国、革命与改良等等，因此所到之处都受到众多青年学者、学生的热烈欢迎。进入80年代以后，他研究的层次也进一步提升，思考得较多的是中国近代史上的新陈代谢问题，因此他的文章便增添了哲理性，更加耐人寻味。但他却很难专心致志撰写自己的学术专著，因为对青年太热心，凡有求上门的事，如审阅文稿、参加会议、做学术报告等等，几乎来者不拒。

我每次到他家中叙谈，总是看见书桌上堆满四方八面送请审阅指点的文稿书稿，好像是永远还不清的债务。旭麓又特别认真，对送来的稿件一丝不苟地阅读，并且提出详尽改进意见，有时还亲笔为之修改。为培养青年一代学者，真不知耗费多少心血！

但他在华东师大的处境并非甚好。1949 年以后政治运动太多，同事之间几十年相处，难免相互磕磕碰碰，特别是“文革”期间派系斗争反反复复，弄得人际关系紧张而又复杂。旭麓不幸也卷入漩涡之中，而且在“文革”后继续成为有些同事揪住不放的攻击对象。其中是非曲直外人不得而知，他也从未向我谈过这些内情，倒是与他对立者有时向我透露若干情况。我过去的学生谢天佑是同情他的，经常为旭麓鸣不平，但也正因为如此，有些人（也是我的朋友）便怀疑我是否偏袒旭麓。自 1981 年以后，我与许多外地友人一样，把华东师大历史系视为是非之地，每到上海宁可借宿复旦或上海社会科学院，借以避免不必要的猜疑。1983 年，我参加国务院学位委员会历史学评议组工作以后，了解有关情况稍多，觉得旭麓确实有点受压抑。例如他 1949 年前即为副教授，但在 1981 年我们这些晚辈都提升为正教授后，他却迟迟未能晋升。再如他本身的学术水平与培养人才之众多，早就为海内外史学界所充分肯定，但却迟迟没有取得培养博士研究生的资格。在评议组内，戴逸、张岂之等常与我议论此事，都认为不应该以个人恩怨与历史陈账干扰职称与学位评定工作。若干年来我们为此做了大量努力，学位办公室对此也有相当理解，但阻力毕竟很大，干扰纷至沓来，直至旭麓猝逝都未能解决这一问题。

旭麓死得过早，过于突然，但我不认为是由于郁郁不得志，或是受了什么闲言碎语的极大刺激。他相当豁达且意志坚强，并非斤斤计较的心胸狭窄者。尽管我已负责评议组的召集工作，但他从未向我有所申诉，也从未托人向我有所影响，完全听凭评议组的客观判断。每逢有人谈起这些事情，他多半一笑置之。他有自己的学术追求，对青年更充满爱心，头脑里已经容纳不下个人得失的考虑。死前那几年，他到处开会，到处做报告，发表一篇又一篇惊世骇俗的文章，而家中书桌上还有那一摞摞永远看不完改不完的年轻人文稿书稿。他已经做得太多太多，他还想做得更多更多。他是太累了，太累了，非常非常需要休息，而永远也得不到休息闲暇。只有死亡才能强迫他休息，赐以永远的安眠，何况又几乎没有什么痛苦，这是他的幸福。旭麓生前，我常以四川新都宝光寺一副对联劝慰，那下联是："天下事，了犹未了，何妨以不了了之。"他的死大概也就是不了了之吧！佛理深邃，佛法无边，阿弥陀佛！

旭麓死后，上海史学界曾举行隆重的追悼会，有许多满怀深情的悼念发言、悼念诗文，还出版了厚厚的纪念文集。他的未竟之大作（《近代中国社会的新城代谢》），也经由弟子们的认真整理而正式出版。奉献终身，生死无愧，旭麓可以安心永远休息了。

“林章配”

林增平走了，一晃已是四年，曾经享誉于海内外史学界的“林章配”遂成历史陈迹。

自从 1976 年以来，我们曾经合作主编《辛亥革命史》（三卷本），合作创建中南地区辛亥革命史研究会，合作编辑《辛亥革命史丛刊》，合作举办一系列辛亥革命学术研讨会，特别是在长沙举办的青年辛亥革命学术讨论会，合作培养青年教师乃至博士研究生，合作编辑作为中国近代史资料丛刊之一的《辛亥革命续编》……我们合作做过的事情，加上我们打算合作做的事情，简直可以开出一张很长很长的清单。如果不是病魔夺去林公的生命，我们还会继续合作下去。

古人说，人生得一知己，死而无憾。我的内心经常洋溢着幸福感，正是因为自己在海内外拥有如此众多相知甚深、合作甚密的同行师友。但相较而言，与我相知最深、合作最密的同辈学者，还得首推增平。这不仅是由于地区邻近，志同道合，而且还由于在性格上也可以互相补益。所谓性格互补，并非只限于通常所说的个性，还包括学术风格与路径。林公憨厚而我豁达，林公扎实而我开放，林公长于细密而我追求宏观，林公旧学根底深厚而我略知西学。如此等等，不一而足。其实，我们的学术观点、治学方法、表述风格并不完全一致。例如，他对洋务运动评价较高，略近于“李胡配”（李时岳与胡滨）的观点，我则对此始终有所保留。他一直坚持中国资产阶级的传统阶层划分，我则早已改变了自己的看法。他常侧重史料考订，我则更为致力理论诠释。他的论著端庄凝重，条分缕析，而我则行文不拘一格，间或流于偏锋。但我们在长期的合作中，却能互相尊重，互相包容，求大同而存小异，有争论而不伤和气，所谓“和而不同”是也。

我经常有此感觉：虽曰互补，但我受益更多。因为我个性比较急躁，而林公的沉稳常能弥补我的缺失，无论在学术工作或人际关系方面都是如此。《辛亥革命史》编写组的团结协调，常为学术界友人所称道，我认为林公的诚朴宽厚起了很重要的表率作用。我还记得，在《辛亥革命史》定稿初期，由于书稿各章原来分别由多人执笔，风格既不相近，成熟程度亦不尽同，统编的工作量相当繁重。加以当时我突发高血压病，经常处于晕眩状态，他的负担更为沉重。但他毫无怨言，整日埋头伏案，或通盘审度，或逐字逐句修改，终于在较短时间内完成第一卷的定稿任务。可以这样认为，如果没有林公自始至终专心致志、呕心沥血，这三卷学术专著是很难在1981年纪念辛亥革命50周年之际如期出齐的。但他从不以此居功自傲，只是默默做自己认为是应该做的事情，毫不计较个人的劳累与得失。

当时，《辛亥革命史》编写组只他一人具有副教授职称，所以我们多以“教授”称之，但这与其说是尊重，不如说是亲昵，正如大家称我“章总”（借用电影《创业》中的称呼）一样。增平属于外朴内秀类型，表面似乎迟钝，实则大智若愚。平时埋头工作，少言寡语，但每逢疑难问题，大家计议未决，他却能不慌不忙“挤”出三言两语，即能“点化”。大家在倾服之余常恭维他“老谋深算”，其回应也无非是憨厚的微笑而已。但增平并非毫无生活情趣的工作狂，忙里偷闲也爱喝酒聊天，哪怕是坐在一边执杯啜饮，静听别人胡侃，他也自得其乐。更多的时候是临睡之前，摸出花生少许，剩酒半瓶，自斟自饮，有时也赠我半杯，聊以相伴。这时，也只有这时，他谈兴最浓，中外古今、天南海北，无所不谈，尽管“语速”仍较迂缓。我们的相知甚深，多半是通过这样的深夜倾谈。那时编写组成员分卷集中定稿，我们两人则是每卷都必须参加，而且又常常住一间房，因此交谈的机会最多。“何当共剪西窗烛，却话巴山夜雨时”，如今已无从重温此种乐趣矣。在我的记忆中，增平也有偶尔“狂放”的时候。那必定是三五酒友相聚（我不属酒友之列，因水平太低），畅饮尽欢，不拘形迹。有次他突然引吭高歌，并以筷碗击节，颇有韵味。原来唱的是1906年萍浏澧起义时当地会党所唱民歌，大家都赞赏不已。但此歌也只唱一次，以后再未听他唱过。有次与日本辛亥史专家中村义等餐叙，我们都鼓励增平献此歌助兴，虽经多次鼓掌敦促，他仍金口难开，唯以微笑示歉而已。

我很早就知道湖南师院有林增平其人。那是由于1956年教育部曾颁发一个中国近代史教学大纲草案（高师系统）。以前我曾因偶然的机会列席大纲草案的小型讨论会，但并未下工夫根据大纲编写教材，好像其他参加过讨论或没有参加讨论的同行也没有这样做。唯独增平遇事特别认真，结合教学边讲边编，一丝不苟地据此大纲编成一套教材。1958年修订后，经湖南人民出版社刊行问世，遂成为新中国第一部完整的中国近代史大学教材。此书颇受海内外学者欢迎，不断再版，使增平成为我们这一代年轻中国近代史学者中的首先脱颖而出者之一。但当时由于政治运动很多，领导也不鼓励校内外学术交流，所以我与增平顶多只能算做神交，并未见过面或通过信。

直到1961年在武昌举行纪念辛亥革命50周年学术会议，

我才有幸见到增平并略有交谈。当时我们作为东道主，承担繁重的会务工作，分别接待各省、市来的众多专家学者，所以很难与某一学者作深入攀谈。加以京沪等地的青年俊彦见多识广，才思敏捷、能言善辩者尤多，像增平这样寡言近乎木讷的学者就多少有点被冷落。但他那谦虚谨慎、沉静深思的学者风貌，给我留下难以磨灭的印象。此次会后，我与外地学者的联系略有改进，但除非有紧迫的工作需要，一般也没有书信往来。1963年以后，由于被全国政协文史资料委员会借调，并参与中国近代社会历史调查委员会的筹建，与京津一带学者交往渐多，有些遂成为相知日深的挚友，但与近邻长沙的增平仍然没有互通音信。

“文革”开始后，增平成为湖南省首先被揪出来的“三家村”头子，我也成为本校的重点批斗对象，彼此更是互相隔绝。1966年秋冬之交，曾经领导各高校“文革”的工作组被定性为刘、邓路线的执行者，由工作组一手炮制的革委会顿时流于瘫痪或半瘫痪，而造反派各山头又互不相服，文攻武斗日益激烈，学校成为混乱的无政府状态。在这种情况下，我们这些批斗对象反而稍得宽闲，因为暂时被弃置一边，根本无人过问。有天下午我到武昌大东门附近购物，突然在马路对面众多行人中发现增平，他也发现我并招手示意。但我并没有停留，他也匆匆走过。因为我们这些批斗对象自觉低人一等，已经习惯于人前低头过，免得招惹新的是非。多年以后，我才知道他是不满于横遭批斗，进京告状想讨个公正说法，据说他在长沙还参加了某个造反派的联络站。我觉得增平太认真也太天真，在那种混乱局势下还有什么是非曲直可言？而增平却笑说当时只见我面无人色，低头走路。这倒是事实，因为当时我的确心灰意懒，从不主动向别人打招呼，以免招来白眼，自寻没趣。但增平也正因为有这一反抗举动，回长沙后便遭到“革命群众”更为残酷的批斗，甚至在饱受毒打以后还被踏在地下，连门牙都脱落两颗。当然这都是“文革”后听增平说的，边说还边张开嘴，指点着让我看那两颗补上的假牙。

我与增平的重逢是在“文革”结束之后，而且这次重逢又成为我们在学术事业上携手合作的起点。1976 年夏秋之间开始工作的辛亥革命史编写组，最初并没有增平，因为感到他的目标太大，害怕惹到不必要的麻烦。但随着编写工作的开展，深感有增加一位富有经验的主编的必要，经与人民出版社林言椒商量以后，由他到湖南向有关方面疏通，让增平参加并主持编写工作。言椒颇为精明能干，居然说通了湖南省委宣传部，可能人民出版社这块牌子也起了某些作用吧。当时增平还没有完全解放，仍然在乡下茶场劳动“锻炼”。记得他初次赶来参加编写组会议，穿的还是带有尘土的劳动服装。但无论什么处境，增平的人生态度都是极端认真的，他讲炒茶经验头头是道，大约炒茶的时候也是全神贯注、一丝不苟的吧？同样，他一来编写组便投入全部身心，迅速调适自己并恢复了学术研究的态势。没有任何客套，更没有任何推脱，仿佛我们原来就是长期合作的伙伴，这才真正是天生的投缘！

与千千万万其他人文学科学者一样，我与增平都是在“文革”以后才能比较充分地发挥自己的聪明才智。从 1976 到 1990 年，仅我们直接合作的主要工作已如上述那么多且富有成效，而两湖地区年轻一代中国近代史学者群体的崛起，也渗透着我们两人的心血与精力。可以毫不夸张地说，我们合作的成效，在某种程度上已经辐射到全国，其影响且已为众多海内外同行学者所认知。但就正常的人生来讲，这毕竟是晚开的花朵，虽然绚丽，终究不免过早凋谢。1990 年夏我浪迹海外，虽然友情依旧，但已无法继续合作。稍后他又身患不治之症，还未等我从海外归来就匆匆离开人间，真是时也，命也！

多年以来，我常对友人说，林公必定高寿。不仅因为他有长寿型的亲缘背景，而且他的相貌、体型、体质都具有长寿特征，加以沉稳憨厚，性情温和，对人宽宏，都增添了我对他健康的信心。我从未想到他会先我而去，深愿归国以后继续发展林、章合作的新局面。但人事天心终究相违，更为密切而又辉煌的合作只有寄希望于我们湘鄂两地的门人。

林公死后，我在内心经常有一种想法，即他在“文革”期间身心受摧残太深，甚至在“文革”以后也继续为“左”倾残余影响所困扰。林公自律甚严，待人厚道，加以性格比较内向，有委屈都憋在心里，难得有宣泄的机会。郁结既久，自然会诱发疾病；否则以他平日体质之健旺，何至如此匆促辞世？

谨书此文，作为对亡友的永远追念。

忆时岳

去年 4 月 5 日李时岳猝逝，广东省社科院的朋友及时电话告知，老成凋零，不胜感慨。

我们都是与共和国同时成长的一代历史学者，所不同者，时岳 20 世纪 50 年代初在北京师从著名学者邵循正教授，较早活跃于史坛。我则僻处武昌一隅，忙于教学与自我充实，与外地学者很少联络。直到 1961 年在武昌举行纪念辛亥革命 50 周年纪念会，我才有幸与时岳及其他一批研究中国近现代史的青年俊彦欢聚一堂。当时，他已有《辛亥革命时期两湖地区的革命运动》《近代中国反洋教运动》两本著作问世，堪称我们这一群落的先进分子。

1963 年我被借调到北京全国政协文史资料委员会工作，随后又参与中国近代社会历史调查委员会的筹备，时岳偶尔出差来京，我们也有晤谈的机会。那时我的性格比较内向，除身边少数密友外，很少与外地学者深交，不过在内心深处深深敬佩时岳的功力与才华，把他当做学习榜样。至于时岳当时如何看我，我不知道，也不在乎，因为我当时的成就有限，且不乏自知之明。

时岳与我有深厚感情交流，始于“文革”后期。1975 年夏天，我到哈尔滨参加批判某些苏联学者反华历史著作的会议，刚到宾馆时岳便闻讯赶来。一声饱含深情的“开沅你来了”，使我热泪盈眶。因为我们都是在风华正茂的岁月里相识，在历经磨难的年代里相知，江山阻隔，心灵相通，这样才滋育了真挚而深沉的友情，所谓“相濡以沫”是也。“文革”以后，特别是他南迁以后，每逢我到广东开会或办事，他只要得空便会来找我叙谈。进门还是那句朴实无华的“开沅你来了”，然后便无拘无束地坐下抽烟喝茶，海阔天空地谈学论道或随意闲聊。我们已成为相知甚深的晚年挚友，尽管两人都过于疏懒，很少通信或打电话，但彼此却时时关切着对方的工作与处境。

时岳的学术才华在“文革”后才真正得到彰显。他有志于中国近代史学科体系的改革与重建，并且以洋务运动作为突破口，进行深入而又缜密的探索。他先后发表《从洋务、维新到资产阶级革命》《近代中国社会的演化与辛亥革命》《中国近代史的主要线索及其标志之我见》等重要论文，在史学界引起强烈反响。起初理解者较少，持保留态度者较多，亦有少数直指为“离经叛道”者。但他决不迎合时论，锲而不舍，深入研究，据理力争，以上乘的论著赢得越来越多学者的理解和认同。应该说，在我们这个学科的改造与重建过程中，时岳是带头作出重大贡献的。

当时我正集中全力从事辛亥革命史研究，对他有关洋务运动的新见尚属有保留地尊重，而且在关于中国近代史基本线索问题的讨论中还不免有所驳难。但时岳毫不在意，似乎“犯而不校”。而在其后他的某些论著中，也决不放过我的若干“前科”，如批评我 1963 年在《光明日报》发表的那篇短文《洋务运动有进步作用吗》。见面时他笑嘻嘻地说：“我是点了你的名的啊！”在关于基本线索的讨论中，与他争辩最多也最激烈的是汪敬虞。汪先生是我们师友之间的前辈学者，大家都很钦佩他的学术功力之深与著作之谨严且勤奋；但在学术争论中时岳毫不含糊，表现出难能可贵的追求真理、择善固执精神，与汪先生反复认真商榷。

我觉得时岳在学术争论中富于理性精神，力求以论据精详与逻辑严密来阐明自己的见解。他坚持自己认为是正确的道理，但决不强加于人，表现出较多的包容。在这一点上，与他的亲密合作者胡滨又有所不同，因为后者在日常学术争论中词锋过于犀利，常常强要对方作出明确回应，颇有"得理不饶人"的味道。但胡滨的好胜与时岳的冲淡相映成趣，都洋溢着学者的执着与天真。他们在洋务运动问题上并不认为我是同道，但在推动史学革新方面却能相互理解，而今他们或逝或病，想重温过去的争吵已不可复得矣！

几十年来，我有幸结识几代中外学人。相较而言，时岳的天分、素养、才华都堪称上乘。他本来可以做更多工作，成就更大业绩，但毕竟时间损失太多，工作环境也不尽如人意，而又过早结束了学术生涯。这种遗憾之深沉，我们这一代学人都有同感。所幸者时岳已有佳作多种辉映史坛，又有一批尊重并理解老师的及门弟子薪火相传，这样也就足以慰藉平生了。

徐迟之死

我与徐迟相见甚晚，但并不恨晚。虽然我们都长期在武汉工作，但行业不搭界，又从未读过他的作品，特别是他早期据说是非常现代派而又有些古怪的诗作。

直到读《哥德巴赫猜想》，我才知道徐迟这两个字联在一起的分量。文学家有自己的内心世界、思维方式，科学家也有自己的内心世界、思维方式，即令是世界观相同，也有各自的风貌与内涵。徐迟写的不是一般的科学家，是一流顶尖的数学家；涉及的也不是一般的科学课题，是多年极端难解的高深数学之谜。不是天才横溢的大手笔，能写出这样的文章吗？不是废寝忘食呕心沥血，能够写出这样千古绝唱式的美文吗？那思想的深沉，那目光的犀利，那感情的奔放，那文章之如行云流水、光彩照人……我被徐迟征服了！

但我并无急于求见徐迟的冲动，因为我早已不再是爱冲动的年龄。何况我又太忙，社会总有分工，各人干自己的本职工作，世界上有那么多美好的事物，能看得完吗？但我终于还是见了徐迟，那大约是在 1985 年，我当上华中师范大学校长之后。因为徐迟虽与我素不相识，但与华师中文系外国文学教研室的中青年教师却合作已久。颇有影响的《外国文学研究》编辑部就设在中文系，徐迟是该刊没有挂名的主编。

有天，负责编辑部日常工作的周乐群对我说，徐迟想找我谈谈有关《外国文学研究》的想法。于是我们就在一个晚上前往他家拜访。那时他早已离开紫阳路215号那个住了好多年的破旧小院，住进东湖边为落实高级知识分子政策修建的新宿舍。他在简朴的书房里接待我们，没有任何客套，开门就谈《外国文学研究》应该如何如何，然后就海阔天空神聊起来。我原籍浙江吴兴，与他算是小同乡，加以我青年时代酷爱文学，所以可谈的话题自然很多。他与我真是一见如故，气味相投，所以交谈没有任何顾忌。记得第一次见面他就说："你们历史学界不注意文采，写的东西读不下去。"我也直言无讳地谈了自己对于当代文学的一些看法。告别后，我认为他对现今史学论著的批评很中肯，常以此劝告中青年学者要注意文字的刻苦锻炼。

记不清是此后哪一年，中文系聘请他当客座教授。为表示特殊礼遇，由我偕同副校长王庆生（中国现当代文学教授）亲自到他家送聘书。这次见面属于礼仪性质，又有校部随行人员摄影，所以没有长谈。他高高兴兴接过聘书并合照了几张相，稍作叙谈我们便告辞了。其后不久，周乐群又来找我，说徐迟夫人去世了，他非常悲痛且感寂寞，想邀我作长夜谈。我想无论作为校长还是作为朋友，都应该前往悼唁，便按约定时间驱车前往。当时湖北省领导为保证老人得到休息，同时也避免触景生情，把他暂时安排在风景优美的东湖宾馆居住。这一夜我们又谈了很久，但内容全记不得了。我平时虽爱说说笑笑，但最怕到逝者家中安慰亲属，因为大家的心情都很悲伤，实在找不到适当言词来化解这无限沉重的哀痛。幸好徐迟倒相当豁达，主动说古道今、海阔天空地聊起来。我也搜索枯肠不断引发新的话题。记得《张謇日记》上有句话："夜谈甚苦"，没话说而偏偏找话说确实辛苦，而徐迟则是企图以苦化哀，暂时抑制爱妻离去的悲痛，我们两人的心情都很低沉。

以后我们很少有机会见面。只是有一次电视台邀请若干文教界知名人士看日本电视片展览，我们都参加了。那天看的片子叫《初冬》，讲的是一个退休老人想在最后诀别人世之前享受一下人生，在旅行途中所经历的一些故事，虽无离奇情节，却很真挚感人，特别是对老年孤独感刻画得淋漓尽致。我与徐迟都认为是一部成功之作，但徐迟却郑重地对我说：“我们的感受可能并不相同，你如过了 70 岁再看，就有新的体会了。”这就是我们最后一次见面，不久我应邀赴美讲学，在海外前后工作四年多，很少得到徐迟的消息。

回国后得知徐迟身体健旺，很早便学会用电脑写作，而且还与一位颇有才华的女作家结婚，我在内心很为他高兴。但不久又听说新家庭已经破裂，徐迟仍然写作甚勤，将有大著作问世云云，我只能在内心为他祝福。去年年底，就在全国文代会召开的前几天，路上忽然有熟人走过来悄悄告诉我：徐迟死了，是从同济医院高干病房跳楼自杀的。我为之愕然，几乎不相信自己的耳朵，这样执着文学而充满生命活力的老人怎么会自杀？但不久学校就通知我以个人名义送花圈，却不知为什么又不通知我参加追悼会或向遗体告别？也许是尊重死者遗愿，取消这些世俗礼仪吧！其实我倒是想与老人再见一面，尽管已经天人隔绝。

徐迟的自杀是一个谜，谁也无从解开这个谜。他自己这样迅速而又默默离去，也不想说明任何原因。了解情况较多者认为是过于孤独，这使我又想起日本电视片《初冬》，想起徐迟当时那句意味深长的话，老年孤独确实是悲哀的，甚至是可怕的，但除孤独以外是否还有其他原因呢？我仍然未能化解自己的困惑。

过去习惯认为自杀是怯懦的表现，甚至是对革命事业的背叛，往往在自杀者死后还要加以批判。但徐迟的死使我对自杀增添了新的理解，自杀与怯懦之间并非是简单的等号。对于某些文学家、艺术家来说，自杀甚至是对命运与死神的挑战，当然也包括对世俗不合理事物的抗议。他们不是消极地逃避或等待死亡，而是自己决定在什么时间，什么地点，并用什么方式断然走向死亡。这岂不是坚强意志的另一种表现？或许也可以看作是看透人生的另一种超越，最后一次超越。试问那些只知人云亦云地批判自杀为怯懦的人，你们除了批判死人的勇气以外，是否还有更为值得他人尊重的勇气？死者已矣，死者无言。把各种各样脏水泼在毫无自卫能力的死者身上，这才是最大的怯懦。

话又说回来，如果是一般人自杀，顶多只能作为普通社会新闻见诸报端，而除家属外大多是不甚加以注意的。但作为文学家、艺术家自杀，则难免会引发形形色色的遐想。记得读中学时曾练习用古文写李白小传，结尾一句是："或曰白酒醉投江捞月而死，岂白之死亦须求一富有诗意之死欤！"不料这稚拙的文笔竟赢得语文老师的青睐，不仅用红笔又圈又点，还批上"天才横溢，出手不凡"之类通常罕见的评语。李白的自杀，事隔一千多年，尚且能够诱发一个乡间中学生的美丽想象，何况自杀于今日盛世之徐迟乎？我想这必然会给当代文学史研究者提出新的课题，并期待着比较合理而又贴切的解读，也许有朝一日将有如同《哥德巴赫猜想》那样的佳作流传千古。

忆郑君里

人们或许感到奇怪，你与郑君里有什么关系？但确实有过关系。20 世纪 60 年代初，郑君里曾想与我合作拍摄以太平天国为主题的故事片，并要我学习写电影的文学剧本。

1959 年秋天，我刚从草埠湖农场劳动锻炼一年回校不久，正好赶上庆祝新中国成立 10 周年的电影展。看了郑君里导演的《林则徐》以后感受颇深，连夜写了一篇题为《傲霜花艳岭南枝》的影评寄给《人民日报》。原本没有指望一定发表，无非是自我抒发内心的激情而已。但《人民日报》的文艺版编辑却很重视，很快就全文刊登，郑君里也很欣赏，随即把它收入《林则徐——从文学剧本到电影》一书。这对荒疏学业已一年多的我，当然是一种鼓励；但还说不上是喜出望外，因为我早在学生时代已曾发表过两三篇影评。真正使我感到意外的倒是很快就收到郑君里的来信，除夸奖我的影评外，特别对其中提到的文艺真实如何与历史真实结合问题感到兴趣，嘱我继续认真研究。以后通信不断，多半是就这个问题交换意见。我希望他在《林则徐》之后，继续拍太平天国的影片，他则深感剧本的重要与佳作的难得。来信说，你既研究太平天国史，对电影又感兴趣，何不试试自己写电影文学剧本。甚至他去布拉格参加影展前夕还给我来信，叮嘱我抓紧写作。

记得是在 1960 年春天，上海海燕电影厂第三创作集体给我来信，正式约请编写太平天国文学剧本。那时我正年轻，精力旺盛且又兴趣广泛，便答应下来，华师历史系也很支持。事非经过不知难。我虽发表过几篇影评，对别人的作品说三道四，但轮到自己动手却不知如何下笔才好。太平天国的史实虽然很熟，也发表过几篇论文，但与编写电影剧本毕竟相距甚远。临时抱佛脚读了几本夏衍等人的电影理论著作，又苦思冥想构筑故事梗概。由于居住条件较差，女儿才一岁多，还请有保姆，只有躲到东湖边利用石桌石凳写作，好在非常革命化的人民很少逛公园，倒也毫无干扰，清静之极。当时“大跃进”“多快好省”的风气仍有影响，所以不到一个月我就写完初稿。刻印出来竟有厚厚一本，不过纸张已很缺乏，连送请海燕厂审阅也是用的再生纸，而且背面已印有其他讲义之类，因此字迹相当模糊，我不知第三创作集体有关人员是怎样耐心看完这部稿子的，但他们看得确实很认真，也很客气。他们认为有修改的基础，有文学美如散文诗，有些场面很有气魄，但缺乏曲折动人的故事情节，人物刻画也缺少更深层内心活动的发掘。他们建议进一步根据电影艺术的特点加以修改，我不知道他们是认真还是客套。但我很快就奉命全力筹备 1961 年的纪念辛亥革命 50 周年学术讨论会，而且对辛亥革命研究的痴迷愈陷愈深，实在没有余暇和心情继续编写电影剧本。此后便结束了自己的电影制作梦，同时与郑君里的联系也就中断了。

但郑君里始终是我最推崇的少数当代大导演之一。我喜欢他的导演风格，如行云流水，诗意盎然，正如古人所云：“诗中有画，画中有诗。”郑君里的艺术魅力早已超越技艺层面，进入意境与哲理，堪称炉火纯青。郑君里的成功不仅在于经验丰富，而且在于文化底蕴的深厚，他用电影语言表达的意境，很多来自古典诗词的启迪，与现今某些影视片之充满粗俗感官刺激不可同日而语。也只有这样的大导演，才能统驭赵丹、项堃等一批声誉既隆又有独自风格的名演员，珠联璧合，配合默契，使编、导、演、摄融为一体。一代风流，盛况不再。

1964 年以后，我即处于挨批境地，与外界基本隔绝。“文革”期间又成为重点批斗对象，对外地师友情况更不清楚。直到“文革”结束后的第二年或第三年，偶然在报上看到君里夫人写的悼亡文章，才知道他很早就被迫害致死。我很为之悲愤而又惋惜，以他那样的鼎盛年华，本来还可以创作更多的精品流传于世，但却不幸生命断送于奸邪之手！同时我又深感愧疚。他给我的那些信，字迹娟秀，毫无涂改，清新流畅，应该妥善保存。但我却在面临抄家威胁时，与其他颇有收藏价值的“四旧”一并烧掉了。我很想写信慰问郑夫人，但又不知如何说起；拖延至今，大约郑夫人也不可能再看到我这篇短文了。

永远的友谊

——怀念田中正俊教授

我与田中正俊首次见面，应该是在1979年11月10日，即我结束美国访问到达东京后的第三天。这是我第一次访问日本，所以对于一切都感到很陌生也很新鲜。按照主要接待人东京大学佐伯有一教授的安排，11月10日参观藏书极为丰富的东洋文化研究所图书馆。由于市古宙三所长不在，便由资深研究员田中正俊教授陪同参观。

田中给我的第一印象便是身躯高大，卷发凹眼，颇有西方绅士风度。他对所内藏书极为熟悉，边走边讲解，历历如数家珍，确实为扎扎实实的饱学之士。但我却在一架书的夹缝中无意发现一本相册，随手打开一看，原来是1899年康有为、梁启超在日本避难期间给柏原文太郎等人13件函札的照片。我当然非常高兴，田中也说自己过去未曾翻阅过这本相册，不知道它竟如此珍贵，并表示一定设法取得原件收藏者的同意，把这13封信全部影印寄赠给我。我回国不久，他果然兑现了诺言。我经过考订并加以校注，把这批信件发表于《辛亥革命史丛刊》，引起海内外学者的浓厚兴趣。这可以说是我与田中结交之始的一个纪念。

11月11日是星期天，晚间日本历史学会在东京大学学士会馆举行大型酒会，欢迎正在东京大学讲学的刘大年与刚到日本的我。到会的人很多，除历史学者外还有各界知名人士。由于我是初来乍到，不熟悉相关情况，田中先生主动协助我与众多来宾周旋，一一握手致意，并相互交换名片。我本来性格内向，尤其不善交际，幸亏有田中先生的指点，才不致冷落任何一位日本友人，并且在日本史学界初步留下较好的印象。

此后，我常常感到田中仿佛兄长一样关心呵护着我。1981年10月中旬,我们在武昌举办纪念辛亥革命70周年国际研讨会，田中先生与许多日本著名学者一起前来参加，并且提交了题为《辛亥革命前中国经济的半殖民地性和日中关系》的精彩论文。与岛田虔次先生的沉默寡言形成鲜明对照，田中先生显得特别活泼开朗，不时与担任翻译的工作人员说说笑笑，风趣盎然而又平易近人。会议期间，胡绳先生由于即将率团参加东京举办的纪念辛亥革命70周年国际学术会议，嘱我利用休息时间协助他与日本学者相互认识一下。我请田中帮忙，他很快便把十几位日本学者集合起来，整整齐齐站成面对面的两排，让胡绳很快便与所有到会日本学者一一握手致意并相互交换名片。看见田中那高大的身躯站在排头，热情洋溢而又精神抖擞，感到非常可敬可爱。

此后十年左右，由于我们的研究领域有所差异，很少有机会见面，但是相互之间仍然保持论著交换与通信联系。直到1993年夏天，我与妻子应熊本县邀请参加宫崎滔天纪念馆开幕典礼与讲演会，随后又因赴台手续滞碍，在东京附近的美杉台住了两个多月，这样才又与田中正俊先生等日本好友重新欢聚。记得在我们即将离日赴国的前一天，田中得台风警报，冒雨跑来与我们告别，并且亲切地告知我们在台风期间乘机旅行应该注意的一些安全问题，说了一遍又一遍，好像很不放心。临别时他又叮嘱久保田文次先生一定要亲自送我们安全到达机场，然后才依依不舍地离去。看着雨中他那高大身躯的背影，我们的心中充满着温馨的亲情，暂时忘记了离开祖国和亲人已有三年之久。

我于 1994 年回到武汉，此后几年常到北京开会或办事，每次都住在北师大校友会的小招待所，但吃饭则在附近的外国留学生食堂。有一次晚餐时突然发现田中夫妇也在那里排队买饭，原来他应邀来北师大讲学一个月，很快就要回国了。我们都为这次意外的重逢感到高兴，但由于彼此都还有另外的约会，便约定周末的晚上 6 点钟再来此餐叙。到了周末，我按时来到餐厅，找了一张小桌坐下，却未见田中夫妇到来。有些师大熟人怕我久等，便邀我与他们共进晚餐；但我相信田中绝不会失约，仍然独自静静地等着。果然，不一会田中夫妇便匆匆赶来了，但田中先生走路似乎已有些困难。原来他们下午去王府井购物，回来时赶车非常困难，那时出租车也很少，好不容易乘上一辆非常拥挤的公共汽车，下车时田中先生却被别人挤倒并扭伤了脚。他本来应该到校医院治疗或回宿舍休息，却又因为坚守信诺忍着伤痛前来餐厅与我晤谈。我为此深感不安,劝他回去休息，他却满不在乎地高谈阔论起来，非常珍惜这次难得的聚会。

20 世纪 90 年代后期，我几乎每年都要到东京参加纪念南京大屠杀的国际研讨会与其他活动，但由于日程安排得太满，加以田中先生又已经退休，所以很难见面叙谈。只有一次是在 1997 年 12 月 13 日晚间，东京辛亥革命研究会邀我顺便参加他们的忘年会（新年会餐），野泽丰、田中正俊等老朋友都赶来团聚。久别重逢加上提前欢庆新年自然是其乐融融，大家都纷纷举杯致热情洋溢的贺词，欢笑声与掌声交织在一起，气氛异常欢快热烈。可是轮到田中发言时，他却以低沉的声音说：“你们知道今天是什么日子吗？章先生他们正在纪念60年前南京大屠杀的死难同胞，并且与日本右翼势力作面对面的斗争，我为此感到内心的不安。”整个会场突然安静下来，似乎热情突被冷却，我也感到非常尴尬，却不知怎样说才能化解这意外的困窘。也许有人会认为田中迂腐到不通人情，但我深信他的诚挚话语完全发诸内心，尽管对欢乐的宴会显得有些“搅局”。

由于多年相知，我能理解田中当时的复杂心情。他的青少年时代，一直都为日本军国主义侵华战争的噩梦所困扰。正如他在《战争·科学·人》的前言所说：

> 我出生于1922年。1931年9月，由日本关东军在满铁沿线柳条沟，阴谋挑起所谓“满洲事变”时，我刚刚8岁，是小学二年级的学生。1937年7月，在我14岁中学三年级时，又爆发了卢沟桥事件，从而使“满洲事变”以来的中日战争，扩及到整个中国。

更使他感到痛苦的是，1943年12月，考进东京大学文学部东洋史学科还不到一个学期，便被征召到陆军服役。1944年9月由大阪出航开赴前线，在航程中几乎每夜都受到盟军鱼雷攻击，载有数万士兵的17艘运输船组成的船队，到达马尼拉时只剩下3艘。由于盟军飞机轰炸猛烈，田中又于这年12月登上由12艘运输船组成的船队，在仓皇逃跑的航程中仍然不断遭到鱼雷攻击、飞机轰炸与炮舰追击。好不容易在1944年除夕的凌晨逃进台湾高雄港，整个船队又只剩下3艘。直到1946年初春才从台湾到达和歌山县的田边港，作为第二次世界大战的幸存者回到东京大学继续攻读东洋史。

从21岁到25岁，整整4年青春岁月都是在日本侵略军队中度过。但这一期间他所“目睹的惨状，饱尝的痛苦和污辱”，连他的家属很久都不知道。其所以长期缄口不言，一是感到自己的痛苦经历与牺牲了的战场伙伴相比简直微不足道，再则是又担心说起这些悲惨往事时会被别人认为有意夸张。但是到了 1978 年 8 月，他终于公开“倾诉”了，在《历史评论》第 340 号上发表:《战争体验与历史的经验》。他认为：“即使可以不谈自己个人的体验，但是‘战争体验’是非谈不可的。这是因为我们面临着一种反攻势力的进攻。……之所以产生这种对于战争感受非谈不可的心情，是由于意识到在以后的日本，谈战争体验具有越来越重要的现实意义。”

此后，田中先生便义无反顾地参与了反对右翼势力和文部省教科书歪曲历史真相的正义斗争。1982 年 11 月，他在《历史评论》第 391 号上发表《从“侵略”到“进出”》一文，公开谴责日本文部省设置教科书调查官，不断对历史教科书进行“政治干涉”，力图淡化日本对外侵略的罪行。田中先生作为著名的中国近代史学者，曾经参与日本国内教科书编纂工作，所以对于这种强制性的“政治干涉”更为反感。他悲愤地指出：“文部省纠弹‘可忧虑的教科书’，大声疾呼人性与道义教育；可是如果借‘更客观’为名，将人性从历史中抹杀，就是对人类和人类历史的一种冒渎，其对历史教育所带来的颓废，将是无法估量的。”同时也反躬自问：“可是，从另一个角度来看，我们这些原本不应受到科学真理以外的任何东西所支配的人，不也就在检定制度下，违背自己的意志或为教科书执笔，或从事教育，因循以至于今日？如果再屈从于文部省的这种‘历史观’，身为历史教育家或研究者，不但不能负起社会的责任，而且对于亚洲各国人民和未来的日本人民将会不期然再次扮演加害者的角色。”这些掷地有声的金石语言，反映出他刚正不阿的铮铮铁骨。所以他在 1997 年岁末忘年会上的讲话虽然略显唐突，但是大家对他的心情却是都能理解的。

这么好的老人竟在去年匆匆走了。就在此前不久，他还与我就《战中战后》一书出中译本问题与我多次通讯，丝毫没有想到这么快就会离开人世。在临终前的遗书中仍然以此事为念，谆谆叮嘱一定要保证译文的准确流畅。我想，我们对他最好的纪念，便是把他这本书（也是他一生治学与做人的总结）译好，把他的一片赤忱奉献给中国的年轻一代。

海外学记

北美萍踪

改革开放以后，中外学术交流渐多，我有幸成为较早走出国门的人文学者之一，但初访也经历了不少艰难曲折。

1978 年，北美亚洲学会即曾来函邀请我参加次年年会，据说还预定由陈志让（加）、高慕轲（美，Michael Gasster）、张朋园负责接待。学校为我申报以后，手续相当复杂，通过好几层审查，还得由教育部与外交部会签，送请分管此工作的副总理批准。批文下来时，第二天就要开会，使我们哭笑不得，只有赶快发电报表示歉意并祝会议成功。

但经手其事的美国学者却颇有韧性，他们随即联络了十所著名大学的中国（或东亚）研究中心，再次邀请我与武汉大学的萧致治做为期一个月的学术访问。由于有前次的申报基础，这次手续倒是办得较快。1979 年 9 月底即从北京乘民航到东京，再转西北航飞美国。

第一站是号称“美国最美的城市”的西雅图，既濒临浩瀚无涯的太平洋，又有萝丝山常年积雪的冰峰，风景确实旖旎非凡。我们的东道主是华盛顿大学西雅图分校东亚研究中心，具体负责接待的是兼任《亚洲研究》杂志主编的柯白（Robert Kapp）教授，与该校国际关系研究院副院长兼中国部主任杜敬轲（Jack Dull）教授。

接着我们乘机南下至所谓湾区，即旧金山、奥克兰一带海湾地区，位于北加州。在这里访问了两所美国西部名校，斯坦福与伯克利，两校的中国史研究都很强，与西雅图华大鼎足而三且密切协作，其资源与水平堪与东部之耶鲁、哈佛匹敌。斯坦福的接待人是中共党史专家范斯立（Van Slyke，以研究统一战线著名），与清史专家康哈诺（Harold Kahn，以《乾隆传》享誉）。如果说西雅图华大以古代史见长，斯坦福则侧重于近现代，其胡佛图书馆收藏现代书刊、档案尤多。加州大学伯克利分校的中国史研究亦侧重于近现代，接待人是我国史学界早已熟知的魏斐德（Frederic Wakeman）与杜维明。魏请我为他主持研究生的讨论课，杜维明则为我详细介绍美国的中国史研究情况，对我们帮助极大。

接着我们前往美国中西部，首先访问麦迪逊的威斯康星大学。该校为当时美国接受中国学者、学生最早亦最多的高校，校长对中国极为友好，接待人为研究中华革命党的弗里曼（Edward Friedman），以研究五四运动而声名大噪的周策纵和对中国现代思想史有深入探讨的林毓生。为表示亲切，弗、林分别邀请我与萧致治在他们家中住宿，周策纵则以浓重湘音为我们介绍情况并以旧体诗赠别。我们随即飞芝加哥转赴汽车城底特律附近的密歇根大学，由有“小费”之称的费惟恺（Albert Feurwerker，“老费”为费正清）负责接待。费氏之成名作为盛宣怀研究，对中国近代经济史造诣颇深。该校东亚图书馆成立较迟，但收藏缩微胶卷两万多卷，足以弥补旧书文献收藏之不足。该校参加接待的还有秦汉史专家张春树与对袁世凯有深入研究的杨（Enerst Young），张氏夫妇在整个访问期间使我们感受到家庭般的温馨。

我们的访问路线是自西徂东，美国东部第一站是哥伦比亚大学。该校东亚研究中心的元老韦慕庭（Martin Wilber）业已退休，接班者为研究现代中国政治的黎安友（Adrew Nathan），其夫人是曾为江青写传而得名的维托克。具体接待我们的则是历史系的清史教授曾小萍（Madeleine Zelin），她刚从伯克利拿到博士学位，导师就是魏斐德。纽约为美国的国际大都会，人才众多，信息密集，在哥伦比亚最大的收获就是与海外学术界初步建立了广泛联系，并参观了许多重要单位，如联合国、自然博物馆等。

东部第二站是普林斯顿，一所规模不大（学生仅6000人）而水平极高的名校。该校负责接待者为著名宋史专家刘子健，毕业于燕大历史系，对我们特别热情，以后遂成为挚友。在普大停留短暂，但参观了世界闻名的爱因斯坦实验室，和胡适曾任馆长的葛斯德（Gest）东方图书馆，该馆收藏珍本甚多，琳琅满目，美不胜收。

第三站是邻近华盛顿的马里兰大学，由政治系教授薛君度负责接待，薛妻黄德华为黄兴之女，此前他们曾在长沙与我会晤，因此接待更为殷勤。访问期间还邀请新英格兰地区政治学者关心中国研究会成员举行座谈会，听取我们的学术报告。此外还参观了全美藏书最多的国会图书馆，并结识了中国研究资料中心（Center for Chinese Research Materials）主任余秉权，所获资讯甚多。

从华盛顿乘火车到纽黑文，即古老的耶鲁大学所在地。耶鲁的接待主要由雅礼协会（Yale in China Association）负责，该会系20世纪初由少数耶鲁学生在长沙建立，以后长期在两湖地区从事文化教育工作，与我校前身华中大学有密切关系，因此接待更为热情。主任石达（John Start）是颇有成就的中国现代史学者，代表作有《毛泽东继续革命论的基本原理》，并曾参与编辑《解放后毛泽东的著作：书目和索引》，可见其对毛泽东思想的兴趣之浓。耶鲁藏书有500万册之多，其新建善本图书馆全部密封，窗户半透明；不让阳光直射，保持恒温恒湿，各方面条件均较优越。在耶鲁还初识历史系教授余英时、经济系教授费景汉，两人均系台湾“中研院”院士，与我一见如故，此后每次访问耶鲁都要邀同餐叙，作较深入的学术交流。1992年，耶鲁中国学者、学生成立耶鲁两岸学会，旨在促进两岸文化学术交流与相互交流。费、余和我都被聘为顾问，另一顾问则为现任台湾清华大学校长的沈君山。

东部之旅以哈佛为终点，接待单位是费正清东亚研究中心。费正清已退休，由其得意弟子孔飞力（Philip Kuhn）主持工作。哈佛的东亚研究气象尤胜于耶鲁，在很大程度上应归功于费正清的长期苦心经营。该校中国史力量甚强，著名中国思想史专家史华兹（Beujamin Schwarz）俨然成为中心的龙头，时任北美亚洲协会主席，声誉正隆。还有思想活跃的柯文（Paul Cohen）、研究雍正的吴秀良等。哈佛燕京图书馆藏书60余万册，其中中文占一半，为中心提供良好的研究条件，为他校所远远不及。访问期间，中心曾为我们举行新英格兰地区中国问题研讨会，有来自新英格兰六个州的30多位学者参加。我演讲后即聚餐，餐间和餐后都持续进行热烈讨论。从下午5时直到9时半始结束，比原定计划延长一小时，据说前所少有。

按照美方邀请信的约定，哈佛应是我访美最后一个学校。但由于芝加哥大学不甘被遗漏，由何炳棣、邹谠出面，盛情邀请我访问该校，并代办签证延长手续。芝大为中西部著名高校中之重镇，其中国史研究有何、邹两位大佬带头，成果累累，人才济济，水平并不次于哈佛、耶鲁。芝大对我这次访美之行来说，已是强弩之末，一个月的时间从西到东连续访问十所大学，活动又极频繁，怎能不感到疲惫？但东道主接待之殷勤可谓后来居上。仅何炳棣的家宴，便从11月3日晚7时持续叙谈到 11 月 4 日凌晨 4 时，堪称通宵达旦。但也正因为如此，我回旅馆后沉睡不醒，耽误了原已约定的与台湾著名史学家吴相湘在 4 日中午的餐叙。听说吴为此颇为不悦，我亦深感内疚，直至 1996 年在广州中山大学欢晤，才了却这一长期未遂之心愿。

此次访美，我的讲演题目是 :《大陆中国近代史研究的现状与趋向》和《大陆辛亥革命研究的现状与趋向》,讲稿已由《亚洲研究》杂志译载。萧致治的讲题为《孙中山与群众》，并负责对我的讲演作即席补充。但美国的学术活动更重视演讲后的讨论，实际是以讨论为主，学生思想又极活跃，所以交流并不限于某一专题，而涉及中外史学研究异同的各个方面。通过这一次穿梭式的急速访问，虽然很难对某一领域作较深入的共同探讨，但交接面甚宽，相互交流信息密集，颇能增进彼此理解。

台湾学术界对我们此次出访相当重视,《中国时报》派两位专业记者追踪采访，并在该报作长篇报道，认为大陆极为重视社会科学，“文革”后发展势头甚好，台湾当局不应继续忽视文科云云。

为了让年轻读者了解 20 世纪 70 年代末中美学术交流的初始情况，我把当年的出访日记发表于后。

访美日记（1979.9.29—11.6）

9 月 29 日　上午 9 时乘民航从北京出发。中午到东京成田机场,候机期间,遇美中友协代表团,受热情包围。换乘西北航（波音 737）飞美国。机上有台胞三人主动攀谈，其中两人为姐弟，已在美读书、就业，另一女性系去美探视姐姐并求职者。他们都希望祖国统一富强，但对大陆情况了解甚差，如问 : 人民公社是否还存在？是否已无家庭？经交谈，态度友好，希望来大陆访问，但尚有疑虑。另有一泰国华裔学生，彬彬有礼，主动送冰水来，并告知国际旅行经验。

9 月 29 日（美国西部时间） 上午到达西雅图。过关人多，幸入境处华裔职员热情帮助，交代注意事项，顺利通过。柯白（Robert Kapp）夫妇来接，驱车前往大学旅馆，简便舒适。晚间在柯白家进餐。柯住海边屋船（House boat），1970 年以 1 万余美元购置，现颇值钱，每月仅付港口东主租金百余美元。柯氏夫妇善于布置，室内朴素典雅。长年生活海上，颇有风味。柯白云："教授做木工，夫人阅菜谱。"

西雅图为美西北港口城市，面临太平洋。东有萝丝山（Mt. Rose），建水电站，溪流清澈，峰顶常年积雪；西有奥林匹亚山（Mt. Olympia），雄踞海洋。此地森林广茂，渔业发达，港口繁忙。民居木制房屋最多，造型精巧多样。

9 月 30 日 柯白夫妇邀游司太吉（Stagid）风景区。途径水泥镇（Concent Town），以山上盛产水泥原料得名。山麓野餐，初尝肯德基烤鸡，所配玉米糯嫩香甜，原本农家食品也。司太吉风景绝佳，有印第安人图腾。美国极为重视森林公园，分国有、州有、市有、镇有，有益环境保护与国人身心健康。

奇宿旅舍在大学区（或称大学城），店铺及各种服务设施多以大学命名。最佳胜处为大学书店，规模宏大，俨如图书馆。进口有存包处，书架全部开放，可随便取阅。书籍种类繁多，从文、史、哲、政、经、法、美、宗教、科技，到妇女、烹调、缝纫、心理治疗等等。有众多专架出售大学各科教师指定的教科书与参考书。楼上则卖各种文体用品，货色繁多，目不暇接，但价格往往高于市面，唯校内师生参加合作社者（需缴一定会费）可享折扣优待。

柯白生于纽约，学生时代曾于课余伐木谋学费。妻系苏格兰矿工移民后裔，现在市府老年公民服务局工作，颇娴静。

柯白云，曾与高慕轲（Michael Gasster，罗特格斯历史系教授）商议筹办辛亥革命国际研讨会。柯氏将于10月1日出任华盛顿州对华友好交流委员会（Washington State–China Relation Council）秘书长。

晚间柯白夫妇在“中国第一”（China First）酒店宴请。

10月1日　上午参观华盛顿大学东亚图书馆。馆长卢国光，曾访问大陆。副馆长吴燕美，台湾大里人，生于燕京大学校园，以此得名。另有馆员金太太等,均来自台湾。该馆事先已作准备，进口处陈列我的著作目录，以及由燕美编制的辛亥革命部分书目，办公室墙上挂中华人民共和国地图与台湾省地图。

吴燕美介绍：就各校东亚图书馆藏书数量而言，本馆名列全国第十，在美国西北部则是唯一的中文图书资料中心。与加拿大英属哥伦比亚大学图书馆有互借合作关系，等于大大增加了图书藏量。1977年5月出版的《亚洲研究》杂志，载有美国各图书馆中文藏书统计数字。最近大陆出的报纸我们都有，但《光明日报》才收到5月31日。本馆收藏多与本校学者研究重点有关。如陈学霖研究李贽，现在普林斯顿参与编写明史传记、清史传记，本馆均有配合。又如保钓运动发生，留美中国学生群情激昂，事后本校一位学生留赠大量原始资料。王靖献教授为诗人，笔名杨牧，搜集现代中国诗较多。谢文孙原在华盛顿大学攻读博士学位，论文为“辛亥革命在广东”，亦有一些资料收藏。本馆有洛克文库（Rock Collection），其中颇多西南方志。伍献子资料（私人档案）亦由本馆保存。民国前后杂志也有相当数量，但不及斯坦福。华大所有图书馆均不属系，经费来自总馆，相关研究所也提供一定经费。

下午，博士候选人黄俊杰约谈。台湾人，持“台独”观点，但其办公室亦挂中华人民共和国地图及台湾省地图，想系学校统一布置。黄云：学位论文题为《孟学流变考》，侧重探讨民本思想、忧患意识与乡愁情愫，与台湾人处境有关。反对复古与溢美传统，钱穆在香港说中国无封建专制，徐复观曾给以批评。台湾史学界优秀者有张朋园，台湾师大历史研究所所长，亦为“中研院”近史所研究员；张光直考古学成就最高，在耶鲁、哈佛执教，其著作在西方奉为经典。台湾青年学者很自负，认为老辈学者在战乱中过来，学问不多，只有他们既有传统文化基础，又了解西方，最能为学术作出贡献。美国有一个爱默生超越思想（Over Soul）委员会，值得注意。大陆的“李一哲”、“童怀周”很了不起。大陆对台宣言只注意统治者，不注意人民。“台独”思想堪称“如火如荼”，他们求见邓小平未成，甚为不满。台湾经济高度发展，家家有电视，因此不愿与内地统合。大陆对孔孟传统文化过度破坏，亦为不利于统合的因素。

晚上，杜敬轲（Dull）夫妇在家中宴请，杜系华大国际关系研究院副院长兼中国部主任，中国古代史专家。陪客者除柯白、吴燕美外，尚有汉赋专家康达维，平实谦逊，东方儒风，不同于一般美国人。其妻张台平亦来，原籍保定，在台湾长大，自称“台平归国”。她研究甲骨文，打听国内人才短缺情况。柯白说：“今天是中华人民共和国国庆，同胞团聚。”杜太太对丈夫说：“下次你如访华再不带我，就不必回来了。”康太太也说：“下次康先生如不带我去中国，也不必回来了。”

席间讨论今后加强学术交流问题。我提出资料、成果、人员三个方面，并强调“专业对口，直接联系”，美国朋友均赞同。

深夜，我国中科院物理所在华大进修的陆坤权来谈：今晚5—7时，西雅图华人协会举办国庆招待会，300余人参加，其中有美国人，亦有台湾人，穿插文艺节目，情绪热烈。许多本地华人想见章先生。华协成员多数为生意人，只有二三十人，影响不大，左、右派均未参加。钓鱼岛问题发生时，许多华人表现不错，现转沉默。（吴燕美：当时是华人最齐心的一次，后来就分手了。）

10月2日　上午柯白介绍美国之中国史研究状况：

美国学者研究亚洲史者较少。华大历史系教师共35人，只有三人研究中国史，两人研究日本史，一人研究韩国史。很多人认为只有西洋史才是历史，亚洲史无价值，对此我很生气。

东洋传统与西洋传统不一样，两者有何关系？社会学、人类学都有系统理论用于研究，历史没有。我办《亚洲研究》杂志，常劝人研究题目不宜太窄，应了解各个方面。美国研究生要拿到博士，然后才能工作，这与日本不同。加上学中文又难，因此所选题目一般很小，意义不大。我的博士论文花了四年时间，仍觉理论基础不足。

美国学者最感兴趣的是中国区域研究，省、市、县，利用地方志、笔记、清实录等，经济地理对历史的关系很重要。斯坦福的施坚雅（George W. Skinner，区域社会人类学家）研究村、镇、城市经济对中国历史的影响，坚持达20多年，其代表作是《晚清中国城市》（*The City in Late Imperial China*），《两个世界之间的中国城市》（*The Chinese City between two world*）。

美国学者注意社会学与区域研究的结合。科举制消灭后，士绅阶级地位如何？他们从哪里来的？家世门第如何？进而探讨20世纪社会结构的变化。有代表性的是孔斐力（Philip A.

Kuhn）的著作《军事化与社会结构，1796—1864》（*Militarization and Social Structure，1796—1864*）。

近代中国思想史研究也日益活跃。威士康辛的摩立司·梅斯勒（Maurice Meisner）著有《李大钊与中国马克思主义的起源》（*Li Ta-chao and the Origins of Chinese Marxism*）。哈佛的史华兹（Benjamin Schwarts）著有《中国共产主义与毛的兴起》（*Chinese Communism and the Rise of Mao*）。研究近代中国思想之历史渊源者还有《寻求财富与权力》（*In Search of Wealth and Power*）和墨子刻（*Thomas A. Metzger*）的《逃避困境——新儒学与中国演进的政治文化》（*Escap from Predicament，Neo-confucianism and Chinese Evolving Political Culture*），作者认为中国传统思想并非完全反对进化，20世纪中国学术思想之所以有所解放，即因理学中本有此因素，革命思想与孔学亦有关系。下期《亚洲研究》杂志将发四篇书评，其中有两人持反对意见，认为没有必要研究这种连续性（Continuity）经济史方面，认为1949年的解放固然重要，但经济因素更重要，因为发展工业的基础已存在。辛亥革命到建国前，农业无进步，但工业确有发展。帝国主义侵略对中国经济的作用，左派学者认为全属破坏，但亦有美国学者认为有促进作用。如帕金斯（Dwight H. Perkins）的《中国现代经济的历史透视》（*China's Modern Economy in Historical Perspective*）即持有这种观点。有些人对农村经济史很感兴趣，但只掌握地区性资料，如淮北、浙江、广东等，似缺少普遍性。梅尔司（Roman H. Myers，胡佛图书馆长）的著作《中国农村经济——冀鲁农业发展，1890—1949》（*Tne Chinese Peasant Economy，Agriculture Development in Hepei and Shangtung，*1890—1949），利用满铁档案说明华北经济不仅未受破坏，反而得到发展。俄里冈大学周锡瑞（Joseph Esheriek）反对这种观点。美国学者对手工业史亦感兴趣，威斯康星赵冈认为农村手工业利用洋纱织布，相互依存，密歇根费惟恺亦注意这一现象。

文学史在美国大学属文学系，有人主张应尽量利用当时文学作品研究历史，如研究四川应利用沙汀小说。戈德曼（Merle Goldman）所著《共产党中国的文学异端》（*Literary Dessant in Communist China*），主要写反右。1976 年美国举行五四文学讨论会，亦请史学家参加。

我们认为政治史如不结合社会学研究则毫无意义，但这不排除专门的政治史研究，如国民党政府中央对地方的控制等。易劳德（LJoyd E. Eastman）著《夭折的革命，1927—1937 年国民党统治下的中国》（*Tne Abortive Revolution*，*China under Nationalist Rule*，1927—1937），田宏茂（Hung Mao Tien）著《国民党中国的政府与政治，1927—1937》（*Government and Politics in Kuomingtang China*，1927—1937），都是较好的著作。易劳德认为国民党没有社会基础，其基础就是它自己。

以黄宗智（Philip Huang）、周锡瑞为代表的“近代中国派”（以所编《近代中国》杂志得名）重视农村与农民起义的历史，最近他们都到华北农村去做研究，故又称“华北派”。他们认为美国历史学家不重视人民群众，应作改进。这是 20 世纪 60 年代反越战时期兴起的新左派。他们有重要成果，如 1976 年耶鲁大学出版的韩书瑞（Susan Naquin）著《中国天理教起义：1813 年暴乱》（*Millenarian Rebellion in China*：*The Eight Trigram Uprising of* 1813），利用清宫档案（台湾收藏）、教徒供词叙述天理教源流。研究中共党史者亦多，去夏曾在哈佛举行陕甘宁边区史研讨会，不乏研究有素者。

工具书方面有施坚雅编的《近代中国社会——分类文献》(*Chinese Society——An Analytical Bibliography*),西文包括1644—1972,日文1644—1971,中文1644—1969,共三大卷,花费十年时间,100多万美元,用电脑编制,附有多种索引,但未能包括大陆图书馆收藏。《亚洲研究》杂志也编有亚洲研究索引,但不包括中、日文。哈佛燕京学社费正清等编有《日本的近代中国研究:19—20世纪历史与社会学研究的文献导引》(*Japanese Studies of Modern China:A Bibliographical Guide to Historical and Social Science Research on the 19th and 20th Centuries*)。还有密歇根出版的黎安友(Andrew J. Nathan)编《近代中国:1840—1972,资料与研究介绍》(*Modern China*,1840—1972;*An Introduction to Source and Research Aids*)。日本学者坂野正高、田中正俊、卫藤沈吉亦编《近代中国研究入门》(东京大学出版会)。

当今美国学者对帝国主义研究缺少兴趣。

中午午餐会。除窦尔、柯白、康达维、张台平外,还有严绮云(严复孙女,中文系教授),刚从欧洲返校的张教授(地理系),以及文理学院院长等。名为共进午餐,实为一次小型研讨会,交谈热烈。饭后张教授引导参观华大校园。据云国际关系研究所原为亚洲及苏联研究所,后扩大研究范围。

下午,柯白与研究生穆伦(Alan Wood)陪同参观西雅图市容。穆伦正做博士论文,题目是《北宋的春秋学》,他说:"中国史研究要花很多时间才能拿到博士学位,毕业后又为谋职发愁,所以美国学生选择中国史研究大多是出于兴趣,而不是为了职业。"

柯白等陪同去市府见西雅图罗易市长(Mayor Royer)。市长原为著名电视节目主持人,竞选时得票甚多,访华甫归,特别热情。叙谈甚欢，并赠金钥匙与精美画册《西雅图——美国最美的城市》。

晚间西雅图华人协会宴请。饭后该协会主席臧先生来旅舍，谈华人情况至深夜。

10月3日　上午参观华大远东图书馆藏书，尤注意日本、台湾历年所出重要书籍，如《宗方小太郎文书》（东京原书房，1975）、《革命人物志》（台北，1969）等（其他书名略）。

中午与臧先生、陆坤权、杨莹餐叙。杨莹为著名翻译家杨宪益之女，母为英裔，下放农村多年，后在工厂当工人，现在华大工读。热情爽朗，东方气质，但外貌近似西人。

晚间，柯白在其屋船举行小型酒会，主菜为一大沙门鱼，白水煮一刻钟后置于特大盘上，以鲜花绿叶点缀，食时另蘸奶酪等作料。此鱼系柯白与我下午前往渔港买回者，绝对鲜活，但似不合华人口味。陪客除吴燕美外，全为白人：穆伦，一电视台女广播员，一新闻记者，一电影制作人。电影制作人与我谈将拍介绍中国影片问题甚久。女广播员特意穿红色T恤，因我来自赤色中国也。她11时提前告辞，因需值班。据云荧屏出现时仍著红色T恤，可见当时美国之中国热到何等程度！

10月4日　上午会见华大副教务长（Vice Provost）加非亚（Garfia），讨论两校学术交流问题。又会见国际关系研究学院院长拜尔（Pyle），介绍该院从政治、经济、文化等方面研究外国问题情况，经费除学校拨给外尚有各界捐赠，日本政府捐100万美元，有一校友亦捐100万（院长办公室陈列捐赠证书）。拜尔表示愿加强学术交流，包括交换学者。又会见历史系主任、中国古代史专家屈爱果（Treadgold），相互赠书。

中午餐叙，参加者为原华大访华团部分成员，畅谈中国印象。

下午对该校研究中国之师生讲演，讲题为“大陆辛亥革命研究的现状与趋向”，严绮云亲任翻译，中国前辈学者萧公权（退休）亦在座。听众反应热烈，提出问题：对于孙中山、辛亥革命应如何评价？大陆有无书报检查制度？现在的政策能否维持下去？中苏谈判前景如何？四方八面，不一而足。

晚间柯白导引游唐人街。然后至陆坤权住所，台湾籍留学生多人访谈甚欢。

10月5日 上午柯白陪同参观波音公司747总装车间，全部密封，自动化程度甚高。广场陈列有原陈纳德“飞虎队”战机。

中午与柯白在街旁初尝“热狗”“汉堡包”。

下午与研究中国之学生会见，提问踊跃：何谓古为今用？如何评价影射史学？对史实总有自己的价值评判，能否避免主观偏见？辛亥革命如何评价？对社会学学派（指以社会学方法研究历史）如何评价？对“文革”如何认识？毛泽东与“四人帮”的关系？大陆能否与台湾作学术交流？大陆历史书销售量如何？最荒谬的问题是：中国对外借款太多，改革是否会像王莽那样失败？会不会再来一次“八国联军”？美国学生思想活跃，但有些不免流于浮浅。最感人者为中文系一台湾女生，当场表明决心改学历史，全场报以热烈掌声。

晚间与研究中国之学生在中国餐馆餐叙，柯白夫妇及严绮云亦参加。有一台湾女生（学工程）问大陆生活状况甚详，其夫学中国文学，愿到中国工作。今天是中秋节，饭后出外赏月，海上明月，景色特美，忽忆王韬诗：“异国山川同日月。”

10月6日 上午偕柯白夫妇游海洋动物园。

下午3时起飞，5时抵旧金山机场。斯坦福大学柯鲁（Carl Crook）、陈明銶来接。柯鲁之父为英人，母加拿大人，曾至延安，建国后在北京外语学院教书。柯鲁在中国上学，随父母下放，1973 年始来美国。陈明銶，30 岁，台山人，在斯坦福大学胡佛研究所任研究员。

夜宿美国前驻日公使衔代办爱默生（Emmelson）家。家为两层楼，有游泳池，在高山之顶，俯视旧金山、伯克利、奥克兰（通称湾区），灯光闪烁似海洋连成一片，蔚为壮观。主人去日本休假，柯鲁代为守屋。是夜柯鲁与日本学生德地立人（中文名王立人）住楼下相陪，立人随父母（日本专家）在中国十余年，亦有下放经历，与柯鲁均曾是北大工农兵学员。立人颇恳挚，对日本史学界情况较熟悉。另有香港博士生关文斌，24 岁，亦来探视。陈明銶极健谈，说华大以古为主，斯坦福以今为主；又说前两天旧金山有一疯人，在大楼上用枪向市区射击，交通为之阻塞。爱默生家图书文物收藏极丰，对日本研究特深，现任胡佛研究所高级研究员。以前曾至延安，与毛、周、朱等合影，还有八路军臂章。

10 月 7 日　上午与范斯立（Lyman P. Van Slyke）教授及其研究生共进中国点心并叙谈，在座学生除柯鲁外均为中国人，其余美国学生则正在中国作一年研究并学中文。台、港、澳地区学生询问内地情况颇多，情意恳挚，不像华大台湾黄某之略有矜持。

范、康（Harold Kahn）两教授陪同参观旧金山国家公园、金门大桥、旧金山市容及唐人街。

范教授 50 余岁，二战期间大学毕业后在海军服役，曾出征东南亚及日本，因此对远东历史产生兴趣。在加州大学伯克利校区取得博士学位，代表作为《中国统一战线》（Tne United Front in China），着重研究 20 世纪 20 至 30 年代中共历史。康为清史专家，着重研究乾隆皇帝，以《乾隆传》一书得名。老师的女儿则称之为“康有为”，因他经常推崇康有为。50岁，有两女，妻已离异。在课堂用马克思主义观点讲历史，但不同意美国革命共产党及“工人观点”（激进团体）看法。

唐人街到处仍可见革命共产党张贴或涂写的传单、标语，大意是要把首都华盛顿闹得地覆天翻，以抗议对极“左”派头头的逮捕。据云邓小平访美时，他们曾捣乱，扬言中共修了。其主席是一地方法官之子。“工人观点”的影响更小。

唐人街华人左、中、右都有，与西雅图之唐人街一样，有国民党办事处，街上悬挂两种国庆横幅与标语。海边长椅上，年老华人三五闲谈或静坐，远眺大洋远处。

国家公园到处可见穿滑冰鞋的男女老少。其中有一日本风格园林，称莎士比亚花园（Shaksperian Garden），花虽不多，但有戏剧学校学生演出《仲夏夜之梦》，观众不少，兴味颇浓。同时进行两场棒球赛。

金门大桥颇雄伟，游人如织，多为观看太平洋及其岸边风景。远处有山，据云是当年华工登陆之处，尚存住地遗址。海中有小岛，原为监狱，现拟改建公园。

晚间康教授在自宅亲自下厨款待，两女活泼热情。席罢，前妻来，笑谈如常。据云系电工，收入比康教授高。离异后约定每人每年轮流与孩子同住六个月，夫人朴实无华，康亦彬彬儒雅，不知何故离婚？归途中，同行学生说，今晚康教授即将搬至校内单身宿舍。

10月8日 参观胡佛图书馆，其档案部收藏与辛亥革命相关者有荷马里、布斯与孙中山来往信件等珍贵资料颇多，但每次只限少量复印。台北成文出版社《中国方志丛书》、华文书局《中国省志汇编》、学生书局《新修方志丛刊》均便于参阅。复印《公民急进党丛报》《山东革命党史稿》《旅美三邑总会馆前史》等。

日本中村义教授到馆中晤谈：东京辛亥革命研究会创建已有十年，现由日本女子大学久保田文次教授负责。日本辛亥革命研究有两个取向，一为日中关系，一为民众作用。对秘密结社、经济、思想史很注意研究。希望今后加强与中南辛亥革命研究会交流。

晚宴后回寓所，大批台湾学生等候已久，有夫妇携幼儿来席地而坐者。畅谈两岸情况及未来关系，凌晨1时始散。有些台湾学生说：台湾“经济起飞”以牺牲农民利益与民族主权取得，且未建立真正独立工业体系，大陆不宜学。但大陆现在做法，又有些似步台湾后尘。蒋政权不得人心。台湾本土人民400年来，当够了“二等公民”，不愿另换一个“征服者”。普遍希望缓和，害怕打仗。大陆人害怕苏联威胁，台湾人害怕大陆“威胁”。

10月10日　上午由格里高（Gregor）教授陪同参观斯坦福大学校园、东方图书馆及中国研究中心图书馆。两馆工作人员均热情接待，主动提供资讯。任翻译者为博士候选人张侠女士，人如其名，其学位论文题目与蓝衣社有关。

中午与研究中国的学者、学生座谈。有些人亦对历史的客观性、中国政府的正确路线能否持续等问题颇感兴趣。

下午与历史系学生座谈。提问：现在大陆学者个人能写党史，是否一大进步？何谓神化，何谓历史的客观性？提出客观性，是为了纠正过去学术工作中的混乱，还是别有用意？

驱车至加州大学伯克利校园，住妇女学者俱乐部（实为大学宾馆，对男性开放）。

晚间，杜维明夫妇家宴款待，台湾旅美学者石锦等作陪。

杜畅谈美国史学情况：

1945 年以后加强中国研究，1949 年以后主要是作为敌国研究。人云二战研究日本，冷战研究苏联，韩战研究中国。以前经费主要来自国防部，1970 年左右才改由公私基金会提供资助。

10 月 11 日　上午东亚图书馆汤迺文馆长陪同参观善本及重要参考书，琳琅满目，佛经特多。前些年从印度西藏流亡者购得 7000 卷僧侣手书经卷，为研究西藏宗教问题的重要史料。

下午访问唐人街中华文化中心，正筹备展览“华人在美国”历史资料。中心刘乔治先生熟悉当地掌故，热心研究美洲华侨历史。陪同参观唐人街各处旧址，解说甚详。同行还有魏斐德（Frederic Wakeman）教授的学生金崑（Jim Nickum），学位论文题为《中国农村人民公社水利问题》。其先辈经德、法、意移民美国，祖、父均以卖肉为业，到他才弃此业而就读大学。另一同行学生为陶比亚（Stepe Tobia），攻读人类学专业，先辈为从俄国迁徙而来的犹太人，住纽约。陶与金崑不同专业而均对唐人街历史有兴趣，可能与移民家世有关。

中午返伯克利，与国际关系研究院院长斯卡那平诺（Scalapino）共进午餐。斯为政治学者，曾至北京大学讲学，对辛亥革命史颇感兴趣。他认为辛亥革命是绅士领导，不是资产阶级革命；是两代人之间的冲突；具有新思潮者主要是由于所受教育，并非都源于家庭出身。反复辩说，有共识者，有存异者，但相互尊重，气氛融洽。（三年以后，我在《关于辛亥革命性质问题——答台北学者》一文中提到的“美国有位年长的知名教授”，即指斯卡那平诺。）

10 月 12 日　上午周女士（原在北京历史所工作）来，谈其家庭纠纷事甚琐碎。临行希望：（1）见刘大年问收到信未？（2）

转告汤国黎先生有关寻找章琦（太炎先生次子）情况。

10 时，韩国学生申某（Tom Shin）来访，谈博士论文事，颇朴实，在食堂任厨师以供学费，已读五六年。

杜维明来，续谈美国史学情况：

美国最大的学会是亚洲研究学会（Association for Asian Studies），下分四部，中国研究最受重视。董事会由 15 人组成，任期三年，例行选举，决定方针。但学会的真正动力是执行委员会，现设于密歇根大学，轮流坐庄。《亚洲研究》杂志现由华盛顿大学支持。会员无明确资格限制，每人交 25 美元即可参加。美国东方学会（American Oriental Society，包括中东）带有汉学老传统，会员须经推荐，故人数较少。美国汉学长期受法国影响较大，亚洲研究则侧重近现代，并重视社会学研究，两者现在逐渐合流。传统汉学家功底扎实，但近现代研究有军工企业等实力后盾，所以发展迅速。政治学研究发展更快，大部分研究在 1949 年以后。一种名曰“政治文化研究”，即把政治作为文化现象来研究，以派伊（Pye）为代表，邹谠、狄特默（Dittmer）亦然。另一种名曰“行为学派”，把政治当做官僚、政权、权力结构，如斯卡那平诺即研究国际权力均衡。

费正清是从历史学角度来看中国近现代史，对历史继承性尤感兴趣，专长是清史。汉学真正有成就的是史华兹（Benjamin I. Schwatz），有研究严复和毛泽东思想产生的著作，“毛主义”（Maoism）一词即始于他。史为犹太人，基本训练很好，现在哈佛任教。哈佛有两个相关机构：一是东亚研究中心，着重用社会学方法研究当代，以中国研究为中心；一是哈佛燕京社，重传统学说，如考据学。伯克利东方语文系亦为老汉学传统，与近现代研究关系不大。

亚洲学会声势大，但缺经费，只能提供开会场所，所以学术影响并不显著。

美国学术团体理事会研究会（American Council of Learned Societies，Fellowships）全国委员会下设社会科学研究委员会，经费充足，其下又设中国研究委员会，支持举办学术会议，大学生写相关论文亦可申请补助，因此能够影响学术发展。

另一机构为美国中国研究协会（American Association for Chinese Stud ies，Grants），支持人文学科研究，如文、史、哲、经、政、人类学、心理学等，侧重政治色彩较淡的课题。

以上机构经费主要来自各大基金会，现在梅隆基金会（The Mellon Foundation）的实力可能已超过福特基金会（Ford Foundation），主要由匹兹堡钢铁等大工业主支持，从 20 世纪 60 年代末即开始注重中国研究。鲁斯基金会（Luce Foundation）历来保守，但最近也拨 100 万美元邀请八个大学研究美中关系（广义的）。

1972 年后有很大变化，即美国各大学、团体与中国可以广泛交流。威斯康星大学气魄最大，计划招收 1000 名中国留学生，先作初步训练（主要是语言），然后分送相关各校。美国科学院受政府委托，成立美中学术交流委员会（The Committee on Scholarly Communication with The P.R.C.），最近已与中国社科院达成协议：（1）学者交换，每年 15 人；（2）研究生交换，每年 30 人；（3）本科生交换，每年 30 人。美国过去只进行对华科技人员交流，现已注意人文社会科学交流，目的是为了增进彼此了解。教育、卫生等政府部门也出钱支持区域研究，在大学设立相关中心，或给奖学金。你们此次来访，即十所著名大学中国研究中心共同提供经费。伯克利、斯坦福两个中心联合出钱，即将邀请傅衣凌来访。

美国的研究中心系由外界提供经费，所以与所在大学关系微妙，若即若离。中心与系不同，不是学校肢体，但学校可以“抽头”（分取经费）。麻省理工60%以上经费都来自外界。美国大学要在银行存款70万美元作为基金，才能增聘一位教授，因此不轻易给长期聘约。

下午课堂讨论，因魏斐德已访华，故由我代替主持。我作简短讲演后，杜维明亦作简要发言，谈社会现象的发生学，非经济因素与经济因素如何发生关系，压力集团，等等。学生所提问题有如何理解阶级分析、类型分析等。台湾《中国时报》记者等两三人亦列席，但发言比较谨慎，只提有关两岸学术交流之类问题。

下课后，杜维明邀我与台湾记者及少数听课学生到中国餐馆叙谈。台湾客人对其当局有所不满（如不重视社会科学、限制与大陆人员接触等），对大陆政府顾虑亦多，对邓小平则颇推崇。对郭沫若颇有微词，我从历史条件加以解释，他们认为“已被说服”。他们说，台湾最重视统一的只有蒋家政府，今后会愈变离本土愈远，中青年只关心个人利益，不关心祖国统一。蒋政府有一触即溃之势。“台独分子”在海外很活跃，但在台湾势力反倒不大，唯“台独”思想则颇普遍，很多人认为维持现状就是独立。但台湾真正要独立，没有大陆认可是不行的。最好是两岸加上新加坡建立联邦，宋庆龄当元首，李光耀当总理，国旗要三方都能接受。台湾与大陆文化、经济交流很重要，石油、药材都属台湾急需，学术资料的复制可通过香港中文大学办理。（事后始知，《中国时报》记者系追踪采访，一路尾随，曾在台发表长篇报道，介绍我在美讲学、访问情况，评论还比较客观、友好。)

晚 8 时许始回寓所，匆匆整理行装，因明晨即将乘机去麦迪逊。在宾馆打工的华裔学生任杏娟前来告别，同胞情谊恳挚，但为上帝见证（God Witness）问题辩论不休。自称四年前确曾得到启示，深信赎罪、末日审判等。至 11 时始辞去。但不久又敲门，约到楼下见其姐爱娟，爱娟亦系课余打工下班赶来送行。赠《基督教伦理学》，收；又赠精装《圣经》，未收，因太重，姐妹均为大学生，随父母住旧金山。杏娟在伯克利体育系，自请教师学芭蕾，在女学者俱乐部系临时打工，今夜正好值班。

10 月 13 日　晨 6 时半，狄特麦驶车送至机场，7 时半起飞。下午 4 时（时差两小时）至麦迪逊。威斯康星大学政治系教授弗里曼（Edward Friedman）夫妇接至其家，两女甚可爱，长九岁，幼五岁。长女课余习中国功夫，准备将来到中国学杂技。晚间到电影院看纪录片《国内战争》（The War at Home），反映 20 世纪 60 年代末至 70 年代初学生反越战运动如火如荼；情景真实生动。观众甚多，买票摆长龙，主要是大学师生。许多教授（包括弗里曼夫妇）系当年学运活动分子，放映期间掌声、口哨声不断，反应极为强烈。据云弗里曼夫人当年曾被捕入狱。

10 月 14 日　上午参与弗里曼全家清洁劳动，窗玻璃全部卸下，两女喷清洁剂，大人用线巾擦净。然后同去乡间瑞士式小村落，品尝瑞式火锅。将奶酪置锅中融化，以刚出炉面包蘸食之，别有风味，两小儿特爱，如食珍馐。

10 月 15 日　上午参观远东图书馆，王正义先生（Cheste Wang，原国内西北联大毕业）介绍：本校总馆藏书近 300 万册，中文书 30 万册（国会图书馆有 100 万册，哈佛有 70 万册），与远东有关者 20 万册。编目全部根据美国国会图书馆，买回其卡片，稍作整理更动即可投用。法、医两院图书馆独立，经费由各该院拨给。自然科学书籍分至相关各系。中文书购自日本,中国香港、台湾,大陆书很少。本校美国图书馆为全国之最，保存有芮恩斯（Paul Reinsch，民初驻华公使）档案，因芮原任威大政治系教授。还收有《美国外交与公交文献——美国与中国，1842—1860》（*American Diplomatic and Public Papers*，*the United States and China*，*1842—1860*）。

随意检阅图书，如台北“中研院”近史所专刊、民国史料丛刊（传记文学出版社）、中华民国史料丛编等。

中午周策纵教授邀餐叙。周教授原籍湖南，为五四运动史专家，代表作有《五四运动：现代中国知识分子的革命》（1960）等，能写新旧体诗，书法亦佳。

下午讲演，听众认真但较客气，无热烈讨论。

晚间与赵冈、周策纵、林毓生餐叙。林亦研究现代思想史及中国知识分子，赵专长为明清经济，谈该校情况及大陆史学研究甚详。

10月16日 晨起随弗里曼驱车购刚出炉面包，即在车中品尝之。随即伴弗送二女上学,幼儿园与小学同在一楼房,颇简陋，类似我国设备稍好的街道幼儿园。

与研究中国的三位研究生共进早餐，谈诗歌问题。然后弗里曼陪同参观州政府、州议会。参议员正开会，可自由旁听。讨论热烈:（1）饮酒合法年龄,是否应提高到19岁（原为18岁），或更高？（2）有一杀人犯已判长期徒刑，应继续囚在监狱，或回家监外服刑？弗里曼主张回家，认为有利于改造；余不谓然，认为太冒险，可能继续威胁邻里安全。

沿街颇多摆摊卖小件手工艺品（如皮带、饰物）。弗里曼云，其中有些是威大学生，毕业后不愿离去，自行组织散漫的“公社”（Commune），商讨如何改革社会，晚睡迟起，成一个小小特殊族群。

下午弗里曼开车送至麦迪逊机场，飞芝加哥转底特律。

密歇根大学东亚研究中心主任费惟恺（Albert Feurwerker）来机场接至安那波该校附近旅馆住宿。

10月17日　上午参观密歇根大学东亚图书馆，万文英馆长介绍：

中、日文图书32万多册，其中中文20多万；另有2万多缩微胶卷，因建馆较迟只有如此，添置图书亦先由现代，到近代，再到古代。不过缩微胶卷亦有利于图书集约化，不占过多空间。对政府档案缩微胶卷收集较多，有英国对华外交档案2000余卷，日本外交、军事档案直至二战结束止。

大陆报纸，全国性者完备，地方性者有300多种，仍非完整。大陆期刊1966年以前较全，1966年以后欠缺甚多，华中师大学报也多缺本，希望通过图书馆交流补齐。

本馆收有康有为的信稿、照片，其中有保皇党在芝加哥办军事学校的照片。

20世纪20至30年代，密歇根与哥伦比亚曾是中国留学生为数最多的大学。

本校第三任校长曾任修订中美商约的赴华特使，其家藏信稿全部保存于本校稿本图书馆。此外还收有许多中国校友的信札。

离馆后费惟恺陪同继续参观校园。

下午去底特律参观福特汽车公司，规模颇宏伟。其博物馆陈列各个时期各种汽车、灯具、农具、家具等。乘坐19世纪老式蒸汽火车环行一周。参观爱迪生实验室，连原有之后园玻璃碴均运来并恢复原状。还有伦敦古老钟表店、珠宝店等，亦系原地迁来，严格复原展出，且注意周边环境之协调。最早飞机发明家莱特兄弟整座住房亦属展览内容。

10 月 18 日　上午到远东图书馆看书。万馆长介绍：

本馆收有前北京图书馆、台北“中央图书馆”善本缩微胶卷。敦煌文物缩胶，英、法、日有的，我们都有。但大陆最近发现的，我们没有；俄国收藏的我们也没有。

每年中文书增加 7000 册，日文书 5000 册。早期《大公报》不全，后期全。《时报》为日本影印者，不全。有北京小《时报》《和平日报》，是在台湾做的胶卷。辛亥革命著作，十年以前是高潮，现已冷落。有一阵研究军阀成风，如吴佩孚、冯玉祥、阎锡山等。

工具书方面，戈尔登（Gordon）等编过有关中国论文索引。苏联科学院也编有相关论著目录。亚洲学会的中国书目最全，但只出到 1975 年。欧洲汉学以汉堡最好。牛津、剑桥图书馆由于经费不足，已落后于美国。

拉铁摩尔已退休，陈志让去加拿大，英国中国研究力量散了，但有些地区大学仍在加强中国研究。

本馆主要是 1960 年以后发展起来的。本校中国文化中心备受外界重视，每年图书经费 100 万美元，大学每年不过拨给 2 万美元。（中国文化研究中心每年经费 200 多万美元。）

本馆藏有陈诚私人档案，已有复印本和缩微胶卷，分军事、党务、文教等，其中如解放战争时期在江西“缴获”的苏区中共支部资料，很有价值。

中午，杨（Enerst Young）教授邀与历史系有关教师、研究生餐叙，实际为不拘形式的研讨会。

下午秦汉史专家张春树教授夫妇陪同参观植物园。由于靠近加拿大，安那波的枫叶也很出名，枫林红黄相间，草坪碧绿如茵。连日穿梭访问，至此稍享悠闲。

晚间费惟恺陪同听钢琴演奏会，表演者为波兰流亡钢琴家，可惜我困顿已极，未能充分欣赏。

10月19日 上午又至图书馆看书，侧重了解地方志，因朱士嘉曾嘱托。据馆员介绍，哥伦比亚大学收有900多种族谱。美国犹他州有谱系学会，为国际性团体，与夏威夷摩门教会背景的杨百翰大学有关系。

中午参观艺术博物馆，着重看日本文物、抽象派画。

下午演讲，反应热烈，但亦不如西部学生之开朗与爱辩论。

晚上，张春树夫妇在家中举行酒会饯别，食品全系夫人手制，精美之至，据云豆腐系驱车自加拿大华人区购来。参加者30余人，多为密大与底特律各界华人精英，全都来自台湾，毕业于台大者尤多，彼此不问年龄，只问何届毕业，因均垂垂老矣。同胞情深，乡思尤浓。据云聚会之盛况空前，可能是想在大陆客人身上获取若干故土气息。

10月20日 晨7时45分，费惟恺夫妇驱车送至底特律机场。乘波音727于9时起飞，10时半到达纽约。哥伦比亚大学博士生古博（印非混血儿）与耶鲁大学博士生罗易（Bill Rowe）来接。古博研究纳兰性德，罗易研究19世纪汉口，正在哥大收集资料。

中午，哥大历史系助理教授曾小萍（Madeleine Zelin）陪同进餐，原为伯克利魏克曼之研究生，研究雍正时期中国经济，刚得博士学位，即获哥大教职，可见其学术潜质不错。饭后上街随意游览。参观一画廊，甫离去，一画家追来送其作品，自称色彩绝佳，“可以此画代替电光源”。随后去联合国我代表团住处拜访一教育部外派人员，交流出访经验。

晚间，古博、罗易来旅舍闲聊。

10月21日　上午搬家。因原住罗斯福旅馆处于闹市，整夜警车轰鸣，附近又发生火灾，不得安眠，遂移居邻近哥大之老人公寓，设施与宾馆无异，且有家居情调。

中午，古博邀邵子平（联合国职员，国际法专家，原国民党政府驻日大使之子）及其女友罗其云（在电脑公司工作）共进午餐。邵云已组织美籍华裔专业人员联谊会，意在促进中美文化交流。

下午与古博、罗其云乘船参观纽约港，瞻仰自由女神像，泛舟哈克逊河。登国际贸易中心大厦110层，俯视纽约夜景。百老汇车辆来往如梭，车灯光焰成线成片汇成人间银河，帝国大厦亦光耀如灯塔，颇为壮观。我说："纽约只能晚间从天上看，因为夜色掩盖一切贫困、罪恶与苦难。"出国贸中心即见邻近街道垃圾污秽、混乱不堪。罗其云并引导观看一同性恋者聚居街道。人云：不到纽约，不知美国。而许多美国人又不承认纽约能够代表美国。

归途中，我说国贸中心大厦是用美金造成的金钱拜物教圣殿。古博亦有同感。出租车司机为犹太人，知我来自大陆，不仅不收小费，反而少收车费，并说："你们来自社会主义国家，我不能收小费，反正马上要到飞机场接富豪大亨，可以多刮他们一点。"

然后至邵子平寓所与台湾年轻学者见面，多为留学美国并在联合国服务者，倾向大陆，态度明朗，意见直率。邵以一万多美元购此工厂旧屋，甚大，可开百余人会议，准备为访美大陆学者免费提供简易住宿。

10月22日　上午与东亚研究中心秘书马丁（Robert Martin）

晤谈，她负责具体接待事务，古博为其临时助手，随即参观东方图书馆。收有杨谱笙家藏同盟会中部总会有关文献，为两个手卷裱装。陈荆和、陈育崧编 :《新加坡华文碑铭集录》（香港中文大学出版部），共收 119 篇，分庙宇、会馆、公冢、宗祠、书院、医院、墓志铭、教会、纪念碑九类，育崧撰绪言尤有意义。李毓澍编《清季中日韩关系资料三十种综合分类目录》（旧金山，1977）为国内所未见。台湾政治大学研究生沈道立学位论文《南京临时政府官员、议员之政治资源及运用方式》，体现民国史研究新的趋向。

中午与罗特格斯（Rutgers）大学教授吴应铣长谈，其代表作为《现代中国的军国主义 ：以吴佩孚为个案》。吴云 ：美国研究中国近现代史学者有两派，一派较保守，以哥大韦慕庭（Martin Wilber）等为代表，曾带头在《纽约时报》反对中美建交 ；一为 20 世纪 60 年代末出现的年轻新左派，以周锡瑞、黄宗智为代表。新左派打击面过宽，有时不免把若干中间人士逼向右转。

下午在东亚研究中心讲演，介绍大陆中国近现代史研究现状及趋向。到会者甚为踊跃，讨论亦热烈。

晚与纽约地区研究中国之许多学者聚餐畅叙，饭后纽约市立大学唐德刚教授热心陪同步行回寓所。唐抗战时为国立八中学生，我读九中，均系安徽籍师生为主的学校，因此唐称我为老同学，我则尊之为“大学长”，因他读高三时我才读初一也。唐毕业于中央大学历史系，1947 年考取公费留美，在哥大攻读博士学位，曾任该校东方图书馆中文部主任多年，负责口述历史（Oral History）计划。曾协助李宗仁写回忆录凡 70 万字，亦曾协助胡适写回忆录。据称，哥大收有黄郛私藏文献 3000 余件，顾维钧文献 37 箱。曾发现高岗、饶漱石致吴铁城（前国民党上海市长）信，请吴求见艾森豪威尔，助彼等在华南独立，此函写于1953年。此事奇特，未知确否，姑记于此。

10月23日　上午艾罗(Peter Iaro,犹太人)陪同参观联合国，先至23层秘书厅中文处，与台湾诸友叙谈甚欢。邵子平等导游，参观安理会、大会堂、代表休息室、联合国图书馆等。

中午回哥大，与黎安友（Adrew J. Nathan）、刘易士（Charlton M. Lewis）两教授共进午餐，谈今后交流问题。黎之代表作为《北京政争，1918—1923》(Peking Polities，1918—1923)。其妻为轰动一时的《江青传》作者，亦在哥大任教，据说"文革"后此书减价已久，仍滞销。

晚间曾小萍邀同研究生热情饯别。

回旅舍，联合国中文处花俊雄、裯福辉、龚忠武、吴章铨、王志超诸同仁前来话别，综论国外史学研究情况，并分析比较国内外史学之得失，提供信息颇多。

10月24日　上午香港研究生朱立芸陪同参观自然历史博物馆，规模宏伟，内容丰富。沿途朱介绍哥大情况甚详，说该校政治性太强，政治系教授问题尤多，有歧视华裔研究生倾向，故拟转学。研究生每年学费4000余元，伙食每月约70元（女生食少），明年打算回大陆观光。研究课题为辛亥革命与保路运动。家在香港，为几代人同居之大家庭。

中午马丁赶来陪同餐叙，随即与朱送至纽约长途汽车站，依依话别。

汽车下午2时半出发，4时到达普林斯顿。刘子健、怀特(White)两教授来接，住该校招待所，为一富商捐赠之豪华别墅。晚间子健到中国餐馆宴请，陈学霖教授作陪，还有三台湾研究生，其中两人攻明史，一为艺术史，均诚朴友好，想访问大陆。

饭后子健介绍情况：普大小而精，重质量，本科生只 4000 余人，研究生 1000 余人，教授为数较多。处于纽约与华盛顿之间，学生愿意来，有十几个研究所，相当于北京中关村。威尔逊总统私人档案存此处。世界史以近现代见长，无人研究印度史。建议：（1）逐步交流，互派访问学者，两个月以内此间可提供食宿，时间长者中国需出钱。限于粗通英语的宋、元、明和清初历史研究者。（2）鼓励成绩优秀的大学毕业生来读学位，须交学费，但可设法申请奖学金或工读。（3）请普大学生去中国教英语，花费少，并可为中国培养友人，来中国前需学教学法。（4）发动旅美华人搜罗复本图书、多余刊物，寄赠国内，互通有无。子健毕业于燕京大学，曾任前中国驻日军事代表团翻译，后来美留学，获匹兹堡大学博士学位，专长为宋史，对祖国一往情深。

10 月 25 日　上午怀特（Lynn White）陪同参观普大校园，介绍爱因斯坦当年工作室。会晤原金陵大学历史系校友陈大端。大端 1949 年到台湾，为台大历史所首届硕士生，后赴美在哈佛得博士学位。曾参与该校东亚研究中心之中国政治经济研究计划，代表作为《清朝琉球国王的封疆》，现在普大教中文兼为研究生开清史课。大端在金大高我两个年级，对我颇多照拂，海外相遇，快何如之。

参观葛斯德（Gest）东方图书馆，由陈代理馆长（女）介绍：葛系加大拿电器工程师，漫游各地，见多识广。曾患眼疾，以中药疗效最好，遂委托一美国海军军官代为搜购中国医药书籍。后扩大范围，注意收明版书，亦有少量宋版。藏书起先置于一加拿大高校，后卖给普林斯顿，凡 10 万余册。开始不知其价值如何，经胡适鉴定，认为确有许多珍本。胡适在 20 世纪 50 年代初曾任馆长两年，后由童馆长（毕业于文华图专）接替。现已增至30余万册图书，胡适曾有专书介绍。陈引我参观该馆珍本，如宋版大唐高僧记，明代武英殿聚珍版藏书（有两套），清代抄本国史大臣列传、藏经、蒙文经等，琳琅满目。

12时半，怀特夫妇送至邻近之春登（Trenton，为新泽西州首府）火车站。下午3时到达美京华盛顿。马里兰大学政治系薛君度夫妇来接，夫人黄德华系黄兴之女，金女大校友。寄宿该校成人教育中心附设旅馆。

晚至华北饭店进餐。服务生来自台湾，原读逢甲学院（商专），来美后入经济系，据云台湾学生往往借钱留学，来美后课余打工还债，生活较苦。

途中经摩门教堂，颇为精美壮观。据云有钱人入该教者多，每月捐献个人收入十分之一，仿佛往昔之什一税。

10月26日　薛君度陪同参观马里兰大学图书馆，中文书不多，仅万余册。东方图书馆主要为日文书。薛云：马大是州立，3万多学生，连同附近分校共约7万多学生。大学下设院、系，学费每年2000余元。学生会每年经费30万元。大学每年经费1亿余元，由州政府拨给。大学得钱即盖房，不愿增添教学、科研经费，因房子盖得越多，别人才越爱捐钱。

下午新英格兰地区政治学者关心中国研究会之教授、专家云集马大，共30余人，很多是乘飞机从远地来者。我报告大陆史学状况，居蜜（国民党元老居正孙女）主动接替薛君度翻译，准确流利，会场情绪热烈，发言踊跃。会后，宾州大学东方学系李克（Allyn Rickett）教授主动提出，愿提供一个中国学生奖学金。李克曾参军并在朝鲜战场被俘，后获释，对中国有感情。

10月27日　上午去华盛顿参观美国国会图书馆，因东方部主任王冀正在访华，由副主任霍华德（Richard C. Howard）导引，亲自演示电脑查询。此馆藏书极多，无非走马观花而已。霍氏赠馆藏期刊总目，并允代为复印英文《汉口日记》（为武昌起义期间外国记者所著）一书。出馆后参观国会、白宫。

下午参加我国驻美使馆电影招待会。

晚，中国研究资料中心（Center for Chinese Research Materials）主任余秉权宴请，随后去其家介绍该中心情况。据云清代驻防报销册已复印，共六大本，并拟出平装本，史料价值甚高，“可出六个博士”。

10月28日 中午薛君度夫妇设家宴饯别，余秉权夫妇亦来。

下午2时10分乘火车出发，晚8时40分至纽黑文（New Haven）。雅礼协会（Yale in China）秘书雷静（Nancy Levenberg）与中国访问学者数人来接，罗易亦来。夜宿校内古老之招待所。

10月29日 上午罗易偕女友来共进早餐，并陪同参观校园。他们拟明年结婚，并到汉口研究租界历史。其女友时任雅礼协会主任助理。

访问雅礼协会，与执行主任斯塔尔（John B. Starr）谈交流问题。雅礼协会成立于1901年，最初是若干耶鲁大学学生在中国湖南长沙组建的一个宗教性团体，先后在湖南建立雅礼中学、湘雅医学院（现为湖南医科大学）、雅礼大学等，与武昌的华中大学（现为华中师范大学）亦有悠久历史渊源。斯塔尔是颇具才华的中国近现代史学者，代表作有《毛泽东继续革命论的基本原理》（*Conceptual Foundations of Mao Tse-ton's Theory of Continuous Revolution*，Asian Surv.，1971）、《意识形态和文化：当代中国政治辩证法导言》（*Idealogy and Culture：An Introduction to the Dialetic of Contemporary Chinese Politics*，Harper，1973），曾参与编辑《解放后毛泽东所写著作：书目和索引》（*Post-liberation*

Works of Mao Tse-tung : A Bibliography and Index, New Ed., 1976)。雅礼与我校历史上有长期协作关系，斯塔尔与我又为同行，交谈十分融洽。斯塔尔云：雅礼现已不再是宗教性团体，更无任何政治色彩，与耶鲁大学亦无隶属关系，经费、人事与工作计划均独立自主。雅礼协会近年一直努力谋求与两湖地区上述诸校恢复合作，但苦于对经过院系调整的现在各院校历史背景了解甚少，在摸索中经常找错对象。现在湖南情况业已通过北京协和张孝骞教授（前湘雅教师）获得澄清。湖北情况则至今仍不清楚。经我介绍华中大学与华中师院的前后连续关系后，斯塔尔表示愿“在新的条件下与新的基础上建立新的合作关系”，每年可资助一位华师文科学者来耶鲁或其他适当学校作访问研究,同时资助两名耶鲁毕业生到华师教英文并学中文。(此后华师与雅礼正式签订协议，建立长期合作关系，实以此次晤谈为滥觞。)斯塔尔对中国非常友好，据云早曾与柯白、弗里曼反复商讨如何发展中美关系。

中午雅礼协会宴请，耶鲁华裔知名教授费景汉（经济学家）、余英时（历史学家）作陪，两人均系台湾“中研院”院士，正热心于推动中美与两岸学术交流。费问：如“中研院”张朋园等一流学者要到大陆作学术研究，有无可能实现？我说愿为此努力做促进工作，但短期内不一定有结果。

下午演讲，余英时主持，并亲为写黑板以增进听众理解，盛情可感。一学生对社会发展五阶段论提出质疑，正拟回答，余建议可另约时间交换意见，因问题复杂，非三言两语说得清楚也。另有一女生（中文名傅小翠）表示愿到中国教英语并研究明清史，已向雅礼协会提出申请云云。

晚间赵浩生夫妇宴请，并畅谈旅美华裔学者处境。赵原为台湾“中央社”驻华盛顿分社社长，1972年以后转而为大陆发表多篇比较客观公正的报道，亦曾多次回大陆探亲访问，其妻为日本人，对中国亦颇友好。耶鲁中国学者群对赵则似颇多非议，未知何故。

10月30日　上午由马厂（敬鹏）副馆长陪同参观东亚图书馆。马云：耶鲁图书馆藏书500万册，工作人员500余人。校友捐献500万美元建善本图书馆，全部密封，窗户为半透明，不让阳光直射，保持恒温恒湿。图书不外借，只能利用复印本。马为河南人，曾回大陆，热心图书馆际交流。他说耶鲁图书馆更需要中国地方出版社的书刊，因在海外不易买到。耶鲁读中国学博士学位者70余人，有研究佛学、墨学者，可在图书馆保留专门座位，借的书不收走，以利工作的连续性，但每学期需申请一次。

中午一女学者陪同午餐，她曾在中国研究老人问题三个月，最近得博士学位。

下午2时雷静来，驱车送至火车站，絮絮话别，伫立目送火车缓缓离站。

晚6时50分抵波士顿，龙绳德（龙云之子）夫妇及中国访问学者靳某（宋任穷之婿）来接，在龙经营之燕京餐馆畅述。据云哈佛东亚研究中心学者有重要会议，故委托彼等接站。随即送至哈佛大学招待所，即此前不久中科院代表团（包括钱锺书等）住处。

10月31日　上午至费正清东亚研究中心，孔飞力（Philip Kuhn）教授接待。孔在哈佛读博士学位时师从史华兹，毕业后在芝加哥大学任教十余年，主持中国研究计划，声誉甚佳，回哈佛是接费正清的班，颇为沉静谦和。孔先简介该中心基本情况，费正清学派注重政治制度与中外关系，史华兹学派则注重思想史，继承发展传统汉学。

随后参加座谈者自我介绍：

柯保安（Paul A. Cohen，或自署柯文）：我写过《中国与基督教》（*China and Christianity*：*The Missionary Movement and the Growth of Chinese Antiforeignism*，*1860—1870*）、《王韬传》（*Between Tradition and Modernity*：*WangTao and Reform in Late Ch'ing China*）。现正写一本书（已完成一半）批评美国的中国近现代史研究，如帝国主义、近代化等问题，否定西方中心主义，希望有正确的立场、观点。（会后云想研究义和团史。）

某研究生：研究中国社会经济史，注意湖南省人口增长对该省经济发展、农村经济、社会冲突的影响，以乾嘉时期为主。

王嘉俭（台湾访问学者）：台湾师范大学历史系毕业，在“中研院”工作八年。已出版《魏源年谱》《魏源海防思想》两本著作，现正撰写中国海防和海军方面的论文，利用《华北捷报》《天津时报》、英国外交部档案等资料。打算从近代化角度写一本北洋海军的书。正参与张朋园、李国祁主持的中国区域近代化研究，包括政治、经济、军事、文教诸方面。

王国斌（香港博士生）：侧重清代经济史，学位论文为有关粮食问题，从商品经济、财政等方面研究政府与商人之间的关系，以湖广地区为重点，但苦于海外资料不足。

孔飞力自我介绍：注意太平天国失败后的地方行政、征税制度的演变，义和团流产后的新乡绅活动与社会形态的变化。

保罗·克拉克（研究生）：研究都市社会发展史，学位论文题目是《长沙的民众运动，1926—1930年代》。现写一篇有关彭德怀领导湖南人民起义的文章。缺长沙方面的资料，想利用湘雅医学院的档案。

罗伯特（研究生）：研究康乾两朝四川移民，涉及政府政策、社会情况、阶级关系以及白莲教大起义的影响。

珍妮（研究生）：研究清初浙西学派对历史学的贡献。

某中国女研究生：研究中国文化思想如何影响中国人的性格，如“忠”“爱”等。

某研究生：研究明末清初农民战争史。

萨克斯顿（Ralph Thaxtion，任教于邻近大学）：研究抗日根据地农民运动，主要是刘伯承的华北根据地。

最后我也介绍自己的与国内的有关研究状况。

座谈结束后参观哈佛燕京图书馆。

馆长吴文津介绍：20 世纪 20 年代后期，哈佛燕京社成立后，为大学创建此馆。1965 年，前馆长裘开明退休，由我接替。裘馆长毕业于文华图专，是图书馆界老前辈，我们至今仍用裘开明分类法编目。哈佛大学图书馆总体藏书仅次于国会图书馆，但中文书则以我们居首位。哈佛燕京图书馆藏书 60 余万册，中文书 30 余万册，重点是语言、文学、历史。我接手后加强中国近现代史资料搜集，希望在五年内能与古代并驾齐驱。现在能为研究生提供 80%最基本的资料，争取能够达到 90%以上。除本校师生外，还接待许多外地学者来作研究（暑假特多），请外地学者留下建议，作为我们补进资料的重要参考。

本馆分中文、日文、朝文、越文、西方等部，还有编目部、流通部。善本书甚多，宋版 27 种，元版 36 种，明版 1219 种，清版 1065 种，合共 3 万余卷。地方志亦多，收有 3000 多种。与近现代史有关者，如 1925 至 1926 年的《广州日报》、已经整理和注解的陈诚文献档案，都很有价值，陈档已做缩微胶卷，每套收费 800 至 1000 美元。

中午餐叙，史华兹赶来参加。史为现任亚洲协会主席，声誉正隆。他对侯外庐的著作充分肯定，但认为唯物、唯心两分到底的模式过于简单化。又征求对美国史学的意见，我提出学位论文大多选题过窄。孔飞力亦有同感，并认为因此难以形成综合理论。

下午萨克司顿与普度（Peter C. Perdue）陪同逛剑桥市区。萨原为弗里曼的学生，愿促进两校交流。普为东亚研究中心研究生，侧重明清经济、粮食、财政。他说曾在日本与周锡瑞（Joseph Esherick，辛亥革命史专家）结识，每周阅读或讨论《资本论》。对周颇推崇，认为是美国研究辛亥革命史之最佳学者。

11 月 1 日　上午普度陪同至哈佛燕京图书馆看书。据吴馆长云：哥伦比亚大学巴特勒图书馆（Butler Library）藏有卡内基万国和平基金会（Carnegie Endowment for International Peace）档案，当年古德诺（Frank J. Goodnow）即系由该会推荐充任袁世凯顾问。其中包括袁世凯与该会来往函件，古德诺在华期间给该会负责人巴特勒（Nicholas M. Butler）的报告等，巴氏时任哥大校长。此外，约翰·霍普金斯大学档案室亦收有部分相关文献，因古德诺于 1914 年返美任该校校长，迄至 1929 年秋退休。古氏与袁政府所订合同原件（中英文各一份）及其他从中国带回文件均收藏于该校。

检阅《中华民国史事纪要》《中国现代史专题报告》（共出七辑）等书，随意浏览而已。

下午 5 时举行新英格兰地区中国问题研讨会（New England Chinese Problem Seminar），来自新英格兰六个州的 30 余学者参加，我演讲后聚餐，餐间亦自由讨论，颇为热烈，晚 9 时半始结束，比原定计划延迟一小时。

11月2日　东亚中心吴秀良教授（清史专家）驱车陪同参观王安电脑公司，为在美华人同类企业成就最大者，职工5000余人，产品属第一流。中国已进口其新式电脑11台，有来自大陆的7人在该厂实习。公司陈小姐等边操作边介绍，并在荧屏上显示预先设计的欢迎标语。

随后参观波士顿国家博物馆、民军指挥部、独立战争放第一枪之遗址及雕像等。

下午王国斌来长谈，希望湖北大学（现中南财经大学）经济研究所能给以接待。

傍晚孔飞力来寓所话别。吴秀良驱车送至机场。于6时40分起飞，8时10分（芝加哥时间）到达，芝加哥大学钱新祖教授偕谢文孙客座教授来机场接并送至旅舍。

11月3日　上午上讨论课，我主讲，何炳棣等参加，谢文孙翻译。

参加之学生自我介绍：

福密斯（Fewsmith）：研究清末民初上海。

索柏尔（Schopper）：清末民初浙江的政治经济。

朴某（韩国学生）：日本外交史，重点是陆奥宗光。

伊印：民初至五四思想史，家族关系的区域研究。

杰姆（James）：中国书目研究。

艾伦（Allen Chun）：中国社会结构。

李中清（李政道之子）：云南与西南地区历史，将至昆明做研究。

苏珊：民国牙行、牙税。

此外尚有诸生自报：家族关系之区域研究，20世纪20年代罢工运动，“文革”以后中国的现代化与社会变迁，南海石油与主权问题，江西苏维埃，八旗与绿营，19世纪后半期长江三角洲之社会变迁，明代书院制度，中国精神病问题，等等，五花八门，惜姓名未能一一记下。

讨论热烈而有礼貌，何炳棣认为中国内地学者“大综合”（似为宏观研究之意）能力较强。

下午与谢文孙、钱新祖畅谈。谢有专著批评辛亥革命研究中之新旧正统观，现正研究珠江三角洲丝织业。钱研究欧洲不同社会主义流派，其父与南通张謇家族有世谊，并出示沈寿发绣与张謇唱和诗作等文物。发绣精美绝伦，前所未见。

晚何炳棣家宴，邹谠夫妇携酒参加，谢、钱亦来作陪。邹谠系国民党元老邹鲁之子，为美国研究中国现代政治之权威，谈三边委员会情况甚详。该会原文为The Trilateral Commission（或Body），1973年成立，由洛克菲勒等基金会资助，在美、欧、日三个地区企业、政教各界著名人士中发展200余成员，是卡特总统的智囊团之一，主要从事国际战略研究。邹云其中斗争甚多，华裔成员颇受气。李汉魂之子李锐亦为该会成员，力议中美建交，邹亦然。10时许邹谠夫妇以血压高告辞。主人谈兴犹浓，从30年代清华、北大之争到现在芝大与哈佛之争，综论中国学各派研究之得失，间亦回忆前辈学者蒋廷黻、陈寅恪等人之贡献。不知不觉已近凌晨4时。何师母不断送来江浙口味之佳肴，并说：“干脆吃了早点再走吧！”于是食馄饨一碗兴辞，东方已发白矣。

11月4日　倦极沉睡，醒来阳光普照，已是上午11时。忽然想起原已约定台湾旅美历史学家吴相湘在某地餐馆晤谈，由谢文孙陪同前往。但等到下午1时仍不见谢来，电话联络亦无人接话，事先又未告知具体地点，只有自己上街吃饭，并由一黄州籍中国老人陪同参观市容。下午5时许,谢始匆匆赶来旅馆,笑说我上午来过，看你熟睡正酣，不忍扰君清梦，与吴先生之约会已取消。吴为前辈学者，见我之情真切，失约终觉遗憾。

晚间，芝大中国研究计划负责人白立西（William L. Parish，社会学家）教授与邹谠两对夫妇联合举行家庭酒会。除谢文孙等同行师生外，何炳棣夫妇亦准时到来，据云“史无前例”。与原金陵大学舍监芮牧师之子芮大卫（David Tod Roy）欢晤，谈江宁旧事甚多。大卫为芝加哥大学东方语文系主任，自称主任即“走狗”（running dog），研究《金瓶梅》等古典小说。其妻说大卫这些年心情不佳，常以酒浇愁，今天这样有说有笑，真使我高兴。大卫之弟詹姆士（James Tod Roy，中文名芮效俭）任驻华使馆公使衔参赞。钱新祖云：芝大出版《经济发展与文化变迁季刊》（Economic Development and Cultural Changes），刊有对各种社会主义比较研究的文章。

11月5日　上午谢文孙来长谈，介绍自己在美教学与研究情况，希望推荐优秀论文，由美国华裔学者翻译出版，加强介绍大陆史学。谢任教于华盛顿大学密苏里分校，现应邹谠邀请客座芝大，有“跳槽”之意。

下午参观印度史研究中心。先见历史系主任入江昭（亦为费正清得意门生），然后由印登（Inden）教授介绍：

中心由三人组成。科恩（Cohn）负责近代，我负责远古至12世纪，第三人尚未找到，正在全国物色。

科恩研究英国对印殖民政策，不仅是经济、行政层面，还包括深层意识与观念，特别是对印度文化的认识。其国际学术地位正奠定于此，因为殖民制度虽日益消失，但错误认识的影响依然存在。

印登正研究 8 至 12 世纪印度社会、经济结构、上层建筑与经济的关系、喀斯特（Caste，种姓制度）诸问题。印度宗教文化与经济是同一结构的两个层面。西方学者过去研究印度史以西方为中心，用西方封建分期硬套。其实那一时期西方经济凋零，而印度正在发展，情况差异甚大。印登的研究以印度为主体，对中国史也很有兴趣。亚洲就是亚洲，亚洲各国长期互相交流。印登想推动中印关系、印度与东南亚关系的研究，如亚洲佛教文化圈问题。现着重研究中印文化相似之处，如阴阳、四季循环等，这与西方不同，即使与伊朗也不同。过去认为印度虚静，中国务实，这是西方学者的虚构，应通过实证重新研究，因中印文化都极为丰富多样。

教学方面，印度史导论以 15 世纪为界，分为古代、近代。历史系高年级本科生或研究生新生均需读此课，两学期教完。再就是印度史讨论班（Seminar），学生自选题目，轮流报告，大家讨论。再上一层的讨论班是博士论文班，要求较高。把研究生送到印度做专题研究，回来作报告，也请外校有成就者或外国学者来作报告。现在另有六七个研究生，以保证就业为原则。本科高年级有印度史专业，可以大部分选外校课，我们承认学分。

强调学习梵文，但近代印度史资料语文种类很多，故实际困难极大。

研究生不能只读印度史，要读社会科学，还要选修一个其他国家历史以相比较。

就相关图书资料而言，全世界有十大中心，四个在印度，三个在英国，三个在美国（国会图书馆、纽约市立图书馆、芝大图书馆）。芝大图书馆有印度相关书籍 20 万册，设南亚编目组、南亚阅览室，即将编印印度史书目。

印登表示愿接受华师印度史教师来学习梵文。入江昭是中美关系史专家，也表示愿加强两校交流，并愿在芝大出版社翻译出版中国的优秀著作。据云，他是美中建交文件起草人之一。

晚与谢文孙在旅舍餐叙。谢云：以前在台大办《台大之声》，以后又办《大学》杂志，刊登自由神像及激烈文章，被称为“台湾红卫兵”，几乎入狱。幸被费正清录取为研究生兼任机要秘书，始得离台，在哈佛拿博士学位。费正清退休后，三大弟子继承衣钵，经济史为费惟恺，国际关系史为入江昭，孔飞力则在哈佛东亚中心掌门。

11 月 6 日 晨，谢文孙、张镇九（华师物理系访美学者）前来送行，由张系国教授（台湾“中研院”研究员，现任美国伊利诺大学教授、电脑中心实验室主任，同时又是著名小说家）驱车送至机场，并共进早餐畅谈。据云：10 月 21 日在伯克利曾举行台湾学者、学生座谈会，主题是“近三十年的中国”，有 200 余人参加，包括杜维明、张系国等知名学者。会上有人主张成立中华联邦或邦联，以宋庆龄为总统，李光耀为总理（仿联合国以小国任秘书长）。《华侨日报》曾有报道。

谢说他已在密苏里州购一古堡式旧屋，有 30 多房间，三层，是富人迁乡后弃置的。自己付 30%，其余银行贷款，20 年还清，每月只付四五百元。三楼藏书，二楼住人，楼下客厅大，可开学术会议。谢已决心在美谋发展，并致力于中美和中国两岸学术交流。

飞机于上午 11 时 50 分起飞，访美之行至此结束，比原订计划推迟一周。芝大之行系邹谠、何炳棣盛情追加者。

芝加哥会议：两岸中国学者第一次正式会晤

1982 年 4 月初，亚洲协会在芝加哥举行规模盛大的年会，并邀请海峡两岸学者参加专门讨论辛亥革命的分组会。这是两岸中国学者第一次正式会晤，因此引起国内外广泛的关注。

双方都派出较强学者阵容出席会议。我们由胡绳领队，赵复三、李泽厚、李宗一和我同行，翻译是陈德仁（女）。基本上由中国社科院人员组成，院外人士是胡绳与我。台湾方面由曾任国民党中央副秘书长的秦孝仪任团长，成员为李云汉、张玉法、张忠栋、林明德，翻译则由其北美关系协调会就地派出。

实际上，我们与台湾学者在旧金山机场候机时已经相互看见了，因为虽然分别从北京和台北出发，但都是在旧金山转机，而且是搭同一班机前往芝加哥。不过由于隔绝已久，且以座位相距甚远，也没有交谈机会，但主要还是因为双方都有些矜持，谁也不愿首先伸出友谊之手，或说第一句“你好”。倒是作为东道主的亚洲协会中国委员会非常周到，他们特地于会前在唐人街中国餐馆第一楼宴请两岸代表，为我们提供比较轻松的结识与交谈的机会。为表示平等相待，宴设两席，每席各有主宾，一为胡绳，一为秦孝仪。我不知东道主事先如何考虑，胡绳作为主宾那一桌囊括了几乎全部两岸中国学者；而秦孝仪作为主宾这一桌，却只有我作为大陆学者奉陪，其余全是美国人或其他西方人。我又恰好被安排坐在秦孝仪旁边，即使出于礼仪也非交谈不可。看见胡绳那桌两岸学者谈笑风生，内心羡慕不已，颇想与秦交谈几句。但我有个怪脾气——小民怕官，不大愿意独自接触高层官员，能避开就避开，虽国内高干亦不例外。只有与胡绳相处（我们还曾合用过一间卧房）感到非常轻松，因为他毫无官气，平易近人，虚怀若谷，在对外学术交流方面，对我完全信任。但秦孝仪不然，大约是在“先总统蒋公”身边工作太久，耳濡目染，熏陶甚深，他的言谈举止使我立即联想起1949年前那些国民党高官。因此我没有主动攀谈，而是与外国同行寒暄说笑。秦孝仪不会说英语，与同席外国人又素不相识，可能有点感到冷落，便乘我夹菜时询问籍贯、学历等等。听到我说原籍浙江，他故作高兴状，连说贵地出人才，出人才，例如陈氏叔侄、朱家骅、戴季陶等等。我也向他请教，他说是湖南人，我也作为回应恭维湖南是风水宝地，出了毛泽东、刘少奇、彭德怀等等。他知道我是有意开玩笑，便把话题岔开了。我问他想不想回长沙重新品尝火宫殿的臭豆腐，他略有沉吟便笑着说：“现在恐怕时机还不成熟吧！”

这就是隔绝30多年以后，两岸历史学者之间的第一次正式对话。散席后，我问二李（泽厚、宗一）那席为何谈得如此热闹，他们说主要是台湾学者打听故乡和亲友情况，所以可谈的话题就多了。这样的交流，自然可以为学术讨论增添若干亲切感。

但双方对讨论的准备却不够充分，因为都是在开会当天才看到对方的论文，而且那天活动频繁，来访者又较多。说来简直使人难以相信，直到这天上午，胡绳才通知我担任大陆方面的答辩人，而且也没有交代应该注意什么问题。这大概是胡绳特有的大而化之的领导作风，对同事充分信任而又放手。他对你的信任建立于平素的了解，既经信任便决不轻疑，断定你一定能够出色完成任务，因而这种信任的本身便构成激励与鼓舞。所以我没有再作询问，便关在房内独自看台湾学者提交的论文，虽然时间很紧，但大体上已心中有数。

我们的分组讨论会预定在晚间9时开始，地点是棕榈宾馆的大会议厅。但晚上7时便开始有人前往等候，及至双方代表和外国评论员入场时，可容纳五六百人的大会议厅早已坐得满满的，后来的人只有坐在阶梯过道地毯上。两岸学者和外国评论员上台后，按英文姓氏字首顺序坐成一长排。我的姓氏字首是Z，所以坐在讲台最左侧，与大陆学者完全隔开，无法随时交换意见，会上只有靠自己即席发挥。

根据东道主的事先安排，外国评论员逐一评述两岸学者提交的论文后，便由双方答辩人作出回应。我首先答辩，由于英文口语早已生疏，赵复三见义勇为，主动为我翻译，他那一口地道牛津英语，为我的发言大增光彩。我的发言限定只有五分钟，还得包括翻译时间，所以必须非常简练。共谈三点：（1）感谢评论员的中肯评述。（2）发现两岸学者论文有许多相通之处，如辛亥革命的历史意义、孙中山在革命中的地位与作用等；如果台湾学者同意，我主编的《辛亥革命史丛刊》可以全文发表（全场热烈鼓掌）。（3）张玉法主张辛亥革命是全民革命，并批评大陆学者的“资产阶级说”，我不能同意，并指出分歧产生原因有二：一是方法论不同；二是资料运用有差异。我的发言事先没有写成文稿，又未与赵复三交换过意见，但他即席翻译，译意确切，措辞典雅，所以有的海外报纸称赞为“珠联璧合，相得益彰”，多次博得热烈掌声。

接着台湾方面由张玉法代表答辩。他当然要为“全民革命说”辩护，但可能也是由于英文口语业已生疏，只能重复其论文已经表述的五个要点。随后是自由发言，台下听众提出问题颇多，张玉法与我都多次回答，台湾学者张忠栋等亦曾起来答复质疑。我很希望其他大陆学者也能起立回应，为我稍解劳累，但他们始终平静地坐着，让我唱独角戏。

最后由胡绳、秦孝仪分别做总结发言。胡绳豁达大度，从总体上肯定了此次会议所取得的成果。秦孝仪的发言却显得意识形态性颇强，说什么研究辛亥革命必须以“国父学说”为遵循云云。末了由主席略致数语，肯定成绩并感谢大家之后即行散会，时间已是晚上 11 点钟。

平心而论，这次讨论不算深入，争辩也并非激烈，双方都彬彬有礼,保持相当的克制。其实东道主的指导思想本来即系如此，双方能心平气和地讨论学术问题，这本身就是一大突破。他们唯恐激烈争论将会引起感情上的伤害，所以限定两岸学者答辩发言五分钟，自由发言只有两分钟，很难有所展开。但会场情绪倒是始终热烈高昂，很多听众都是从外地赶来参加此次盛会的。

散会以后，我们原本还想与台湾学者个别交谈，不料立即被台下听众拥上包围，台湾学者则在秦孝仪率领下匆匆离去。唐德刚等华裔学者似乎兴犹未尽。龙卷风似地把我拉到楼上一间较大的客房，二三十人聚在一起饮酒畅叙，共庆会议圆满结束。时间已过子夜，我正拟回卧房就寝，年逾古稀的华裔资深学者邓嗣禹又把我拉到他的房间，用浓重的湖南乡音说：“今晚我一定要与你同饮。”随即拿出从东南亚带来的小食，与我边吃边谈。谈话的内容我已毫无记忆，但那浓郁的乡情与诚挚的祖国关怀使我心醉更甚于酒醉。回到自己的卧房，已是凌晨 2 点多钟了。

事情本来到此已经了结，但海外众多中文媒体的报道却有各自的倾向性。也许是由于新闻界对大陆学者的表现好评太多，秦孝仪感到非常不快，于是对好几家台湾报纸发表谈话，蓄意对大陆史学有所贬抑。同时，台湾有些记者也未能持公平态度，对我们的学术见解（主要是“资产阶级革命说”）作许多曲解与攻击。海外有些友人对于这种做法极为不满，把有代表性的报道和文章复印寄给我参考，免得我挨了骂还蒙在鼓里。我感到有正面回应的必要，以免以讹传讹，混淆视听，便写了《关于辛亥革命性质问题——兼答台北学者》一文，在《近代史研究》公开发表。此文主要是用大量史料从不同层面论证辛亥革命的资产阶级性质，同时指出台湾某些学者由于资料与方法论的局限，以致进入认知的误区。同时，我也用稍许笔墨讽刺了若干报道执笔者的无知与幼稚。这可以看成是会后的余波。

但芝加哥会议的影响毕竟是深远的。甚至在事隔十多年的今天，不少海外同行见面时还说：“我们是在芝加哥会议时才认识你的。”斗转星移，时过境迁。即令是先后担任过国民党中央党史编纂委员会主委的秦孝仪、李云汉，也渐渐淡化了昔日的芥蒂。1993 年冬在台北重逢时，他们称我为“芝加哥的老战友”，把酒忆旧，笑谈尽欢。同胞情谊毕竟超越了历史恩怨。

对日索赔会

对日索赔问题现今才逐渐引起国内人们重视，而在海外此项活动则是进行已久，我也曾断断续续参与过若干工作。

1988 年 5 月，应美国“20 世纪中国史研究会”的邀请，前往纽约参加主题为“中国民主运动史”的该会年会。我提交的论文是《“排满”与民主运动》，并被安排作一次午餐演讲。就在这次会上，唐德刚、邵子平、吴天威等友人建议创立对日索赔会，以民间活动作为政府对日外交的后盾。他们热情邀请我也参与发起，台湾旅美女作家从甦还开玩笑说：“你敢吗？”我也笑答：“死且不怕，有何不敢？”会后，他们果然在报纸上发起创立此会，据说大陆学者列名发起者有李侃和我。

1990 年 8 月，我应邀赴美先后在普林斯顿、耶鲁大学等校进行较长时间的教学与研究。该会邵子平很快就与我建立联系，多次邀请出席该会的工作会议。对日索赔会没有任何一个专职人员，也没有相对稳定的经费来源，都是自愿参加并且出钱出力，完全是一种自觉的奉献。会长由国内非常熟悉的唐德刚担任，但实际会务运作主要靠秘书长邵子平，和他联络的一批热心人士。邵子平早年留学德国，专攻国际法，是联合国人事厅的资深职员。他本来可以一心一意在联合国机构中谋自身发展，生活也过得相当优裕，但却对日本军国主义深恶痛绝，决心与之斗争到底，以维护中国人的尊严与利益。他对这个事业非常投人，几乎把全部业余时间都泡进去了。其他的骨干也大多是这样，例如南伊里诺大学的吴天威教授独自办一个抗日战争史刊物，自己编辑，自己发行，连经费都是自己筹措的。

给我印象最深的，是 1990 年年底在纽约远郊庄严寺举行的一次工作会议。会中负责筹款的姜医生从远处赶来开车送我前往，冬季天黑得早，加以下了大雪，途中几次迷路。庄严寺在大山中，及至我们找到通往庄严寺的路牌，大雪已经封山，路滑且陡，车开不上去，只有停在路边。我们下车登山，四顾荒野，不知何往，只有冒雪跌跌爬爬往远远有模糊灯光处前进。幸好找到一座私人住宅，恰巧又是庄严寺最大施主沈老居士的家，他立即派人把我们送到庄严寺附设的招待所。子平夫妇带着孩子早已到达，连忙张罗我们吃晚饭。不久又有数人冒雪摸索前来，其中齐协生教授偕妻携子，整整开了 10 小时车才赶到这里，年逾古稀的杨觉勇教授也冒风雪独自驱车数小时。杨、齐与吴天威都是东北人，国仇家恨记忆特深，他们发誓决不容许日本军国主义复活，并且为维护历史的真实而不断奋斗。正是共同的理念与情感，把我们从四方八面汇聚到这风雪之夜的深山老林。当晚无论老少，一律睡在宽敞而寒冷的僧房地板上，每人一个睡袋聊御风寒，仅分男女两处卧室而已。但大家情绪很高，第二天上午热烈讨论明年举行纪念南京大屠杀大会问题，发言踊跃，颇多争论，但民主而又团结，一切以办成大事为依归。

这次会后，邵子平等多方面展开了工作。他们找到了当年南京国际救济委员会成员马吉拍摄的日军屠杀暴行影片，并且请电影导演剪辑制作成历史纪录片。他们与日本主持正义的友好人士加强了联络。NHK 在黄金时间播放了南京大屠杀的纪录片，据说收看者达 1000 万人次以上，日本友人还许诺将组成 300 人的庞大代表团参加纪念南京大屠杀的大会。他们与南京史学界不断联系合作举办此次会议，并且迅速赢得当地政府的支持。当然，万事俱备，只欠东风，经费募集最重要也最困难，但集腋成裘，乐捐者也大有人在。……一切似乎都在向前推进，然而由于意料不到的情况竟然垂成而败。已经正式同意举办此次会议的有关机构忽然取消了承诺，理由据说是“不便接待这么多与会代表”。索赔会的成员困惑而且愤然，作为协助策划与联络者之一，我也感到难以解释。

于是索赔会只有用其他方式作为补偿。1991 年 12 月 12 日，我们以“纪念南京大屠杀受难同胞联合会”名义在纽约举行集会。会议邀请了原南京难民区主任费吴生（George Fitch）的女儿和女婿、马吉牧师的儿子等相关知情人士参加，并且放映了刚刚制作好的南京大屠杀历史纪录片。唐德刚、熊玠与我在会上发表了演说，许多热心人士从外地赶来参加集会，表现出以正义驱除邪恶的高昂热情。会后，耶鲁大学中国学生会主席梁侃又把这部纪录片借到该校放映，许多中国学者、学生冒着风雪严寒前来观看，并且听取我的演讲。日本侵略军的残暴罪行激起中国年轻一代的极大义愤，他们在放映结束后进行热烈讨论，并请我作必要的解答，会场火一般的炽情驱散了北美冬夜的严寒。

耶鲁大学神学院图书馆的特藏室（Special Collection）保存大量有关中国基督教会的档案文献，其中包括过去金陵大学历史系教授贝德士捐献的私人收藏。1991 年秋天，我在这数量多达 1000 余卷的“贝德士文献”中，复印了有关南京难民区和南京国际救济委员会的档案，还有贝德士及其他参与救济人员的私人信函，内容相当丰富。我把这消息告诉索赔会，热心会务而也是在联合国工作的吴章铨，立即开车赶来，粗看档案原件，并且复印一套带回纽约。贝德士是国际救济委员会最后一任主席，所以这批宝贵文献保存在他家中，并于1950年带回美国。南京沦陷前后，英国《曼彻斯特卫报》著名记者田伯烈（H. J. Timperley）曾来采访，并于1938年出版《战争意味什么——日军在华暴行》一书，最早向全世界揭露南京大屠杀的真相。此书所引用的重要资料，即系贝德士等提供，不过当时为保护这些留在日军魔掌下继续从事难民救济工作者的人身安全，一律隐去其真实姓名。

对日索赔会的成员以美籍华人知识分子为骨干，散居美国各地，包括教授、工程师、会计师、医生、职员等等，大都受过良好教育。该会与中国、韩国、日本热心人士有密切合作关系。1991年5月，我应邀到汉城大学访问，曾受索赔会委托，邀请相关韩国人士参加纪念南京大屠杀大会，并且得到热烈的回应。但无可讳言，索赔会正如北美许多社会群众团体一样，是一个很松懈的组织，对成员没有多少约束力，全靠某种道德力驱使会员主动积极投入活动。正如当年贝德士在一封信中所说的那样："我们感到以积极的方式揭露暴行真相乃是一种道德义务。只有我们或者与我们一道工作的人们才能做到如此。""我不相信孱弱会有所改善我们在世界上面对的一切。让我们去履行我们自己认定的责任，以善良的心去做并且同样承担其后果。"

我于1994年回国以后，由于地域的阻隔，不再直接参与索赔会组织的各项活动，但与该会某些成员（如吴天威）仍然保持联系与合作。香港索赔会会长吴溢兴与我亦曾多次接触，并且都曾参与1995年纪念抗日战争胜利50周年学术研讨会的筹划。我尊敬这些只尽义务而不谋私利的普普通通中国人，他们日复一日、年复一年利用业余时间勤奋工作。这些工作很难在短期内取得成效，又并非所有的人都能给以理解和必要支持。他们只是履行自己认定的责任，以善良的心去做自己认为应该做的事。我很高兴看到现今对日索赔与揭露日军暴行的活动正在蓬勃发展，并在内心为这些主持正义的热心人士祝福。

《革命评论》因缘

我与日本学者似乎有不解之缘，虽然我不懂日语，1979 年以前又从未到过日本。

1974 年,我被借调到北京《历史研究》编辑部工作。“文革”虽然还没有结束，报刊控制仍然极严，但对我这样长年在批斗下过生活的知识分子来说，境遇已经是很大的改善。人民出版社正在出“学点历史”丛书，负责此事的编辑林言椒很快便来约稿。我抽空赶写了一本《辛亥革命前夜的一场大论战》，介绍当年革命派与改良派的斗争。其所以如此选题，一是由于我对辛亥革命史较熟，写来比较顺手；一是符合毛泽东所强调的路线斗争，如冰炭之不相容。但我对所谓“儒法斗争”是有所保留的，曾在编辑部内部坚持认为“近代无法家”；此书有些贴近“儒法斗争”的词语，是出版社为应付当时政治氛围加上去的。

说来令人汗颜，就是这么一本仓促写成的小书，竟受到京都大学文学部岛田虔次教授的重视。可能是由于当时在日本已买不到什么新出的中文学术书籍吧？所以便将此书滥竽充数，用做研究生的必读参考。1979 年深秋我访问京都，岛田向我出示此书，上面用红色墨水圈圈点点，批注几乎把行间与天头地脚都挤满了，完全是中国老式读书人的习惯，但也更为增加我的惭愧，唯恐这本粗疏之作误导日本青年学生。

也许正是由于此书，1978 年日本历史学者访问武汉时，往往要求与我会见，这可以说是我与日本学者结交之始。

比较重要的会晤有三次：

首先是日本的中国研究所访问团副团长北山康夫一行来汉，好像是在 1978 年春天。中国社会科学院派出的翻译兼全陪，是我一向景仰的范老（文澜）的孙女。北山康夫原在奈良大学任教，已经退休，与岛田虔次是同一代人，并参加岛田在京都大学人文科学研究所主持的辛亥革命研究班（相当于我们的研讨班，但延续时间较长，且不限于本校学者）。他主要是研究清末民初的会党，所以一开始便介绍这方面的情况。我也介绍了国内研究辛亥革命的情况，顺便还谈到黄一欧（黄兴长子）对宫崎滔天一家的深情回忆。我不知道范老孙女是如何翻译的，可能是增添了年轻女性的柔情，北山老人深深感动了，面色渐红，眼眶湿润。他郑重地对我说："我珍藏着当年宫崎编的《革命评论》，日本全国也只有两处保存，现在愿意赠送给章先生，供中国辛亥革命研究者参考。"我喜出望外，感谢不迭，认为这是中日友好的历史见证。会见后，北山说在日本再见，我以为是礼貌性语言，并未在意。

但不久中国研究所就寄来正式邀请函，只是由于该所经费有限，无法提供全部食宿、交通费用，我的访日申请因此未获上级批准。不过北山倒是言而有信，很快就托中国社会科学院访日代表团把《革命评论》捎给我。这是极为珍贵的革命历史文物，至今还珍藏于华中师大历史研究所。我也信守对北山的承诺，凡需参考者都可以利用，从不视为私有。

北山之后的来访者是狭间直树，他随同汉学大师吉川幸次郎率领的京都大学人文科学访华团来汉，是团中少数年轻学者之一。吉川的中国古典文学根底很深，提出要去襄阳拜谒孟浩然墓。湖北省外办一时想不起适合人选，便要我陪同前往。唐代文学史非我本行，孟浩然的诗也只记得几首，可说毫无研究，因此内心非常惶恐。幸好当时“文革”疮痕还未完全平复，襄阳之行临时取消了，狭间便乘机与我单独磋商访日问题。狭间代表京都大学人文科学研究所提出邀请，实际是根据岛田虔次的建议，预定 1980 年初在该校文学部讲一个月的课。我当即欣然同意。

紧接着东京大学的佐伯有一与古岛和雄两位教授也联袂来访。他们已得知中国研究所的邀请计划搁浅，表示愿向文部省疏通，促成我的访日成行。

回想起来,我觉得 20 世纪 70 年代末在海外有股“中国热”，遍及各行各业及社会各个层面，而学术界热度尤高，谁都想首先邀请中国学者访问，而且越多越好。美国、日本的学者恰好都在 1978 年同时选定我为邀请对象，这大概也是缘分吧！

东京学人

我于1979年11月7日，也就是苏联的十月革命节，在东京成田机场第一次踏上日本国土。但访问日程变动甚大，责任却不在日方。

原来京都大学是安排我在1980年元月以后为文学部讲一个月的课，可是我国教育部为节约来回国际旅费，要我把访日提前到1979年11月，与访美之行衔接起来。京都方面颇感为难，因为这样势必打乱他们的教学计划，但终究还是顺从了我们的意愿。不过受学期结束和年末经费紧张的限制，时间缩短为两周，一半访问东京，一半访问京都，文学部的课只有取消。

狭间直树作为主请单位的代表，赶来东京接机，把我安排在基督教青年会（YMCA）住宿，并介绍给东京大学东洋文化研究所的佐伯有一，便匆匆回京都，因为他第二天还有课。YMCA位置适中，交通方便，清静而又收费低廉。旧书店众多如琉璃厂的神田就在附近，所以很适合学者居住。

到日本以后，才知道该国学界有关东、关西的地区之分，相当于中国的京派与海派。关东以东京为中心，关西以京都为中心，而东京大学与京都大学便是遥遥相对的两大重镇（两校原来都叫做帝国大学）。时至今日，世界正趋于一体化，电子媒介日益发达，已经很难界定两个地区学术风格到底有多大差别。但关东、关西传统的门户之见仍不免时时浮现，不过地域情结似乎更甚于学派情结。京大可以与东大合作邀我访日，但狭间决不参加东大的相关活动，这就是关西学者的本色。

但关东也不是铁板一块，至少东大与非东大之间就有界限，其他小派系更多。这次访问东京，接待者已有门户之分，一为东大东洋文化研究所，一为东京辛亥革命研究会。虽不能说是泾渭分明，但井水不犯河水，各干各的。所以在我离开东京时，佐伯不无遗憾地说："这里很难成立一个统一的交流机构。"

佐伯有一是明清史专家，曾将前辈学者天野元之助 20 世纪 30 年代在北京搜集的大批会馆史料编辑出版，颇具学术价值。他在 1976 年以前任东洋文化研究所所长，现在虽已不再担任行政职务，但在学术界仍有较大影响，为日中学术交流恳谈会发起人之一。他曾多次访华，中日学术恳谈会第二次访华团即由他任团长。其博士研究生滨下武志、中山美绪（现从夫姓岸本）都学有所成，迅速成为新一代的学科带头人。我在东京访问期间，佐伯陪同时间最多，尽心尽力。

东大另一热心学者是文学部教授田中正俊，他陪同我参观著名的东洋文库，边看边讲解，历历如数家珍，真乃饱学之士。1899 年，康、梁致柏原文太郎等函札 13 件，就是由于他的引导在一偏僻书架上发现的。这批函札经我校注在《辛亥革命史丛刊》上发表后，连有的日本学者都不知道原来早就收藏于东洋文库。田中著述甚丰，流传亦广，有代表性者如《近代中国研究入门》《中国近代经济史研究序说》《历史形象再组成的任务——历史学的方法与亚洲》等，亦曾参加多种大型历史事典与百科事典的编写。他的身躯高大，动作迅捷，培养很多出色人才，特别是女弟子，其中包括若干台湾女留学生。田中在 1943 年底曾被征召到陆军，派往东南亚，当时还是一个天真无邪的青年而且服役为时甚短。但他终身为此愧疚，曾结合自己的亲身经历写了一本《战争·科学·人》，从更高的思想境界批判日本军国主义，他在此书扉页引用一首战死学生兵的小诗："为什么日本人的死，只有日本人悲伤。为什么别国人的死，只有别国人悲伤。为什么人类不能共欢乐，共悲伤？"

除东洋文化研究所外，东大社会科学研究所亦有较强的中国研究力量。其重要成员有古岛和雄（兼东洋文化研究所研究员），侧重研究中国农民运动史，曾参与东大《土地所有制的比较史研究》编写，以及九卷本《日本战争史资料》的编辑。古岛早在20世纪60年代即开始推动日中学术交流，1977年曾作为秘书长率日本学术文化代表团访华。他根据历代天皇陵墓的造型，认为日本文化可能源于朝鲜，曾倡议发掘早期皇陵作考古研究，在长期把天皇神化的日本，自然暂时还无法实现此举。他还反对继续沿用天皇年号，主张一律改用公元纪年，此议也如阳春白雪，应和者不多。我觉得他思想活跃，真率热情，不同于有些日本学者那样显得拘谨。他与佐伯公谊私交均好，据说都是豪放的酒友。社科所年轻一代学者中，近藤邦康早已脱颖而出，在日本的章太炎研究者中堪称出类拔萃。太炎著作文字艰深，知识渊博，如没有深厚汉学根底，很难深入堂奥。

与东大东洋文化研究所齐名且关系密切的还有东洋文库。但东洋文库与东大并无隶属关系，系国会图书馆分馆，藏书60万册，以莫里逊文库与岩崎文库为基础，颇多善本、珍本。内设中国研究所，又称现代中国研究委员会，由著名老学者市古宙三主持，也正因为如此，库内中国近现代史藏书较整齐。市古曾任国立御茶水女子大学教授、校长，著有《近代中国的政治与社会》《中国——社会与历史》等书。1955年至1958

年赴美、欧考察中国近代史研究情况，并努力争取国外经费援助，但由于过分借重美国基金会资助而为进步学者所诟病。不过其用意无非是以较充裕的经费加强搜集、整理、编辑、出版文献资料，以供广大学者利用，其实亦无可厚非。他认为辛亥革命为绅士运动，恰好又与以耶鲁大学芮玛丽为中心的一批美国新起学者契合，因此更为日本学界左翼所抨击。不过“文革”后情况已有所变化，市古本人亦颇冲淡豁达。我在东京辛亥革命研究会演讲时，他被作为右翼代表安排坐在我的右侧，且多次有人尖锐批评他的观点。但他颇有绅士风度，并未作任何争辩，大有犯而不校之态。

在接待工作中别树一帜的是东京辛亥革命研究会，当然这在事先已曾征得佐伯有一同意。

东京辛亥革命研究会是关东地区跨校学术团体，成员分别隶属东大以外的许多高校与研究机构，亦有少数中学老师参加且坚持参加其活动多年者。

该会的创始人与精神领袖为野泽丰。他长期执教于东京都立大学人文学部，曾于1976年任日本历史学会会长，为日本声望极高的马克思主义历史学者。其主要著作有《孙文与中国革命》《辛亥革命》《中国国民革命史的研究》等，对张謇亦有深入而系统的研究，与我的研究正好对口，所以迅速成为相知甚深的海外知己。野泽还是东京辛亥革命研究会、现代中国学会、中国现代经济史研究会等学术团体的创始人，并俨然成为这些团体中中青年骨干的精神领袖。其中较活跃的有久保田文次、中村义、藤井升三、小岛淑男，我戏称之为“四人帮”，他们也欣然接受这一绰号。现今野泽丰早已退休，“四人帮”亦将陆续引退，但上述团体已涌现一批精力充沛且思想活跃的中青年学者，野泽一脉可谓后继有人。

当时东京辛亥革命研究会邀请我参加他们的例会，在一个名为“江知圣”的和式餐馆举行。到会者有市古宙三、野泽丰、菊池贵晴、藤井升三、久保田文次、小岛淑男、石田米子等，多为关东地区有代表性的辛亥革命研究者，但学术观点则分歧很大。市古宙三否定辛亥革命是一次革命，认为实际是绅士运动，接近于北美、欧洲在20世纪60年代后期流行的说法。野泽丰与菊池贵晴都以历史唯物主义为理论基础，认为辛亥革命是资产阶级革命。石田米子等与关西地区的狭间直树等中青年学者一样，强调工农群众在辛亥革命中的主体作用，对传统的资产阶级革命说持批判态度。出席者的学术观点壁垒分明，自然会出现一场热烈讨论。

首先由我介绍中国的辛亥革命研究情况以及个人的观点，这当然要涉及对“文革”期间“左”倾思潮的批判，如所谓“资产阶级中心论”“资产阶级决定论”“资产阶级高明论”等等。报告以后，反应各异。市古宙三默然无语。野泽、菊池高兴地说：“我们都是资产阶级派。”外表颇为文静的石田米子则发言颇为尖锐，认为不应忽视工农群众的重要历史作用，对中国资产阶级的软弱性应给以足够理解。到会的还有些年轻学者，他们各有自己的老师，见解也不尽相同，于是唇枪舌剑，各抒己见，我们这些年长者反而流于隔岸观火。这次讨论会从下午3时开始，6时晚餐边吃边谈，9时始均兴辞，前后整整讨论了6个小时，为此行前所未有。

过去常听说日本学者过于拘礼而流于深沉，但我所认识的新起一代中青年学者，许多人都很直率爽朗与欧美学者无异，至少是在学术活动中如此。大概战后日本国内政治格局已有很大变化，他们没有经历过什么“戴帽子”“打棍子”的苦楚吧。倒是老一辈学者不满于年轻人动辄以批判者自居，对已有的学术成果尊重不够。经过多年的工作历练，这些年轻人现今大多已成熟起来，并且成为我们相知甚深的挚友。当他们看到我对“江知圣”这段往事的回忆文字时，大概也会哑然失笑的吧。

京都族群

东京访问结束后即赴京都，乘的是新干线火车。下午 1 时 24 分准时离站，4 时 20 分正点到达京都。车行极速，远眺富士山一晃即过，根本无法欣赏沿途风景。有些日本人说："日本国土太小，何必修新干线。"我则心想："中国国土太大，一定要修新干线。"

狭间直树在车站等候，把我送到风景佳胜的东山之麓，寄宿于一个传统和式家庭旅馆，名曰"鲔屋"。夜间山月入窗，泉声淙淙，助我清眠，与东京之喧嚣相较，别有一番乡居情趣。

京都大学人文科学研究所创建于 1929 年，比东京大学东洋文化研究所早 12 年，这是他们引以自傲之处。原属外务省，以后改为学校建制，但仍有相对独立性，建筑与庭园亦自成体系。该所由东方学文献中心主任竹内实出面接待，并主持我的演讲会。竹内出生于济南，曾在中国读书，华语极佳。1951 年即开始来华从事学术交流，堪称先驱者之一。他对毛泽东思想有系统而深入的研究，著有《毛泽东——他的诗与人生》《毛泽东与中国共产党》《毛泽东谈中国哲学问题》等书。此外，对鲁迅、周恩来、人民公社、"文化大革命"都曾有论著发表。

京大中国近现代史研究的元老且当时尚健在者为小野川秀美。他 1933 年毕业于京大东洋史学科，曾长期潜心回鹘史研究，有一定成就。1953 年以《清末政治思想》学位论文获文学博士，以后转入清史与近代史研究。1963 年至 1964 年任京大人文科学研究所雍正朱批谕旨研究班班长。随后又任辛亥革命研究班班长。1970 年起从事《宫崎滔天全集》的浩繁编辑工作，并主持《民报索引》的编辑，直至 1975 年退休。我访问京大时，他已转任奈良大学文学部教授，但仍赶来参加东方部晚宴，并独自与我作半日长谈。临别时他赠我以平凡社出版的《宫崎滔天全集》，并约定参加将于 1981 年在武昌举行的纪念辛亥革命 70 周年国际学术会议。当时他的身体还比较健旺，对中日学术交流前景充满信心，却未想到此别竟成永诀。次年，狭间函告他已病逝，我为之悲痛不已，当即寄赠挽联：

> 结交忘年齿，洛邑（京都旧称）盛宴，东山夜话，畅谈岂徒辛亥史；前约终难践，扬子汲水，武昌烹鱼，唯将清酒酹君魂。

接替小野川主持辛亥革命研究班的是研究儒学造诣甚深的岛田虔次。岛田少年时期即不满于军国主义，曾跑到大连读中学，其中国同学尚有个别健在者。1941 年毕业于京大文学部，求学期间和郭沫若与安娜之子和夫结交，不过和夫是理学部学生。1980 年岛田来我校讲学后，还曾专门前往大连探视和夫。岛田一生主要贡献在于儒学研究，主要著作有《大学·中庸译注》《朱子学与阳明学》等，并编辑出版《王阳明集》《荻生徂徕全集》，晚年又与田口正治将日本儒学大师三浦梅园的代表作译成现代日语出版。1964 年参与著名学者桑原武夫主持的《资产阶级革命的比较研究》一书的讨论与编写，此后转入辛亥革命前后的思想史研究。亦有著作多种问世，如《中国革命的先驱者们》《辛亥革命的思想》《中国近代思维的挫折》。他在关西地区也是极受尊崇的资深学者之一。

为回报京大的热情款待，我曾邀请岛田于 1980 年 5 月来我校讲学，中国社科院哲学研究所闻讯亦参与接待。岛田为我校研究生与助教进修班（学生来自全国各地）讲课非常认真，其治学方法仍似我国旧时考据之学，往往就一人名、一事件反复考订，多方征引，然后才因小见大，作必要的结论。他又注意奖掖后进，讲课时常介绍其学生做了哪些相关研究，持什么见解等等。他那慈祥温和的长者风貌，颇能赢得中国学生的敬爱，他自己也深觉乐在其中。临行饯别时，他以浑厚的低音唱了一首歌。岛田夫人介绍说那是中学时代划船唱的校园歌曲。以后我与京都友人谈起此事，他们简直不敢相信。狭间瞪大眼睛说："我们从来没有听他唱过歌。"岛田很欢喜儒学的故土，临走时特地要我太太送给武昌特有的洪山菜苔以及豆角、萝卜种子，带回宇治乡间住所种植。1981 年秋我再次访日，他特地邀我到他家"小菜园"（两窄条土地）参观，豆角长得又长又粗壮，萝卜也不错，只有菜苔长不好，据说是没有洪山那样的土壤。

人文科学研究所的人员很精干，名气极大但用人不多。就中国史而言，岛田（实际编制在文学部）之下只有两位专职研究员，一为狭间直树（近现代），一为小野和子（明清史）。狭间 1959 年毕业于京大东洋史学科并继续攻读该科研究生课程，1964 年曾到北京大学进修中国近代史，此后长期在京大人文科学研究所工作。其早期代表作为《中国社会主义的黎明》，此外还有关于辛亥革命、五四运动的论著多种。他还是京都日中学术交流恳谈会的秘书长，对中日学术交流贡献颇多。小野和子也是本校毕业生，比狭间高一年级（1958 年），主要著作有《黄宗羲》《中国女性史》等。1972 年曾参加京都大学人文科学访华团到中国访问，也是热心推动中日学术交流者之一。"文革"后经常到中国进行研究，并与中国各地学者建立广泛联系。

京大人文科学研究所的长处是善于发挥集体力量与借重外校人才。京大的传统原本就比较自由开放，不像东大那样带有较多官方色彩，而且相当倨傲自闭。我觉得该所研究班（类似西方国家的 Seminair 而又有所发展）的经验很值得重视。这种做法最早可以追溯到桑原武夫（著名汉学家桑原骘藏之子）主持的资产阶级革命比较研究，桑原是法国史大家。所谓比较，主要是以法国大革命与辛亥革命相对照，集体讨论的结果则出版了一本专著。其后是小野川主持的雍正朱批谕旨研究班，大家分头阅读，集体讨论，最后也有论文结集出版。然后是持续时间较长而成果也更丰富的辛亥革命研究班，大家系统阅读《民报》，分头研究，定期讨论，最后不仅有一批论著问世，而且还编制了大型工具书《〈民报〉索引》（两册）。研究班成员除本所师生外，还包括外校外地（特别是阪神地区）学者与研究生，如花园大学的小野信尔，佛教大学的吉田富夫、清水稔，奈良大学的北山康夫，神户大学的陈来幸（研究生）等。我在京大演讲，就是作为研究班一次例会进行的，讨论非常认真，也很深入，层次高于西方国家研究生的讨论课。继辛亥革命研究班之后，狭间直树这些年又先后主持了五四运动和国民革命研究班，都有作为集体研究成果的系列论著问世。这种细水长流而又扎扎实实的做法，比只注重开大型学术会议而缺少经常的合作研究，更富有成效。可以说，关西一代又一代青年学者，就是在这样良好的学术氛围中成长起来的。

京都大学另一特点是比较重视中文口语，特别是中青年很多都在中国做过研究或进修，因此我们相互之间的交流也更方便，不像在东京常需借重英语或笔谈。加以有些中青年学者与我们还有马克思主义的共同语言，尽管学术观点多有歧异，但却真正是融洽无间。因此他们与我一见如故，常说没有把我当“外人”，并用他们惯常喜爱的休闲方式来款待我。例如晚上串街走巷，到小酒店喝柜台酒，穷聊胡侃，直至醉意朦胧等。但竹内有次郑重其事地邀我上传统和式澡堂，我却笑着走开了。竹内说：“你这样保守，很难全面了解日本历史、文化。”我说：“我宁可带着花岗岩脑袋去见上帝。”此后，我几次访问京都都很短暂，但不知为什么，京都却是国外使我感到最为亲切的城市。

访日日记（1979.11.7—22）

11月7日　下午5时10分（东京时间）到达成田机场，京都大学人文科学研究所（主请单位）狭间直树教授来接，住基督教青年会（YMCA）。晚，东京学者佐伯有一、久保田文次、藤井升三诸教授前来访谈。

11月8日　上午由东京大学佐伯有一陪同参观东洋文化研究所图书馆，藏有会馆、族谱资料数量甚多。《时报》《北华捷报》齐全。满洲国资料亦颇多。据云满铁调查资料全部在此。藏书共30万册，其中中国古旧书有20万册。

下午参观明治新闻杂志文库，除刊物外亦收藏许多私人档案文献。请代为复制梅屋庄吉、宗方小太郎、宫崎滔天部分缩微胶卷，约需付3万日元。

晚刘大年约至中国餐馆叙谈，他是应东大邀请讲学一月，其女刘潞陪同来日进修。

追记今天日本学者建议，野原：中国出大部头书籍，后面应有索引。田中正俊：需编近代文献地方方言词典，如“荒物”即不知何解。

11月9日　藤井升三全日陪同参观外交史料馆。展览室有历任外相照片、著作，早期外务省相关照片，重要条约文电，等等。外务省档案数量极大，管理井井有条。重点了解与辛亥革命有关资料，堪称资源丰富，但必须沙里淘金，因大多为特务盯梢报告，繁琐零碎且不尽正确。如有一件报告犬养毅情况，若干年后犬养毅在其上批曰："实无其事。"该馆资深研究员臼井先生友好热情，代为拍照、复印。

11 月 10 日 田中正俊教授陪同参观东洋文库、边看边介绍，历历如数家珍。田中云：东洋文库为国会图书馆分馆，藏书 60 万册，以莫里逊文库、岩崎文库为基础，颇多善本、珍本，所收中国近代史藏书甚全，市古宙三贡献极大。中国（市古）研究所又称现代中国研究会，实为东洋文库一部分，编辑出版各种论文、刊物，包括《中国研究学报》《中国研究纪要》等。康有为、梁启超在日本期间（1899）给友人信札的照片装订成册，购自旧书店。《鸦片战争史实图》为英国人绘制，颇为精细。还有早期《圣经》、郎世宁为乾隆画像、原本《永乐大典》多册等等，均为罕见珍品。（我内心亦颇不快，此皆吾国故物也。）

下午 3 时至江知圣（和式餐馆）参加东京辛亥革命研究会同仁例会，到会者有市古宙三、野泽丰、石田米子、藤井升三、久保田文次、小岛淑男、菊池贵晴等，均围长桌席地而坐。我报告中国辛亥革命研究情况后，争论颇为激烈，无非三派意见：工农为主体、资产阶级革命、绅士运动，各不相让，但加深彼此理解，可谓和而不同。9 时始散，前后共讨论六小时（包括边吃边谈），为此行前所未有。

讨论由大山沙里任翻译，北大历史系 1977 年毕业。其父为满江红书店主人，专卖中国内地出版书刊。本人在日中学院教中文，想系战后留居中国多年始回本土的日本友好家庭。其夫大山宏（Rugnar Boldurson），冰岛人，亦系北大学生，哲学系 1978 年毕业，陪同沙里前来。据云常向旅日台湾友人介绍大陆情况，有时为蒋介石评价问题争得面红耳赤。向我询问当年黄河花园口决堤事甚详，意在以此作为下次争辩论据。冰岛太小而中国太大，看到地图上有冰岛二字就高兴。现从事世界语工作，到过武汉。

11 月 11 日　周日休息。中午东洋文化研究所佐伯有一偕社会科学研究所近藤邦康、徐秋源来餐叙。佐伯治明清史，1976 年以前曾任该所所长，为日中学术交流恳谈会发起人之一。多次访华，曾担任“日中学术恳谈会第二次访华团”团长。近藤邦康为我小同行，研究章太炎著述甚勤。徐为台湾人，属东大社会科学研究所，侧重台湾历史与现状，住处即在新宿歌舞伎台湾省民会内。

佐伯云：东洋文化研究所助教任期六年，须至其他学校任职然后才能返所任助教授。此所分 13 部，如历史、语文、政法、考古、美术、哲学、宗教等，均以研究中国为主，以后将增加朝鲜（含南北韩）研究；其次是南亚政治、经济、历史、文化，主要是研究印度；再则为东南亚政治、经济（东盟），西亚历史、文化（阿拉伯联盟和伊朗）；还有泛亚经济、泛亚地理学、文化人类学等。设东洋学文献中心，包括中、朝文。每年出三次纪要、一本《东洋文化》年刊，常就一个问题讨论，然后择优结集出版。还出资料，如利用天野元之助战前在华搜集资料，编辑出版北京会馆大型史料汇编等。我们与东大有关系的其他单位为文学部、法学部、经济学部（主要是地理系）、农学部，主要是为他们学生讲课。最近又承担教养部（本科一年级新生）课程。本所研究印度史的有三位教授：荒屋雄，研究印度中世纪史，明年将访华；山崎利难，印度古代史；松井透，印度现代史。准备补充一位年轻副教授。前述三人均曾在印度研究一二年，荒访问过许多印度寺院和以寺院经济为中心的城市。松井着重研究 19 世纪以后的印度经济，最近又从英国带回许多殖民地时期印度之档案胶卷，并利用电脑计算当年印度物价。

近藤云：东大研究中国近代思想史者主要是竹内好与西原藏。竹内 1953 年主编的《中国革命之思想》（岩波新书）是四个人的集体成果。竹内好组织中国近代思想史研究会（1953—1968），最盛时会员有 100 多人，发行油印会刊（1—15 号），研究康有为、谭嗣同、章太炎、孙文、李大钊、毛泽东、鲁迅。竹内研究鲁迅最有成绩，人称“竹内鲁迅”。参与编写《原典中国近代思想史》的学者都是会员，可见竹内好对中国近代思想史研究影响极大，不幸病逝于 1977 年。东大文学部设有中国文学（汉学）、中国哲学、东洋史等学科，以前侧重古代，所以我们年轻学者自行组织起来研究近代思想史。竹内好早在 1933 年还曾组织过中国文学研究组（会），增田涉即其会员，出《中国文学月报》，1944 年被迫结束。《中国》（1960—1973）杂志亦为竹内好创办。

随即到上野公园精养轩品尝和式茶点，凭吊当年同盟会员活动旧址。

晚间，日本历史学会在东大学士会馆举行大型酒会，欢迎刘大年与我，颇为盛大隆重。大年致词答谢，简要得体，不愧大家风范。田中正俊则介绍我与众多学者一一握手致意。前驻华大使佐藤夫人（长期住美国）亦来，见我说：“成天听日式英语，现在才算听到美国口音。”外交圈之善于言词如此。酒会结束后，中日学术恳谈会负责人卫藤沈吉（东大教授）、安藤彦太郎（早稻田大学教授）等引至别室吃汤饭，盖知我们会上无法进食也。卫藤为东大国际关系史权威，安藤是《毛泽东选集》日文版主译者，两人政治倾向虽不相同，却能同心合力促进日中学术交流。

彼此私交尤亲密，因安藤夫人与卫藤自幼相识如兄妹。卫藤说：“还记得吗？上街我总是背着你，你在我肩上撒过尿。”引起大家欢笑，气氛颇为温馨，不同于酒会之拘泥礼仪。酒会为我任日语翻译者为菊地真美，亦系北大历史系 1978 年毕业之工农兵学员，现接替前述之德立在东大学士会馆帮忙接待中国学者。

11 月 12 日　上午由佐伯引至火车站购买到京都新干线车票，然后自行到外交史料馆查阅、复印资料。晚间到神田逛旧书店，仿佛北京琉璃厂昔日盛况。

11 月 13 日　上午 9 时中山美绪来，系佐伯之研究生兼助教，侧重研究清初物价。陪同参观国会图书馆，接待之女馆员刚访问中国归来，故极殷勤。该馆藏书丰富，惜时间太短，仅借北一辉、萱野长知两书复印。

下午 2 时半美绪又来 YMCA，陪至神田旧书店买书。巧遇曾著《大日本帝国主义》抨击军国主义政府之野原老先生，山本书店（专卖台湾学术书籍）少东亦赶来敬茶并陪同漫谈。野原为马克思主义学者，在高教圈颇受歧视，只能在私立小大学教书。他认为对孙中山不能评价太高，并说要把我的演讲词译成日文在中国研究所办的杂志上发表。下午 5 时回旅舍，途中美绪始终为我携所购多本旧书（颇重），并不允我分劳。问何以故？答曰：“我是学生，又是女人，理当如此。”我理解日本人之尊师敬老，但颇不习惯其男尊女卑传统之残余。

晚久保田夫妇偕女儿明子来。夫人以前在上海生活过，其父为同文书院成员。亦为历史学家，专门研究宋庆龄。为便于交谈，还请有翻译中村女士，中村为滞留中国之日裔（战争孤儿），泉州华侨大学 65 级学生，1974 年返日。同去离市区甚远之椿山庄进餐。山庄原为山县有朋元帅别墅，仍保持乡居园林格局，餐厅为众多单个平房，散布于浓密树林中。一进山庄即有着和服之倩女持灯笼导引，林间小路弯弯曲曲，但见灯笼光焰摇曳于前，或明或暗，若即若离，颇有《聊斋》所述神秘情趣。餐厅布置全属传统和式，有专设之下女两人服务，一人在门外往返取送菜肴酒水，一人则在室内殷勤斟酒上菜。久保田云："黎澍先生乃湖南血性男子，我们有意请他到喧闹之酒店放大声音畅谈。你是江浙文士，故安排此幽静处浅斟低吟。"答曰："先生之言差矣，吾亦豪迈放达之士，可能辜负人间仙境。"久保田颇豪爽，有古武士风，介绍日本辛亥革命研究学者群体内情甚详。据云孙中山最早在日本之寄宿处即在附近山下，并许诺代为复制外务省有关档案，将先寄赠目录复印本，以便选定所需资料。

餐毕，久保田全家又同至 YMCA 寓所话别。

11 月 14 日　上午东大社科研究所古岛和雄教授（兼东洋文化研究所研究员）偕徐秋源前来送行。古岛早在 20 世纪 60 年代即从事日中学术交流工作，1977 年曾作为秘书长率日本学术文化团访华，1979 年访问武汉期间与我结识。古岛虽感冒尚未痊愈，但谈锋仍健。他认为日本文化源于朝鲜，天皇陵墓为蘑菇形（Ω），曾倡议发掘早期天皇陵墓作考古研究，但无法实现。古岛还兼任东大图书馆电脑中心委员会成员，据云经试验可输入汉字 8000 字，而常用汉字不过 5000 字，经常用者仅 2000 多字，故电脑已可应用中文。但反对过分发展此项工作，因对自然科学更有利，将使学校更加不重视文科。

中午即在火车站进餐，佐伯亦提前下课赶来。他说在东京不易成立统一的对华学术交流组织，因意见分歧太多太大；明年想送美绪到中国研究学习。又云其母曾见孙中山原住房，因地震与二战全毁。近藤邦康已觅得当时邮政详图，正作实地调查。

火车于下午 1 时 24 分离站，下午 4 时 20 分正点到达京都。

狭间直树来车站接，送至鰤屋旅馆寄宿。旅舍在东山之麓小溪畔，风景绝佳。此系母女两人经营之家庭旅馆，老式日本房屋，睡榻榻米，木桶式浴缸，为我单独烧水，以助理解日本家居文化。

11 月 15 日 上午去京都大学人文科学研究所。该所原为外务省于 1929 年在京大设立之东洋文化研究所，次年设立西洋文化研究所，1939 年又设人文科学研究所（均早于东大的东洋文化研究所，后者始建于 1941 年），1949 年将以上三所合并成为现今的人文科学研究所，下分 14 个部。东方学文献中心主任竹内实教授接待晤谈。竹内出生于济南，华语极佳，1951 年即开始来华从事学术交流，对鲁迅、毛泽东等有深入研究，知识甚为渊博，话语尤有风趣。他正研究郁达夫，日本已有新发现的资料，当年杀害郁之凶手尚在，据说其内心极为痛苦，深自忏悔云云。

狭间陪同参观大学图书馆和文、哲图书馆。下午会见岛田虔次教授。岛田曾在中国读中学，1941 年毕业于京大文学部。长期从事儒学研究，1961 年曾作为日中友好学术代表团成员访问中国。1964 年参与桑原武夫主持的《资产阶级革命的比较研究》一书的讨论与编写。1974 年曾赴巴黎进行中国思想史研究。现接替小野川秀美主持京大辛亥革命研究班（相当于研究会）。他把拙著《辛亥革命前夜的一场大论战》作为研究生参考书，并在书上圈点批注，密密麻麻，完全是中国传统儒生风格。

晚东方部宴请，小野川秀美亦来。京都学者大多能说中文，交流易于东京，加以学风自由，观点相通，气氛分外融洽，9 时始散。竹内忽提议带我去附近老式澡堂体验日本文化，笑拒之。

11 月 16 日　上午参观人文科学研究所书库，收藏极富，复印过去日本刻印的《海国图志》两种。

下午辛亥革命研究班例会，到会 30 余人，有些来自奈良、大阪、神户等地，据说为人数较多的一次。我报告后讨论热烈，也较深入，原因是与会者本身对辛亥革命大多已有长期研究，属内行圈提问与质询。如问孙中山某篇文章系朱执信代笔且已收入朱集，新编孙全集应如何处理云云。京都地区马克思主义学者多于关东，因此对辛亥革命时期工农作用、资产阶级与农民关系等问题争论尤多。

晚间会餐。识神户大学研究生陈来幸，系台湾籍旅日华侨第三代。父亲开餐馆，常至中国内地购买土产原料。叔父陈舜臣为日本名作家，出版以中国近代史为题材的长篇小说《鸦片战争》等多种。她本人博士学位论文为虞洽卿研究，将到上海、北京搜集资料。据云神户还有一华人陈德仁，专门研究旅日华侨和孙中山在神户活动的历史。

11 月 17 日　至人文科学研究所与小野川秀美先生长谈。小野川 1933 年毕业于京大东洋史学科，长期从事突厥回鹘史研究。1953 年以《清末政治思想》获文学博士。1963 年至 1964 年任京大人文科学研究所雍正朱批谕旨研究班班长，是为辛亥革命（《民报》）研究班之前身，形成集体阅读讨论专题系统资料的优良传统。1970 年起从事《宫崎滔天全集》的浩繁编辑工作，已由平凡社出齐四卷，同时主持《〈民报〉索引》编辑工作。1975 年荣休，转任奈良大学文学部教授。简记其谈话如下：

以前研究日本史的人不重视宫崎滔天。二战以后反省侵略政策，才有些人研究滔天。专门研究者有渡边京二，著有《宫崎滔天评传》，上村希美雄（熊本县图书馆馆员）著《宫崎兄弟传》

（《暗河》1973 年秋创刊号开始连载），麦田静雄也在撰写《宫崎滔天传》，即将出版。

黑龙会头山满与内田良平均系侵略主义者，但头山满心胸宽阔，可包容滔天，内田则不然。良平与滔天曾支持同盟会成立，但立场不同。宫崎真心支持，内田、头山主要目的是谋取侵略特权。他们民国二三年以后不再支持革命派，宣传中国仍需君主立宪，是由于感到从革命派那里捞不到好处。

宫崎滔天故居已列为熊本县文化财（文物保护单位）。对阳馆（宫崎早年在东京常住的旅馆）主人的后裔，最近已捐献 1900 年宫崎与史坚如等用以笔谈的上衣等遗物。

东京有滔天会，包括各界人士，60%是学者、新闻记者和其他关心日中关系人士，每三个月开一次会，请人讲演，但无力恢复大牟田孙中山纪念馆。

台湾已出《宫崎滔天年谱》，可能也是根据近藤秀树《宫崎滔天年谱稿》编的，不够详尽。

日本史学界对于北一辉（滔天同时代人，亦曾支持过同盟会，后转向右翼）研究较多，可能与 1969 年日本学生运动有关，因北一辉曾是青年偶像。

讲谈社策划出版世界思想家传记系列，共 80 册，现已出 20 册。孙文传由小野川写，两年后出版。

11 月 18 日　中国文学专业研究生阿迂陪同游览岚山，瞻仰周恩来总理诗碑。碑石质朴无华而浑厚凝重，一如碑主品格，但周围布置尚欠精当。雨中岚山，分外静洁，红叶斑斓，山泉清澈。抚今思昔，感念不已。

晚狭间、吉田富夫（佛教大学文学部教授）偕平凡社某编辑邀请餐叙，坦率畅谈。彼等学生时代均曾对“文革”持肯定态度，对中国目前变化理解不够，希望大陆学者访日时，评价“文革”应注意日本学术界的不同认识水平。归途狭间本拟陪我上山谒河上肇墓，以夜深不安全作罢。

11 月 19 日　狭间陪同游奈良，途中见鹿群出没路上，汽车常需绕行或暂停。奈良古城仿佛西安缩微，唐代文化氛围浓郁甚于中土。参观中日文化交流源远流长之招提寺，日人极尊鉴真大师，供奉规格至高，惜未见其真身（国家级文化财）。

晚赴狭间家宴，其子在门口高呼：“章开沅先生万岁！”令我惶悚不已，其实日人随时可喊“万岁”以表达内心欢悦或敬意也，与华语之“万岁”并非同义。夫人制作西式菜肴甚可口，席间并命其女以华语说“谢谢”。

11 月 20 日　上午分别至小野和子、竹内实研究室访谈。和子研究清史与中国妇女史，亦人文科学研究所研究员。其夫小野信尔为辛亥革命史专家，时任花园大学文学部教授。随后由和子陪同到书肆购买台湾所出影印《苏报》等书籍，折扣颇优，因人文科学研究所同人购书乃逢端午、中秋等节结账付款，而我则为现金交易也。其习俗与我国旧时相类。

午饭后续赴曼殊院及其他寺庙多处参观，日本佛教寺庙文化鼎盛，影响似不下于儒学。

晚狭间陪同去熊本，乘老式火车，卧铺甚简陋，但颇整洁，整夜酣睡，不知东方既白。

11 月 21 日　晨 7 时至大牟田驿站，转车至熊本县荒屋村（今升为市）。先至孙中山纪念馆，距海不过 200 米，形胜尚佳，惜已荒芜颓败。继谒宫崎家墓，系家族合葬冢，但在其后荒草中发现真乡（八郎）单独之墓。八郎（1851—1877）为滔天长兄，受卢梭《民约论》影响，倾向自由民权，后战死于西南之役。

滔天对之极为推崇。现时房主87岁之日笠先生闻讯赶来，絮絮话旧，合影留念。

9时半至滔天生地，旧居为日本传统草顶木屋，维修完好如初。瞻仰孙文曾住房，陈设朴素雅致，正面长台上置有青瓷用品、日本兵书及《左传》等中文典籍。墙上悬有孙文、黄兴书写横幅(孙题“与民怀仁”，黄题“达观”)，以及1913年孙文重访荒屋照片。现时房主川口夫人热情以茶点款待，出示宫崎家遗存函札、地契、照片等，其中有八郎家信弥足珍贵。私人保管历史文物如此一丝不苟，诚属难能可贵。屋中尚有长矛两支，矛首寒光熠熠，为滔天家居练武所用，狭间嘱余持矛拍照，俨然九州武士。

中午泛舟有明海（日本内海），阳光灿烂，水面如镜，渔船二三，飘然而过。经岛原、狭间云系早期基督徒聚居处，教难遗址。又云日本历史学者肯定基督教进步作用，与贵国不同。继转谏岛，换车去长崎。

长崎环山面海，为秀色可餐之渔港山城。夜逛大街，车水马龙，光耀胜昼。经旧巷，一家门前有二女相对而立，和服浓妆，鼓掌微笑。我以为显示日中友好，亦鼓掌微笑回应。狭间示意制止，挟余疾行，并指所经桥上数轻佻少年曰：“彼辈皮条客，此屋乃妓院也。”喘息既定，相视大笑。遂进一海鲜馆，以生鱼片、鲜牡蛎佐酒，纵谈至深夜。

11月22日　晨起登山，参观为核爆牺牲者所建大观音像，脚踏莲花，俯视人间，慈悲庄严，祈求世界和平。狭间云：二战终结前，长崎死于核爆者7万余人，受伤害者数十万人，广岛系平原，死伤更为惨重，是以反战力量甚大。但途中亦间有右派军国主义传单。

上午11时离旅馆，车行70分钟抵长崎空港。下午3时起飞，4 时 58 分（北京时间，时差 1 时许）抵上海。晚 6 时 40 分到北京。

首次出国访问历时近两月，至此圆满结束。

宫崎家族

我很早就知道宫崎滔天其人。小学时代课余爱看闲书，父亲书橱中的旧书，几乎都翻看过，当然大多读不懂。但其中有本《三十三年落花梦》倒是了解其大意，觉得作者（滔天）很像《隋唐演义》里的虬髯客，连外形都像。那时我根本不曾想到自己会研究历史，而这个东洋虬髯客竟会成为我的研究对象。

世界上好些事都出于偶然。“文革”后黄兴的女儿（德华）、女婿（薛君度）回国探亲，约我到长沙叙谈。由于他们的介绍，我又见到黄兴的长子一欧。一欧老人虽然住在医院养病，但仍然兴致勃勃地为我追述当年寄养在宫崎家的许多往事。他与宫崎家的孩子们（龙介、世民等）一起长大，槌子夫人（滔天妻子）为了优待这位小“外宾”，在粮食紧缺时让他吃米饭而要自己的孩子咽豆渣。谈起这件事，一欧不免热泪盈眶，但他后来还是笑眯眯地为我学唱滔天拿手的“浪花节”。那腔调很像湖南花鼓戏，但不知本来如此，还是一欧添加了“湘味”。1980 年春，我向来武汉访问的北山康夫转述了一欧的回忆，其结果是已如前述的《革命评论》的馈赠。

为了弄清《革命评论》的内容及其背景，不能不查阅点历史资料，这就是我研究宫崎滔天的发端。为了对北山康夫表示感谢，我又写了一篇题为《只教文章点点血，流作樱花一片红》的散文，在《人民日报》上发表，文中对滔天及这个杂志略有介绍。

坦率地说，由于滔天亦属大陆浪人，且与外务省有过若干联系，过去国内史学界对他的评价是有所保留的，尽管孙中山、黄兴对他历来都很推崇。我由于掌握第一手确凿资料渐多，经过深入探究，认为瑕不掩瑜，滔天毕竟是诚挚支持过辛亥革命的国际友人，在众多大陆浪人中属于凤毛麟角。由于此文发表于《人民日报》，所以引起日本史学界的注意，宫崎家的后裔对此更为重视。

1979 年秋访问东京时未能探访宫崎家人，因为停留时间只有一周，无法列入活动日程。但 1986 年滔天会访华，作为团长的滔天孙女蕗苳，却率领全团 30 余人来武汉与我会晤。1981 年 11 月，我们随胡绳前往东京参加纪念辛亥革命 70 周年国际学术会议，金冲及与我曾应邀前往西池袋二丁目宫崎家做客，是由日中友协的北冈丰治先生陪同前往的。这座普普通通日本风格的旧房，本身就是中日友好的纪念物。辛亥以前，宫崎滔天为中国革命倾家荡产，有时甚至靠卖唱（即所谓浪花节）维持家庭生计，包括抚养中国革命者的孩子。南京临时政府成立以后，他欢欣鼓舞地专程前来祝贺，但却毫无居功自傲之意，更无任何私人的干求。倒是黄兴着实过意不去，以后送去 2000 元资助其家用，西池袋私宅就是用这笔钱修建的。当时物价便宜，房子虽然不大，但砖瓦木材质量都较好，所以至今尚无明显破旧圮败的样子，客厅后面有一处小小的园林，绿树成荫，假山小池，颇有幽静的情趣。只有客厅墙上悬挂的孙文、黄兴等手书横幅，才保存着昔日革命狂飙的信息。

蕗苳和她的丈夫智雄都是在东京出生与成长的城里人，早已疏离了遥远而偏僻的荒尾村，因而显得沉静文弱，不再具有当年滔天那样伟岸坚实的躯干和九州武士的雄风。但他们仍然保持着宫崎家热诚质朴的传统风范，特别是对中国的友好感情世代相传。我们到达时，蕗苳率子、媳和小孙女跪在地下迎接，穿着业已西化的媳妇送茶点时仍循古老的礼仪，我们仿佛又回到明治或大正年间。蕗苳还把她的传家宝，几大本业已裱装成册的孙中山、黄兴、章太炎、戴季陶等给滔天的信函，一一向我们展示。这些都是很珍贵的史料，可惜我们没有时间细看。

东京会后，我们代表团全体前往京都大学进行学术交流。随即分做两路到外地参观访问，胡绳、陈锡祺、李宗一去唐风浓郁的文化古城奈良，我与冲及则由北冈陪同再次前往荒尾拜谒滔天家墓与旧居。1979 年秋，狭间曾伴我来过荒尾，那是匆促的私人参观，这次却是荒尾市政府出面接待的正式访问，其隆重与热烈出乎意料之外。

我们刚一进入荒尾市境，便有该市议会、日中友协的一些负责人迎候。当我们长长的车队到达市政厅时，市长率市府全体职员列队站在门前鼓掌欢迎。在市府稍作寒暄并休息后，市长又亲自陪同我们前往宫崎家墓。我与冲及各捧一束鲜花，后面跟随着长长的人群，包括市府、议会官员与各界知名人士。我们默默地把鲜花供奉在墓前，并且鞠躬向这位中国的诚挚友人致敬。当地的电视台和报社，都及时记录并报道了这样热烈的场面。

12 年以后，1993 年夏天，我应邀将到台湾讲学，从美国途经日本时曾在东京附近乡间小住。蕗苳夫妇闻讯后又邀我与内人前往西池袋叙旧，会见时其家人有次子黄石、次媳、孙女资子以及尚在幼年的小孙女等。资子上次见面时还在幼稚园，现在已是亭亭玉立的大姑娘了，算起来她应列为宫崎家第五代中日友好接班人。陪客的还有原《朝日新闻》亚洲局局长吉田实，原中日友协事务局长、现为滔天会负责人川田先生，以及中国新闻社东京分社的杨社长。大家谈兴甚浓，从下午 3 时直至 8 时始兴辞。蕗苳不断命媳妇送来家制点心和水果，晚餐则甚简单，每人鳗鱼便当一个而已，且由餐馆直接送来，主人尽可陪客人从容叙谈，这种接待方法颇有可取之处。吉田实曾长驻北京，普通话很流利，且采访过毛泽东、周恩来等老一代领导人，见多识广，谈锋甚健。最后他以“四愿”赠别：一愿世界和平，二愿中日友好世代相传，三愿海峡两岸和平统一，四愿中国现代化成功。大家都热烈鼓掌，认为此乃共同心愿。

宫崎家族大多是普普通通的日本人。最先倡议支持中国革命的是滔天的哥哥弥藏，可惜因病英年早逝，未能有所作为。另一个哥哥民藏亦为民权运动者，并主张土地均分，对孙中山的革命活动亦表同情。参与孙中山革命事业最多的是滔天（寅藏），可谓有始有终，直至 1922 年先中山而去。但滔天在本土并没有多大成就，也没有多大影响，在日本历史书中备受冷落乃至遗忘，他只是永远活在中国人民心中。他们的后裔颇能恪守遗训，大多是日中友好的活动分子。民藏之子世民与滔天之子龙芥是中日友好（正统）的领导人与骨干，是新中国成立后最早而且经常来华的日本老朋友，与我国政府与民间人士都有密切的合作关系。蕗苳夫妻全力经营滔天会的活动，每三个月开一次会，请知名人士演讲，其成员 60% 是学者、新闻记者，还有其他各界关心日中友好的人士。次子黄石大学毕业后下海，从事房地产经营，颇想为滔天会谋一相当稳定的经费基础。再往下的第五代虽尚未成年，但对中国客人已表现出亲如一家。这个家族的能力可能有限，但其心愿纯真、感情深挚，我们应该永远珍惜他们的友谊。

“合宿”种种

各地都有自己的习俗，各国大学也各有其传统的教学方法，千姿百态，不一而足。即令是在大学“摸爬滚打”一辈子如鄙人者，到了海外有时也会感到满头雾水。

譬如美国的教学常与吃饭联系在一起。1990 年秋刚到普林斯顿大学，社会学系的罗兹曼（Gilbert Rozman）教授立即邀请我参加他的讨论课。因为他是《中国的现代化》一书的主编，与我在国内的研究正好对口，加上讨论课的主题又是苏联、东欧现代化面临的问题，对此我也很感兴趣。但上课却是在午餐时间，与国内教学安排大相径庭。我的生活一向规律如钟表，睡觉吃饭都有定时，特别是午餐如有延误，就会饿得头昏眼花。因此第一次上课前就很犯愁，是吃了去，还是去了再吃？结果还是按老习惯，先吃一碗面条垫底。但一进课堂我就懵了，附近餐馆“外卖”刚刚送来热腾腾的炒面、炒饭、锅贴；也许是为了庆祝新学期开始，还有两大盆香喷喷的川味炒菜。学生和个别客座老师早已到了，而且都毫不客气地各取所需吃了起来。中国人向来拘谨，又怕是他们自己出钱预订的午餐，加以已有一碗面垫底，没有头昏眼花之虞，所以我就坐在一边翻阅今天讨论的专题报告。但很快就有相识的学生发现了我，并且送来一碟食物和饮料，他笑着说：“罗兹曼公费请客，不吃白不吃。”不久，罗兹曼来了，也自取一份午餐，坐在中间的位置（课桌椅摆成圆形），稍为介绍本学期教学计划和今天的报告者，也吃将起来。大家边吃边听报告，然后又边吃边讨论，最后由罗兹曼作简单小结。美国人吃饭多半是为了填饱肚皮，不会细嚼慢咽，从容品尝，所以磨刀不误砍柴工，吃饭教学两不误，不过以后罗兹曼也略有改革，即先吃后讲，层次较为分明。

起初我还困惑不解这笔饭钱如何报销，后来才知道罗兹曼是讲座教授，他有一笔丰厚的讲座经费，上课吃饭属于教学范围，报销饭钱自然是天经地义。然而吃的丰俭也视各系、所与教授个人的经费状况而异。同样是在普林斯顿，我们历史系，特别是中国近现代史讨论课就很寒碜，无非面包、奶酪外加生菜、饮料而已。偶尔请外校或外国著名学者来讲座，课后餐馆宴请也只限于少数老师作陪。还有更穷的讨论课，即使是在吃饭时间也毫无供应，但允许学生自带食物、饮料进课堂，依然是吃饭教学两不误。

一年后转移到耶鲁，情况与普林斯顿大同小异。倒是最后一年半在加州大学圣地亚哥分校（简称 UCSD）专职教书，又使我增加若干见识。1993 年春季始业，我与周锡瑞（Joseph Esherick）合开一门新课——中国近现代史料学，上课时间是上午 10 时至 12 时。下课虽是吃饭时间，倒也好办，“拜拜”之后各人自行解决肚皮问题。但周锡瑞教学特别认真，总想多给学生一点知识。有时讲到 12 时半还兴犹未尽，振臂高呼：“愿意共进午餐的跟我来。”所谓午餐实际是课堂讨论的继续，边吃边谈，弦歌不绝，有时师生虽争得面红耳赤，倒也不伤和气。不过这可是“没有白吃的午餐”，需要各付自己饭钱。学生只要不与其他课程冲突，倒也很愿如此“共进午餐”，因为可以堂而皇之地进入教师食堂，并且得到许多课堂上得不到的学术信息，甚至偶尔还可以获得就业的机遇。

周锡瑞是讲座教授，也有一大笔自己掌握的讲座经费，但不屑于开销这些零零星星的饭钱，他另有必要的开支，其中一项即用于经常性的家庭“派对”（Party）。据我回忆，1993 年秋季始业后，几乎每隔两周便要请一位外校或外国学者前来讲演（列入讨论课计划）。时间多半安排在星期五下午，接着便于星期六上午在周锡瑞家举行简易轻松的酒会，实际上是课堂讨论以另一种方式的外延，学生可以借此与外来学者深入交流。食物是千篇一律的 BBQ——烤鸡腿，外加生菜、面包、酒水，在美国属于“普罗”（大众化）层次。周锡瑞是“有事先生服其劳”，把烤鸡腿的活全包了，据说是因为手艺好，但据我观察，多半是借此放松一下连续一周的紧张脑力劳动，同时也让学生与外来的及本校的其他老师有更充裕的时间交谈。酒会的女主人当然是师娘，客厅、花园尽可随处活动，人人手执鸡腿一支、酒水一杯，三三两两，或坐或立，自由交谈，于消闲方式中授业解惑，此亦人生一大乐事也。

但给我印象更深的却是日本高校的“合宿”。

不懂日文的人，千万不要对日语中的汉字望文生义，否则常会闹出笑话。1993 年暑假，东京辛亥革命研究会通知，定于 8 月 5 日至 7 日在伊东市温泉旅馆与日本女子大学历史系学生“合宿”，邀请我与太太参加。太太坚决不去，既怕男女同浴，又不知道“合宿”是什么意思。我则由于是预定报告人，于理于礼都不能不去，只有横下一条心，反正是入境随俗。

当时我住在饭能市乡下美杉台。8 月 5 日一大早，东道主久保田文次便从八王子住所赶来，陪我从饭能驿出发，经多次转车，在小田原驿与桑兵夫妇会合，一起经热海至伊东。伊东市温泉资源丰富，满街都是温泉旅馆，教师可以享受减价优待。到旅馆后，日本友人大都换上随身携带的睡衣短裤，我们则只有穿旅馆提供的浴衣、拖鞋。下午一时半准时开会，大家无须重整衣冠，男女老少都是浴衣拖鞋席地而坐。看见平时衣冠楚楚正襟危坐的日本教授，霎时间竟像变成另一个人，我不禁暗暗发笑。会议内容倒是纯学术的，提交论文的有老师也有学生，首先讨论的是近代中国电信业务的发展，与满洲国的若干历史问题，报告者都有长期的深入研究。讨论结束后宣布宿舍分配，当然男女有别，我与藤井升三、小岛淑男、中村义、桑兵同居一室，鼾声大的老师另居一室，女生与女学者合用一室，男生则单独住一大房间，他们要享受自己的自由空间。我这才恍然大悟，所谓“合宿”者，无非是住在同一旅馆。日本友人说：“合宿”应译为“讲习会”，我则觉得近似西方高校的Workshop，但更为轻松活跃而已。

晚餐是每人一盒饭菜，相当于我们快餐店的套餐，但制作比较精美，酒水则敞开供应，师生自由择座，聚谈甚欢，颇似圆桌会议。饭后沐浴，男女浴池用墙分隔，已不同于旧式的共浴。均系利用原有自然温泉，添加现代化设施而已。据说有的旅馆完全保持温泉自然风貌，旅客露天沐浴，享受阳光与新鲜空气，但收费则较高。日本友人大多习惯于这种大池混浴，下池前须先洗涤干净，以保持池水清洁，泉水源源流入，不同于我国北方老式澡堂之混浊。入池后，或坐或卧，任意聊天，充分放松，但日本学者亦有讨论专业问题者，堪称学术交流之奇特方式。据日本友人云：“同浴可增进友谊，因为全无隐秘，赤忱相见，交情更深一层。”

次日上午继续开会，弁纳报告华盛顿会议期间中方代表工作之得失，桑兵报告其研究有素的清末社会团体，我则报告有关档案、文献利用的经验（针对个别日本年轻学者论文中存在的若干问题）。午餐后沐浴叙谈。晚餐之后酒会。围成圆圈席地而坐，以小食佐酒，由于是周末，气氛更为轻松。大家谈笑风生，又要我起立讲话。我就讲自己对“合宿”一词由误解到理解的心路历程，并要求下期《辛亥革命研究通讯》应对“合宿”作名词解释，以免国内同行对我海外行踪有所疵议云云。全场哄堂大笑。久保田会后解释说：辛亥革命研究会举办“合宿”已有多次，并非限定女子大学参加，此次纯系巧合。

1993 年 8 月底，我从日本到台北政治大学教书，发现日本 50 年的殖民统治对台湾社会生活各个层面都有深远影响。当地高校也有类似“合宿”的活动，即利用春假或秋假，各系、所师生集体前往风景佳胜之地，集休闲、联谊、教育于一炉，只是不像东京辛亥革命研究会“合宿”那样事先有充分的准备。我不知道台湾光复前有没有“合宿”一词，但至今却仍旧称之为“自强”活动。“自强”原与蒋氏父子“反共复兴”理念有关，但现今已毫无政治意义，师生可以在一起随便论古道今，在一定程度上成为课堂教学在山林海滨的延伸。

孔老夫子也并非成天板着脸说教，他的教学方法多种多样，也有非常富有人情味的一面。譬如，他命学生各言己志，曾点（曾子之父）说:“暮春者，春服既成，冠者五六人，童子六七人，浴乎沂，风乎舞雩，咏而归。”没有任何豪言壮语，也没有大谈什么圣贤之道，却赢得孔子“吾与点也”的深情喟叹。上述“合宿”也好，家庭“派对”也好，“自强”活动也好，似乎也符合孔老夫子的教育理念，虽然已经相距两千多年。师生之间多一点接触，多一点沟通，多一点轻松愉快的情感交流，毕竟是值得提倡的。

回国以后，我总觉得国内高校师生关系不仅已不如过去的亲密，甚至于也不如特重个人主义的西方国家，这倒是应该引起我们自己的反省并力求加以改进之处。

韩京十日（1991.6.13—22）

由于两国迟迟未曾建交，我们与韩国同行的学术交流起步甚晚。1981 年 10 月武昌纪念辛亥革命 70 周年国际学术讨论会，朝鲜半岛只有北方代表两人参加，他们对辛亥史缺乏根底，很难建立长期交流关系。但同年 11 月我们到东京参加辛亥革命学术会议，却发现韩国学者的汉学素养较佳，其中尤以汉城大学历史系闵斗基教授表现出色。我们就是在这次会上结交，此后经常通信并互赠书籍。

我与闵在美国、在新加坡曾多次见面，但却难以在中国或韩国互相访问。1986 年 10 月我们曾在新加坡夜游“小印度”（印度人聚居区）时长谈，他殷切提出希望到中国进行研究和交流。我表示愿意尽力促进，但实在没有把握。至于我自己，在中韩正式建交之前，并不抱前往汉城访问之奢望。闵斗基书生气十足，为人亦热诚亢直。当时我们只顾畅谈，竟未发觉东道主为外国学者提供的交通车早已返回宾馆。由于夜深行人已稀，好不容易才拦到一部出租车开往住处。

皇天终究不负苦心人，但主要还是由于中韩建交已经趋于水到渠成。1991 年 1 月底，经由闵斗基等学者的多方努力，汉城大学终于以中国现代史料学国际研讨会名义，邀请骆宝善、张宪文和我前往访问。稍后，该校文学院又寄来经其政府同意的正式邀请函，我立即持函去纽约韩国总领馆申请签证。当时中韩两国仍无正式外交关系，但领馆人员对我这个大陆中国人好奇而又友善，窗口女职员第一次看到中国护照，都挤过来欣赏，并问我浙江在中国哪里，杭州是否像天堂那么美。不久，她们就带我进领事办公室，领事李荣很年轻，恰好又是汉城大学历史系毕业，因此显得更加礼貌与热情。他并未循例询问我本人情况，而是希望了解中国史学界的情况。我们用英语谈了半个小时，临别时他说你的签证没有问题，一周后就可以寄给你。真没有想到，汉城之行的第一关就这么轻易通过了。

6月12日　我从普林斯顿到纽约乘飞机，由于中途转机略有耽误，13日晚7时许（汉城时间）才抵达汉城机场，闵斗基与金容德（汉城大学历史系主任）已等候多时。不久，骆宝善、张宪文亦到，遂同去汉城大学的湖岩馆寄宿。该馆是三星财团捐献给汉城大学的，相当于我们的外招。环境幽美，建筑新颖，而内部结构则似传统民居，现代化设施更是一应俱全。闵斗基说："汉城大学爱闹事，三星怕挨批判，所以捐献一座宾馆借以改善关系。"大财团居然巴结最高学府，这是韩国社会的进步。

6月14日　上午，中国近现代史料学讨论会在汉城大学举行。由于中国人文学者第一次参加韩国召开的国际会议，所以其政府较为重视，开幕式由韩国放送委员会委员长高炳翊作基调演讲，题目是《中国史研究与史料分析》。高氏为韩国汉学家前辈，曾留学德国，在美国西雅图华盛顿大学执教多年。他是闵斗基的业师，并且与闵一起在汉城大学创建东洋史学科（系）。现任职政府，副总理级，主管广播、电视等传播事业。演讲对中国古代史研究及其主要史料条分缕析，颇具大家风范。

接着是学术讨论，中国学者首先由骆宝善报告太平天国史料学，内容翔实，组织严密，听众提问、评论颇为热烈。下午继续讨论，我最后报告，介绍大陆辛亥革命史料的整理和出版，并总结其经验教训。辛亥史是韩国学术界热门课题之一，所以发言更为热烈，许多问题已超过辛亥范围，涉及史学理论与方法。本应4时30分结束，却延续至将近6时，可见他们初次接触中国学者时兴味之浓。

稍歇片刻，即在湖岩馆出席东洋史学科与中文系教授联合宴请。每人十碟小菜，类似我国冷盘，但人参数片亦算一碟，为当地特色，另有各色热菜。两国学者一见如故，畅谈尽欢，深夜始散。

6月15日　全日继续开会，张宪文报告现代史史料学，他已有专著出版，堪称驾轻就熟。讨论热情未减，且多次指名要我解答问题。发言用中朝两种文字，翻译朴俊德出生于上海，“文革”后期读完小学始归国定居，现教中文。连续两天，既中译朝，又朝译中，疲累之极。以致最后常弄错角色，对我们说朝鲜话，对韩国学者说中国话，多次引起哄堂大笑。他颇有修养，任何时候都显得温文尔雅，为会议顺利进行提供很大方便。

晚上，部分韩国年轻学者联合宴请，仍在湖岩馆，但改为西餐。闵斗基亦赶来参加，任意交谈，无拘无束，实为日间讨论之延续。无论东方或西方，学者交往大抵如此。

6月16日　会议业已结束，开始参观访问。今天的节目是参观市容与汉城最大的百货公司（Lotte Shopping Center），陪同者为在职博士生崔先生。崔开本国生产的私家车（韩国街上看不见外国车），但可能过于考虑我们的安全，也可能是让我们多看点市容，行驶速度较慢。Lotte Shopping Center类似北京东安市场，由众多专业铺面组成，但建筑高大华丽，具有民族风格，布局设施接近美国大型商厦，且设有游乐园。中午在江岸进餐，俯视汉江景色，大桥飞架，颇似武汉风光。汉城是人口超过 1000 万的大城市，但并不显得如同广州、上海那样拥挤。城市建设颇有章法，注意保持传统与现代化的协调。老式屋顶（与中国旧式房屋类似）保存甚多，即新屋亦喜用蓝色塑料老式屋顶，甚至临时性的工棚亦然，与丛山翠林相映，颇有历史文化情趣。

漫游至夜始归，来不及参观刚开张的三联书店，是一遗憾。随即到一大众化的百松餐馆，与汉城地区中国现代史同行餐叙，循民间习俗，席地比肩而坐，欢声笑语，喧闹不绝，一如东京浅草之小酒店。此又海外学者之多数癖爱，与近时国内有些人一味追求接待规格大异其趣。

6 月 17 日 主要是参观民俗村，由闵斗基另一在职博士生罗先生陪同。罗已在一所大学任助理教授，能说英语，略通汉语，比昨天的崔先生易于沟通。民俗村在群山之中，风景优美，精心布置。有韩国东西南北各地区农村模型，房屋道路均如原状，且有居民（表演者）活动其间。富有生活情趣，使人流连忘返。中午即在民俗村乡间小店进餐，长桌条凳，简朴无华。每人食人参燕子鸡一份，另配小菜数碟，倒也清爽可口。结账每人 5.2 万韩元，只合 7 美元多。这样的风味菜，在普林斯顿至少在 15 美元以上，外加小碟及小费，每人当在 20 美元以上。

饭后观赏民间舞蹈表演，与中国朝鲜族乡间庆丰收舞蹈相同，以头舞长缨为特色，且有各种肢体动作与队形，变化甚多。韩国民间艺人的绳技表演也很精彩，能在绳上飞腾跳跃，舒展自如。地上坐有一人击鼓，以节奏配合动作，与绳上人时有问答，话语诙谐，不时引起观众鼓掌大笑。

晚间高委员长在相当于国宾馆的高丽屋（Korean House）正式宴请，建筑宏伟，林木幽深，小径曲折，进入一单间餐厅席地而坐。主人以朝鲜皇室菜肴款待，女侍均着宫装，淡施脂粉，亭亭玉立，具有浓厚东方古典文化氛围。高先生毫无官僚气，依然宿学老儒本色，大家畅叙尽欢，深夜始归。

6 月 18 日　参观魁章阁与大学图书馆。

魁章阁原为国王与近臣论学之所，旧址已废。现在汉城大学校园内新建之魁章阁启用不过年余，许多书籍文献尚未解捆。建筑保持古典风格，飞檐鸱尾，宏伟华丽，内部各种设施则完全现代化。据台湾历史学者吴相湘旧日记述：曾见魁章阁所藏近 300 年承政院日记，共 3000 余册，此外尚有秘书监日记、总理交涉通商事务衙门与各国往来文件原档，以及金昌熙《东庙迎接录》(据壬午与袁世凯晤谈笔录写成）等。由于时间匆促，我们只看了袁世凯所藏书画，有一幅似为西洋画匠所绘胶州总督署图(有袁庚子题跋)。临别时管理人员各赠收藏目录一巨册，从容检阅只有期待于来年。

图书馆以“日治”时期日文、西文书刊极多为特色。由于韩战原因，1949 年以后的中文书刊很少。

下午，东国大学文学院院长李吉榕来访。他是纽约对日索赔会秘书长邵子平在台湾时的中学、大学同窗好友。在哥伦比亚大学获博士学位，曾在纽约州立大学任教十余年，回国亦十余年。中英文绝佳，因此除在东大教书外，还担任韩国外交部顾问，主要是负责重要对外文件的文字润饰。我们就纪念南京大屠杀开会事交换意见，希望他出面邀请韩国有代表性人士参加。李在中国长大，在某种程度上视中国为故土。他说正在促成该校董事长（佛教界人士）访华，同时也将设法邀请我再次访韩。临别时他很诚恳地留言：“你们在国外看到的韩国人，多半是另一种韩国人，即市侩。你们应该在韩国生活一段时间，多多了解普普通通的韩国学者和老百姓。”

6月19日　上午送骆、张回国，然后由金姓博士生驱车陪我参观独立纪念馆。距市区甚远，车行约两小时。馆建于高山上，造型奇特，气势雄伟。内设很多分馆，陈列内容均极丰富。我们只匆匆参观“三·一”纪念馆（重点），便疾驰赶回湖岩馆住所。

晚间一人无事，独自逛到附近一乡村饭店吃烤狗肉。早就听说朝鲜人爱吃狗肉，湖岩馆山下有专供食用的养狗场，日夜吠声不断。但来汉城后，东道主从未请我们吃一次狗肉，颇以为憾。进店后，只见顾客盈门，烟雾缭绕，香气扑鼻。可惜我不会说朝语、日语，女老板又不会说英语。怎么比划也难以沟通，相视无言，哑然失笑而已。幸好门外有一作为广告的狗模特，我急指此犬，老板恍然大悟，旋命女侍应生送来炭炉、调料、小菜，并亲自跪在一边为我烧烤，虽不能交谈，亦颇感其盛情。

6月20日　清晨山间散步，然后收检行装。11时金容德来，他曾在哈佛读博士学位，所以驾驶技术甚佳且保持美国大学生风格，一路疾驶，谈笑风生，很快就到机场。但却没有料到航空公司临时要我办理美国再入境签证，虽然金先生反复争执，亦无效果，只有怅怅而归。途中在一中国小饭馆进餐，老板山东人，十几岁来韩国，已40余年矣。下午重返湖岩馆。晚间闵斗基赶来慰问，谈甚久。

6月21日　金容德陪我到美国驻韩使馆申请再入境签证，接待颇为热情，顷刻即已办成。中午在延世大学外宾食堂进餐，并在校园散步。该校为基督教教会所办，经费充足，规模很大。其美术展览馆建筑宏丽，收藏亦丰，堪称国际水平。馆长亲自接待，参观后赠给每人大型精美画册一本，体现其管理水平与实力雄厚。

晚间，闵斗基为免我一人寂寞，派一金姓博士生陪同到附近黑龙江饭馆吃中国菜，但所谓中菜有名无实，橘化为枳，不及烤狗肉多矣。饭后又至一僻静茶楼，饮中国茶，欣赏古典音乐，并深谈。金原系著名学生领袖，“光州事件”后坐牢多年。出狱后师从闵斗基读中国近现代思想史，人极聪明，中文亦佳，两个月即将李泽厚两本思想史纲译成朝文，很想到中国来做一段时间的研究。茶楼布置典雅，夜间顾客甚少，正好清静叙谈。但忽然播放歌剧《蝴蝶夫人》，颇有殖民主义气味，韩国仍有美军基地，闻之令人不快，遂匆匆回住所。

6月22日　晨7时金容德来，驱车再去机场。拿登机卡时又生枝节，说是根据韩国政府规定，若干外国人（包括中国人）出境，须将护照、签证暂交航空公司职员代为保管，并将我的护照、签证等材料装入一大牛皮信封。金容德又反复争执无效，只有向我抱歉，因为韩国一向视中国为敌国，现今外交政策虽有转变迹象，但相关措施（如中国人出入境）仍然沿袭旧章。为我携带护照的是韩国航空公司女职员，金容德离去后由她照应一切。她英语流利，温文尔雅，说话也很有风趣。因机翼修理，起飞延误四小时，她把我安排在头等舱候机室，又频频送来午饭、茶水。但我总有点怀疑她是安全人员，因她与我简直是形影相随。我故意说笑话：“很高兴在贵国得到一位出色女秘书。”她坦然说：“与你同行是我的莫大荣幸。”老练而又得体。幸好到东京后她即离去，我取回护照、签证，登机继续飞行十小时，美国东部时间22日下午6时许才到达肯尼迪机场。过关极为顺利，移民局职员说：“普林斯顿大学早已为你办了延期手续，你根本不用在汉城又办一次再入境签证。”我只有苦笑而已。

尽管有此小小波折，但我仍然珍惜汉城之行的回忆，因为有幸成为中韩学术交流的前驱者之一，而前驱者的道路总归要艰难一些。

马尼拉印象

1979年以来，托改革开放之福，我曾应邀访问十多个国家与地区（只是尚未去过非洲）。频繁的海外旅行，一般都比较顺利，有时甚至比在国内出差还要简便。但1986年的马尼拉之行，却使我碰到很大麻烦。

1986年是孙中山诞辰120周年，国内外史学界纷纷举办纪念性的学术讨论会。仅10月份一个月，我就先后应邀参加澳大利亚、菲律宾、新加坡三处学术活动，真是日夜兼程，风尘仆仆。

首先是去澳洲参加悉尼大学举办的纪念孙中山诞辰120周年国际研讨会，同行者为戴逸、金冲及、林家有。会议主题是孙中山与国际关系，我提交的论文是《孙中山与宫崎兄弟》。此次会议礼仪甚于实质，但毕竟体现了澳大利亚学者和人民对中国的友好感情。会后，我们又应邀先后访问了堪培拉国立大学和墨尔本大学，与澳洲学者继续进行学术交流。

澳洲的旅行是轻松愉快的，我们以与温驯的袋鼠、孔雀合影结束了这次访问。随后我就单独前往菲律宾国立大学作短期讲学与访问。

菲律宾国立大学的正式邀请函，由于邮程的意外阻隔，很迟才寄到武汉。所以东道主建议我到澳洲办理签证，而他们事先已向该国外交部打过招呼。我到堪培拉以后，立即到菲律宾总领事馆申请入境签证。值班领事热情友好，说是三天以后即可拿到签证。可是当我即将离开堪培拉并前往取签证时，总领馆工作人员却苦笑说："本来这是很简单的事，我们总领馆就可以自行决定，可是国内突然发生变故，临时取消我们自行发放签证的权利，非常抱歉。"作为外交人员，他不能进一步透露菲律宾内部情况。幸亏与我相识已久的美国学者傅因彻（John Fincher），正在澳大利亚国立大学任客座教授，他曾在美国国务院任外事官员多年，与亚洲一些国家的外交官员比较熟悉。经由他不断以电话联系，才知道菲律宾出现政变迹象，当时的国防部长利用阿基诺总统访日之机，召集10万人群众大会，猛烈抨击政府，并且派出军事人员控制外交部，未经他们同意外交部不得发出任何指示。像我的签证这样区区小事，自然是搁置一边无人过问了。不过菲律宾驻堪培拉总领事馆经办人员倒很热心，他们答应继续与该国外交部联络，并建议我回北京后立即前往菲律宾驻华大使馆打听消息。

我乘澳航班机回国，半夜才到北京机场，及至办完入境手续并过关，到达预订的旅馆房间已是凌晨3点钟。实际上，我能用于办理签证的时间已经非常有限，因为根据菲律宾国立大学预先安排的日程，两天之后我就要开始演讲，而且他们业已通知各有关高校与研究机构。所以，我起床以后立即赶到距旅馆较近的近代史研究所，借了一部小车前往国家教委。我向外事局汇报了有关情况，他们都认为比较难办，但仍然热心地为我开介绍信，并交代若干应注意的事项。由于我是菲律宾正式邀请的第一个中国资深历史学者，所以外事局较为重视，但并不抱有很大希望。

菲律宾驻华使馆人员相当热情地接待我，他们说早已获悉此项邀请，但碍于现时规定，未经该国外交部回复则无法给以签证。他们答应立即与该国外交部电传联络，并约定下午 5 时下班前再去等待回音。离开使馆以后，我立即驱车前往民航公司购买两张机票，一张从北京到马尼拉，一张从马尼拉到新加坡，出发时间在同一天，但其间有一小时的差距。我的计划是：如果能拿到菲律宾签证，可以在马尼拉机场将去新加坡时间推迟一周；如果拿不到菲律宾签证，则提前去新加坡，以免逾越在马尼拉机场的法定停留时限。时间已不允许我再作更为周详的考虑，也无法再与相关部门从容磋商，只有自己当机立断。接着，我又发电传告知菲律宾国立大学飞机班次和到达时间。

下午 5 时再次进入菲律宾使馆，经办人员说："已经发过几次电传，仍未收到该国外交部回复。"这天正巧是周末，他们本已下班，但仍留下一人陪我等待马尼拉的信息。直到 6 点多钟，估计菲律宾外交部早已下班，再等已无任何意义，我便告辞回到旅馆打点行装。

第二天乘民航班机从北京起飞，在广州机场办理出境手续时，边防工作人员发现我护照上没有菲律宾签证，当即提出质疑。经出示从马尼拉到新加坡的当天机票，被认为是在马尼拉机场转机，而且都是中国民航售出的机票，便放行了。重新登机后，我密切注意有无到马尼拉的中国人，正好前排座位有个菲籍华裔商人。略事寒暄以后，我向他打听菲律宾国立大学离机场有多远？机场入境处有无电话？他说大学离机场很远，入境处没有公用电话，必须过关后才可打电话。我连忙给他写下菲律宾国立大学历史系的联络电话，并请他回家后转告："章先生已经由马尼拉机场前往新加坡。"直到这时，我仍作两手准备。

到达马尼拉机场后，我无法办理入境手续，只有坐在转机休息室等候。等了半个小时未见任何人前来寻找，感到情况不妙，便到新航窗口办理登机手续并托运了行李，然后便又坐下休息，认为入境已无任何希望。但就在这时，却见有两位菲律宾女士从远处跑来，并用英语高呼："章教授来了没有？" 我连忙迎上前去，原来正是菲律宾国立大学历史系主任丘吉尔（Bernardita Reyes Churchill）和卡玛佳（Maria Luisa T. Camagay）教授，她们在入境处关口等了半个小时未见我的踪影，所以才急忙赶来转机处寻找。她们问清情况以后，第一件事便是为我向新航取回行李，并且把去新加坡机票行期推迟一周。然后也顾不上向我多作解释，便一起直接进入入境处的办公室，交给值班官员一张字条。这官员仔细看了一遍，点点头便让我入境了，既未过关检查，也未在护照上盖签证印章或作任何注明。事后我才知道，这是国防部支持阿基诺的一位副部长亲自批示的信笺，而此人便是现今的总统拉莫斯。

车行中途，丘吉尔说："应该到中国使馆报个到。" 但使馆大门紧闭，冷冷清清。经通报后，文化处官员把我们从侧门引入，第一句话就是："你老先生怎么这个时候来马尼拉，我们连大门都不敢出了。" 我说本人历来是"言必信，行必果"，已经答应的事一定努力办到。大家都笑起来，空气顿时变得轻松。两位菲律宾女士似乎是使馆的常客，随手拿了几本画报之类宣传品便与我一起告辞了。其实马尼拉的局势并不如外界所想象的那样紧张，但也许是最紧张的危急时刻已经过去了。大街上仍旧熙熙攘攘，汽车经常堵成长龙，花花绿绿的"吉普妮"（利用二战期间美军遗留的废旧吉普车改装的简易交通工具）屁股后面冒出滚滚黑烟。卖烟、卖糖的大群小贩穿梭奔跑在各种车辆之间，不时把手伸进车窗大声叫卖……好像什么事情也未曾发生。

国立大学在远离市区的山间，显得分外幽静雅洁，大学宾馆就建在学校附近一座山脚下，设备简易而尚称舒适。两位女士就在宾馆陪我共进晚餐。她们告诉我，有人打电话说章先生已经到新加坡了，并以葡萄酒为我压惊。我说："有惊无险，太缺乏刺激，不过我倒是想写一篇小说。"她们连忙问是什么小说？我笑着回答："题目叫做'两个女人援救一个男人'。"距离顿时缩短，大家像老朋友一样打开了话匣子。我觉得菲律宾人很像广东人那么热情活泼，虽然他们讲的他加禄（Tagalog）语我一句也听不懂。

第二天早上起来，一开门便看见有佩枪警卫坐在正对面，据说昨晚马尼拉市区仍时有枪声。早餐后按老习惯到附近山间小路散步，感到后面一直有人跟随，回头一看原来是位服装整洁的青年，互道早安之后便结伴而行。分明也是大学保安人员，但又不便捅穿，只有天南海北闲聊起来，语言倒也不俗，显得较有教养。这两件事是马尼拉政局波动给我带来的仅有信息。此时，阿基诺总统已经回国，军队多数和广大民众都支持她的政府，国际舆论也同情这个善良而又正直的女元首。反对势力知难而退，一场可能发生的政变悄悄结束，马尼拉的生活又恢复如常。

我的讲演（《孙中山与宫崎兄弟》）如期举行，听讲者不如预期的那么多，尽管国立大学事先已广泛发出通知。也许偶发的事件多少产生一些负面影响，但更重要的是菲律宾没有多少人研究中国历史，特别是中国近代史，一般人（包括许多中青年学者、教授）根本不知道孙中山与辛亥革命为何物，更不知道宫崎兄弟是什么角色。我很后悔带来这篇讲演稿，而且又早已公布了讲题，如果改成《1898 年菲律宾革命与辛亥革命》或《孙中山与彭西》（彭西是菲律宾革命志士），也许会引起较多人的兴趣。菲律宾的历史学科不大景气，几乎是靠女学者支撑，据说“男人都做生意赚钱去了”。由于国策的需要，比较受重视的是东南亚研究（包括其历史），有较好的队伍与资料中心，出版相关书刊也较多。因此，我讲演以后无从展开讨论，倒是很多人要求我介绍他们比较生疏的当代中国大陆，这样可谈的话题也就多了起来。丘吉尔等东道主始终热情洋溢，因为我是她们请来的第一位中国内地资深历史学者。她们利用各种方式把我介绍给许多有代表性的人士，并且设法让我到比较安全的一些名胜古迹参观访问。

菲律宾长期受西方殖民主义统治，西班牙早在16世纪20年代即已侵入，并于1571年在马尼拉建成西班牙人的城市。1896年至1898年的革命虽然结束了西班牙人长达300余年的统治，但美国又迅速取代了西班牙的宗主国地位，奴役菲律宾40多年。1941年日军占领了菲律宾，两年以后美军又复卷土重来，菲律宾依然处于隶属地位，直至20世纪80年代情况才发生根本变化。这样的历史背景造成菲律宾文化畸形的多元化，马尼拉市区古代的大型建筑（如奥古斯坦那大教堂）是清一色西班牙式的，进入20世纪后的建筑则愈来愈趋向于美式，而日本的短暂占领也留下了自己的痕迹。英语早已取代西班牙语成为官方语言，他加禄语虽然也具有官方语言地位，但似乎还不如英语使用得更为普遍。也许马尼拉以外的农村地区保持较多本土文化，但我因为当时的特殊局势而未能前往，唯有偶尔从斗鸡和民族歌舞表演中捕捉菲律宾本土传统文化的踪迹，但那感觉颇近于在美国俄克拉荷马或明尼苏达参观印第安人的所谓原始部落。

菲律宾之行结束之后，即应邀前往在新加坡举行的国际亚洲历史学者协会第10届年会。会议组织者为表示对孙中山诞辰120周年的纪念，特别安排了一场讨论孙中山与辛亥革命的分组会。我提交的论文是《孙中山与中国国情》，预定的三个报告人，除我以外还有美国的薛君度与我国台湾的马起华。这次旅行倒是非常轻松愉快，因为菲律宾国立大学各系、所有一批教授（20余人）与我同行。在机场候机时，我才发现自己如同厕身于女儿国，因为这些教授除三四位男性外，都是清一色的女教授。她们意气风发，谈笑风生，我们这几个大男人反而显得势单力薄。

在马尼拉的逗留虽然短促，但毕竟为中菲两国史学界的交流做了一点促进工作。就在这年11月，丘吉尔和卡玛佳代表菲律宾首次参加我国举办的孙中山国际研讨会。此后，菲律宾国立大学与中山大学、云南社科院在东南亚研究方面的合作与交流也取得新的进展。从私人交往而言，丘吉尔也不断与我通信，经常告知菲律宾史学信息和她本人的行踪，我很高兴在东南亚又结识了一位同行好友。

人们常说："患难见真情。"此次菲律宾主行虽然谈不上什么艰险，但毕竟是在他们比较困难的时候信守了原来的承诺。也许正是由于如此，一些菲律宾友人把我融入他们的记忆。去年，为庆祝菲律宾1896年革命100周年，在拉莫斯总统亲自倡议与领导下，开展一系列纪念活动，其中包括在马尼拉举行国际学术会议。这次规模较小而规格甚高的会议，又热情邀请我作为中国内地唯一的代表，并且希望能偕夫人一同前往。以后虽然由于其他原因未能成行，但我仍然认真撰写了《菲律宾革命与辛亥革命》作为回应。

学者之间，相见以诚。这是我近20年来对外学术交往信守的准则，或许也可以称之为行之略有成效的经验吧！

域外寻史

日本天水町黄兴题诗

1981 年 10 月下旬，我随中国近代史学者赴日代表团到东京参加纪念辛亥革命 70 周年国际学术讨论会。会后，金冲及和我，在宫崎滔天的孙女末松不三子和滔天会干事北冈先生陪同下，前往当年孙中山最亲密的日本友人的故乡访问，受到熊本县和荒尾市地方政府、议会和日中友好团体的热烈欢迎。

宫崎滔天故居是一座老式的草顶木结构建筑，保持了浓郁的日本民族风貌。由于现在的户主川口夫人的精心维护，正屋陈设均保持滔天生前原状。壁上悬有孙中山、黄兴书赠宫崎的手迹多幅，前厅橱柜上还陈列着当年孙中山在此寄居时最爱阅读的兵书及其他书籍多种。倾听着日本朋友的详尽介绍，我们眼前仿佛又浮现出孙中山、黄兴与宫崎推心置腹、共商革命大计的感人情景。

随后，我们又访问了荒尾市天水町日本著名文学家夏目漱石的故居。这所古朴的乡间住宅位于风景优美的小天温泉附近，周围是果实累累的橘林。天水蜜橘甘美多汁，在日本颇负盛名。夏目漱石故居在辛亥革命时期已属当地邮政局长田尻先生所有。据《天水乡土史》记载，1913 年“二次革命”失败以后，黄兴流亡日本，曾寄居田尻家数月。黄兴与田尻结识，当系通过滔天夫人前田槌子的介绍，因为前田一家就住在小天附近，而且槌子姐妹还是夏目漱石艺术构思的秀美娴静的模特儿。

黄兴与田尻一家相处极为融洽，简直可以说是异国亲属。现在，老田尻早已去世，儿子和儿媳还健在，都是 80 岁以上的长者了。他们亲切地款待了我们，并且娓娓地追述当年黄兴蛰居天水的往事。邻近的老农也闻讯赶来参加晤谈，他们都记得黄兴的音容笑貌，甚至连这位伟大革命家的一些生活细节，他们也历历如数家珍，可见中日两国人民之间的友谊是多么源远流长。

在田尻住宅正厅壁上悬有黄兴题赠的七绝一首：

雪平峰前云气开，池中隐约起风雷。

何人戏取华阳剑，真割乖龙左耳来。

书法于俊逸中显遒劲，是弥足珍贵的黄兴手迹。我们伫立花草环绕的庭前，远眺重峦叠嶂，俯视池鱼悠游，仿佛山间云气乍然腾跃，池水涌动欲起波涛。于诗情画意之中，可以想见这位真诚的爱国志士身处异域，心怀故土。他并未迷恋山水，安于隐居，而是殷切地期望革命风雷再起，重新施展屠龙身手，推翻袁世凯的暴虐统治，使祖国大好河山逐步臻于民主富强。这首诗，对于研究黄兴晚年的政治思想，也有一定价值。

归国后，我曾请教《黄兴年谱》作者毛注青，据他说这首诗以前在国内未曾流传过。为保存纪录着中日友好往事的艺术佳构，仅就回忆所及，写下这篇简短说明。

孙中山致黄芸苏亲笔函

十多年前，经由留美中国学生的介绍，黄芸苏亲属寄赠孙中山致黄亲笔函复印本三件。经仔细阅读，第二函实为第一函之附言，所以只能认定为两件。中华书局新版《孙中山全集》仅收第二（三）函，即 1913 年 11 月 18 日为江亢虎游美所写的介绍信，而未收内容更为重要的第一函。

现将此函全文照录如下：

魂苏兄鉴：

来示敬悉。此次之举，一败涂地，想亦出兄意料之外也。自袁杀宋教仁君之后，弟始决心不助袁，然此次军事，弟亦尚未身与其列也。追其失败之原因，乃吾党分子太杂，权利心太重，互相利用、互相倾轧。推其究竟，若能倒袁，亦不免互有战争。有此一败，为吾党一大淘汰，亦不幸中之幸也。此后混杂分子及卑劣分子，已尽去矣，所存仅少数之纯净分子，一可胜万也。弟今从（重）新再做，合集此纯净之分子，组织纯粹之革命党，以为再举之图，务期达到吾党之纯粹革命目的，即民权、民生主义是也。美洲同志尚有志于此者，有何许人？请兄一一查悉详告。我此后择人不求其多，只求矢志实行之人，能牺牲身（生）命自由权利，而为国家生民造幸福者，乃能入选。兄能先献身作则否？如其有意，弟当寄规约前来，以便施行也。

此覆，即候

大安不一

各同志代问好

弟孙文谨覆　十月廿三日

再前年之革命，武昌一起，各省响应，其成功多不在吾党。弟亦不过因依其间，而吾党之三民主义只达其一，其余两主义未能施行。初以人民程度未及，只得听其渐进，从天然之进化而达之。不期袁氏自私自利，将有恢复帝制之行，以兵力南压，赣省迫而抗之，故有此次之战争。吾党虽全然失败，然有此抵抗之事实，能使袁氏不敢公然称帝，虽败犹胜也，盖战争之目的（抗袁氏之帝制）已达也。故弟对此次之败，甚存乐观也。

此信的英文函封亦为中山亲笔书写："Mr. Y. S. Wong, 881 Bay Street, San Francisco, California U. S. A."

黄芸苏出身于广东台山望族，1908年考入两广游学预备科馆肄业一年，复获选拔公费赴美留学。在加州大学（伯克利）读书期间，曾参加同盟会员李是男等组织的少年学社，并担任美洲《少年周刊》撰述工作。1910年2月，孙中山为革命筹款来到旧金山，将少年学社改组为同盟会旧金山分会，《少年周刊》改组为《少年中国晨报》，为旧金山同盟会的机关报。黄芸苏长期担任该报主笔，鼓吹革命并抨击保皇党各种谬论。1911年春，孙中山再次来美，在《少年中国晨报》社设立中华革命军筹饷局，并委任黄芸苏为同盟会美洲支部长兼筹饷局主要负责人。

1912年初，南京临时政府成立，黄芸苏闻讯归国，任临时大总统特派广东宣慰委员。宋教仁被刺以后，芸苏再次协助中山筹划讨袁战争。上述孙致黄函,即在“二次革命”失败以后。魂苏为中山以前所赠别号，寓意民族之魂复苏，以激励其革命意志。其时孙中山认为党内人心涣散，必须重新改组，另行建立中华革命党。所谓“规约”即系新的党章及誓词，为导致黄兴一派所不赞成并暂时与孙分离之文件。从中山的主观意愿来说，当然是希望一贯忠诚于自己的芸苏参加新党。在此期间，芸苏除继续主持《少年中国晨报》外，又在纽约创办《民气日报》，极力声讨帝制。并曾奉命整理檀香山、墨西哥等地党务，以及筹募巨款购买飞机等。

中山对芸苏学业亦颇关切，南京临时政府结束后，即命黄返美继续攻读，首先毕业于华盛顿大学，复于 1918 年获哥伦比亚硕士学位。芸苏在美多年，但从未放弃国学研究，经常前往国会图书馆与哥伦比亚大学图书馆搜集资料。曾有计划撰写《黄氏家典》与《伍子胥传》，惜因工作太忙，均未能完成。1927 年以后，芸苏历任国民政府财政设计委员会常务委员、驻旧金山总领事、驻墨西哥公使等职。抗战期间曾至重庆任立法委员，从事立法制定工作。1947 年复出任驻多米尼加公使，直到 1950 年退休。

1974 年 5 月 18 日芸苏病逝于旧金山。5 月 24 日《纽约时报》曾以《孙中山之助手逝世》为题发布新闻报道，对他多所肯定。同日《彼得逊新闻》也以同样标题刊登了纪念词。海内外亲友则为之编印《黄芸苏先生纪念集》，其中倪抟九《悼本党元老黄芸苏先生》一文，对其生平叙述较详。唯个别记事不甚确切，如说芸苏在 1907 年创办《少年周报》，而芸苏其时尚未赴美。盖以暮年回忆往事，难免年代颠倒错误。

唐绍仪手书山田良政墓志铭原稿

海外友人曾于十余年前寄赠此稿复印本，由于复印技术精良，墨色鲜明，笔力遒劲，几可乱真，诚佳品也。全文如下：

在昔美利坚独立，而法之拉飞德助之，希腊革命而英之摆伦助之，皆于历史为美谈。中国革命仆专制为共和，由酝酿时代底于成功，凡数十年，其间有日本义士仁人起而为助。盖一国革命应于当时政治之不平，而人民乃生其抵抗。先觉者建自由平等之帜，以次磅礴普遍，而为多数人心所归，鼓吹主义者其功固大。而临时之努力奋斗，不啻予国民以实物之教训者，尤当重视。用是能前仆后继，至建其最初之目的而后已焉。则夫本于道义之同情，犯难相助，虽牺牲其生命而不悔，此其人非寻常声气应求之可比，宜乎历史家以为美谈。墨子曰："视人之家若其家，视人之国若其国。"兼爱大同之旨，今世犹未可望。然而仁人义士之心，则初不囚于狭隘国家主义。故国际公法，一国有内乱，他国不能干涉。然以个人而为他国革命致力者，则政府不负其责，亦所以尊人道正义与个人之自由也。吾国以共和主义起兵革命，实始于惠州之役；而山田良政君死其事，殆外国义士为中国革命牺牲者之第一人。余未尝识君，而得交君弟纯三郎，知其奔走中国事业，革命十余年如一日，盖能竟君未成之志者。去年君弟既以君骨归葬，今秋复为泐碑。余因为文以志景慕之意，俾后人有所观感焉。

中华民国八年九月十三日撰　唐绍仪

山田良政（1868—1900）于1890年来华，任北海道昆布会社（海带公司）上海支店职员。戊戌政变后曾助王照逃往日本。1899年在东京结识孙中山，1900年死难于惠州之役。孙中山称之为“外国义士为中国共和牺牲者之第一人”。

唐绍仪（1861—1938），广东香山人，与孙中山同乡，为中国早期留美幼童之一。1885年回国，历任税务、海关等涉外官员。1907年任奉天巡抚，1910年任邮传部尚书。辛亥武昌起义爆发后，任袁世凯内阁全权代表前往上海参加南北和谈。1912年3月任民国第一任国务总理，不久为维护《临时约法》既定原则辞职离京。以后参加护法运动，1917年任护法军政府财政部长，次年复被推为军政府七总裁之一。1919年充南方军政府总代表，与北京政府代表进行和平谈判，为山田良政写墓志铭即在此期间。唐虽出身于晚清官员，与袁世凯关系亦深，但由于早年在国外受过现代教育，思想比较开明，所以能促成民国诞生，并为维护民主共和进行一系列斗争。冯自由曾给以很高评价：“考先生生平，素以骨鲠风节闻，自清季作吏以迄于今，不慕虚荣，不畏强御，数十年如一日。人有以非礼或不义干之者，辄遭白眼，时人莫不敬之惮之。或有以少川为高傲峭直，不合时宜者，余以为此适足以表示其人格之纯洁及伟大，诚非世俗朝秦暮楚争权夺利之流所可同日语也。”（《革命逸史》第二集“唐少川之生平”）

从铭文可以看出，唐在政治思想上已与以孙中山为代表的民主派保持一致。但把1900年惠州起义作为共和革命之始，则不同于孙中山把1895年广州起义当做“第一次革命”。可能唐绍仪认为广州乙未之役未经发动即已流产，不足以看做是一次正式起义吧？铭文还把外国志士自愿参与他国革命与干涉他国内政区别开来，这正说明唐绍仪不乏国际法知识，作为民国第一届国务总理堪称当之无愧。过去我们对他了解不够，评价难免偏颇，那是有失历史公正的。

宫崎滔天《三十三年之梦》版本问题

我在京都大学所见者为文艺出版社昭和十八年四月版。此书前有孙文明治三十五年八月序及作者自序，后有宫崎龙介为其父所写传略，并附有滔天与孙文笔谈残片以及家信数封。

龙介云：滔天生于明治三年十二月六日，死于大正十一年十二月六日。生地熊本县玉名郡荒屋村。明治二十八年自称曰白浪庵滔天。同胞 11 人中之末子。长兄真乡，明治初年自由民权提倡者，明治十年战殁于西南之役。其他同胞多夭折，只剩二姐二兄。一兄民藏夙有志于土地改革，组织土地复权会，与孙文平均地权主张相同。《三十三年之梦》与《狂人谭》，系惠州起义失败后，穷乏郁愤之作，最初连载于秋山定辅经营的《二六新闻》（明治三十五年一月三十日至六月十四日），明治三十五年全书即已出版。滔天死后，又有明治文化委员会版、福永书店版以及较重要的文艺春秋社版。

小野川秀美教授主编的《宫崎滔天全集》所收《三十三年之梦》，系岛田虔次教授以东京国光书房明治三十五年自行订正补充的第八版为底本，参照吉野作造校刊明治文化研究会本、宫崎龙介校刊文艺春秋社本、宫崎龙介与卫藤沈吉校注平凡社本以及《二六新报》连载原文，最后加以校订，故堪称最佳版本。

龙介、小野川均已过世，岛田、卫藤业已退休，唯滔天孙女蕗苳一家与我尚有往来。岁月倏忽，滔天与孙文结交已有百年，我与滔天家族相识亦近廿年。书此志念。

容星桥逝世纪念册

容星桥与孙中山及辛亥革命关系颇深，但冯自由《革命逸史》第三集“兴中会初期孙总理之友好及同志”一文，只有极为简略的介绍:“容星桥，香山，商人，兴中会。容闳老博士之侄，乙未后数年，任汉口俄国某洋行买办，庚子唐才常、林圭谋在鄂省大举，总理事前曾函介林圭见之，富有票一役颇得其助。是岁七月唐、林等事败殉义，清吏同时派兵捕容，容化装轮船运煤苦力得免。其后任香港文裕堂及大新公司司理。”冯自由民国初年任稽勋局局长，收藏各地陈报稽勋资料甚多，《革命逸史》写作多有取材于此者。容星桥淡泊名利，从不以曾经参与革命自炫，因此反而容易为当时及后世史家所冷落。

我有幸于 1981 年在东京结识他的孙女应萸，此后在美国、新加坡和国内亦曾多次会晤。1995 年上半年我作为“黄林透莲访问学人”在香港中文大学讲学与研究，又碰巧与应萸的母亲成为邻居。从此交往渐多，相知亦深。闲时在其历年所赠家史相关资料中发现这本纪念册的复印本，册末所附子女哀启颇有史料价值，节录如下：

> 府君讳开，字达景，号星桥。为先王父名琰公长子。世居广东中山南屏乡。四岁就外傅，未尝惰学。适从父纯甫公上书湘乡曾文正公，请挑选聪颖儿童赴美游学，以开风气。曾公伟其议，奏闻于朝，报可，遂以委成于纯甫公，

而开吾国出洋留学之新纪元也。府君年九岁，慨然有乘风破浪之志，极为纯甫公器重，乃携赴美国肄业。年十三而先王父殁。讣传海外，痛不欲生，又念家人生计莫谁何，欲归国奉母。教师嘉其孝而怜其志，乃挈府君每夕往西人商店抄写账票，后愈推愈广，至十余商店，所入不菲，悉以奉先王母。而先王母欢慰殊常，逢人称道。无何，合肥李文忠公代曾公柄政，中驻美公使陈某之谗，以为留美儿童血气未定，令回国。而府君年十八，奉命归，补习国文，刻苦奋励。旋受聘为上海圣约翰大学教席。翌年入北洋医学校，历两载。适清廷扩张海军，府君遂投笔从戎，寻管带扬威军舰。中法之役，府君誓死抵抗，屡挫敌锋。战斗已久，而舰将沉没，府君则率士卒运炮登岸，意气益奋，杀敌致果，再接再厉。是役也，大帅失律，闽之海军歼焉。而府君独以功授五品军功，赏戴蓝翎。外祖关元昌公为香港牙医巨擘，而先总理孙公之义父也。府君以此得与孙公晨夕游，兄弟尔汝，遂襄革命大业。乃辞官经商，入太古洋行，以待时机。自以明心见性，必有宗信，乃皈依基督。每星期日至教堂诵经，欢聆圣道，寒暑弗辍。寻兼任汉口顺丰茶行职，前清光绪二十五年孙公派黄君克强等赴汉口起义，而府君实赞其谋，聚集同志，以个人名义担保租屋。未几事泄，黄君克强由瓦面逸去，而府君则在顺丰茶行为清兵所围。同事中多劝府君服药自缢，以保首领。正彷徨间，恍若有默启之者，曰："尔充苦工负茶箱以趋江畔，则可免于难。"府君顿悟。忽见工役至前，乃易其衣帽，负茶而出，则救主有以佑相之也。时店前路口皆清兵扼守，各持府君照片以勘验行人，皆不之觉。及至江岸时，德兴轮船方解缆往沪。买办马公玉亭，则府君之旧交也，别有年矣。遥相见，趋前询所以，急匿之煤舱中，以草席一片，清水一坛，为凄凉伴侣。噫嘻！何持照片者屡验不获，而久别故人一见认识，岂非彼苍呵护，吉人终不死欤！每经一埠，清兵搜检终不得。至黄石港，忽获一人，谓是府君也，即磔首示众，而府君乃免于难。船抵上海，府君则以木板一方，用煤作墨，驰报纯甫公。截发易服，潜往日本，匿居数月，乃返香港，在华民政务司署任事，兼各报馆翻译。既而与世伯陈少白先生等创办《中国日报》，鼓吹革命，全国志士翕然从风。民国成立，孙公就临时大总统职，壹意委重，而府君谦让未遑，以故人从容讽议，就总统府高等顾问，旋任广东副交通司长，兼筹款委员。民国十年，孙公委任联美委员会委员，授以全权得以便宜行事。十一年令任筹饷委员，旋委创设中山训政委员会。辞尊居卑，足以模式群伦，而卒高蹈远引，往暹罗办航业焉。先是暹罗巨商郑公智勇，报效华暹轮船公司股份七万股，府君被派往暹罗接受股款，而郑公亦深佩府君之才，邀之往。遂在香港分设华暹轮船公司，添招商轮十余艘，营业骤盛。值欧洲大战，获利尤丰。越数年，租船期满，府君即先后解约，退还原船。盖逆料欧战告终，船务必敝，急流勇退，识者觇其有以烛几先矣。随后中美轮船公司、中澳轮船公司、中华航业公司，咸礼聘府君，或膺经理，或充顾问。府君必为之尽力擘画，未尝有所逊谢退让诿避也。厥后与二三父老合办敝乡甄贤两等小学校，不复再问世事矣。……

这是对容星桥一生比较全面的陈述，虽较简括而仍可弥补过去辛亥革命史书之不足（《辛亥革命词典》即因资料欠缺而未收容星桥）。纪念册中所收讣闻云：“先考讳开字达景号星桥容府君，痛于中华民国二十二年五月七日辰时寿终沪寓正寝。溯生于前清同治四年四月十八日寅时，享寿六十有九岁。”这是核定容氏生卒年月最可靠的依据。从讣闻还可知道，星桥妻为关月英，有八子：启兆、启文、启泰（早亡）、启祥、启荣、启雄、启恩、启东；三女：希韫、慕韫、筱韫；孙：应骐、应熙、应熊、应骅、应骞、应骢、应驹、应章；孙女：应鸾、应鸣、应廉、应庄。讣闻上没有应萸母女名字，这是因为其父启东为星桥最小的儿子，当时在北平清华大学生物系任助教，尚未结婚之故也。现今星桥后裔已成香港一个很大的家族，与关、孙等具有戚谊、世谊的家族关系相当紧密，应萸曾撰文对此有所论述，颇多史学新义。启东学有所成，曾任香港崇基学院院长，深受师生敬爱，惜已逝世多年。1995 年春夏之交，我与内人曾随应萸参加其母寿宴，本来是一般生日（非逢十大寿），却坐满几十桌，而且大多是容、关、孙姓族人，盖借此机会大团聚也。启东夫人已成年龄最大的健在长辈，虽然已有 80 多岁，但仍耳聪目明，步履矫捷，从容周旋应对于众多亲友之间，诚属大家风范也。

讣闻所述星桥身世平实可信，纪念册所收各界题词亦可佐证其历史地位。如林森：“哲人其萎”，蒋中正：“道范昭垂”，汪兆铭：“志坚行卓”。胡汉民题词更为切实：“民国旧勋，不慕禄爵；在其子孙，举成于学”（集字隶书）。“举成于学”盖赞其家教有方，后裔大多致力于科技、教育也。唐绍仪题象赞：“于维我公，卓荦不群。海军宿将，负姿特英。乡饮乡射，息影怡情。慈祥在抱，为善不矜。同游异国，缔交有年。荔园雅集，欢若平生。曾几何时，遽失老成。失此良友，潸然涕零。”唐自称“同学弟”，因系同乡而当年又同为留美幼童，故题词更为情真意切。

但讣闻所述黄克强参与汉口自立军起义一事则无可查考，因有关黄兴的各种论著及已发现的文献资料均无此记载。而且黄兴是在赴日留学以后才认识孙中山，此前又从未参加过兴中会，怎么会在 1899 年被孙派到汉口举义？由此可见，虽亲属所发讣闻，亦难免误记先人事迹。星桥子女大多是科技人才，亦有继父业经商者，专攻史学者则有待于讣闻发布数十年后之应萸，故此误或系出于星桥老年回忆疏失，讣闻执笔者无暇作精详考订所致。治史之事难矣哉！尚望应萸继续广搜博采，将能写出更为详尽信实的乃祖传记。

山东革命先烈碑传录存

1979 年 10 月 8 日访问斯坦福大学胡佛图书馆时发现此稿，后经该馆复印寄赠。

此稿可能原存莱顿汉学研究院，因盖有两种“Sinologisch Instituut，Leiden”印章。扉页有于右任题写书名，首篇为日照丁惟汾撰《中华民国山东省会葬革命以来诸烈士碑记》，以下为《赠陆军上将黄县徐君碑》《赠陆军上将刘烈士碑》《赠陆军上将薄烈士碑》《薄子明传》。合共五篇，系毛笔楷书，除个别涂改处均极工整。各篇都有史料价值，为许多史书所未载，兹选录一篇如下：

赠陆军上将黄县徐君碑

袁世凯谋为帝，知革命党必挠己，思先屠戮其巨子，以灭党而盗国。二年三月宋教仁遇难于上海，其明年徐镜心就义于京师。镜心字子鉴，山东黄县人也。生有异禀，三岁知书，长而胆器惊人。既冠，以诸生食廪饩，后入山东高等学堂暨日本早稻田大学法科，于刑名、法术、兵略、地志靡不研讨。同盟会兴，为山东主盟。日京取缔留学生，与刘鸿焘等返国，谋兴学造党。烟台、黄县党校蔚起，皆与有力。革命基事，簧鼓主义、渔猎豪英为急，镜心于此行之尤力。既旁求党员布之全省，又以覆满必先撼其根，游关东诱致豪侠数百人，轫奉天《盛京时报》为号召。于是党势日滋于辽东矣。其在山东，尝说山东提学使连甲入党。连甲汉军旗，大惊曰："吾义不负清，然君真不愧为革命党也。"其在吉林，与宋教仁轫木植公司，阴欲布勒豪滑举义，谋泄亡走。后归乡里，轫黄县农会以立党基。未几武汉难作，会党人于大明湖历下亭。语众曰："会必速议速决，会长吾任之，请即决所以迫孙宝琦独立者。"其谋外泄，缙绅素害镜心峻急，闻其为会长，皆阴谋挠败之。镜心曰："无以我害成。"即走上海，与沪督陈其美相策应，更轫共和急进会召致豪强。厉行已，赴大连，与商震、连成基等集兵械。闻烟台已下，移会烟台，锐集徒众欲大举。而烟台司令王传炯仇党，镜心谋夺兵权，于是召会传炯及海防营统领董保泰等，要之改选军政首长。选传炯暂代都督，党人左汝霖为司令。宝泰等阴遽围以兵，炮火俱下，兵士汹汹，欲执镜心。镜心叱之曰："我会长也，若辈敢执会长，军律安在？"众慑其威，未敢逼。因数传炯反复悖共和为叛逆，兵士皆动容，稍稍散去。传炯、宝泰大窘，莫能出一词。会有日本领事为解，得出，率众复走大连。曰："速断烟台西路，进图济南。"元年一月三日，与连成基率二百人破蓬莱，后五日破黄县。传炯怯，嗾清掖县驻军反攻。黄县守军单弱，镜心力主死守待援，援绝城陷，将陷乃出。时胡都督瑛已定烟台，往为参谋都督府，任山东国民党支部理事。镜心以革命建国惟民是务，均田猝未能行，莫如力行垦殖，唱义移民出关垦殖同江，轫山东垦殖协会。又谋滋兴渔业航业，轫漯口河船协会。

镜心怀奇负异，锐欲有为，又勇于为人所不敢撼之（以下复印有缺漏——引者）以祸福利害不少瞬，遂为权奸所忌，下狱以死。先是袁党周自齐为山东都督，欲罗镜心，授济南道，不就；远之使为日本留学监督，又不就。周术穷，益忌之。顷之选参议院议员，入京师，袁氏慰劳，示罗致之意，不屈；欲啖以甘肃都督，不受。及宋教仁遇害，人皆为镜心危。时日人有贺长雄党于袁氏，为著论，盛赞中央集权，务在裁抑国会。镜心痛辟之，略谓："蔑视宪法而权集总统，则改民主为君主可也，废共和为专制可也。"又恫斥非法借款，俱布之《顺天时报》。继召关东侠鲍君，密谋诛袁氏。事泄下狱，诱胁万方，终不屈。逾月杀之，时三年四月十四日也，年四十一。子二，焕章、锦章。追赠陆军上将，自黄县移棺公葬于济南千佛山麓，时民国二十六年也。欲扬鸿烈，乃镌之碑。其词曰：赤留之季，黄有一奇。信义笃烈，翳太史慈。二千余年，再挺英贤。仆满仇袁，刚烈无前。利不能烁，势不能缰。韩椎未举，先陨吾良。一夫陨矣，万夫起矣。群起图之，元凶死矣。身屈志伸，君之贞也。守死善道，君之容也。古之人与，此其型也。后有君子，视此铭也。

其他各传均循此体例，唯《薄子明传》附族人子柱、子穆以及邱文福、张凌云、王福亭、程福瑞等六人小传，故篇幅较大。此稿已有影印本刊行，承印者为台北铭华制版印刷有限公司，但印数似不多，故大陆各主要图书馆罕见收藏。

布斯文件（Boothe Papers）

布斯文件收藏于美国加州斯坦福胡佛研究所（全称为Hoover Institution on War，Revolution and Peace），其史料价值早已为海内外学者所熟知，但由于该所限制甚严，至今尚无人全部加以利用。

布斯（Charles B. Boothe）是一个普通美国商人，他之结识孙中山是由于历史学者比较熟悉的荷马李（Homer Lee，1876—1912）的介绍。荷马李早年有志从军，唯因矮小背驼而无从遂愿，但仍热心钻研军事学说。他从中学时代即关心中国革命，颇愿如拜伦之援助希腊，且称“中国将是我的希腊”。1900 年 6 月首次访问中国，目睹庚子年中国混乱局面及维新派活动。次年返美后即与康、梁建立联系，1903 年曾策划筹建维新军为保皇党效力。1904 年孙中山在美国发表《中国问题之真解决》，特别是1905 年同盟会成立以后革命派的声势渐增，荷马李立即疏离保皇派而趋向中国革命党人。据黄季陆考订，荷马李是在 1904 年与孙中山结交。1909 年荷马李的名著《无知之勇》（*The Valor of Ignorance*）出版，极获孙中山推重，两人关系日趋密切。1910年 3 月，孙中山与布斯在荷马李长堤（Long Beach）寓所举行军事会议，对中国革命推展有所筹划。

正是在长堤会议时，布斯被中山委托为同盟会海外财务代办，负责在美国为中国革命筹款，因此与孙中山书函往还颇为频繁。1965 年布斯的后人劳伦斯（Lanrence Boothe）曾将所藏中山致荷马李及布斯 12 封信复印本赠送给台湾“国史馆”，随即由国民党中央党史会编入校订本《国父全集》。稍后，胡佛研究所亦选择该所收藏的与荷马李有关文件 13 宗 66 件影印本，赠送台湾“国史馆”及党史会，荷马李与布斯文件遂引起台湾学者的极大关注。黄季陆曾据此撰写《国父的军事顾问——荷马李将军》。吴相湘亦曾撰写《国父传记新资料》,载于《传记文学》15 卷第 5 期 ;《孙逸仙、荷马李、容闳——中美传统友谊的奠基人》，载于 1969 年 4 月 20 日《联合报》副刊，对这些文件有详尽说明。吕芳上在前人工作基础上,进一步搜集整理,又撰写《荷马李档案简述》一文，被收入 1975 年出版的《研究中山先生的史料与史学》，对这些文件的介绍更为细致清晰。

但是，由于胡佛研究所的限制甚严，以上诸文作者显然都未曾了解荷马李与布斯文件的全部收藏。我在 1979 年秋天访问该所时，曾按其规定复印五件，但并无任何新的发现。1980 年春，广东省社科院黄彦等为编辑新版《孙中山全集》，嘱我设法收集海外流散的未刊中山函电。我于 5 月 12 日致函胡佛研究所图书馆中文部馆员谭焕廷，请他代为复印。谭先生一贯非常热心而且极为认真，对我帮助甚多，但此次却爱莫能助。6 月 19 日复函说 :“所托代复印孙中山先生函件，该批资料并不在东亚图书馆，而庋藏于胡佛档案部（Hoover Archives）。该部对复印、借阅规定非常严格，虽斯坦福大学教授、学生，胡佛研究所工作人员亦无例外，恕无法供应。”

事情至此似已终结，但一年多以后又出现新的机遇。1982 年 4 月初，我在芝加哥举行的亚洲学会年会上，介绍了苏州商会档案的丰富收藏，引起众多海外学者的关注，特别是对其中清末民初市民公社感到兴趣。经由胡佛研究所研究员张富美女士的热心帮助，该所档案部主任德拉契柯维奇于 1982 年 6 月 4 日给我来信："经与张富美博士讨论，我决定在我们两个机构之间进行资料交换。我们将送给你前信业已说明的布斯文件（Charles B. Boothe Collection）的复印本。作为交换，你要提供我们苏州地区若干市民公社档案的缩微胶卷。"这封信使我喜出望外，因为他上次来信已经寄给我全部布斯文件的清单，总共 107 件，比吴相湘所说的 102 件还多 5 件。而他所要求的苏州市民公社档案，我们已经在《辛亥革命史丛刊》发表，且已多有利用写成相关论文，似乎不应在对外交换上有任何问题。

实际上，德拉契柯维奇在此以前已曾作过相当慎重的考量。早在 1981 年 12 月 14 日，他即曾给美国俄里冈大学历史系周锡瑞教授（Joseph W. Esherick）写过一封信，认为："在拟议中的与章开沅教授的资料交换一事，我们在作出决定以前必须弄清下列问题：（1）市民公社档案的数量？（2）什么是市民公社档案？（3）档案的主题是什么？"周锡瑞是我多年好友，所以他在同一天立即把德氏来函复印给我，并在信中指出："我认为，德拉契柯维奇对此事极为谨慎，但我仍希望你们能够实现交换。据我猜想，他无非是期盼所得档案的史料价值应与那些孙中山信件相等。"可想而知，德氏先后咨询过的美国学者必定不限于周锡瑞一人。

我当然也希望是"等价交换"，所以立即写信征求黄彦意见。黄彦回信根据已知布斯文件收藏情况，对比海内外已经利用和公布的数量，建议："如能达成交换资料的协议，应力争他们提供布斯文件的全部，而且是原文复印件，我们宁愿付出一定的代价。”黄彦是孙中山研究的优秀专家,而且正在编辑新版的《孙中山全集》，他的意见增强了我进行交换的决心。

但是当时还没有颁发《档案法》，如何办理历史档案国际交换缺乏具体的明文规定。尽管胡佛图书馆档案部把我认定为交换对象，但我自知缺乏应有的法律依据。所以立即把德拉契柯维奇的正式函件复印寄给苏州档案馆，并且声明我只作为中介人经办此事，布斯文件全部影印件将来由苏州档案馆保存，并开放供全国各地史学工作者利用，特别是优先满足编辑新版《孙中山全集》的需要。苏州档案馆满口应允，并迅速取得苏州市档案局和江苏省档案局的同意，且由省局转报国家档案局批示。国家档案局审批倒也及时，认为可以以苏州市民公社已公布的档案缩微胶卷交换布斯文件全宗影印本，但提出市民公社文献属于国家档案，不宜由个人出面与外国研究机构交换。接到苏州市档案馆通知后，我立即将胡佛图书馆档案部历次来信及其所赠布斯全档目录复印寄给该馆，希望他们抓紧办理，以便国内孙中山研究者及时利用。

此事前后已逾十余年，至今似仍无进展，苏州市档案馆与胡佛图书馆档案部人事都已几经变动，现时在职的双方主管人员恐怕根本不知此事原委。我办事向来善始善终，但此项交换垂成而败却并非由于我的懈怠。我仍然希望后起的有心人能够实现此事，或用其他方式争取布斯文件全部开放，所以把布斯文件目录附记如下：

胡佛研究所布斯文件详细目录（Inventory）

第一卷　布斯与容闳来往信函

编号	日期	内容
1	1908 年 10 月 9 日	容闳致布斯，2 页
2	1908 年 10 月 21 日	容闳致布斯，3 页
3	1908 年 12 月 5 日	容闳致布斯与荷马李，4 页
4	1909 年 12 月 6 日	容闳致布斯，4 页
5	1908 年 12 月 14 日	容闳致布斯，3 页
6	1908 年 12 月 28 日	布斯致容闳，3 页
7	1909 年 1 月 4 日	容闳致布斯，2 页
8	1909 年 1 月 16 日	容闳致布斯与荷马李，6 页
9	1909 年 1 月 16 日	布斯致容闳，2 页
10	1909 年 1 月 25 日	容闳致布斯，4 页
11	1909 年 2 月 2 日	布斯致容闳，1 页
12	1909 年 2 月 13 日	布斯致容闳，1 页
13	1909 年 2 月 19 日	客闳致布斯，5 页
14	1909 年 2 月 22 日	客闳致布斯，2 页，另附言 1 页
15	1909 年 3 月 6 日	布斯致容闳，2 页，另附言 1 页
16	1909 年 6 月 5 日	容闳致布斯，2 页
17	1909 年 6 月 11 日	布斯致容闳，2 页
18	1909 年 9 月 14 日	容闳致布斯，4 页
19	1909 年 10 月 2 日	布斯致容闳，3 页

续表

编号	日期	内容
20	1909 年 10 月 20 日	容闳致布斯，4 页
21	1909 年 12 月 23 日	布斯致容闳，2 页
22	1910 年 3 月 4 日	容闳致布斯与荷马李，2 页，另附容闳致孙中山，2 页（1910 年 2 月 16 日）
23	1910 年 3 月 16 日	容闳致布斯，2 页
24	1910 年 3 月 28 日	容闳致布斯，1 页，另附“贷款协商计划”，4 页
25	1910 年 5 月 26 日	容闳致布斯，2 页
26	1910 年 11 月 10 日	容闳致布斯及其夫人，2 页

第二卷　布斯与爱伦（W . W . Allen）来往信函

编号	日期	内容
27	1908 年 11 月 18 日	布斯致爱伦，2 页
28	1908 年 11 月 19 日	爱伦致布斯，2 页，另附世纪电码公司致布斯公司传阅函，1 页
29	1908 年 11 月 25 日	爱伦致布斯，2 页
30	1908 年 12 月 7 日	爱伦致布斯，2 页
31	1908 年 12 月 23 日	布斯致爱伦，1 页
32	1908 年 12 月 28 日	布斯致爱伦，2 页
33	1909 年 1 月 2 日	布斯致爱伦，1 页
34	1909 年 1 月 4 日	爱伦致布斯，1 页

续表

编号	日期	内容
35	1909 年 1 月 6 日	爱伦致布斯，1 页
36	1909 年 1 月 11 日	爱伦致布斯，1 页
37	1909 年 1 月 12 日	爱伦致布斯,1 页(附件遗失)
38	1909 年 1 月 21 日	爱伦致布斯，2 页
39	1909 年 1 月 25 日	布斯致爱伦，2 页
40	1909 年 1 月 29 日	爱伦致布斯，3 页（第 1 页贴有剪报长条）
41	1909 年 2 月 1 日	爱伦致布斯，2 页
42	1909 年 2 月 3 日	布斯致爱伦，2 页，另附“官员关系”、“主要改良社团”，2 页
43	1909 年 2 月 3 日	布斯致爱伦，3 页
44	1909 年 2 月 6 日	爱伦致布斯，5 页
45	1909 年 2 月 6 日	爱伦致布斯，1 页
46	1909 年 2 月 10 日	爱伦致布斯,1 页(附件遗失)
47	1909 年 2 月 11 日	爱伦致布斯，1 页
48	1909 年 2 月 12 日	布斯致爱伦，2 页
49	1909 年 2 月 13 日	爱伦致布斯，2 页
50	1909 年 3 月 1 日	爱伦致布斯，1 页（所附剪报遗失）
51	1910 年 3 月 19 日	爱伦致布斯，1 页（所附剪报遗失）

续表

编号	日期	内容
52	1910 年 3 月 14 日	爱伦致布斯，2 页
53	1910 年 3 月 14 日	爱伦致布斯，3 页
54	1910 年 4 月 4 日	爱伦致布斯，2 页
55	1910 年 7 月 12 日	爱伦致布斯，1 页
56	1910 年 7 月 19 日	爱伦致布斯，1 页
57	1910 年 7 月 23 日	爱伦致布斯，2 页

第三卷　孙中山与布斯来往信函

编号	日期	内容
58	1910 年 3 月 14 日	孙中山委任布斯为同盟会海外筹款代理，1 页
59	1910 年 3 月 21 日	孙中山致布斯，2 页
60	1910 年 4 月 5 日	孙中山致布斯，1 页
61	1910 年 5 月 12 日	布斯致孙中山，2 页
62	1910 年 5 月 24 日	孙中山致布斯，1 页
63	1910 年 6 月 22 日	孙中山致布斯，2 页
64	1910 年 6 月 22 日	孙中山致布斯，1 页
65	1910 年 6 月 25 日	布斯致孙中山，1 页
66	1910 年 7 月 15 日	孙中山致布斯，2 页，附言，1 页
67	1910 年 9 月 4 日	孙中山致布斯，3 页，附言，半页
68	1910 年 9 月 26 日	布斯致孙中山，1 页，电报

续表

编号	日期	内容
69	1910年9月26日	布斯致孙中山，2页
70	1910年10月21日	布斯致孙中山，1页
71	1910年11月8日	孙中山致布斯，3页
72	1910年12月16日	孙中山致布斯，3页
73	1911年3月6日	孙中山致布斯，2页
74	1911年4月13日	布斯致孙中山，1页

第四卷　布斯与荷马李来往信函

编号	日期	内容
75	1908年4月7日	荷马李致布斯，1页
76	1908年8月26日	荷马李致布斯，1页
77	1908年9月11日	布斯致荷马李，1页
78	1908年9月21日	荷马李致布斯，2页
79	1908年10月5日	荷马李致布斯，1页
80	1908年11月17日	荷马李致布斯，1页
81	1910年6月21日	荷马李致布斯，1页
82	1910年6月26日	荷马李致布斯，3页
83	1910年9月25日	荷马李致布斯，1页

第五卷　布斯与希尔（Charles B. Hill）来往信函

编号	日期	内容
84	1911年1月12日	布斯致希尔，2页

续表

编号	日期	内容
85	1911 年 4 月 3 日	希尔致布斯，2 页

第六卷 布斯与其他人士来往信函

编号	日期	内容
86	1909 年 6 月 14 日	布斯致康有为，2 页
87	1917 年 6 月 21 日	施奈德（T. Schneider）致布斯，1 页

第七卷 容闳致荷马李函

编号	日期	内容
88	1908 年 12 月 4 日	容闳致荷马李，2 页

第八卷 孙中山致荷马李函

编号	日期	内容
89	1910 年 2 月 24 日	孙中山致荷马李，1 页
90	1910 年 4 月	孙中山致荷马李，2 页
91	1910 年 9 月 5 日	孙中山致荷马李，3 页，附言，1 页

第九卷 荷马李评价中国革命及致爱伦（W. W. Allen）函

编号	日期	内容
92	1909 年夏	荷马李评价，4 页

续表

编号	日期	内容
93	1910年6月13日	荷马李致爱伦，1页

第十卷 零散文献

编号	日期	内容
94	无日期	容闳致四个中国政治团体负责人函，2页
95	无日期	中国有影响人士名表，2页
96	1909年1月21日	中国革命财务计划，2页，私人备忘录，1页
97	1909年1月27日	上述计划1号修正稿，2页，另中国要求，1页
98	1909年2月1日	中国重要人士名表，秘密社团，驻美外国代表，美国驻外代表，政府机构，省份，海港，8页
99	1910年3月12日	有关中国境内革命力量详细计划，资助革命的建议，3页
100	1910年3月14日	支付中国革命筹划经费之备忘录，4页

第十一卷 剪报

编号	日期	内容
101	1909年1月24日	《纽约先驱报》有关唐绍仪与摩根(J. P. Morgan）谈判的文章
102	1909年12月17日	《泰晤士报》文艺副刊文章“太平洋的主宰”

续表

编号	日期	内容
103	无日期	“荷马李将军”
104	11月16日	文章“辛辛那提号巡洋舰离开马六甲赴华”

第十二卷　有关孙中山、容闳及布斯文件之杂件

编号	日期	内容
105	1912年1月28日	文章“美国基督徒，中国大总统”，《泰晤士报》“民主”版全页，影印件
106	1965年8月	文章“容闳在美国”，《太平洋历史评论》第34卷第3期265—287页，复印件
107	1966年10月13日	文章“美国人介入中国革命密谋业已证实”，复印自《洛杉矶时报》，6页

上述12卷档案编号共107件，比当年吴相湘所见多5件。但只要与其他学者所已见布斯与荷马李之档案稍加对照，便可发现这个目录仍非十分完整，至于是有意或系无意遗漏，目前尚难以判断。

不过，胡佛图书馆档案部同意交换是具有相当诚意的，至少期望获得苏州若干市民公社档案缩微胶卷的心情是迫切的。因为目录中确有许多我们至今尚未发现的文献，而且每件都注明年月日、页数、纸张大小、打字抑系手书等。所赠目录多数页尾都盖有该所小印章，以示负责，从而增强其可靠程度。

过去海峡两岸学者对布斯文件的重视，大多集中注意与孙

中山、荷马李直接有关的信函。但从此次所赠目录来看，其第一卷所收布斯与容闳来往信函有 26 件，而且集中于 1908 年 10 月至 1910 年 11 月这两年零一个月。容闳 1900 年曾在上海参与唐才常主持的张园会议，并被推为“中国国会”会长，事败逃亡海外。1902 年再度赴美。其后在政治上一度沉寂。1910 年 2 月孙中山在美国期间曾致函容闳，希望帮助向美国银行借 150 万至 200 万美元作为革命活动经费。容闳表示愿意支持，并立即与布斯、荷马李联络，所以这 26 件布斯与容闳来往信函，应该是很有史料价值。

第二卷布斯与爱伦来往信函 31 件之多。爱伦身世不详，从目录看似为与世纪电码公司有关的商人，他与荷马李、布斯关系密切，且这批信函时间也集中于 1908 年 11 月至 1910 年 7 月，可以想见亦必与为革命筹款事有关，应给以足够重视。其他杂件（包括剪报）均系布斯有意保存，似亦可供研究此段史事者参考。

近几年来，我精力渐减，常感未遂之愿与未竟之事甚多，交换布斯文件即其一焉。

晚晴园史实

1986年10月下旬，应国际亚洲历史学者协会（IAHA）邀请前往新加坡参加其年会，会后在当地著名出版家白振华陪同下考察晚晴园历史遗址，或称之为“橡胶历史文物”。

晚晴园因孙中山而名载史册。《辛亥革命词典》相关词条称：

> 位于新加坡市区大人路12号。原名明珍庐，为广东籍梅姓商人所建。后由华侨张永福买下供其母安度晚年，更今名。1906年孙中山至新加坡建同盟会分会，以此处为会所。孙中山亦曾在此寓居。为纪念孙中山，当地爱国华侨将其命名为孙逸仙别墅。1942年新加坡沦陷，此园为日军占领，楼宇遭到破坏。1951年，新加坡中华总商会接管此园，后于1965年拨款重修，并于1966年2月15日开放供人瞻仰。此园为一幢二层西式楼房。楼下现辟有文物馆，陈列有孙中山亲笔文献副本与历史图片。楼前立有一尊孙中山铜像，像主端坐于高约1.5米的石墩上，栩栩如生。像前立以中文书写的石碑，简述此园历史。园地面积计18000平方米。园内绿草如茵，林木扶疏，芳香四溢。

所述大体可信，但亦不无需要补充说明之处。

参观时，承蒙该园管理人赠予《橡胶历史文物晚晴园》一书，1971年由新加坡热带经济研究社发行，编译者为橡胶历史文物研究小组。此书共十二章：第一章引言、第二章晚晴园的时代背景和地理环境、第三章狮子城里的狮吼声、第四章新加坡像天珠发星光、第五章南洋各地的反应号角声、第六章中国南部的火花光芒四射、第七章孙中山在新马去来、第八章晚晴园的过去、第九章晚晴园的现状、第十章孙中山在晚晴园的生活片断、第十一章橡胶界历史人物和晚晴园的关系、第十二章结论，另有附录、编后话，并附图片 11 幅。

读此书可知，作为晚晴园前身的明珍庐原名 Bin Chin House，位于新加坡市区五公里外的大人律（非大人路，亦不在市内），系当地梅姓殷商为其爱妻所建。以后为另一华商张永福购买以供慈母颐养天年，因此取李商隐“人间爱晚晴”诗意改为今名。1906 年 2 月 16 日，孙中山从西贡来新加坡，张母深明大义，将此园让给孙借宿，这里也就成为同盟会分会的会址。从 1906 年到 1910 年，孙中山曾多次居住此园，联络革命同志，策划武装起义，真是“火花光芒四射”，俨然成为南洋华人的革命策源地。

民国建立以后，晚晴园不再具有革命秘密据点功能，人去楼空，蛛网尘封。张永福也因企业亏损几近破产，便将此园卖给一个印度商人。直到 1938 年，在陈占梅、陈楚楠等老同盟会员的倡议下，若干华商集资将此园买回捐献给中国政府，并由政府拨款修整恢复旧观。1940 年元旦落成开幕，供各地民众瞻仰。但 1942 年 2 月新加坡被日军占领，晚晴园即成为其通讯营驻地，园内陈列的文物、图片全部荡然无存。1946 年南京政府再次拨款修复，作为国民党驻新加坡直属支部办公处。新中国成立以后，英国不再承认国民党政府，所以新加坡殖民地政府于 1951 年下令撤销该支部的豁免注册，并停止其一切活动，晚晴园的房地契据交由新加坡中华总商会保管。

晚晴园又复冷落十余年。1964 年底，为准备纪念孙中山诞辰 100 周年，新加坡中华总商会再次集资整修，将晚晴园作为具有历史意义的图书馆及文物馆，向国内外公众开放，这就是现今我们所看到的晚晴园。

晚晴园的建筑有自己的特色。“全座楼房，成凸字形，突出的楼头，好像水榭型构筑。楼下入门处前面，便是水榭下层空地，安置着高与人齐的蔡公时全身军装铜像，这是 1928 年 5 月 3 日，日军侵占山东济南惨案时受日军残杀的烈士。进门入室，四壁和中间柱楹挂的镜框，全系和孙中山有关史料图片，前后玻璃柜中所陈列者，除中华总商会模型，和日本占领时期死难人民纪念碑模型外，全属死难人民遗物，乃从各处埋骨荒冢所发掘而得的。”楼上为图书室，当年原为孙中山之卧房与办公室，门窗轩敞，光线充足。我独自在走廊漫步眺望，遥想中山当年音容举止，不禁感慨万千。

此书对孙中山在晚晴园的描述颇为生动：“孙中山平时沉默寡言，宁静淡泊，凡事乐观，没有唉声叹气、颓废神情。事无大小，成不露得色，败不表气馁。爱好看书，阅读时，或用手捧，或放在桌面，免污损书的本身。书籍分类收藏，需要查阅时，一检便得。看报先看专电，后要闻、地方新闻，看完后仍旧折叠好，不随手乱丢。爱好购买新书，尤以史、地、政、经、军事、哲学和中国古书为甚。中国地图上的地名，更按索迅捷，了若指掌。但不喜小说，不好音乐图画，平居从没有听他高唱或低唱。很爱下象棋。每早六或七时起身，床褥枕毯蚊帐等卧具，亲自整理，不使唤仆人。他很讲究卫生，内衣日必一换，早餐前必穿好衣服鞋袜。南洋常年如夏，他绝不随俗袒裼，非至深夜，不换睡衣，睡前必洗浴。谈话时，或坐或行，从不躺着身子发言。欢喜坐旋转椅，晚晴园的一张，便是他日常坐的家具。同志们都尊崇他的座位,不敢擅坐这张旋转活动椅的。他吃饭时用筷子,不用刀叉,好吃蔬菜,水果最爱当地产的香蕉和黄梨。食有定时,不吃零食。不抽烟,不赌博,不饮酒。早上看了报后,便披阅各方来信,早餐后便复信给各方。有信必复,写字端正,信虽短,必加封。他很俭朴,常穿补破的袜,喜欢穿白帆布鞋,每天必用白粉刷鞋一次。爱穿布衣,特制新衣时必吩咐缝工,如何折边,怎样加领,如何安袋,详为说明。他对新加坡的洋服店,以李隆昌号的裁剪缝纫,最为满意。每到新加坡必往那里添制新衣,或改补旧衣,李隆昌老板李陵溪,后也加入同盟会。平日和人交谈,多说广府话或华语,非必要时不说英语。口不出恶言。有时烦恼,对仆人陈和幽默地讥讽他一声说'大炮和',但也很少这样说的。”此书编者与晚晴园原主人张永福熟识,所以对孙中山日常生活能够描绘得如此逼真,这是很难得的。

此书并非学术著作,也不是规范的史料结集,但叙事平实可信,亦可补史书之不足。如能与张永福《南洋与创立民国》、陈楚楠《晚晴园与中国革命》等书参照阅读,当能增进对这段史事的理解。

晚晴园主早年追随孙中山革命,毁家纾难,颇著劳绩。但后来脱离抗战阵营,投靠南京汪伪政府任中央监察委员与国民政府委员,诚属晚景不晴、晚节不终。1945 年日本投降后曾被捕入狱,后经若干国民党元老念其昔日功劳,保释蛰居。虽然又复回归新加坡,但与晚晴园已不再发生任何关系了。每个人的历史都是自己写的,我们应该珍爱自己的晚景,因为并非人人都能拥有晚晴。

居正有关土地改革的设想

居正孙女居蜜博士，长期任职于美国国会图书馆，与我相识已十余年。为合作编辑居正文集，她曾复印多种家藏珍贵资料寄赠。最近，我在其中发现一篇居正手书的《民生主义土地改革纲领》，系用毛笔书于“国立四川大学校长室用笺”，行书风格与其早年函件相同而更为成熟。此件为华中师大出版社1989年出版的《居正文集》所未及收入，全文如下：

民生主义土地改革纲领

中国为一农业国家，业农为生之人民占全国人口百分之八十以上。若对此广大众多之农民生计不为设法改善，国家建设必无法推进。中国又为一产业落后国家，当兹国际经济急剧变化，而国内则民生艰困亟待发展生产之际，若对人力资源之运用不为适当之转变，国家建设亦必无法进行。基于以上之认识而进谋改革，一为以暴力进行斗争、毁灭一切；一则以和平方式实施社会改造。本纲领之精神及所揭櫫之原则办法，即遵奉国父遗教以和平方式实施不流血之社会革命。兹分列纲领及办法如下：

甲、总纲

一、确立不耕作者不得据有土地、不得享受土地收益之原则。

二、确认土地改革之目的，在于废止地主阶级之剥削坐食关系，以促进国家之进步，而不在于毁灭此一阶级之个人。故在实施改革过程中对于地主阶级之生活，应予以适当处置,以求推行之顺利。因中国为一经济文化落后国家，地主阶级在中国现势下为较有教养之社会中坚，亦文化技术智慧积累之所寄托。若不能善为诱导，使各得其所，各尽其能，以为国家建设之助，即能以暴力加以毁灭，亦适为国家建设进步之一重大损失。

三、今日中国之必须施行土地改革，非仅为公道与分配问题，亦为中国能否工业化、现代化之关键，因现行土地制度有如下之数点 :（1）社会财富多以土地为投资对象，使大量资金无形冻结。（2）地主不劳，坐食不事生产，消糜有用人力。（3）现行小农制之土地经营，不能使农业工业化、集体化。

今日举国人民之希望，在于国民生活水准之提高与福利之增进。此种希望必待国家工业化、现代化之后乃可实现，而欲求中国之工业化、现代化，目前施行土地改革实为必经之途径。

乙、实施纲领

一、确定地主之土地纯收益

1. 佃农照原有租额，并扣百分之廿五，以作二五减租。

2. 政府照规定扣交应征田赋。

除以上数额后之余额为地主土地纯收益。

二、实行地主土地收益之代管

1. 佃农除□口扣百分之廿五外，应将余额交由政府代管，不得径交地主。

2. 政府对地主土地纯收益之处理，应分十二月平均发给粮食支付券。

3. 地主持有上项粮食支付券，得按期照额向政府仓库兑取实物。若逾期两月未兑，予以没收。

4. 政府亦得指定原佃农代为保管，并凭券支付上项粮谷，但须符合券面期限及数额。

5. 地主得以未到期之粮食支付券向地方银行或国家指定之银行办理抵借或预售，以适应其生活及经营上之需要。

三、为实施地主土地收益代管制，应即为以下之措施

1. 现存租佃关系不得改变。

2. 停止转移除政府、地方自治团体、以劳力组合之合作农场及原有佃农之外，私人不得再取得土地私有权。

3. 土地购买应基于各地之习惯议价，以保障地主之权益。

4. 佃农对地主现有债务暂停支付，由政府登记清理，俟佃农取得土地后，再会同佃农清债。

四、除自耕农外，政府应于五年之内完成不耕作者不得据有土地、不得享受土地收益之具体实施。其办法如下：

1. 由政府贷款，辅助佃农购买土地。

2. 改善乡镇积谷制度，购置土地以为地方公产。

3. 由国家以公债或现金购置之土地，实行战士授田，或租佃贫农耕种。

4. 扶助以劳力组合之合作农场购置土地。

以上各项得酌量各地情形提前完成。

这一改革纲领很有可能起草于 1949 年 4 月初。当时国民党

军队已全线崩溃，蒋介石被迫于 1 月 21 日宣布离职，由李宗仁任代总统，国共和谈正在进行。居正对和谈颇为关心，曾参加国民党中央的和平指导委员会，以及为回应毛泽东提出的和谈八项原则而举行的多次和谈研究会，并曾前往机场欢迎从北京归来的上海和平代表颜惠庆等。2 月 27 日，李宗仁在总统府欢宴上海和平代表，居正亦曾参加。3 月 24 日，他又主持国民党最高层会议，讨论时局与和谈问题，强调军事、政治、党务各方面的革新，加强内部团结，实现国内和平。

居正是为了挽救国民党而热心和谈，他主张的改革是为了抵制共产党的革命。4 月 1 日，南京政府派张治中、邵力子等前往北京正式与中共代表谈判。居正则奉命代表李宗仁前往四川主持戴季陶葬礼，他曾公开说："现政府不好是事实，希望来个更好的政府，但如果让共产党来改革，也实在太危险。我们要自己来改革。"（《中央日报》，1949 年 4 月 5 日）我认为上述土地改革纲领,正是体现了他"要自己来改革"的主观愿望。当然，既然作为拟议中的土地纲领，居正决不会关起门来独自苦思冥想，必定要邀约若干志同道合者共同商讨。由于此稿用的是四川大学校长室用笺，可以推想至少有黄季陆参加讨论。黄季陆也是追随孙中山甚久的国民党元老，平素颇为尊敬居正，当时任四川大学校长。他们都不属于蒋介石的嫡系和亲信，堪称国内比较温和而又无实力的非主流派，因而有可能与李宗仁暂时结盟，谋求通过"改革"以挽救摇摇欲坠的国民党统治。

这份纲领原稿并未注明起草时间。居正在 1949 年 10 月曾再次前往重庆，出席国民党非常委员会会议，而且滞留时间较之前次入川更久，未尝没有可能在此期间起草上述土地纲领。但我认为此时国民党大势已去，李宗仁于 11 月 13 日离渝前往南宁，旋即飞港并表示要出国治病。蒋介石不久就来到重庆，请居正、朱家骅等前往香港敦劝李宗仁返渝。居正等于 11 月 20 日到达香港，并多次前往与李长谈，但始终未能达到目的。居正一行于 11 月 25 日回到重庆，随即于 11 月 28 日离渝经南宁飞台北，其时距解放军进驻重庆只有两天。我认为，在这样树倒猢狲散的混乱情况下，居正没有可能从容起草什么土地改革纲领，而且这样做也太无实际意义。

这份土改纲领反映了当年国民党在大陆统治最终结束时的凄惶心境，也反映其内部各派系之间的钩心斗角。但是，它也还具有一定史料价值，因为它说明国民党内少数人已经认识到土地改革对于赢得农民支持与推进工业化的必要性与紧迫性。当然这一和平土改纲领在大陆根本行不通，因为国民党本身就是地主资产阶级的政党，即令它能够继续维持在大陆的统治，也难以断然变革固有的农村生产关系。只是溃逃到台湾并初步站稳脚跟以后，国民党政府才旧话重提，并且在台湾省政府主席陈诚主持下正式推行土地改革。其具体做法是：第一步实行“三七五减租”；第二步实行“公地放领”；第三步实行“耕者有其田”，政府征收地主超过保留定额的土地，并以实物土地债券补偿其地价。由于国民党当时在台湾已经建立强势的权威统治，而从大陆去台的官员一般与当地豪强地主没有历史渊源与密切关系，所以在 1953 年比较顺利地完成了土地改革。可以看得出来，这种土改与居正在四年以前起草的“纲领”基本思路是一致的。从这个意义来说，居正在大陆放的马后炮，反而成为台湾土改的某种先兆。

平心而论，台湾土改对于其政局稳定与经济起飞确曾起过促进作用。1993 年我在台北教书半年，当地许多人谈起陈诚政绩，常常称道的两件事就是土改与修石门水库（台北缺水）。大陆的常败将军到台湾后竟成为较有亲和力的地方长官，这大概连居正都是始料未及的吧！

李宗仁致居正函

觉生先生勋右：

病中承令爱惠临，并携来手教，欣慰无似。自弟出国疗治胃疾，不意转瞬间西南半壁竟遭赤匪席卷。举世震骇，群情悲愤。今国军孤悬台、琼，既无饷械，复乏外援。闻美国政府对我总裁成见极深，曾一再声明不以军事援助台湾，近更公开嘲骂。在此情形下，吾党负责同志应警惕国家之危亡，不再感情用事，权衡利害，改弦更张，以挽回既失之民心，俾友邦对我增加信心，乐于相助。倘仍固步自封，一意孤行，逆料美国民主党主政期间，有效援助决无希望，则反攻大陆扫荡赤氛更为空谈。即希冀固守台、琼，势亦难持久。言念及此，不寒而栗。凡有血气爱党忧国之士，谅亦有同感。日前接监察院咨电，对弟似有误会，颇为婉（惋）惜。察其言外之音，别有作用，醉翁之意，路人可知。本党廿余年来政治暗潮中，此种现象屡见不鲜，固不足怪。际兹国脉如缕，民不聊生，且政情复杂，积弊已深。虽思革新，与民更始，无奈障碍横生，阻力重重。名为元首，实等傀儡，尸位素餐，如坐针毡，有何留恋权位之足云？每感蝼蚁无能，难胜重任，早拟引退以谢国人。无如再四思维，弟若下野，依法由行政院长代行职权，为时仅限三月。今既无法召开国大选举总统，则代理如逾三月法定期间，即为违宪。或曰可敦请蒋公复职，殊不知弟所代者为总统职权，而非代理蒋公本人，国家名器何能私相授受？譬如宣统逊位后贸然复辟，国人群起声讨之。专制帝王尚不能视国家为私产，蒋公首倡制宪，安可自负毁宪之责？弟何忍为个人安逸计，而陷本党于创法始而毁法终？少数同志倡斯说者，不仅毫无宪法常识，抑且故意歪曲理论以乱视听，实属荒谬，贻害至深。国事败坏至此，诚非偶然也。先生明达，未卜以为然否？弟创口虽已平复，惟元气大伤，尚须休养一个时期。现正与美国朝野接洽反共复国计划，盖美国虽对我现状措施表示不满，然在其反苏政策下并未放弃中国。事在人为，宜群策群力以图之，国家前途尚大有可为也。纸短情长，笔难尽意。敬祈不贻在远，时赐教言，以匡不逮。

专此顺叩

勋安

李宗仁启　二、六日

此件系由居蜜自其家藏文献中找出提供，并附有纸片注明：“应为 1950 年 2 月 6 日，1950 年 3 月 1 日蒋中正在台复职，1950 年 3 月 2 日李宗仁访 Truman。”

李宗仁任代总统后，对国民党大佬级的居正颇为倚重，曾派他作为代表之一于 1949 年 4 月 12 日、17 日两次前往溪口，向蒋介石征询对时局的意见。国共和谈破裂以后，李宗仁又派居正、阎锡山携其亲笔信前往溪口，希望能取得蒋介石的切实支持，共同因应“危局”。此后居正不断斡旋于李、蒋之间，期望他们全力合作，但终难如愿。据李宗仁自己回忆，他认为居正“为人正派，敢作敢为”，对蒋介石一贯不卑不亢，是比较理想的应变阁揆人选，所以早在4月初就想请居出任行政院长。国民党迁往广州后，李宗仁于5月30日召开国民党中政会和中常会，经讨论后正式决定以居正继何应钦（已辞职）出任行政院长。但由于蒋介石的幕后操纵，居正在立法院选举时仅以一票之差未过半数，“李居配”遂成泡影。但也正因为如此，两人更加投合，从此信亦可看出李对居的信任。

这是李宗仁寄自美国的一封亲笔信，对蒋介石大权独揽、阴险狡诈刻画得淋漓尽致。但也反映出李宗仁对权势的追逐相当投入，虽然远在海外，仍然极力谋求美国朝野两方面的支持，企图阻挠蒋介石正式复职。信中“或日可敦请蒋公复职”，至“弟何忍为个人安逸计，而陷本党于创法始而毁法终？”这一段文字惟妙惟肖地反映出李、蒋暗中较劲用尽心机。

附：

李宗仁电报两件

一

台北总统府邱秘书长：密。迩来健生、鹤龄、煦苍、旭初、任夫诸兄，对仁行止屡电申述。仁以病尚未痊，医嘱不能长途旅行。个人地位无所留恋，惟必须采取合理合法途径，方免违宪之咎。国事至此，安可再生枝节，自暴弱点，以快敌人。仁已于巧日托孔庸之兄将此意转达台方，希兄与各方接洽，从速寻求于宪法说得过去之方法，仁自可采纳。若图利用宣传肆意攻击，则仁当依据宪法公告中外，于国家于私谊将两蒙其害。宗仁智。

来电编号 52，发电人宗仁。电尾日韵帑。译电时间为 1950 年 2 月 21 日 19 时 5 分，记录稿纸用总统府机要室来电纸。

此电系给白崇禧、黄旭初等人。孔庸之即孔祥熙，“台方”乃蒋介石。称“台方”而不称总统，意在阻挠蒋之复职。李宗仁借治病去美实乃以退为进，一方面亲自联络美国朝野以作外援，一方面通过在台桂系人物和其他友好人员打宪法牌，借口无法召开国大而认定蒋之复职为非法。

民国以来，各派新老军阀除惯于玩枪弄炮、争城夺地以外，也都会舞文弄墨打电报战，利用现代传媒制造有利于自己的舆论。蒋介石擅于此道，李宗仁亦非弱者。所谓“若图利用宣传肆意攻击，则仁当依据宪法公告中外，于国家于私谊将两蒙其害”云云，字斟句酌，老谋深算，情理法悉寓意其中，不愧政坛老手。但由于最后还得决胜负于疆场，军事实力毕竟是决定因素，徒托空言终究无济于事。

二

台北总统府昌渭兄转觉生、右任、百川、敬之、岳军、理卿、亮畴、辞修、骝先、铁城、墨三、至柔、承清、兰友、彦棻诸兄：密。仁昨到华府。事前顾大使已奉台方令通知国务院，仁以副总统名义代表蒋先生往聘。但杜总统向记者宣称，仍以代总统地位对仁招待。午宴席间与杜总统及国务卿、国防部长畅谈甚欢，举杯互祝，三人均称仁为李大总统。餐后，杜单独与仁谈话，不令顾参加，内容未便于函电中奉告。特闻。宗仁江。

此电记录用总统府机要室来电纸。来电编号 89，发电地点纽约，发电人宗仁。电尾日韵江，译电时间为 1950 年 3 月 5 日 19 时 10 分，并盖有总统府机要室第二科印章。

昌渭为总统府秘书长丘昌渭，所转收电人姓名依次为居正、于右任、阎锡山、何应钦、张群、理卿（待查）、王宠惠、陈诚、朱家骅、吴铁城、顾祝同、周至柔、桂永清、洪兰友、郑彦棻，包括了党政军各界头面人物，当然是经由李宗仁深思熟虑而后确定的。顾大使即顾祝同，由于贯彻蒋介石旨意而为李宗仁所不满。

李宗仁见杜鲁门（Truman）是在蒋介石正式复职以后，他仍以“台方”或“先生”称蒋而回避总统一词，其用意正如致居正函所云，即不承认蒋之复职为合法。李借养病为名滞留美国，联络朝野，目的仍在于阻止蒋介石重新掌握最高统治权。但李宗仁似乎过于乐观，或是故意夸大其词，仿佛美国政府果真支持他而反对蒋。殊不知杜鲁门亦富有政治经验，虽对蒋不满，但决不会贸然公开表明依违向背。他可以利用李、蒋之间矛盾，甚至可以把李当做必要时取代蒋的一枚备用棋子，但除非时机成熟他决不会亮出自己的底牌。权与力总是相联结的，单纯靠纵横捭阖的政治手腕毕竟难以成就大业。

日本镌刻《海国图志》相关版本

1979年秋在京都大学人文科学研究所，见到日本两种《海国图志》相关刊本。

一曰《海国图志训释》，上下两册。封面有“清林则徐原译，清魏源重辑”字样。此书最前有“刻《海国图志》序”，内称：

> 清魏默深《海国图志》六十卷，纂述赅博，择取而用之，其于海卫边备，必有裨益者矣。独憾其舶载不过十数部，故海内稀睹其书焉。近日江户人校刻《筹海篇》及《西洋诸国志》数卷，乃谓其未刻者将逐次梓行也，尔后寂然不闻有继焉者。今春，长崎静远服部翁来，出其所畜全部，借余纵观；且示其所抄出翻译者，系《炮台》《火器》《铳药》等诸篇。余欣然怂恿曰：“善。请速传剞□以继京人所刻，而后陆续加译及全部，使海内尽得观之，庶乎其为我边备之一助矣。”
>
> 大凡边备之物，未试之实用，漫然作为，徒耗资财，而未必适缓急之用，是治世之通弊。器械之末犹且然，况大于此者乎。际我处极治之世，阅彼战间实效之书，其益于我，为何如也。然各国殊世，俗尚异宜，有彼此可通用者，有彼便而我不利者，要在明识采择焉耳。故读此者，不细心体察，而视为寻常夸大之书，固不可。开卷惊喜，诧曰言可用矣，亦不可也。安政二年乙卯六月赖醇撰。

此书前有凡例八条。继为《海国图志》篇目：

卷之上	
西洋低后曲折炮台图	原本卷五十六
西洋圆形炮台图说	同上
润土炮台图说	同上
炮台旁说重险说	同上
请仿西洋制造火药疏	卷五十七
西洋制火药法	同上
西洋制药用药法卷之下	同上
攻船水雷图说	原本卷五十八

一曰《海国图志·夷情备采》。封面有“清魏源重辑，日本大木规祯重译，蕉阴书屋藏版，嘉永仲秋新镌”等字样。叙云：

海防之道，莫要于知夷情也，知夷情则强弱之势审，而胜败之机决矣。不知夷情，则事事乖错，变每出意测之外矣。故知夷情与不知夷情，利害之相悬，奚啻天渊哉！夷情备采者，系清人魏默深《海国图志》中所辑，分为上下两卷，曰澳门月报，曰华事夷言，曰贸易通志，曰译出夷律。其叙海外各国之夷情，未有如此书之详细者也，因译以刊行。任边疆之责者，熟读之得其情，则战以挫其锐，款以制其命。国势一张，折冲万里，虽有桀骜之资，彼恶能逞其伎俩哉？虽然，独知彼而不知己，犹无舟楫而航海，不覆没者几希。必也知彼知己，然后海防之道立矣。但知彼难，知己易。易者人善辨之，难者当尽心耳。嘉永甲寅初冬上浣西磐学人桢识。

《海国图志》当时在日本思想界颇受重视而在中国却未能引起足够的注意。日本维新思想先驱者之一盐谷宕阴早已为此叹息："呜呼！忠智之士，忧国著书，未为其君所用，反落他邦。吾不独为默深悲矣，亦为清帝悲之。"半个多世纪以后，梁启超经过戊戌维新的失败与庚子事变的反动，再次发出类似的叹息："魏氏又好言经世之术，为《海国图志》，奖励国民对外观念。……日本之平象山、吉田松阴、西乡隆盛辈，皆为此书所刺激，间接以演尊攘维新之活剧。不龟手之药一也，或以霸，或不免于洴澼绕，岂不然哉？"（《论中国学术思想变迁之大势》）

梁启超在自己的著作中，不止一次提到不龟手之药的寓言故事，因为它确实对中国人富有教育意义。《庄子·逍遥游》云："宋人有善为不龟手之药者，世世以洴澼绕为事。客闻之，请买其方百金。聚族而谋曰：'我世世为洴澼绕，不过数金，今一朝而鬻技百金，请予之。'客得之，以说吴王；越有难，吴王使之。将冬，与越人水战，大败越人，裂地而封之。能不龟手一也，或以封，或不免于洴澼绕，则所用之异也。"不龟手之药大约类似现今防止冻裂的护肤药膏，宋国人已掌握制造此药的技术，却只能用以在冬季漂丝或纱时护手。而某客将此方引进吴国以后，则能建功立业、裂地而封。《海国图志》的命运与不龟手之药相类似，在其故土并未受到重视，甚至长期遭遇冷落，但流传到日本以后却成为明治维新的思想先导，产生较为明显的社会效应。中国人一直要等到受益于《海国图志》的日本打败了自己，这才真正懂得此书的宝贵价值，但为时已经太晚。我们当然不能过分夸大《海国图志》的作用，但它毕竟是一部划时代的名著，书中所蕴涵的若干近代意识命题，至今仍然闪烁着智慧的光辉。

在魏源那个时代，先驱者难免寂寞。“月前孤唳为谁哀，无复双栖影绿苔。岂是孤山林居士，只应花下一雏来。”《悼鹤》正所以自悼,魏源的痛苦心情可想而知。面对这两种日本镌刻的《海国图志》节录本，百年沧桑之感陡然袭来，不禁为之感慨万千。

旅美三邑会馆简史

此书由旅美三邑总会馆主席郭迪凡倡议，该馆历史编辑委员会集体编纂，于 1975 年 12 月付梓。全书中文 304 页，后附英文目录及历史简介 20 页，合共 324 页。我于 1979 年 10 月在斯坦佛大学胡佛研究所发现并复印，深感内容丰富、图文并茂，为研究海外华侨社区的极佳史料。

书名英译为 *A History of the Sam Yup Benevolent Association in the United States，1850—1974*。Benevolent Association 意为慈善协会，大体上能反映出会馆的功能，主要包括联络乡谊，互助合作，谋求并维护公益等方面。正如该书编者所言："邑侨之初抵美境，人地生疏，语言隔阂，举目无亲，所仰以照拂者，唯同乡是赖，于是乎有地域性之会馆组织。盖州里比邻，梓桑情切，相逢海外，自当守望相助，疾病相扶持也。"

全书包括三邑舆地简述、会馆简史、会馆组织与馆务、邑侨人口与职业之分布及变迁、传略、艺文、杂录等七个部分，资料搜罗颇为详尽。

三邑指南海、番禺、顺德，其舆地简述部分共 54 页，在全书所占比重极大。除文字陈述外，还有三邑之总图与各邑舆图，以及南海儒林古庙（正觉寺）、佛山祖庙、民居建筑、顺德农村育蚕、农民收割满载归家等珍贵照片。其用意在于不忘故土，增进乡情、乡谊，与现今所谓寻根同义。所附三邑乡村名表也非常详细，便于邑侨检索与相互联络。

会馆简史分三个时期：(1) 创立时期（1850—1860）；(2) 地震前时期（1861—1906）；(3) 地震后时期（1907—1970）。附照片五帧：1900年左右所摄地震前之旅美三邑总会馆、1937年左右所摄之三邑总会馆、1953年扩建后之三邑总会馆、总会馆于1908年9月25日在加州政务厅立案时所发证书、光绪二十七年七月三十日总会馆所发神庙工程捐款收据。简史文字洗练，叙事清楚。如云：

> 会馆创设初期，馆址设于企李街、夹跑华街（Clay and Powell Streets）高处。馆址敞阔，能容纳邑侨多人为食宿之所。后以房屋不敷应用，再在唐人街（Sacramento Street）添置一楼宇，及在商业街（Commercial Street）设一办事处。馆中职员设司事（即主席）及通事（即书记）各一，庶务员（即干事）及值理（即董事）若干名。职员任期一年，得连选连任，视情势而定，多由三邑邑侨轮值公举。司事为馆中最高行政人员，对外则代表会馆，应付各方交涉，对内则调处邑侨间纠纷及主持馆务。通事则以通晓英文者充任，主理与外人交涉事宜。庶务则主理照料新客及领导彼辈前往矿区。值理均属埠上邑商，轮值司理馆中财政及协助一切馆务。

又记地震灾情：

> 丙午震灾，发生于公历一九〇六年四月十八日凌晨五时十三分钟。时居民宿睡未醒，仍在梦中，适被震力撼动，始仓皇下床，相顾失色。幸火势未起，尚能收拾细软，扶老携幼，相率逃难。午后火起，入夜势成燎原。火值风力，延烧更速，难以扑灭。而抢救军警，复以火药爆炸楼宇，意欲截断火路，以免蔓延。岂料适得其反，助长火威，于是燃烧三四昼夜，整

个华埠尽成焦土。诚旧金山百年来未有之奇灾，空前之浩劫也。

会馆组织与馆务部分，分别缕述各埠三邑会馆，并附有旅美三邑总会馆及各分馆分布表。表列分馆有天使营（Angels Camp）、北架斐（Bakersfield）、科岑（Folsom）、轩佛（Harford）、马些（Merced）、砵崙卷（Portland）、沙加缅度（Sacramento）、山罗些（San Jose）、士板士步（Sebastopol）、士得顿（Stokton）、除砵崙属俄里冈州外，其余均属加利福尼亚州。附有轩福邑侨戊戌年（1908）在三邑公所欢庆农历新年盛况及公所内貌等照片，均清晰完整。公所大厅高悬“团结”匾额，尤能给人以深切感染。其后则逐一介绍南海福荫堂（Nam Hoy Fook Yum Benevolent Society）、番禺昌后堂（Pon Yup Chong How Benevolent Association）、顺德学安堂（Hung On Tong Society）、南海九江慈善公会（Nam Hoy Kow Kong Benevolent Association）、罗省南海九江慈善公会（Kow Kong Benevolent Association of Los Angeles）、西樵同乡会（United Sai Chew Society）、南海狮山同乡会（Namhoy Szeshan Association）、美东纽约南海顺德同乡会（Nam Hoy Shun Tuck Association，Inc.，N. Y.）、美东禺山信局（Yee San Benevolent Society，N. Y.）等慈善公益团体有关情况，并附三藩市各善堂及同乡会地址与相关照片。然后根据 1956 年修订之旅美三邑总会馆章程，说明总会馆的组织机构和行政人员的职责分工。所附三邑总会馆历届职员表，自 1852（1850、1851 年缺）至 1974 年，前后凡 120 年，包括历届司事（主席）、通事（书记）、南海值理、番禺值理、顺德值理姓名、历届职员合照、番禺昌后堂早期职员表，均为难得一见的原始资料。就馆务活动而言，该书亦列有福利事业专栏，概述保护邑侨、调解纠纷、资送邑侨、检运先友（已故邑侨骸骨）、振兴教育、赞助社会慈善事业（包括对祖国赈灾、抗战的捐献）诸方面，可以帮助我们了解三邑总会馆的具体运作情形。

美国三邑人口之分布与变迁部分，首先是概述，估计 1851 年至 1861 年加州三邑邑侨人数已有数千；1862 年至 1874 年数达逾万，约占美国西部华人人口总数五分之一；迄至 19 世纪末，三邑邑侨稳定于此数，但由于外地华人来美者激增，在美西华人总数所占比例降至 7%左右。三邑邑侨以南海籍为最多，约等于其他两邑人数之总和，且有八成以上居住旧金山湾区。其次是美国三邑邑侨行业主变迁，指出三邑为华南经济重心，海外贸易发达，故三邑侨商从一开始即在华侨社会中起领导作用，至 19 世纪末始被四邑（新会、新宁、恩平、开平）邑侨所逐渐取代。但大部分旅美华人则来自农村，多以劳力为生。其后所附美国西部方言集团人口表、1931 与 1932 两年三邑总会馆注册人数、1932 年注册三邑人士之职业统计，均有助于华侨社区内部结构之研究。

传略部分比重极大，共 90 余页，收 88 人小传，所附邑侨先贤传略表亦收 41 人（部分重复）。南海县早期旅美邑侨芳名收近 200 人，除大多注明乡属外，附注一栏间有职业及隶属团体说明，亦便于作人口结构分析研究。番禺、顺德两县早期旅美邑侨芳名收 3000 多人，惜无具体背景材料。早期三藩市邑侨商号（1900—1906），南海有 93 家，番禺 11 家，顺德 40 家。早期各埠邑侨商号亦表列百余家。上述 88 人小传撰写态度相当严谨，文后附有资料来源，如据口述亦必注明采访对象姓名及其与传主关系。

艺文部分包括文选、诗选、联选、邑侨遗著选录、邑侨艺术作品图片等，收罗颇为丰富。文选首篇《覆加省省长壁勒欲禁唐人之谕》，为南海黎春泉于 1855 年代旧金山中国客商会馆所撰。经长老会史比亚牧师（Rev. William Speer）译成英文，分送加州省会各界美人名流，题为 Remarks of the Chinese Merchants of San Francisco upon Govemor Bigler’s Message and Common Objection。此文对加州州长壁勒之排华谰言逐条驳斥，据理力争，义正词严，为最早抗议排华逆流的珍贵文献之一。第一、二两届《检运先友节略》，记 1858 年至 1876 年间番禺昌后堂检运已故邑侨骸骨回归故土经过。第一次（1863）“检运灵柩二百五十八副，另招魂湮没者五十九名”，共支费二万五百元。第二次（1876）“检运灵柩八百五十八具，另招魂箱二十四个”，共支费四万余元。由于邑侨葬地极为分散，且年久多已湮没，检运十分困难。但经办者不畏难险，极为认真细致，反映出当时旅美华侨情系故土，叶落归根思想极浓。又收番禺周棠于 1946 年 6 月 1 日所撰《回国见闻实录》，记当时上海、南京、广州通货膨胀、社会动荡情况颇为翔实，所记各种物价尤有参考价值。诗选、联选亦不乏佳作，如南海冯幼水《旅邸书怀》：“生平壮志屡销磨，落拓愁眉岁序过。枕畔凄凉闻铁马，国中撩乱吊铜驼。家乡万里音书少，旅邸频年感慨多。借问羊垣旧相识，珠江风月近如何？”（《金门吟社诗集》，1924 年）顺德伍庄《留别金门诸友》：“耻作奴才懒作官，七年于外负忠肝。伤心国土惊将尽，带血文章呕未干。岂谓陶潜憎斗米，只因屈子护香兰。金门尚有重来日，不老廉颇更据鞍。”（《美国游记》，1936 年）联选佳作有如：“三邑举贤能，排难解纷来此地；金门联友谊，和衷共济勉同人。”“福曜三藩，欣此日桑梓联情，作育人才南海盛；荫垂万户，冀他年菁莪毓秀，振兴华胄亚洲雄。”另有南海戴鸿惠撰《劝归联》多则亦颇具深情：“奚止十万众出洋，纵使富或有人，到底终天抱恨；至多五六成返里，与其魂羁异域，无如早日回头。”（旧金山《华西申报》，1983 年 10 月 13 日）这些诗文均有助于了解当时旅美华侨、华人之思想、心态与情怀。

杂录部分有编后语及参考资料要目。编后语简介编辑经过，并为多方提供资料者题名。参考资料要目有方志 15 种、族谱 11 种、游记 8 种、特刊 9 种、征信录 5 种、侨报 14 种、杂志 5 种、专著 6 种，实际上正文和注释中引用之资料为数更多，足见搜罗之富与用力之勤。此书总编辑为区宠赐，副编辑麦礼谦、胡垣坤，保存历史文献，彰显先贤事迹，功不可没焉。

近十年来，国内研究华侨史者渐多，但注意搜集利用海外华侨、华人会馆资料者似乎较少，这不能不认为是一缺憾。因为会馆资料为海外华侨、华人社区历史实录，堪称第一手资料，可供多层面研究之需。许多华侨史论著之流于一般化，甚至人云亦云、以讹传讹，正是由于缺乏坚实的资料基础。即如“华侨为革命之母”一语，如从长时段与总体而言自然可以成立，但并不一定适用于某一时期某一地区之华侨。以旅美三邑华侨为例，武昌起义以前对于孙中山的革命活动并不热心，所以孙在致公堂大佬黄三德陪同下赴美国各地大力宣传联络，并未取得明显效果。其原因之一可能就是由于三邑总会馆在北美华侨中长期具有较大影响，而南海籍又在三邑侨民中占据绝对优势。康有为籍录南海，孙中山不属三邑，乡谊情结有利于康而不利于孙。加以三邑总会馆早期之历届司事（主席），大多聘请国内有功名者来美担任，如番禺梁庆榆 1879 年中举，1882 年即来美出任该馆司事；罗熙尧 1876 年举人，1885 年应聘任司事；黄廷章 1862 年举人，1887 年任司事；陈大照 1882 年举人，1892 年任司事；梁联芳 1889 年进士，官内阁中书，广西补用知府，1896 年任司事；吕天骥 1889 年举人，1890 年进士，官刑部主事，

1898年任司事；周汝钧1892年进士，官刑部主事，1901年任司事;陈祥和1894年举人，官广西迁江县知县，1903年任司事;谢寿康1903年举人，官福建知县，1907年任会馆主席；许炳棻1909年广东法政学堂毕业，任会馆主席，其从兄炳榛时任清驻旧金山总领事。三邑邑侨之所以请这些国内官僚乡绅来美任会馆司事（主席），目的是为了便于与清政府（首先是驻美使领馆）联络，借助中国官方力量保护自身权益，这样的领导层决定了三邑总会馆在政治上的保守性，因此容易倾向于康、梁而疏远孙中山。这一点从该书多所征引康、梁著作亦可看出。

1903年初，梁启超由日本去美国旅行，1904年有《新大陆游记》一书以记观感。书中对旧金山华人有所分析，认为其长处是爱乡心盛（爱国心所自出），不肯同化于外人（即国粹主义、独立自尊），义侠颇重，冒险耐苦，勤、俭、信（工商业竞争三要素）。其短处是无政治能力（有族民资格，无市民资格），保守心太重，无高尚之目的。并谓旧金山华人约二万七八千之间，维新会成立最早，注籍会员约万人。“余至时，以军乐欢迎，盛况更过纽约，感谢无量。”证诸三邑会馆简史，梁氏所言大致不诬。

追寻北美华工的足迹

历史是人类创造的，但作为人类绝大多数的老百姓却往往被历史遗忘。这不是历史的过错，而是历史学者的过错，因为他们（甚至也包括我们）过于注意历史上那些出类拔萃的名人，常常忽视了这些默默创造历史的绝大多数。

1994 年暑假，我在庐山图书馆看到清末许寅辉撰《客韩笔记》一书，为光绪丙午（1906）长沙刊本。作者“精通英吉利诸国语言文字”，1893 年应驻韩英国公使之聘，在使馆办理文案兼翻译。“越一载，会中日失和，华官下旗回国，商务由英使保护”。作者既为交战国一方（中国）之公民，却要以中立国（英国）使馆职员的身份代管旅韩华商的事务，其处境和办事之难可想而知。

甲午年日本发动侵略战争以后，清军官兵畏敌溃逃，旅韩华商近似被遗弃的境外孤儿。过去我们研究这次战争，往往忽略旅韩华侨的悲惨遭遇，《客韩笔记》却为这段历史作了重要的补充。作者与一些华侨领袖见义勇为，在极其艰难危险的情况下竭力维护旅韩中国商民的生命财产，甚至还掩护了许多溃散滞留的清军官兵，做了大量卓有成效的工作。他们都不是中国政府官员，也未经任何政府官员的正式委托，只是出于爱国热忱与同胞情谊，及时向众多受难商民给以弥足珍贵的关切与救援。历史应该记下他们的名字，因为他们体现了民族的传统美德，并且维护了国家的尊严。

我读此书后深受震撼，曾对同上庐山的旅伴说过："可惜百年前没有电视，更没有'东方时空'，否则如把许寅辉当做'讲述老百姓自己的故事'的采访对象，肯定会使观众大为感动。"[①] 从此，我便把"讲述老百姓自己的故事"铭记于心。

1998 年暑假，我与妻子到美国西北部爱达荷州的博伊西（Boise），看望独自在这座山城工作的小女儿雪梅。知父莫如其女，她常常利用假日开车陪伴我们参观附近的许多历史遗迹，其中印象最深的便是美国当年西进之路最为艰险困苦的一段——俄勒冈小径（Oregon Trail），特别是沿途为开发美国西部作出重要贡献的成千上万的华工的历史踪迹。

7 月的一个下午，我们到已经定为重点保护历史遗址的爱达荷城（Idaho City）参观，这里仍然保持着 19 世纪中叶古色古香的风貌。据工作人员介绍，19 世纪 60 年代初只有 12 人进入这处深山老林开发，后来逐渐发展成为 2 万余人的繁荣市镇，其中华人占多数，爱尔兰人居其次。此镇西北角小山上建有先驱者坟场（Pioneers Cementary），文献记载有 3000 多名早期移民安葬于此，但现在碑文能够辨认者不及 300 座。当地人没有忘记华人先驱者披荆斩棘的功勋，在茂密的苍松翠柏中专门留有华人墓地。但墓中已无任何尸骨，因为按照中国风俗均经同乡检拾运回故土。时已薄暮，残阳如血，山风四起，松涛大作，游人尽已归去，只剩下我们一家三口，伫立在这空荡荡的墓地之前。忽忆前人"检运先友"文：

生计无门，痛洒穷途之泪；营谋失路，勉为异域之行。

① 拙著：《实斋笔记》，东方出版中心 1998 版，第 293 页。

中怀不得已之情，有梦空回故里；外迫无如何之势，频年久滞他邦。闻解缆，则父母牵衣；说扬帆，则妻儿陨涕。嘱子千言保重，怜夫万种叮咛。含悲不使亲知，毅然就道；忍泪不为妻堕，强以扬鞭。险逾鳄浪鲸波，自慰劳中有逸；危历狐丘熊馆，爰思富或由勤。踏残朔雪严霜，冒尽蛮烟瘴雨。贸易则劳心会计，采金则竭力晨昏。如斯不遂初心，早丧诚然可悯；似此皆由正道，捐生实属堪悲。”①

内心为之震撼不已，众多死者、尸骨检运者和悼词作者都失落了自己的名字！有谁为我们讲述这些离乡背井死于异域的中国老百姓自己的故事？

以后每逢循着俄勒冈小径旅行，我都怀有隐隐约约的遗憾乃至自责。在沿途各地大大小小的纪念馆与博物馆中，大多陈列着当年华工使用的工具、家具、生活用品，以及他们自己建立的会馆、庙宇的匾额、对联、神像、帘布等等，甚至还有若干珍贵的照片。但是，不像白人早期先驱者那样留下大量的日记和信件，早年的华工绝大多数是文盲或准文盲，除偶尔可以看到他们使用过的中西文混杂的账簿以外，我始终未能探访到其他出自他们手笔的原始文献。据说，今年曾登上《纽约时报》的畅销书榜，并随即荣登非小说类冠军宝座的《绝无仅有——1865 到 1869 年大铁路的建筑者》(Nothing like It in the World) 一书，其作者斯蒂芬·安布罗司 (Stephen Ambrose) 也曾为这批早期华人移民“几乎没有留下任何文字”而深感遗憾。不过他总算在加州大学图书馆找到几本当年人们曾经使用的英汉常用语手册，里面有教以英语为母语的人学说的某些汉语：“你能给

① 南海佚名：《代同邑故友倡运柩回粤小引》，收于《旅美三邑总会馆简史，1850—1974》，旧金山，1975，第 250 页。

我弄个棒小伙子吗？他想要每月八块钱？六块他就该知足了。我觉得他非常蠢。每天早上七点来，晚上八点下班。生火，扫地，洗衣服，擦窗子，洗地板。我想扣他的工钱。”[①]这些当然不是让过去的和现在的中国人听了感到愉快的异域汉语。

幸好我在美国西部访古之旅期间买到一本艾尔松女士（M. Alfreda Elsen Sohn）撰写的《爱达荷华人往事》（*Idaho Chinese Lore*），这才或多或少弥补了内心的遗憾。此书由当地卡克司顿印刷公司（Caxton Printers，Ltd）于 1970 年出版，好像从来也没有登上什么显赫报刊的新书流行榜，但却真诚地、详尽地并且力求客观地记录下这数万早期华工的历史状况，并且在 1971、1979、1993 年连续再版，可见亦颇受读者欢迎。

作者于 1897 年出生于爱达荷州的格兰基维尔（Grangeville）。1924 年毕业于刘易士—克拉克师范学校并进入普尔曼（Pullman）的华盛顿州立大学，后转入贡札加大学（Gonzaga University）并于 1927 年获理科学士学位，1939 年获爱达荷理科硕士学位。在长达 42 年的教学生涯结束以后，她在建于 1931 年的圣基尔楚德学会博物馆任管理职务并进行研究。她写作勤奋，品德高尚，是爱达荷州科学院、历史学会、作协的资深成员，曾多次荣获各级奖励。其主要著作除此书外，还有《先驱者在爱达荷县的日子》（*Pioneer Days in Idaho County*）和《坡莉·柏米斯——爱达荷县最具传奇性的角色》（*Polly Bemis：Idaho County's Most Romantic Character*），可见她的研究工作侧重于爱达荷的地方史，特别是这个地区早期移民（包括华人）的历史。

《爱达荷华人往事》一书共 17 章：1. 导言；2. 华人在刘

① 康慨：《绝无仅有的劳动者》，《中华读书报》2000 年 9 月 27 日。

易斯顿（Lewiston）；3. 皮尔斯城和奥罗菲诺（Pierce City and Orofino）；4. 风景如画的埃尔克城（Picturesque Elk City）；5. 清水站、纽索门、圆丘（Clearwater Station，Newsome，Hmnp）；6. 弗罗伦斯与板石溪（Florence and Slate Creek）；7. 芒特爱达荷，第三个县治的所在地（Mount Idaho，The Third County Seat）；8. 格兰基维尔，现今县治的所在地（Grangeville，a Present County Seat）；9. 卡顿伍德与内兹珀斯（Cottonwood and Nezperce）；10. 扣特维尔，迪普河与道格拉斯栅栏（Keuterville，Deep Creek，Douglas Bar）；11. 华盛顿在瓦伦的帐篷里（Washington in Warren's Camp）；12. 坡莉・柏米斯，传奇女英雄（Polly Bemis，Legendary Heroine）；13. 华人在博伊西（Chinese in the Boise Area）；14. 爱达荷城、鹕鹛溪、印花丝毛料（Idaho City，Loon Creek，Challis）；15. 银城与楠帕（Silver City and Nampa）；16. 波卡特洛与黑利（Pocatello and Hailey）；17. 北爱达荷（North Idaho）。作者把华人的工作、生活与整个爱达荷地区的开发联系在一起，为我们提供了一部可能被遗忘的有关海外华人的历史实录。

作者并非科班出身的历史学者，但她搜集史料之勤奋却给我们留下极为深刻的印象。除直接征引 26 种有关爱达荷历史沿革的学术专著以外，她还系统查阅了八种报纸和三种期刊。报纸包括《卡顿伍德纪事》（Cottonwood Chronicle）、《俄勒冈人日报》（Daily Oregonia）、《德瑟雷特新闻》（Deseret News）、《爱达荷县自由报》（Idaho County Free Press）、《爱达荷政治家》（Idaho Statesman）、《刘易斯顿晨报》（Lewiston Morning Tribune）、《奥格登伦理评论》（Ogden Standard-Examiner）、《司坡克人评论》（Spokesman Review），其中有四种是爱达荷地方报纸，其他则为邻近的华盛顿州、俄勒冈州和犹他州的地方报纸。三种期刊是：《爱达荷的昨天》(Idaho Yesterday)、《昔日西部》(Old West)、《科学的美国人》(Scienfic American)。此书时间跨度甚大，从1850年一直写到1930年代。一般做过实证研究的历史学者都懂得，在如此卷帙浩繁的20多种报刊资料中抉剔爬梳，需要付出多少时间与艰苦的劳动！此外，她还不辞长途跋涉，实地考察了许多历史遗址并且访问了许多熟悉掌故的老人。

本书是在大量实证工作基础上写成的，而作者又是名副其实的爱达荷地方史的权威，但其著作却丝毫没有学究气，也不像某些美国学者那样欢喜以庞大的理论框架与繁琐的概念术语来炫耀自己。这本书，朴实无华然而引人入胜，很快就把读者引入当时的历史情境。

导言是如此开头的：

> 1848年1月在萨克拉门托山谷(Scramento Valley)转动水车的萨特尔溪(Sutter's Millstream)发现金子，消息如野火般蔓延，接着是有历史意义的运动叫——49年淘金潮。……墨西哥人、南美人、欧洲人和中国人加入美国人的淘金热潮。1853年以前来美国的华人不超过50人。随后他们大量乘船到来，1865年开始雇用华人修建铁路，他们由于提供廉价劳动而受欢迎。1868—1869年冬天筑路步伐加快。爱尔兰移民在联合太平洋(The Union Pacific)，华工在中央太平洋(The Central Pacific)，与时间、大自然及印第安人奋战。

爱达荷华人往事就这样揭开帷幕。然后笔头一转，时间跨越百年。

> 1969年5月10日，在布里格姆城(Brigham City)以

西 29.5 英里，金穗国家遗址（the Golden Spike National Historic Site），献建一座游客中心，纪念百年以前由联合太平洋与中央太平洋两家公司修建的太平洋铁路的竣工。

这条横贯美国大陆的铁路的建成，对西部边疆的大开发的成功发挥了关键作用，而其自然环境之恶劣，地质结构的复杂，极大地增加了工程的艰苦，何况当时筑路一切都得靠手工完成。

在一百年的时间里，荒漠变为沃土，旷野城市林立，西部不仅与东部互补，而且成为取代东部的新兴经济发达地区，促成了美国傲视全球的繁荣。饮水思源。美国人没有忘记历史，而这段历史就有数以万计的勤劳华工参与创造。

作者以平实的笔法叙述：

在雇用华工之始，筑路工程的监督说，“我不会用中国人，不会对华工修建的铁路负责”，完全是一幅傲慢白人的嘴脸。但是作为“四巨头”（Big Four）之一的加州承包商克罗克（Charles W. Crocker）却表现出高见卓识。他打断了监督充满偏见的话，满怀信心地说：“中国人既然能够建成长城，他们就一定能够建成铁路！”一锤定音。随后 1 万广东工人披星戴月，筚路蓝缕，用布满老茧的双手和原始的工具使铁路穿过极其坚固的花岗岩地区，在北美辽阔的荒原上完成了类似中国长城式的伟大工程。克罗克在加州议会上发表演说，强调铁路的建成应归功于被轻视的华人劳工，“归功于他们显示出的忠诚与勤勉”。

作为一个严谨的学者，艾尔松自然没有忽视华工本身的弱点，以及某些中国商人对他们的重重盘剥，特别是由种族歧视而演化成的一拨又一拨排华逆流。但她始终维护社会的公正与历史的公正，并且摘引了 1869 年刊登在《科学的美国人》杂志上的一篇文章：

> 美国应当公正地面对华人问题，并及时立法以求吸引与运用这些新加入我们的人口。有些人坚决反对华人入境，这种反对基于毫无根据的偏见，因此政府的政策应该为每个种族和地区的移民打开大门。我们现在应该向中国人闭关吗？如果是这样，为什么？我们以前曾说过中国人聪明、勤快、节俭和守秩序等性格，因为我们确知中国人的品格显然已达到过去我们做教导的公民准则的水平。……中国人想为我们工作，我们也需要他们，现在应当迅速停止他们以前所受到的苛遇。让我们欢迎他们！

西进和华工的故事就是这样开讲的。正仿佛现今圣路易斯那座横跨密西西比河的拱形建筑（Arch），它既是美国东部和西部的分界线，也是西进运动的起点。

美国早期的西进运动是一首悲壮的史诗。1843 年，将近 1000 名男人、妇女、儿童，120 辆车，5000 头家畜在密苏里的小榆树林（Elm Grove）集中出发，他们怀着各种各样美好的西部梦想迈上 2000 英里以上漫长而艰险的征途。1848 年，加州发现金矿，更像巨大的磁石一样，在其后数十年吸引着 30 万人循着荒凉崎岖的俄勒冈小径来到西部。一个早期移民在日记上写道："我记得很清楚，当父亲说我们要到俄勒冈时，邻居们一片喧哗。他们告诉他，他的家庭将会被印第安人全部杀死，即使逃过印第安人，也会饿死、淹死或失踪于沙漠。但父亲着手工作以后丝毫没有退缩，他勇往直前，为旅行作准备。"[①] 但邻居们的话并非没有根据，仅 1852 这一年，估计就有十分之一移

① 移民 Benjamin Franklin Bonney 的日记手稿，1845。

民死在途中。据许多当时移民的日记证实，从普拉特河（Platte River）到拉腊美堡（Fort Lavamie）400英里路上，平均每英里有12座坟。[①] 我们找不到当时华人移民的日记或书信，但是一家地方报刊《爱达荷政治家》（每周三期）的头条消息，却描述了早期华人移民的到来："对于老加州人如此熟悉的景观，中国人排成单行移动的长队，利用锹把的中部或是一根竹棍（扁担——引者），挑着装满麻袋的大米、筷子、摇椅和胶靴，昨天上午沿着爱达荷街道走着，引起旁观者极大的兴味。……博伊西（Boise）居民在1865年9月13日看见中国人走在去爱达荷的路上，很少理解他们正在目睹Idaho历史上具有重要意义的时刻。"[②] 所谓重要意义就是指包括爱达荷在内的西部地区开发，以及美国由于西部大开发而走完的富强大国之路。

正是这些用锹把或扁担挑着简单的行李的华工大军，以自己的辛勤劳动与聪明才智积极参与了美国的西部开发，而且其中有些不毛之地首先或主要是经由华人的艰苦奋斗，终于成镇成邑且为城市化奠定了最初的基础。所以作者深情地回忆说："西雅图在1916年建立一个华人俱乐部，这是全美第一个此类组织。俱乐部的中心工作之一是与瓦伦·G·马格纳生参议员（Warren G. Magnuson）在取消排华法律方面进行有效的合作。尽管受到不公正的待遇，华人对爱达荷的经济作出了主要的贡献。"（In spite of mistreatment the Chinese have made a major contribution to the economy of Idaho）

法国年鉴学派创始人之一布洛赫曾经说过："优秀的史学家

① Rick Steber，Oregon Trail Souveunir Book，Prineville，1992，P.12。

② Arthllr A． Hart，Basing of Cold-Life in Boise Basin，1862—1890，Historic Idaho lnc，1993．P.22。

犹如神话中的巨人，他善于捕捉人类的踪迹，人，才是他追寻的目标。”[①]本书作者正具有这种优秀史学家的品质,她数十年如一日追寻着早期华人移民在北美大地上的踪迹，而其艰难尤甚于捕捉一般人类成员的踪迹。其主要原因是由于这些华人缺乏文化，没有留下自己书写的任何文献。她只能查遍相关年代的十几种报刊，不放过任何有关华人往事的蛛丝马迹。她还到处查访与华人有关的原始文献，哪怕是断简残篇、片纸只字。她在旧时旅馆的老登记本上找到若干华人旅客的名字，或是在华人（或白人）用过的旧账本上找到有关当时华人经济生活的若干零星记载。她到处访问许多早期白人移民或其后裔，从他们历历如绘的口述中获知不少文献中未曾记载的华人往事。她就是这样东寻西找，日积月累，含英咀华，融会贯通，把这些数量颇大而又极为零碎的故事编织成为一个整体，从而把爱达荷十几处华人移民的艰苦奋斗与开发之功，比较全面地展现在读者面前。

但是本书只有英雄集体的伟大业绩，却没有英雄个人的完整故事。因为本书的主人公是地地道道的芸芸众生，艾尔松讲的正是老百姓自己的故事。像修建横贯美国大铁路这样的辉煌功勋，并非早期华人移民的全部历史，他们日常从事的还是艰苦然而平凡的劳动。最初较普遍的劳动是采金，由于对华人的歧视与排拒，华人比白人采金要承受更多的艰苦与风险。华人或则以低廉工资在白人矿场从事超负荷的劳动，而更多则是在已被白人开采过的废弃矿场，采集留存有限的剩余金砂。华人全凭自己的勤劳与智慧，即使在不起眼的贫矿也往往能获得较

① 马克·布洛赫:《历史学家的技艺》,中译本,上海社会科学出版社 1992 版,第 23 页。

丰厚的回报。但他们的劳动所得要受到重重盘剥，除白人矿主的残酷剥削外，还有中央和地方政府的苛捐杂税，以及赌场、烟馆的巧取豪夺。华工难圆衣锦还乡的黄金梦，但他们采集的黄金却增添了美国的富饶，并为其西部开发提供了更多的资源。更为重要的是，在筑路—采矿—农业—服务业的经济流程中，华工富有成效地与白人移民一起，在荒凉的山林中与草原上为今日爱达荷地区许多繁荣城市奠立了最初的基石。

作者刻意描绘的就是这些普普通通的筑路工人、矿工、菜农，乃至家仆、小洗衣店、餐馆等等服务业的经营者。他们在北美大地上奉献了自己青春年华与终生劳动，然而他们却失去了自己原有的中国姓名，我们在书上所能看到的，只是 Ah Loy、Ah Hung、Ahgee、Ahgow、AhDuck、Lee Mann、Ye Sing、Hong、Wing John、Jim Lee……一大串中西混杂且似是而非的英文拼音。但这些并非抽象的符号，在作者的笔下大多是有血有肉且有个性的生命。

譬如在风景如画的埃尔克城（Elk City）颇为知名的华人矿工 Lee Mann，1869 年刚 15 岁就漂洋过海来到旧金山。先是在加州金矿工作三四年，随后从俄勒冈山谷购买牛群，经过 200 英里山地赶回加州矿场出售。25 岁那年曾回中国，与一个等待已久的姑娘结婚，但仅一年半即离开妻子与出生六周的儿子，因为妻子害怕海上风浪，他只有独身返回美国。1885 年来到埃尔克城，开一家百货店，同时也向一些矿场投资。1889 年 4 月 5 日爱达荷县《自由新闻》曾有专题报道："我们能干的商人 Lee Mann 创办他那所出色的商店，这是本市重大的进步。" 1895 年他还挤出时间在当地一所学校读了三个月的书。此后由于排华浪潮，矿场华人普遍出走。Lee Mann 损失惨重，也离开生活多年的埃尔克城，前往华盛顿州的温纳齐（Wenatche），在那里经营果园18年之久，但也未能真正致富。1928年因妻病返华，当年出生刚六周的儿子已成为七个孩子的爸爸。他在中国住了大约三年，然后又于1931年重返埃尔克城，仍然从事采矿，虽然已是77岁的高龄。Lee Mann的家在一条小溪旁，每逢夏季露营休假者经过这座木屋时，他必定招手留客人稍歇并叙谈。已故的A. J. Hoffman老人当年还是在埃尔克城一家华人旅馆打工的14岁孩子。Lee Mann很喜欢这个"埃尔克城的小家伙"（Elk City Kia），常往他口袋里塞满糖果。他曾回忆Lee Mann和其他中国人在矿场的生活状况："他们是耐心、和善、爱开玩笑、工作勤奋和恪守法纪的一群。"另一个早期白人移民Alonzo Brown曾在埃尔克城经营过一家小商店，他也回忆说："埃尔克城当时是一处华人矿工营地，我们的生意大多是与他们做的，这对我是新鲜事。……我和他们相处得很好，他们被证明是好顾客。他们按照他们的方式生活，如果他们干得好，就放手花钱，如果赚得少，就量入为出。他们按时付清欠账，此后我对中国人有较好的印象。"当地最大的白人矿场主Jim Witt，则把华人称为"最佳采金人（Placer miners），他们日以继夜工作，勤俭自律，当许多白人失败时他们却成功了"。

稍迟一点来到卡顿伍德（Cottonwood）的Ah Foo虽然没有Lee Mann那么出名，但也深受当地居民欢迎。他曾为Simon兄弟的锯木厂工作十几年，由于锯木的最短长度是120尺，一般称之为butt cut，而中国人身材较矮，Ah Foo遂被叫做Butt Cut，其原名反而被遗忘了。Butt Cut喜欢儿童，常给他们糖果，孩子们的回报，则大多是为他穿针引线。当首次举办白杨节（Cottonwood Fair）时，全城热闹了整整三天，Butt Cut换了两块多钱的零散硬币，分送给小朋友们，以便他们参加各种游戏。Butt Cut 乐于助人，曾为圣约瑟学校的修女们劈柴。修女为他准备中饭，他则以从中国带来的水仙球茎作为回报。后来水仙开花，修女们请他去修道院赏花。有年正月 Butt Cut 在大街上铲雪，劳尔（Lauer）先生看到他衣服单薄，便带他到金石头（Gold Stone）商店购买若干御寒衣服。Butt Cut 再次遇见劳尔先生时紧紧握住后者的手，却难以用英语表达自己的心意。老年的 Butt Cut 白内障日益严重，多次医治无效，只有住在奥罗菲诺（Orofino）医院里，但心智活泼，乐观如故。有次 Simon 兄弟带着妻子女儿去奥罗菲诺探视，已经失明的他把这两个自幼宠爱的女孩从脚摸到头，然后让她们背靠背，并大声宣布："大女人（Big Woman，他实际上想说的是'长大了'）。"

本书还叙述了许多无名华人的往事。譬如第 15 章"银城与楠帕"写道："并非所有来爱达荷的华人都进入矿场，家仆或厨师的位置，中国洗衣店、菜园与餐馆也吸引着他们。他们知道，只要哪里有矿工与居民，上述这些行业都正在开放。""华人很少成为宗教徒，虽然其信仰被称为'异教'，但他们显示出许多基督徒的德性。一般中国劳动者是耐心、自制、刻苦、和善与忠诚的榜样。"书中提到，1860 年代银城有一个勤劳的华人，每天早上到一处很好的山泉挑水，保证每天把泉水灌满每家顾客的水桶，每周只需付给 5 角钱。由于泉水价廉物美，这个供水制度一直延续到 1885 年。此外，"某些富有之家雇一个中国厨子或仆人，其工资是每月 40 美元，中国人对雇主非常忠诚。""其他中国人利用石英加工厂的剩料进行再加工，他们也缔约去伐木。"如此等等。

全书唯一冠以英雄称号的是坡莉·柏米斯，作者用整整一章加以叙述，其实她也是一个普普通通的劳动妇女。

“坡莉原名 Lalu Nathoy（拼音显然不确切——引者），1853 年 9 月 11 日生于中国边疆一条河流的上游。父母很穷，苦于天灾与匪祸。有一年匪徒抢劫这个村庄，掠走全部粮食。为预防全家在灾年的饥荒，父亲把她卖给一个匪帮头目，以换取种子改种其他谷物。”她为匪帮当了几年丫头，又被蛇头偷运到波特兰（Portland）或旧金山，随后又被卖到沃伦（Warren）。坡莉这个名字就是在沃伦取的，那年她才 19 岁，是骑着一匹有鞍的马来的。起初是在华人洪金（Hong King）开的一家沙龙工作。有天晚上，洪金赌牌失利，把沙龙和婢女坡莉都输给一个白人移民查理·柏米斯（Charlie Bemis）。

查理 1848 年生于康州（Connecticut），1863 年或 1864 年随父西进来到沃伦。查理不愿干艰苦的农活，很早便经营沙龙，并且拉小提琴为矿工伴舞，他演奏的一首曲子在建州百周年时被灌制成新唱片，名为《我们歌唱爱达荷》（We Sing of Idaho）。坡莉成为爱达荷寂寞的矿工们的朋友，可是当舞厅情况变得太粗野时，她常从后门逃进查理的家。如果无法逃出，她就喊查理援救。他那沉着、冷静、刚毅的性格，以及能用六轮手枪击中滚动的罐头的声誉，几次把坡莉从险境中救出。

英雄救美人仅仅是故事的一半，另一半则是作为回报的美人救英雄。1890 年查理与有一半印第安血统的强尼·考克司结仇。有一天，查理斜躺在椅上，考克司突然出现，限定查理在卷一根纸烟的时间内交出 150 美元。查理略有迟延，考克司便拔枪射穿其左颧骨，幸好未伤及眼睛。请来所谓医生但并未得到有效治疗，全靠坡莉用编织钩针以自己独创的方式清洗伤口，并且精心护理直到查理康复。

当沃伦开始有学校时，坡莉不无遗憾地说："我不能入学，我要挣钱，上帝已给我很多。"并且指指自己的头说："我照样学习。"她很聪明，能记住每个在沃伦出生的孩子的名字和生日，还有每个当地死者的忌日。她曾学过锻金手艺，常向友人要金片，制作耳环、簪子及其他小手饰出售。

查理终于决定娶坡莉以报答救命之恩，婚礼在 1894 年 8 月 23 日举行，这年查理 46 岁，坡莉 41 岁。结婚证至今仍保存在圣吉尔楚德（St. Gertrude）博物馆，爱达荷历史协会也保存着坡莉的婚装照片，对襟短袄，绸缎长裙，戴白手套，完全是西方服饰，但端庄的面庞仍然显露出中国农村妇女的朴实憨厚。我们在本书封面还可以看见坡莉晚年在牧场饲马的照片，背景是雪山青松，遍地皆白，两匹骏马偎依在她的身边。这个牧场是婚后买的，他们居住在沙门峡谷，这个峡谷有 250 英里长，6000 尺深，景色相当幽美。他们的牧场仅有 15 亩可以耕种的土地，但在坡莉精心照管下，生产李、桃、葡萄、樱桃、草莓、黑莓、谷物、西瓜和各种蔬菜，还养有若干鸡、鸭和一头奶牛，此外她还成为一个熟练的渔妇（adept fisherwoman）。由于她的能干与美德，这一带以后被人们称为"坡莉村"（Polly Place）。

坡莉和伤残的丈夫相依为命，他们有两个很善良的邻居与朋友——查尔斯·舍普（Charles Shepp）与彼得·克林卡默（Peter Klinkhamer），后者经常关心和帮助坡莉夫妇。1919 年两处牧场之间连接了电话线，舍普每天在日记中为坡莉记事，因为坡莉始终不会读写英文。舍普的日记充满了友情与欢乐，但 1922 年 8 月，有一天他记下了坡莉的不幸："柏米斯的房屋毁于火灾。我用牙齿把老人（指查理——引者）拖出。失去了泰弟（Teddy，坡莉的狗），它烧着了。大约在 4 点钟我与坡莉把老人安顿好。

困难的时光。未能救出一丁点财物。当我跑出时，整个房屋一片大火。每个人的脚都烧伤了。”但克林卡默从外地一回来，便连夜过河为坡莉找回坛子、面粉和 30 只鸡。1922 年 10 月 22 日，即火灾两个月以后，舍普记道 :“柏米斯于凌晨 3 时逝世。我于 5 时前往战鹰营（War Eagle Camp）找到叔尔兹（Schultz）和荷尔门（Holmes）。我们在晚饭后安葬了老人。”人们聚集举行葬礼，然后把老查理葬在沙门河边。

坡莉送走了相依相伴 28 年的丈夫。有多少往事可以回忆，包括已经逝去的那些欢乐和痛苦。……似乎是婚后常有的事，以前如果她发现查理与朋友玩一种叫做 Cribbage 的纸牌，她就会走近他，数 1、2、3 至 15，然后说 :“你回家，把劈柴放在柴筐。是的，嗯，我的柴筐没有柴了。”查理果然回家。还有一次，查理聚精会神地看一个蚁巢，并且喊坡莉来看。坡莉说:“柏米斯，如果你不像蚂蚁那样工作，我们将变成穷光蛋。”……然而这一次是查理的永远离去，只剩下坡莉独自一人生活在这辽阔荒野的牧场，而且又与自己的故土相距万里之遥。坡莉诚然是寂寞的，但并非孤独，她依然生活在温馨的友谊氛围之中。查尔斯和克林卡默不仅为她准备木材另盖了新屋，而且还亲手为她制作床、桌、椅、娱乐用具和其他生活必需品。半英里长的电话线把沙门河两岸的三个老朋友连接在一起，他们每天必通电话。“今天你得到几个鸡蛋？六个！我得到十个。”接着是一阵快乐的少女般的笑声，它却发自一个老妇人的喉咙。“你抓了几条鱼？没有？你运气不好！你们星期天过来，我烧了一条今天才抓到的大鱼。”……

坡莉乐观、坚强且有尊严地生活在北美大地上，仿佛一棵苍劲而又挺拔的松树。1923 年 8 月她首次离开偏僻的牧场，乘汽车前往格兰基维尔访问早年熟识的友人。在这座城市里生平第一次看到电影，也看到离开中国后的第一只“说话鸟”（鹦鹉，坡莉用自己独有的英语称之为 talkee bird——引者）。1924 年坡莉又与友人一起到博伊西旅行，这是一座稍大也较现代化的城市。她在这里第一次看到高楼大厦和有轨电车，第一次乘电梯并且欣赏了第二部电影。她亲眼看见西进运动辉煌成果的一小角，却不了解其中也包含着自己和查理的劳动奉献。她评论此次旅行说：“我丈夫说，我们将看不到铁路，随后他死了。……现在我看见博伊西，大的市区商店，电车在马路中间跑，有许多人，我喜欢这些，但它使我看得太多太累。”

1933 年坡莉病故于格兰基维尔一家医院，享年 80，病中一直受到舍普、克林卡默等老友的热忱关照。她本来想安葬在汹涌的沙门河边，与她的亡夫为伴。但由于舍普与克林卡默未能及时赶到，她被安葬在格兰基维尔的普莱里景观（Prarie View）坟场。倒是死于 1936 年的舍普被安葬在沙门河边，与坡莉的丈夫永远为邻。

1933 年 11 月 4 日，即坡莉病逝的前两天，《俄勒冈人》报上刊载了她的动人的故事，是曾经参与护理过她的夏娃·维弗尔太太写的。西北地区许多报纸刊登的坡莉讣闻，都摘要引用了这篇文章。坡莉的故事已经永远保存在当地居民记忆之中，1943 年圣基尔楚德博物馆接受了克林卡默捐赠的第一批“坡莉藏品”（Polly Collection），包括夜礼服上的自制金纽扣、结婚证书、三套衣服、一顶女遮阳帽、一条棕色披肩、许多钩针织品、朋友赠送的银器、几件首饰，还有若干照片，其中有刊登在本书封面的那张坡莉雪山牧场照片。她的最后一批遗物于 1964 年 1 月 15 日被送交同一博物馆珍藏。坡莉的生平已被编成电视剧，我在博伊西休假时，电视台正好每天早上连续播放。

感谢本书作者以坚强的毅力和耐心的发掘，为我们提供了几百个坡莉那一辈早期华人移民的生活状况，尽管我们难以从译音中判断他（她）们的确切中文姓名。书中更多地还是描述了华人移民群体的活动踪迹，以及他们的东方文化背景，这样便使本书蕴涵更多的文化氛围与生活情趣。譬如 1886 年 6 月 8 日爱达荷县《自由新闻》以头条消息报道芒特爱达荷第一个中国婴儿的诞生，说这是一大喜事，许多白人向这个婴儿送礼。同年 7 月 30 日该报又报道："昨夜芒特爱达荷唐人街的盛事，为最近出生的婴儿命名，新闻界人士参与庆典，天朝人以特殊方式操办，在部分高加索人和天朝人当中，幼者是备受关注的目标。" 8 月 6 日这个婴儿再次成为新闻人物，该报报道说："中国婴儿在本县甚少，这个芒特爱达荷的小家伙成为众多华人关注的中心，也引起当地白人居民的好奇。他的颈上挂着一个小袋，讲究实际地装着客人送的金砂、礼金等等。我们获知，出生 60 天后需再次剃头，只留一小块蓄辫子。"

中国新年是华人地区更大的盛事。鞭炮、锣鼓、舞龙交织成的热烈气氛，使之成为当地所有居民的共同节日。白人儿童常常盼望这一天及早到来，因为他们可以大饱眼福并且得到华人邻居赠送的糖果。博伊西华人制作的精美龙灯，已成为华人与白人许许多多游行最显赫的装备，如果没有它游行就会失去光彩。华人欢度春节的传统礼仪甚至融入当地美国国庆活动。1889 年 7 月 12 日爱达荷县报报道：7 月 4 日该县许多集镇的华人为国庆活动增添光彩，"200 个华人的游行队伍，带着锣、弦乐器并高举龙旗，走在矿区萨克逊市民队伍的后面"。书中还记载了银城一个著名中国商人 Song Lee 的丧礼：在死者安葬于中国坟场之前，用各种香料烧烤一头猪，供一大群华人和白人朋友享用。然后伴随着《今夜老镇将有激动时光》（There'll Be a Hot Time in the Old Town Tonight）的曲调，送葬队伍缓缓向坟场行进，乐曲是由雇来的美国乐队演奏的。还有一个中国管乐队，包括一个啤酒桶做的鼓、一支短笛（疑为唢呐——引者）和钹，当送丧者大声号啕时奏出如泣如诉的东方音调。沿路散布红色纸条（疑即纸钱——引者），借以恐吓可能潜伏在周围的魔鬼。到坟场后把食品与死者埋在一起，确保他在谒见祖先时有一段愉快的时光。当尸体放进墓穴时，乐队再次演奏《麦金梯永垂不朽》（Down Went McGinty）。这次丧礼举行于1897年或1898年冬季，1921年7月1日的《奥邑雪崩报》（Owyhee Avalanche）曾有详细追述。……

当然，作为严肃的历史学者，作者并未把美国描写成为"西天乐土"，更没有把早期华人移民生活美化成为田园牧歌般的画卷。她倒是如实地写出他们的贫穷与苦难，以及历次排华浪潮和根深蒂固的种族偏见给他们造成的深重灾难。譬如1885年6月的一个下午，8名白人暴徒骑马来到俄勒冈的道格拉斯矿场，突然袭击华人正在休息的工棚，一次就击毙32人，并且抢走他们辛苦采集的13瓶金沙。此事后来被一个美国进步作家称之为"世纪罪恶"，并且震撼了整个西部乡村。1885—1889年，爱达荷的最后一任地区总督斯梯文孙（E. A. Stevenson）甚至企盼国会把华人全部赶出爱达荷。本书叙述的那些早期华人移民，大多经历过这些腥风血雨的岁月，并且以坚毅、勤劳和智慧迎接排华逆流的多次挑战，顽强地在北美大地上生存和繁衍。需要指出，本书作者始终以浓墨重彩描述华人和白人善良移民之间的诚挚友谊，以及美国某些有识之士对排华逆流的努力抵制。

1882 年，美国颁布排华法律以后，华人移民曾一度被驱出太平洋海岸的所有主要城市，但西雅图却是例外。西雅图市民提出抗议，求助于法律，终于被告知，愿意留下的中国人将受保护。历史表明，部分华人移民可能是孤苦无依的，但从总体上来说他们的奋斗却并非完全孤立无援。

我并不认为这本书完美无缺，因为毕竟是开创之作，尚未臻于成熟。至少在两方面还有改进的余地：一是由于作者不识中文，她已掌握的有关文献上的中文字迹，有待于进一步核实辨认，可能会发掘出更多内容。同时，美国许多地方传统华人会馆所保存的中文资料，如《旅美三邑会馆简史》之类，也有待于我们努力追寻并与英文资料对照研究。二是可能由于年龄与精力的限制，作者未能进一步扩展研究视角，把北美早期华人移民生活与整个西进运动更为紧密地联结起来，或至少把西进运动作为总体背景加以描述，以便读者加深对华人移民在西进运动中的角色与作用的理解。

但无论如何我们都应该充分理解这本书的宝贵价值，因为作者通过翔实的史料为我们提供一幅栩栩如生的北美早期华人移民生活的画卷，也可以说是一部有关这段历史的较为全面而又可靠的实录。用心的读者一定会从中发现许多很有价值的资料，可供作经济史、文化史、社会史、华侨史乃至人类学等多方面的进一步研究。当然，更为重要的是，我们可以通过此书发现作者那颗炽热的善良的心。作为具有科学态度的资深学者，她既记述了华工的美德与劳绩，也不遗漏他们的落后与过失（如赌博、械斗等）。而作为充满爱心的人道主义者，她总是把同情放在弱势族群这一边。她谴责白人种族主义的排华逆流，为华人移民的悲惨遭遇诉求公道，还不忘追踪这些早期移民的后裔，为北美华人移民的生活逐步改善和地位有所提升而感到衷心的欣慰。

我们面对的不是一本枯燥无味的学究式著作，阅读这本书仿佛是冬夜在火炉边听慈祥的老祖母讲故事，讲中国老百姓自己的故事。但千万不要因此低估了作者的史学水平，因为“回归叙述”（return to narrative）乃是西方史学晚近兴起的一种值得注意的趋向。人们已经厌倦了那些自命不凡的价值评判和华而不实的理论架构，努力回归历史本真，并且把理解看做“历史研究的指路明灯”（布洛赫语）。“回归叙述”者并非简单地陈述史实原委，而是在强有力的实证工作基础上，寓理解于生动而又真实的叙述，并且赋予历史以新的生命。换言之，就是用做学问的功夫来讲故事，或是于讲故事中体现做学问的功夫。其实，这种主张在中国优秀史学传统中早已有之。顾炎武在《日知录》中说过：“古人作史，有不待论断而于序事之中即见其指者，惟太史公能之。”《史记》中如《项羽本纪》《陈涉世家》《李斯列传》《货殖列传》《游侠列传》等等，哪一篇不是生动活泼的故事，好些篇还是“讲述老百姓自己的故事”，其见识，其论断，其人生哲理，其政治智慧，至今仍然焕发出令人折服的学术魅力。德国著名史学家兰克（Leopold Von Ranke）也是重视叙述的，“如实直书”是他终身服膺的信条。弗里德里希·迈纳克（Friedrich Meinecke）赞扬兰克的教皇史和宗教改革史说：“客观叙述、高谈阔论和广阔视野都紧密地、有机地交错结合在一起。就像起伏不定的大海中的巨浪，浪尖上会经常水沫四溅，光彩夺目；在兰克的著作中，事件的叙述后接踵而来的就是浮想联翩的思考。在他稍后的著作如《英国史》和《世界通史》中，节奏就更不一样了。大海看上去更平静了，浪头之间有了更长时间的间隔，而且不再那么汹涌奔腾了，而叙述的本身就充满了宁静的思考。以他晚年的睿智，兰克更能够在叙述气势浩大、扣人心弦的事件时也委婉陈述，心平气和。”[①] 本书作者的睿智与渊博诚然难及兰克，但她那委婉陈述、心平气和以及于细微处发掘人性的学术境界，也颇能令人歆羡。

有成就的历史学者是否也能讲些故事，特别是讲些常被遗忘的老百姓自己的故事？这就是我被这本书触发的一点思考。

《历史研究》2001 年第 1 期刊载时有不少删节，现据原稿补齐

① 弗里德里希·迈纳克：《1936 年在普鲁士科学院发表的纪念演说》，转引自田汝康、金重远选编《现代西方史学流派文选》，上海人民出版社 1982 年版，第 13 页。

新加坡白氏公会

我于1986年10月应亚洲历史学者协会邀请，前往新加坡参加该会年会。经由本校体育系周绍忠教授的介绍，得以结识其戚新籍华人白振华。白为出版商，少年英俊，颇为活跃，不久前当选为国会议员（属执政党）。振华陪我瞻仰晚晴园孙中山故居，并赠以新加坡白氏公会50周年（1933—1983）纪念特刊一本。

此书包括本会概况、世代渊源、修谱与昭穆、世系表、先哲先贤、先哲文著、东南亚先贤族彦、各地宗亲会、工商业介绍、会员通讯录、本会会章等部分。

新加坡白氏宗族源于福建安溪榜头，据云是明永乐年间从同安窑头迁来，世代繁衍，至清末全族男丁数已逾万。安溪多山，地瘠民困，白氏族人早有海外谋生者。清季同治年间，新加坡已见白氏族人踪迹。当时中峇鲁四脚亭福建公冢有白氏族人坟墓，最早墓碑所刻年代为同治六年（1867）。民初军阀混战，族人来新开垦者渐多。

1933年，旅新族人日众，遂设立香山白氏公所（Hiang San Peh Si Kong So）。1942年2月，日军攻陷新加坡，族人四散避乱，会务被迫停顿，会所文件簿册亦丧失殆尽。直至1948年，商务恢复发展，族人遂复兴公会。1949年3月举行成立大会，是为战后第一届。会务日臻进展，1976年且购置会所，修改章程，会名正式厘定为新加坡白氏公会（Singapore Peh Clan's Association），成为当地较有影响的社团之一。由于新加坡政府推崇儒家思想，宗乡团体受到社会较多认同，白氏公会在扩大传统文化，倡导教育慈善公益事业，积极参与社区活动，促进华、马、印等各族团结诸方面都做了很多工作。

此书所收鸿洁《族人经营之商业概况》一文，说明战前英殖民时代以出入口、种植业、食品杂货为主；战后独立建国时期则增加食品工业、海陆运输、化学制造、图书出版、汽车买卖、广告保险等新式行业，其中又以食品工业、海陆运输、建筑工程、书籍出版、海产五项行业为白姓族人贡献较大者。

白振华的父亲白文保就是新加坡著名的出版家，他开设的胜利书局原来以门市为主，20世纪50年代开始投入出版行列，出版了新加坡学生第一套华文参考书，即《高中国文参考书》，畅销东南亚一带。1969年开始邀请知名教育学者编纂中学课本，并配合教育部政策以横排简体字印刷。1975年收购新加坡书籍总汇（Singapore Book Emporium），又开始致力于英文出版事业，侧重英文教科书、参考书与儿童读物。白氏出版中英文书籍除在本国畅销外，现已将市场扩大到马来西亚、泰国、澳洲、斯里兰卡、印度、巴基斯坦、非洲、南美各地，颇能与跨国的海外出版商争一日之短长。

振华除协助父亲经营图书出版事业以外，还热心参加社会活动。担任新加坡出版商公会秘书长、新加坡教育书籍出版协会顾问、新加坡书籍节暨书展有限公司理事，曾多次率团来中国洽谈合作出版事宜。他还被新加坡总理公署任命为金声区公民咨询委员会主席，为社区工作做了大量工作，因此于1984年荣膺新加坡总统颁发的公共服务奖章。前些年他又当选为国会议员，显然已成为一颗冉冉上升的政坛新星。

这本纪念特刊记录了白氏宗族在新加坡筚路蓝缕艰苦奋斗的漫长历程，也是海外华人在居留国家落地生根繁衍昌盛的一个缩影。各种公会、宗亲会与会馆一样，其有关历史资料都可供海外华侨、华人史研究者利用。

贝德士文献

贝德士文献原文为 The Miner Searle Bates Papers，是原金陵大学美籍教授贝德士的私人文献，于 20 世纪 60 年代捐献给耶鲁大学神学院图书馆，作为“中国文献计划”之一部分收藏。编号为 Group No.10。

我于 1988、1991 年两次前往查阅，特别是第二次整整花费 8 个月时间，从头到尾比较系统地检阅一篇，深感极具史料价值，有介绍给国内外学者的必要。

正如耶鲁神学院图书馆特藏室（Special Collection）负责人史茉莉女士（Ms. Martha Lund Smalley）所言：“贝德士是有关他自己生活与工作的信件、报告与论著的忠诚收藏者。他是一个知识广博的学者，尽管有些驳杂，通晓他的研究领域几乎全部已出版的书刊资料。作为一位历史学家的私人收藏，贝德士文献不仅提供了他作为传教士、学者与作家的个人事业实录，而且提供了有关中国基督教历史的大量印象深刻的资讯。”

贝德士文献数量很大，共 131 盒，1162 卷。经过史茉莉等人的精心整理，已分类为八个部分：（1）通信；（2）中国札记与资料；（3）《基督徒奋进在中国社会》的书稿；（4）中国著名基督徒文献；（5）其他札记与所收集的资料；（6）本人著作；（7）教学资料；（8）私人要件与言行录。

第一部分通信，分为家庭通信、中国时期通信（1920—

1950)、一般通信（从中国返美以后）三大类。其中1937年至1938年期间给妻子的信，对于日本占领区的恐怖情况作了详尽的描述。一般通信中很多是同行或学生寻求贝德士学术咨询的信件，体现出他的热心助人与渊博通识。还有许多信件涉及一些研究计划与机构，如国际布道会中国研究计划（1954—1956)、中国文献计划（1968—1973)、协和神学院传教士研究图书馆等。

第二部分中国札记与资料，这是贝德士为撰写《基督徒奋进在中国社会》准备的大量素材。其中有手抄的或打字的文献资料、摘要和从图书馆复印的经过注释的资料。贝德士花费大量时间对主要教会期刊做了索引与摘录，如《中国基督教年鉴》《中国教会年鉴》《中国教会通讯》《教务杂志》《教育评论》等。

第三部分是未完成的书稿，可说是贝德士文献的核心部分，包括3000多页草稿，还有修改多次的全书章节目录。这些稿件已经孟沁恬女士（Ms. Cynthia Mclean）精心整理，以《贝德士手稿选辑》(*Gleanings, from the Manuscripts of Mr. Searles Bates*）为书名出版，系由美国基督教会全国委员会中国项目资助付印。

第四部分中国著名基督徒文献，是贝德士作为上述专著的补充资料加以收集的。其第一步是拟定七个名单征求有关友人意见，然后形成五个经过修改的名单，其最后结果是一部分著名中国基督徒的小传。

第五部分也是与中国社会有关的札记与资料，范围相当广泛，而且并非很有条理。其中有些涉及宗教自由问题的文献值得注意。

第六部分本人著作，大多是关于差会与第三世界教会、宗教自由及国际时事评论等。史茉莉将这些著作分为五类：a. 论文、小册子；b. 书评；c. 来自中国的报道和回忆；d. 布道词、演讲和访谈录；e. 与上述主体工作有关的文章。这些文章通常发表于《基督教与危机》（*The Crisis and Christianity*）、《全球召唤》（*The World Call*）等期刊。

第七部分主要是贝德士在纽约协和神学院教授教会史、基督教伦理与实用神学等课程的有关资料，还有他作为主持者为该院高级宗教研究计划（the Program of Advanced Studies）所拟定的一些教学文件。

第八部分虽然杂乱，却提供不少有关贝德士生平的资讯，其中许多照片、出生证、服役证书、日军占领南京时期的通行证等等，都是具有相当价值的历史文物。

史茉莉的上述归类显然不足以反映贝德士文献的全部内容，我觉得它好像还是一处未经正式勘察、发掘的丰富矿藏，人们可以根据不同的需要从中搜寻可供利用的史料资源。譬如，1995年，为纪念抗日战争胜利50周年，我曾利用贝德士保存的南京安全国际委员会与南京国际救济委员会的档案，以及他和其他委员会成员的私人通信等资料，写成《南京大屠杀的历史见证》（湖北人民出版社）与《南京——1937年11月至1938年5月》（香港三联书店）。这个课题本非我的主要研究领域，但书出以后却在海外引起强烈反响，好些中英文报刊都纷纷作详尽报道。作为其后续工作，就是经过美国吴天威教授和台北郭锛的多番努力，以贝德士有关文献为主体的一批有关南京大屠杀的档案原件即将影印出版。而作为收藏单位的耶鲁神学院图书馆也不甘落后，在去年年底举办了南京大屠杀档案史料展览。这些工作都是对日本军国主义者妄图掩盖侵略暴行的正义声讨，同时也是对青年一代的必要历史教育。

显然，贝德士文献的充分利用，决不会只限于两三个专题，我很希望有更多学者深入发掘写出更有意义的学术著作。贝德士生前即以助人为乐而享誉于北美、欧洲史学界，如果他留下这一大批文献能为后人所不断利用，我想一定会使他的在天之灵感到莫大欣慰。

贝德士手稿选辑

此书是贝德士未完成的书稿《新教徒奋进在中国社会，1890—1950》（*The Prostant Endeavour in Chinese Society, 1890—1950*）的辑要，1984年由美国基督教会全国委员会中国项目资助出版。因系纪念性质，印数甚少，所以在国内难以见到。

上述中国项目负责人富兰克林·吴为此书作序，简略说明遗稿整理经过。遗稿的早期整理者威廉博士（Dr. M. O. Williams.Jr.）的导言则指出：贝德士撰写此书的目的，是想为赖德烈（Kenneth S. Latourette）的名著《中国基督教会史》（*A History of Christian Missions in China, Russell and Russell, 1929—1967*）完成续篇，特别是论述1925年至1950年这一关键时期，因为前者只写到1925年。序言十分称赞贝德士搜集资料的勤奋与写作态度的严谨，并说由于过分热心回答其他学者的求教使之分心而未能完成自己的工作。最后评价说："这不是'差会'、'教会'或'教会事业'的历史，虽然这些全都包括在内；它囊括'基督徒奋进'的整体——中国人和外国人联合起来乃至整个人类的奋进。而且这是在'中国社会'，不是在某一地点，而是在民众之间，在他们的各种关系、各种组织、各种历史文化遗产和他们经历的各种事件中间。"上述这些评论都是切合遗稿实际的，并非泛泛的纪念性套语。

这本摘要虽然只有100多页，但却是从3800页庞杂的初稿中抉剔、提炼而成，其工作之繁重艰难可想而知。有两个人为摘要的完成付出巨大努力。首先是贝德士的老朋友和老同事威廉博士，受贝氏家属与有关机构的委托全面负责此书遗稿。他的工作极其认真细致，首先是从贝德士工作室的书橱、桌屉中搜检出全部稿件和工作札记，每个角落哪怕是片纸只字也不放过。接着根据贝德士自己的备忘录和笔记，将其多次修改的写作提纲归并成比较符合作者原意的最终提纲。然后再按贝氏提纲章节将有关初稿及相关资料归类集中，这 3800 页遗稿至此始有系统与条理可以追寻。另一个人是孟沁恬女士，她是在威廉先生的工作基础上，寻绎贝德士的思路与框架，按照最终提纲章节将有关稿件内容提炼表述，有些是用贝德士本人的文字，有些则只能自己越俎代庖，其难度之大可想而知。家属和有关机构本来是希望她能将遗稿整理成书正式出版，可是由于书稿涉及面太宽，征引资料接近千种书刊，作者先前又未及一一核对，而且最重要的抗战和战后时期又有很多空缺，这位精明能干的美国女学者只得知难而退。但是，她为手稿所写的前言确能把握贝德士遗稿的精粹及其缺憾，年轻的研究者在深山探宝之前如能阅读史茉莉的详尽索引与孟沁恬的简明提要，当可事半功倍。

孟沁恬在前言的结尾说：

> 不少人询问，这批文献是否值得一个做专题研究的学者去纽黑文（指耶鲁神学院图书馆——引者）旅行。我认为这批文献似乎不会提供大量特殊的和新奇的资讯，然而它展示了一幅新教徒 1890 年至 1950 年在中国社会奋进的完整画卷，这是贝德士奉献的广阔、复杂而有特色的实录。其中既无英雄，又无角儿，但我个人觉得每花费一天与此文献相伴都是值得的。这个资讯结集的主体，突破了简单

化的评判，无论是赞扬或是谴责，因此它必将有利于研究者寻求自己课题安置的均衡视点。

只有长年累月系统检阅贝德士文献的人，才能作出如此公允而又深刻的评判。贝德士文献的魅力潜藏于13个春秋有计划的大量资讯搜求整理之中，正如威廉所言，只要一旦深入接触便被其吸引而不能自拔了。

贝德士在资讯基础上花费的功夫是无与伦比的，仅以重要的相关期刊的利用为例，他查阅了1891年至1941年的全部《教务杂志》(The Chinese Recorder)、1910年至1939年的全部《中国基督教年鉴》(China Mis sion Yearbook)、在中国和海外召开的所有主要相关会议的文件，而且都作了全面而系统的笔记。此外还对1890年至1939年的《世界教会评论》(Missionary Review of The World)、1912年至1937年的《中国教会年鉴》(Chinese Church Yearbook)做了必要的索引和摘要，并且收集了1913年至1921年中国后续委员会(China Continuation Committee)、1922年至1950年中华全国基督教会(National Christian Council)的各类文献，许多中国领导人(基督教)的著作，大约200个中外相关人士的传记，经过选择的中文基督教期刊，各个差会、组织、机构的历史，许多相关的学位论文和一般论文，精选的未经公开出版的文稿，大批打印或手书的信件及口述历史……

但是，这样丰富而有价值的史料结集，在美国反而没有得到充分利用。我在耶鲁神学院图书馆长达8个月的连续工作期间，常见年轻的学者偶尔前来借阅贝德士文献若干卷，无非是一两天粗略浏览并稍作复印或摘录而已。其原因在于美国高校的中国史学位论文题目愈做愈小，而且往往预设理论框架，阅读原始资料既缺乏耐心，又带有较多的片面性，正好缺乏孟沁恬所说的“均衡视点”。我想，中国年轻学者应该引以为戒，尽量避免此类缺失。

贝德士未能完成其预期巨著，诚然是极大的遗憾，但他对历史学的终身奉献，以及对现代中国社会历史全景式描述的执着追求，这种精神仍然值得后世学者尊重并发扬。

西文东方学报论著举要

贝德士的论著一般以英文写作，且大多在国外出版，但此书则用中文表述，且在中国刊行，颇为难得。

此书为金陵大学中国文化研究所刊印的丛书之一种。该所创建于1930年，所长为著名学者李小缘，贝德士亦曾参与其事，是筹建委员会中仅有的西方人士。该所人才济济，刘国钧、吴景超、商承祚、黄云眉、陈登原、刘继萱、吕叔湘等知名学者曾先后任研究员。该所所出丛书分甲乙两种，前后共刊行17种27册。《西文东方学报论著举要》（*An Introduction to Oriental Journals in Western Languages，with An Annotated Bibliography of Representative Articles*）属乙种。乙种丛书共出4种5册，除此书外尚有李小缘《云南书目》、王伊同《五朝门第》等。甲种出书较多，共13种22册，有商承祚《殷契佚存》《十二家吉金图录》《福氏（开森）所藏甲骨文字》、陈登原《范氏天一阁藏书考》、黄云眉《邵二云先生年谱》等。这两套丛书均有相当学术价值。

《举要》包括导言、论文举要、论文分类索引、著者姓氏索引四部分。导言云：

> 中国学者于西文东方学报中，常发见有用之材料及意见，但亦有不明其内容及其对于研究中国学术之价值者。西人关于中国之著作虽或肤浅，然名贵深入者亦多；其论著内有时错误迭出，然作者之方法及观点，或可藉悉一斑也。

研究中国之西方书籍，在各种目录及书店之书目类，颇易检得；散见各报中之论著，于西方《杂志论著指南》中亦可检得，但西文东方学报中之论著，则尚无简明精选目录。近数年来杂志论文之是项目录更付阙如。法人高地爱氏（Cordier）所著之《西人论华书目》（*Bibliotheca Sinica*）虽罗列1922年以前之论文为数甚多，但未曾选择，其价值亦略而未讲。

本篇宗旨，在以精选目录具体指示在西文专门杂志中，中国学者可参考之关于中国之论文。所用杂志系择其较有用而易于觅得者，故未经采用者亦有之。（例如德国《算学评论》所载之中国算学史论文则未列入）主要西文杂志，计有英文、法文及德文三种。其他文字之杂志则未经采用，良以能读此三种文字者，似无再在其他不常用文字之杂志内求材料之愿望也。再者本篇并未将凡所检阅之论著均行采入，因悉数罗列则篇幅过长而又近于机械化，且将包括对于现代学者无大价值之论文，反不若选择要目，举其有价值者以引起进一步研究之为愈也。

选择标准，乃一较为困难问题，一般西人发生兴趣而视为有价值之论文，华人视之或反不见重要。凡简单之札记以及短篇论文，其内容虽或有可取之处，均未选列。其能引起研究中国文化各方面之兴趣，材料丰富、方法可采之专门著述，以及解释精当、观念准确之普通论著则充量列入焉。读者背景各有不同，对于各论著之兴趣因之而异，例如：画家对普通而无特别意义之绘事论文，定不至感有何等兴趣，然其文对于研究文化史而无特殊画学知识者，则其价值迥异矣。本篇所收各种论著，希图其对于各种读者均有其兴趣及价值之所在也。论著中之方法完密，研究彻底，材料新颖，尤所注意。间或其内容不甚新颖，而其选材驭题之处有裨学子之研究者，似亦不可忽视。且西人之对于中国何种问题兴趣较浓，及其研究中国文化究已至何等程度，此种问题，愿知者多，读斯篇者亦可知梗概。至论著中有须注释其内容及性质之必要者，附以解题。（论文题目不能一望而知其内容者，尤有注释之必要。）

论文经原作者编辑成书，或收为其书之部分者有之，经修改而扩充成书者亦有之，但仍将其选入本篇，以其易为读者所取用，或原文具有特别价值而后来改造成书反失去也。

本篇所采用之学报大率中国各大图书馆中均已入藏，读者即无机会亲至该馆读其所愿读之论文，可设法委托抄录全文或择要节录备用。

一般目录好做，只要属于范围有见必录即可，顶多在分类时有些难度。但《举要》则属于较高目录层次，编者须对本学科研究动态有全面了解，而且有足够素养加以评估选择，去粗取精。由于是面向中国读者且在中国出版之西文东方学报论文举要，编者不仅要通晓西方学术状况，而且要力求切合中国读者需要。贝德士掌握多种语言文字，除母语外，“谙习法文、中文、德文”，对拉丁文、希腊文勤学不辍，俄文、日文亦可勉强阅读，而且已在金陵大学任教十年之久，所以也只有他才是编辑《举要》的最佳人选。贝德士治学严谨，谦虚朴实，他不像有些洋博士那样常以见多识广自炫，所选刊物是中国各大图书馆均有收藏者，所选论文亦以确有学术价值且能给读者以思路、方法之启迪为标准。《举要》之编辑，处处为中国读者着想，如体例的切合实用，除附分类索引外又加上作者姓氏索引，都可看出贝德士诲人不倦的教师苦心。为力求准确，“论文出处均经校对三次”，但仍声明“讹误之处，恐仍难免，因此类目录排印不易也”。这也是贝氏诚实之处，决不自欺欺人。

《举要》利用的西方杂志如下：

1.《东方学报》（Acta Orientalia），系荷兰、丹麦、挪威东方学会联合发刊之杂志，论文常用英、法、德文撰述，1922 年创刊，每年出四期。

2.《亚洲艺术》（Artibus Asiae），主要发表德国学者论文，但间有以英文、法文撰述者，1905 年创刊，每年出四期。

3.《大亚细亚》（Asia Major），德国大亚细亚杂志社发行，1924 年创刊，每年四期，系研究东亚及中亚之学报，对中国研究尤为注意，论文以德、英、法文撰述。

4.《河内远东博古学院学报》（Bulletin De L'ecole Francaise D'extreme—Orient），由河内远东博古学院编印，偏重安南材料，但亦间有关于中国之精心撰述。论文均用法文，书评、书目亦用他种文字。1900 年创刊，每年四期。

5.《东方学院学报》（Bulletin of the School of Oriental Studies），为英国伦敦大学东方学院之学报，1917 年创刊，每年四期。论文一般用英文，对阿拉伯、波斯及中亚问题颇为关心，但亦有中国研究之有价值论著。

6.《中国杂志》（China Journal），1923 年创刊，原名《中国科学美术杂志》（China Journal of Science and Arts），为双月刊，在上海发行，1925 年改为月刊，1926 年以后每年两期，1927 年简称《中国杂志》。此刊兼研究中国科学与文化双重性质，附图弥足珍贵。

7.《中国评论》(China Review), 英文月刊, 面向西方读者, 文多平庸,间有佳作。1872年至1873年在香港创刊,1901年停刊。

8.《中国教务杂志》(China Recorder), 上海中国教务杂志社编行, 1869年创刊, 1874年以后按月出刊。系在华基督教传教士及教友之机关报, 论著以教会工作与宗教问题为主, 但对民众社会生活及其思想亦颇关注。(按 : 贝氏晚年撰写《基督徒奋进在中国》, 此为引用最多的刊物之一。)

9.《东方艺术》(Eastern Art), 为以研究中国艺术为主之年刊, 1928年创刊于美国费城 (The College Art Association, Philadelphia)。其一、二两卷刊载近期各博物院出版物及艺术杂志之目录, 颇具参考价值, 插图尤为精美。

10.《亚洲学报》(Journal Asiatigue), 系法国亚洲学会机关刊物, 除论及中国外还包括西亚、中亚及印度, 学术水平较高, 颇负盛名。1822年创刊, 一直沿用分集旧法, 故卷数、期数查考较难, 至100年以后 (1922) 始改用分卷法, 每年出四期, 分为两卷。由此可见积习之难改。

11.《皇家亚洲学会华北分会学报》(Journal of the North—China Branch of the Royal Asiatic Society), 刊登该会会议论文或讲稿, 兼采其他论著。1858年创刊, 在上海发行, 出版无定期, 1931年以后始定为每年出一卷。

12.《大不列颠及爱尔兰皇家亚洲学会学报》(Jouural of the Royal Asiatic Society of Great Britain and Ireland),为该学会机关报, 对印度研究最多, 兼及中国及其他亚洲国家。1827年创刊, 与法文《亚洲学报》同为历史悠久之著名刊物。

13.《东洋文库研究部纪要》(Memoirs of the Research Department of the Tokyo Bunko),专门刊载日本学者研究中国之论著,

多数用英文撰述，间有用法文者。1926 年在东京创刊。

14.《东方语言学会会刊》(Mitteil ungen Des Seminars Für Orientalische Sprachen)，由德国福脱惠廉大学主编，1898 年创刊，主要发表柏林大学研究中国问题之教授或研究生之德文论文。

15.《远东考古博物院汇刊》(Museum of Far Eastern Antiguities Bulletin)，1926 年创刊于斯德哥尔摩，为瑞典之上乘学刊，包括考古、艺术及人类学，撰述用英文，间用德、法文。

16.《新中国评论》(New China Review)，1919 年创刊于上海，1922 年即停刊，论文以英文撰述，有一定学术水平，惜难以为继。

17.《亚洲艺术杂志》(Ostasiastische Zeitschrift)，系德国亚洲艺术研究会之会刊，1912 年创刊于柏林，着重研究远东艺术，亦有与艺术有关的文化研究，时有精美图片刊登。

18.《亚洲艺术评论》(Revue Des Arts Asiatiques)，1924. 年创刊于巴黎，主要刊登与巴黎基美博物院（ Musée Guimet ）有关的艺术专家之部分论著，以法文为主，间用英、德文，尤其注意各博物院及私家之收藏。

19.《通报》(T'oung Pao)，1890 年创办于荷兰莱顿，由伯希和（ Pelliot ）主编而又投稿最多，法文论著为主，亦刊载英、德文撰述，有关目录学之研究尤为精密，为享有国际盛誉之汉学杂志。

除以上入选之 19 种刊物外，贝德士还提醒中国学人：有些西文杂志虽大部分与中国研究无关，但间亦有汉学研究之论文可资参考，如《皇家亚洲学会日本分会会报》《德国东亚自然科学及人种学会通讯》《皇家亚洲学会朝鲜分会会报》《皇家亚洲学会日本研究会会刊》《中亚学会会报》《中国社会及政治科学评论》《太平洋事务》等。通过此书可见贝德士治学之勤与涉猎之广。

贝德士时任金陵大学历史系主任，除教授本系多种课程外，还在南京其他几所著名大学兼课，工作之繁忙可想而知。但他仍抽出时间，在广泛阅读的基础上选择 19 种主要西文刊物编制有关中国研究的目录索引，为中国学者和学生提供方便，其助人精神甚为可贵。据我所知，欧美与日本学者之颇有成就者，至今仍有认真编辑书目、索引和论文提要的传统，目的都是以自己的劳绩为他人节约精力和时间，特别是为年轻学者指引治学的门径。时下国内对工具书及资料编辑之学术评价常有不足，甚至贬低乃至不承认其学术价值，这是很不公平且缺乏学术真知的表现。

辛亥期刊

旧 学

——《汉声》闰月增刊

辛亥时期，海内外中文期刊如雨后春笋，兹略记数十年来在各地陆续所见者。《旧学》卷首有《湖北学生界》改名《汉声》社闰月增刊《旧学》的大广告，说明“本编由本社当（执）笔人确据旧籍口述手抄，未常（尝）增减一字”。

扉页题词：“抒怀旧之蓄念，发思古之幽情；光祖宗之玄灵，振大汉之先声。”

此编分诗、词、曲、诏、诰、谕、制、令谕、赐书、檄、批、表、疏、笺、书、序、跋、史论、论、铭、墓表、祭文、杂纂等专栏，共 151 页。收岳飞、文天祥、顾炎武、王夫之等历史名人诗文，可见《汉声》继承《湖北学生界》反清宗旨，而国粹主义色彩尤浓。

增刊有广告两则可资参考：

一是湖北学生编辑师范讲义再版紧要广告，略称：“是编出世以来，大为教育界欢迎。”全书共四册，价洋二元。地址：日本东京骏河台铃木町十八番地湖北同乡会教育部。

另一为“游学日本要路一览”，略谓：“汉—申船费，中等不过十元。上海至横滨船费，二等三十余元，三等十余元。横滨至东京火车费，上等九角，并等（原文如此，可能指二、三等合并——引者）三角。东京每月房租伙食费十余元。上海招待处（中国公嘱育材学堂王培孙，湖北特设国民丛书社王慕陶）

招呼上船兑钱一切。东京招待处：清国留学生会馆。”这则广告可供我们了解当年湖北留学生去日路线、车船伙食价格，以及上海、东京两地接待处所等。

最后还附有湖北同乡会调查部征文启事：“凡关湖北利弊之事，不拘一格，皆可致函本会，登时报告，以筹改良之策。”通信地址：日本东京骏河台铃木町十八番地支那留学生会馆内湖北同乡会。这则启事说明前此《湖北学生界》发起的本省社会调查工作仍在继续。

《湖北学生界》为中国留学生在东京最早创办的刊物之一，第一期出于1903年1月。当时东京中文进步刊物多以地区命名，如《江苏》《浙江潮》《洞庭波》等，且由本省籍人士编辑，《湖北学生界》实开风气之先。自第六期改名《汉声》,《旧学》名为闰月增刊，但也仅出一期，因《汉声》至第八期即已停刊，没有可能再次逢闰月增刊。

萃新报

在北京近代史研究所得见《萃新报》，有第二、三、四期，缺第一期。第二期系光绪甲辰五月廿八日发行，第三期光绪甲辰六月十四日发行，第四期注明“每月二册朔望发行”，却未说明具体发行时间。

第二期开头刊有该报代派处，凡 28 处，其中商号、银楼、米行、木行、烟栈共 12 家，学堂 6 所，其余 10 处为个人名义。第三期派报处增加松阳县何元利宝号。第四期派报处又增加开化华埠王德裕堂、永康县应广裕宝号、浦江县恒泰号、汤溪罗埠葆三堂、本邑拦路井成泰宝号等处。说明该报发行量渐增，发行网络亦有所扩大。

第二期“社说”题为《论处、金、衢、严四府之关系及其处置之方法》。此文从地球源起谈到亚洲、中国、浙江，再谈到浙东、浙西。点出乡土情结：“我居此东浙之上游，则我又爱浙东上游之处、金、衢、严。”但该文更强调国家观念与爱国思想：“我民族缺点之所在，则不在于无爱乡思想，而在于无爱国思想；不在于无族民资格，而在于无国民资格。救时之君子宜如何祛其爱恋故乡之心，而灌以牺牲祖国之志，使人人具爱国思想乎？宜如何由家族制度而铸为人格结为法团，成一完全统一永世无极之公同体，使人人具国民资格乎？”然而作者也并非贬低乡土情结，只不过是更为强调必须把爱乡与爱国结合起来，并且正确处理两者之间的关系。他说："美利坚立共和之政体，以十三州之联合而成，然其成也必自十三州中人人爱其州始。……爱乡心者，爱国心之源泉也；族民者，国民之根本也。故我爱中国，不可不爱浙江；我爱浙江，不可不爱浙东上游之处、金、衢、严。"这篇论说还介绍世界局势与中国处境，向处、金、衢、严以至全浙、全国人民发出警告："帝国主义，咄咄逼人。……欧风美雨，遍遮大陆。其时则甚危也，其势则甚险也。"

第二期"军事界"一栏，刊《少年军》一文，歌颂1848年意大利独立战争。"史传界"一栏，刊登《汽机大发明家瓦特传》。"计学界"一栏，刊登《托辣斯》一文，认为："夫政治界之必趋于帝国主义，与生计界之必趋于托辣斯，皆物竞天择，自然之运，不得不尔。而浅见者从而骇之，从而尼之，抑亦陋矣。"1904年对帝国主义即有如此认识，堪与杨毓麟等先进人士比美。另外，"实业界"一栏刊登《植物与人生之关系》，"女界"一栏刊登《论中国女学不兴之害》均为趋新之说。

第二期还刊有《甲辰年斌新学堂续定学生规约》，所设课程有"周官""书经""左传""通鉴""孟子""西史""兵式体操"等。显然仍是新旧掺杂。《两浙女子学会简章》则主张禁止缠足，男女平权，婚嫁自主。

本期"附录"有《处、金、衢、严四府调查会之缘起》并附办法体例。略谓："市町村有调查而后州郡能自治；全国有调查，而后全国能自治。调查者自治之母也，自治者调查之产物也。"这种主张和说法，与东京其他各省留日学生同乡会调查部大同小异，市、町、村之类称呼显系受日本影响。

第三期"社说"题为《劝游学书敬告处、金、衢、严之少年》，略谓："去岁京师大学堂派出洋之学生，留欧美者三十人，留日本者二十六人。近如四川新派二百人游学日本，两湖之留学生多至五百余人。即以我浙论，留学于东邦者亦不下二百余人，游学之事亦发达矣。”然而处、金、衢、严去日本者“仅官派学生二三人焉”，去“北京、上海、杭州且寥若晨星焉”，故应奋起直追。本文还反对“科举魔”“家庭魔”“生计魔”“夷夏魔”“暴弃魔”等妨碍留学的陈旧消极思想。本期“计学界”一栏续刊《托辣斯》一文，申论“托辣斯之利”，亦论“托辣斯之弊”，主张国家对托辣斯进行监督和干涉，并发展托辣斯以与欧美实业界竞争。作者思想颇为通达，立论得体。

第四期“社说”题为《日俄战争之影响于处、金、衢、严若何？》，认为其影响“不出于瓜分、保全之二途”。即以“保全”而论，处、金、衢、严将受影响，为列强利用传教士、领事、商人从事政治、经济、文化侵略，矿权行将外落，内河航权沦丧，沪杭铁路建成后英人将溯浙江而上，日本则从福建越仙霞侵入，英、日竞争日剧，而处、金、衢、严首当其冲。作者主张倡教育，学实业，保利权，以谋抵制。

“学说界”一栏刊《论中国有救弊起衰之学派》一文，主张学习颜元、李塨，认为其学说宜于今者有三：一有尚武精神，二有贞固道德，三有实业教育。

“史传界”一栏刊《赵武灵王传》，略谓：“欲使外竞有力，非举其国而为军国民不可。七雄中实行军国主义者，唯秦与赵。赵之有武灵、肥义，犹秦之有孝公、商鞅也。而秦之主动力在臣，赵之主动力在君。商君者秦之俾斯麦，而武灵王者赵之大彼得也。”把武灵王比做彼得大帝，颇有创意。

此期还刊有《游学译编》译日报所刊《日清银行之运动》等文，说明留学界各刊之间多有联络，相互呼应。

“附录”调查体例（续前），分地理、历史、社会、实业、学界、政治、时局等6项。其中实业调查包括4类30子目。

甲、物产——动物、植物、矿物、杂物。

乙、农业——山田地总数及优劣、荒田沙地、水利土性、所用肥料、水旱灾侵、桑及鸦片占种地之多寡、饲蚕户口之多寡、畜牧。

丙、工艺——制造物品、工人种类及组织、工艺厂局、庸工本省及外省之数。

丁、商业——输入输出之品类及价值、洋货销数、市场所在及其盈虚消息、盐当及各种大庄号、贸易大小及历年盈绌之比较、货币及汇总之方法、商人之种类及组织、运道、丝茶、鸦片、邮信、电信、民局及驿站之兴废。

从提纲可以看出，对社会调查之期望甚高，但由于是一般号召，缺乏问卷拟订及组织方法，所以收效肯定不甚理想。有关各省皆然，非仅处、金、衢、严也。附录尚有一对联：“问矿权、路权、交通权果翳谁所操纵？慨农界、工界、商务界已为外界所揽持。”亦颇耐人寻味。

《萃新报》1904年6月27日创办于金华，据有关文献记载，存在时间不过两个多月，所以金冲及推断“这四期《萃新报》可能已是全璧”。此刊主要是面向处、金、衢、严四府，在偏僻闭塞的浙东地区开民间办报的风气之先，而其发表的文章则多能与全国乃至世界声息相通。平心而论，它的思想与学识水平并不低于沪、杭乃至东京一般进步刊物，其中少数文章颇有远见卓识，至今读来犹能发人深省。

此刊发行范围有限，言论亦不甚激烈，但即令如此，也难以在严密的文网下存活。陶成章《浙案纪略》对此曾有记述：“《苏报》案之风潮既传入内地，于是金华志士刘琨、盛俊、张恭等亦倡办一报，以谋开通内地之风气，名曰《萃新报》，盖旬报也。有严州学生某，偶携一册至严州府学校，为知县锡纶所闻，进禀浙抚，谓该报出语狂悖，请封禁以正士习。是时，魏兰、陶成章等旅居杭州下城头巷《白话报》馆，得杭城同志报告，即由魏兰函告张恭。逮浙抚下令金华知府封禁，而该报之门面已早改易矣，故此案得无牵。”而此刊反因“《萃新报》案”一词流传于史册。

东浙杂志

我只看到《东浙杂志》第四期，甲辰十二月印刷，十二月发行。

“专论”《地方自治问题之金衢严处地方自治》，乃第三期之续，系一般性政见。

“短评”《衢州纸业亦宜改良否？》，批评当地造纸工艺落后，且多用于敬事鬼神。吁请纸坊“槽主”集股采购机器，并派人赴上海、日本学习新技术。《哀衢州士民之衰耗》亦有类似意见而更为尖锐：“则以言乎农与工，而赣、皖两省人居其三之二，而吾衢人乃居三之一焉，以言乎商与贾，则亦赣、皖及杭、宁、绍等处人居其十之九，而吾衢人仅仅居其十之一焉。”“呜呼！拭目而望，沃野千里，乃为各省各府各州各县之殖民地。”《咄咄无意识之暴动》一文，就松阳双龙会党首领正法一事，力言反教“灭洋”之非。

“征文”《民权问答篇》，认为“君民共治政体”最为平等，故又名“平权政治”（相对于民权政治而言）。

“专科”《留学日本陆军学生昆池杨振鸿致滇中父老书》，呼吁维护本地主权利益。

“群学”《论国家与国民之关系》，略谓：“盖十九世纪之世界，国与国争强弱，其主动力在少数之贵族；二十世纪之世界，民与民争优劣，其主动力在多数之国民。”

“哲学”《近世学术思想变迁之大势》（续第二期），推崇顾、黄、王、颜、刘五先生。

本期还刊有《杭城报纸销数之调查》，略谓："《中外日报》五百份，《新闻报》三百份，《申报》六百份，《时报》三百余份，均以官场、商家、学堂为多。《杭州白话报》一千份，《新民丛报》二百份，学堂学生为多。《警钟》二百份，新学界为多。"

《东浙杂志》为继《萃新报》而起的浙东进步刊物，由于"《萃新报》案"的影响，言论更趋温和，但期望推动浙东走向趋新潮流的心愿仍然殷切。可惜至今尚未找到适当资料，足以具体说明该刊出版的背景与始末。

浙源汇报

系由《东浙杂志》改组发刊，每月二册，朔望发行。

第一期为乙巳三月印刷，四月发行。刊首载有《紧要广告》云："本报系由《东浙杂志》改章。"

《浙源汇报》简章曰："浙有三源，徽、严、衢、婺及处郡之半，皆浙源流域也。"愤于山区闭塞，乃出此报。其宗旨是："从平和切近入手，以启发普遍知识，渐求进步。"门类有上谕、社说、政法、学术、教育、实业、军事、地理、历史、科学、女界、时论、文件、纪事、小说、丛录等。

本期刊有"社说"《论中国不能合群之原因》，"传记"《中国殖民八大伟人传》，"时局"《论瓜分变相》(《外交报》)、《长江防守策》等。

第二期为乙巳四月印刷，五月发行。

"社说"《死生问题》，"传记"《中国殖民八大伟人传》(连载)，"时局"《谨告杭、衢、严三府绅士》(反对美国协丰公司办杭州至江西边界、铁路)、《论英兵轮驶入鄱阳湖》。

本期还刊有《留学须知》，略谓旅费由金华启程至横滨约30元，到日本后置装约30元，学费及宿费每月20元。俭者全年有200余元即可敷用，能带300元更佳。金华汇至上海钱庄，再到虹口正金银行兑换日洋；顺便至东洋码头买船票，三等票每人14元余。

又刊《筹拒美国华工禁约公启》，呼吁："事关全国之荣辱，人人有切肤之痛，合群策群力以谋抵制，是所望于爱国诸公。"

本报代派处共计35个，其中商号、米行、木行、银楼、酱园、酒坊共14处，学堂6处。

第三期乙巳五月印刷，五月发行。

"社说"《死生之问题》(续)，"地理"《论满洲战争之历史》。"专件"《浙江存亡问题》，反对美国协丰公司谋修浙赣铁路，略谓："吾衢、严人毋推诿款之难集也。川省之川汉铁路，江西之九南铁路，非皆集款自造乎？福建华商又设一四百万两之银行，以为筑路开矿之用，非所以防法人染指乎？浙江亦大省也，如其自弃利权而召异日之祸也，其将何以对川、闽、赣三省之人？"

"实业"《英美实业家之座右铭》(《大陆报》)。"教育"《劝学歌》："各国富且强，得力在学堂。""世界志闻"《日俄战纪》。

第四期乙巳六月印刷，六月发行。

"社说"《教育篇》，提倡军国民教育，反对专制政体。"来稿"《专制苦自叙》，略谓："否极则泰，物极必反，专制进化，此其时矣。"又云："安得光明一线来相照，照彻浙东之上游。""时论"《论浙省亟宜自兴铁路以杜外人揽权》。

"政法"《论改良政俗自上自下之难易》，认为自上改良易，强调普及教育与收回利权。"财政"《论今日宜整顿财政》。"实业"《英美实业家之座右铭》。"纪事"《日俄提议和局汇志》。

第五期乙巳六月印刷，七月发行。

"社说"《观物篇》，讨论实验主义、怀疑主义两派。"专件"《衢州议筹自办浙粤铁路说贴》，赞成仿照四川抽田租股，"盖目下中国财源公私如洗，总须行此种派捐之法，方能筹集巨款"。"政法"《论中国立宪不成之可虑》，略谓："二十世纪之始，俄罗斯之专制政体，已有不能维持之势。革命之风潮，浸淫而及于亚东者，其期当亦不远。”“实业”《论近年华洋通商情形》《出使俄国大臣胡咨商部筹议织兽毛制树胶文》。“学术”《音乐与体操并重论》。

从《萃新报》开始，经《东浙杂志》到《浙源汇报》，浙东进步报刊艰苦撑持，亦达一年以上，可见当年进步思潮在中国已成不可阻遏之势。清朝政府虽然依旧推行封闭高压政策，但已无从有效防堵。

天义报

20 世纪 70 年代末曾在原《红旗》杂志社资料室得见《天义报》第一至十五期，中缺第十三、十四期。

《天义报》简章：一、宗旨及命名　以破坏固有之社会，实行人类之平等为宗旨；于提倡女界革命外，兼提倡种族、政治、经济诸革命，故名曰《天义报》。二、办法　拟月出三册，因排印延期，暂定二册。发起人：陆恢权、何殷震、张旭、徐亚尊。

此报之主导者为何殷震，即刘师培之妻何震，为辛亥时期极富个性的新潮妇女。

《天义报》第一号发行于 1907 年 6 月 10 日。卷首“图画”为女娲像并赞（何殷震）。“社说”《女子宣布书》（何殷震）、《破坏社会论》（去非子）、《公论三则》（何殷震）。“学理”《李卓吾先生学说》（不公仇）。“时评”四则（志达）。“译丛”五则（公权）。“来稿”《论女子受制之原因》（陆宇民）。“杂记”六则（大鸿）。“附录”《致留日女学生书》（何殷震）。卷末还附有《女子复权会简章》。

《破坏社会论》名曰社说，实系去非子译述，称破坏之法有十一事：一曰废尽天下帝王大总统；二曰废尽天下中央官吏及地方官吏；三曰废尽天下世袭爵位之人；四曰废尽天下议员及公共团体之执行员；五曰废尽天下资本家及有财产之人；六曰废尽天下之兵丁警察；七曰革尽天下压制妇女之男子；八曰革尽天下甘受压制之男女；九曰废尽迷信宗教书；十曰废尽天下不合理之书籍报章；十一曰废尽天下现行之法律。又谓建设新社会最重要者有四事：一曰不设政府；二曰废尽银币及钞币；三曰人人劳动；四曰人人衣食居处均一律。

谚曰："和尚打伞，无法（发）无天。"去非子早在百年前即已显示现代革命造反派风貌。

第二号发行于 1907 年 6 月 25 日。

内容有"图画"：法国女杰露伊斯·米索尔像。"社说"《女子复仇论》(何殷震)、《废兵废财论》(申叔)。"学理"《唐铸万先生学说》(亚公)。"来稿"《平权论》(恢权)等。

本期"时评"载有《社会革命大风潮》，略谓："近日以来，革命风潮偏于欧亚。俄民之暴动，波斯之纷扰，印度则群谋独立，朝鲜则暗杀类兴，而中国革命亦起于闽粤。"又谓 24 日日本报载："上海敷设电车道轨之工人，因要求工价，同时罢工者五万人。"

"杂记"栏载有叔时《中国古代均贫富之制》《富人之病民》《颜元斥土地不均之害》。"近事报告"栏载有《万国社会党政纲》《万国社会党大会议案》《社会主义讲习会公告》等。

《天义》第三卷发行于 1907 年 7 月 10 日。(从本期开始，刊名改为《天义》，号改为卷。)

本期内容有"社说"《女子复仇论》(何殷震)，《人类均力说》(申叔)。"学理"《戴东原先生学说》(去非)。"时评"《政府者万恶之源也》(志达)，《排满与保满》(志达)。"译丛"《苦鲁巴特金之特色》(公权)，《妇人与政治》(公权译自幸德秋水《平民主义》)等。

本期刊有日本著名社会主义者幸德秋水来函，内称："《天义报》首册读毕，拍案呼快，就中《女子宣布书》议论雄大"云云。

《天义》第四卷发行于 1907 年 7 月 25 日。

内容有“社论”《女子复仇论》(何殷震),《无政府主义之平等观》(申叔)。“学理”《西汉社会主义发达考》(申叔)。“译丛”《西欧无政府党宗旨汇录》。“来稿”《毁家论》(汉一)等。

《西欧无政府党宗旨汇录》收有布鲁东《无政府主义大纲》。

《天义》第五卷发行于1907年8月10日。

内容有“图画”中国无政府主义发明家老子像。“社说”《女子复仇论》(何殷震),《论女子劳动问题》(畏公),《无政府主义平等观》(申叔)。“学理”《西汉社会主义学发达考》(申叔)。

卷末有幸德秋水著、蜀魂译《社会主义神髓》《拉萨尔传》两本书的广告。

《天义》第六卷发行于1907年9月1日。

内容有“社说”《女子劳动问题》(畏公),《论种族革命与无政府主义革命之得失》(震、申叔合选)。“学理”《欧洲社会主义与无政府主义异同考》(申叔)。“记事”《万国社会党大会记》等。

《欧洲社会主义与无政府主义异同考》略谓：欧洲社会主义始于希腊柏拉图。及基督教兴，教会之中亦希共产主义之实行。现欧洲学者于社会主义之发达划为五期：一为准备时代（由佛兰西革命至1817年）；二为成型时代（由1818年至1848年）；三为休止时代（由1849年至1863年）；四为万国劳动者同盟时代(由1864年至1880年)；五为社会民主主义运动时代(1880年后)。至第二时代始有《共产党宣言》(1848)。至第四时代始有劳动者之团结，始有无政府主义之纷争。自巴枯宁倡破坏之说，而劳动同盟或倾向无政府主义。及1873年巴枯宁为马尔克斯所排斥，无政府主义遂与社会主义分离。二派既分，由是劳动同盟仍属于社会主义民主党，而无政府主义则别树一帜云云。作者（刘师培）认为社会主义与无政府主义互为表里,而且“必有趋向无政府主义之一日”。

本期“纪事”栏尚有《社会主义讲习会第一次开会纪事》，略谓：“本年六月，刘君光汉、张君继，因中国人民仅知民族主义，不计民生之疾苦，不求根本之革命，乃创设社会主义讲习会，以讨论此旨。于日历八月三十一日，开第一次大会于牛込赤城元町清风亭，会员到者九十余人。”刘光汉宣布：“吾辈之宗旨，不仅以实行社会主义为止，乃以无政府为目的者也。”并认为欧美行无政府难，中国行无政府易，因为中国两千年政治，出于儒、道二家，“主放任而不主干涉。明曰专制，实则上不亲民，民不信官，法律不过具文，官吏仅同虚设”。但刘光汉认同“排满”，认为“排满”虽非无政府主义，“然今之政府既为满人所组织，而满汉之间又极不平等；则吾人之排满，即系颠覆政府，即系排特权，正与无政府主义之行事相合”。但无政府终究优于“排满”：一是不至陵贱他族，成为民族帝国主义；二是革命出于至诚，不致有新的特权产生；三是“排满”革命出于学生、会党，无政府主义则必以“劳动组合”，“使全国之农工悉具抗力，则革命出于多数人民，而革命以后亦必多数人民均享幸福”。师培认为当前要务是“联合农工组合劳动社会”，而为此又需要调查全国民生疾苦。

次由张继报告，阐明无政府主义。

次由日本□□□□君（原文如此，可能是幸德秋水——引者）。

刘师培再次发言：“惟欲于满洲政府颠覆后，即行无政府，决不欲于排满以后另立新政府也。”

夫唱妇随，何震接着演说，阐明男女平权与无政府的关系，而今日欲实行无政府革命，必以暗杀为首务。

然后由刘师培提议：以后每星期开会一次，讲习科目为无政府主义与社会主义学术、无政府党历史、中国民生问题、社会学，请中外学者讲演，并可随时质问。

社会主义讲习会显然是效仿日本社会主义金曜讲习会，并几乎与其同步展开活动。后者为幸德秋水等开办，从 1907 年 8 月 1 日到 10 日，每逢周五（金曜日）开会，因以得名。此会的讲题与讲师为：社会主义伦理学（幸德秋水）、社会主义的历史（田添铁二）、社会主义的起源（堺利彦）、罢工（西川光次郎）、工会运动的历史（片山潜）。当时日本社会主义者正加强与亚洲其他国家旅日革命者联络，1907 年 7 月日本、中国、安南、菲律宾、印度的社会主义者、民族革命家在东京召开东亚恳亲会，主张亚洲人民团结反帝。刘师培、张继等人举办社会主义讲习会，可以看做是对上述潮流的积极反应。

《天义》第七卷发行于 1907 年 9 月 15 日。

内容有“社说”《无政府主义之平等观》（申叔）、《女子解放问题》（震述）、《论种族革命与无政府革命之得失》（震、申叔合选）。“学理”《社会主义契约说评论》（民鸣）等。

刘师培《无政府主义之平等观》，为无政府主义进行步骤及方法提出一个模式：

刊行书报——开通人民——宣播无政府主义
演说疾苦——运动人民——组合劳动团体
暗杀
罢工
抗税
诛民贼
革命——覆政府

本期“记事”栏有《万国无政府党大会记略》《日本社会主义金曜讲习会记》。金曜讲习会于 9 月 6 日开第一次会，13

日开第二次会，幸德秋水、堺利彦、石川三四郎均讲演，到会者 70 余人。

《天义》第八、九、十卷合册，发行于 1907 年 10 月 30 日。

内容有“论说”《女子解放问题》（震述）、《论新政为病民之根》（申叔）、《女子复仇论》（震述）、《中国民生问题论》（申叔）、《非六子论》（申叔）、《论女子当知共产主义》。“学理”《鲍生学术发微》《斯彻奈尔无政府主义述略》（自由）。“时评”《祝日本社会党之分裂》《惜哉工女》《哀我农人》。“记事”《芜湖万顷湖农民抗租记》（公权）、《中国各省罢市毁学汇志》《万国社会党大会续记》《无政府党大会决议案记》《女界近事记》等。

《论新政为病民之根》一文，认为在腐朽透顶的清政府统治下，“维新不如守旧，立宪不如专制”。并断言：“中国自古迄今，凡朝廷之变法，恒与民变表里。”

《非六子论》自称过去亦心仪顾、黄、王、颜、江、戴之说，“若由今观之，则乱政败俗蠹民，亦莫若六子”。又云：“嗟乎！处今之世，非有非常之源，以斩绝人治之根，决不足以跻民于巨乐。故凡旧说之涉及人治者，稍加采择，无一不足以殃民。”

以上两文大体上反映出刘师培当年无政府思想的偏执，旧说只要涉及“人治”，便是维护政府的存在，因此都应坚决摒弃。

《祝日本社会党之分裂》介绍该党片山潜一派掌握《东京社会新闻》，并通过社会主义讲习会，宣传合法斗争。幸德秋水、堺利彦则掌握《大阪平民新闻》，复改名为《日本平民新闻》，并利用金曜讲演会，宣传“直接行动”，即总罢工。《天义》同仁显然同情后者。

《记东京金曜讲演会》略谓：9 月 20 日开第三次会。堺利彦讲萨斯门学术。9 月 27 日开第四次会，山川均讲社会主义运动史，并介绍克鲁泡特金《社会主义复活》大义。堺利彦讲现时处世之方针及社会主义革命之必要。印度保斯讲英人虐印之苛暴。10 月 4 日开第五次会，有堺、木下、守田、荒烟等演说。10 月 11 日续开第五次会于吉田屋，山川讲布鲁东学术。堺讲社会党大会事。其他演说痛陈劳动者疾苦，主张直接行动主义。10 月 18 日开第六次会，为幸德秋水送别，山川、北一辉、片山潜、田添铁二、张继等演说。10 月 25 日开第七次会，山川讲产业革命，其他尚有数人演说。

《社会主义讲习会第二次开会记略》略谓：9 月 15 日开会，刘师培讲中国民生问题及农民疾苦。次由张继介绍利彦学术宗旨。次由刘师培讲宪政之病民。次由张继讲自由结合之益。到会者百余人。

《社会主义讲习会第三次开会记》略谓：9 月 22 日开会，刘师培讲中国财产制度之变迁，力言必须实行共产。章太炎演说痛斥国家学之荒谬，并立宪之病民，谓无论君主立宪、民主立宪，均一无可采（章氏演说即《国家论》，见《民报》第 17 册）。田江苏藩讲湖北、江苏农民苦况及田主之虐待，并言本会宜筹维持之策。次由山西景（梅九）君演说欧美社会党之分派，并痛斥软（温和）派之非，主硬派说，并举中国老子、许行各学术与西国各学派相较。

《社会主义讲习会第四次会记略》：10 月 6 日开会，山川均讲演，张继、刘师培夫妇亦讲演，辩明排强权不同于排外。

通过以上三次开会纪略，可以了解社会主义讲习会的具体活动情况，以及其主要成员的政治思想。无政府主义在当时社会主义运动中，以最激进、最彻底、最纯真的时髦面貌出现，无论在日本还是在中国早期社会主义者中，都具有相当影响。

由此可见《天义》有关记述的史料价值。

《芜湖万顷湖农民抗租记》报道：万顷湖在安徽芜湖县境，约十余万亩。1904 年开始招垦承租，皖属富绅各认数千亩，分立 32 公司，广招佃户，议定头年免租，二年半租，三年全租。因二年大水灾，三年亦有十分之二被淹，富绅仍欲收全租，佃户抗不缴纳，开会演说，出单募费，聚众制械。旧历八月初四，抢劫公司庄稻，以后连日出击，并劫去巡警营枪械号衣，聚众至千余人，湖外盐枭亦应之云云。

《天义》发表“时评”《哀我农人》,支持万顷湖农民抗租斗争，希望各省志士调查农民疾苦,以申官吏富豪之恶。同时刊登《农民疾苦调查会简章》《穷民俗谚录征材启》。

《天义》第十一、十二卷合册，发行于 1907 年 11 月 30 日。

内容有“论说”《亚洲现势论》(申叔)、《女子非军备主义》(震述)、《俄虚无党与革命主义之区别》(独应)。“学理”《苦鲁巴特金无政府主义述略》(申叔)等。

此册又发表怪汉《哀佃农》一文，表示对贫苦农民的同情。略谓：“吾乡之民，贷田于人者，十有八九。纳谷以谷种计算，种谷种一斗者，岁纳谷十石于田主。”并记述穷民俗谚，如：“腰弓背驼挖黄土,挖到过年不见谷。”“这世界,不得了。富的富不了,穷的穷不了。不造反，不得了。”

《天义》第十五卷发行于 1908 年 1 月 15 日。

内容有“学理”《共产党宣言》序言(因格尔斯作,民鸣译)。“译丛”《未来社会之生产方法及手段》(苦鲁巴特金著,申叔译)。“来稿”《金华织布局虐待工女记》等。

此卷还刊有广告：本报下册汇列新译各书成一最巨之册，其目如下:一、《共产党宣言》(马尔克斯、因格尔斯著);二、《社会主义经济论》（哈因秃曼著）；三、《社会主义史大纲》（布列斯著）……可惜此预告之巨册始终未见问世。

《天义报》1907年6月在日本东京创刊，与巴黎出版的《新世纪》同为中国无政府主义者海外两大喉舌。《天义报》的思想倾向显然深受幸德秋水的影响。当时，日本社会党虽已被政府禁止（1907年2月），但日本社会主义者仍与中、越、菲、印的社会主义者与民族主义者在东京召开“东亚恳亲会”（1907年7月）；而此前回国不久的幸德秋水，又带回美国无政府主义的影响。日本社会党实际上已分裂为两派，一派以幸德秋水的“直接行动”（同盟罢工）主张为代表，稍后建立金曜会；一派以西添铁二的“议会政策论”为代表，稍后建立同志会（包括西川光次郎、片山潜等）。幸德秋水由于是《共产党宣言》的日本译者之一（另一合译者为堺利彦），早在进步知识界享有大名，1907年春季以后其“直接行为”主张更为激进知识分子所热烈欢迎。在这样的情况下，汇集东京的中国革命者出于反抗心切，很容易受到日本无政府主义思潮影响。从纵向而言，中国革命虽然师承美、法资产阶级革命，但由于比美、法革命已晚起百余年，所以从横向而言，又必然要与欧美社会主义运动发生关联，其中既包括马克思主义，又包括无政府主义。而由于无政府主义的宣传狂热且又浅显，更容易被一部分激进知识分子所接纳。但狂热毕竟不是信仰，词语激进也不等同于革命真诚，所以一些无政府主义者稍后或叛变投敌，或转向右倾，也就无足奇怪。当然也有一些优秀的知识分子，早期虽然或多或少接受过无政府主义影响，但很快便越过这层雾障，进入马克思主义的武库，此乃历史的必然。

衡 报

《衡报》存在时间甚短，1908 年 4 月 28 日出第一号，同年 10 月出版第十一号即被日本政府查禁，前后不过半年。《辛亥革命时期期刊介绍》第三集收杨天石《天义报、衡报》对此刊已有所介绍。内称："《天义报》是近代中国最早的无政府主义期刊。1907 年 6 月 10 日创刊，共刊行十九期。《衡报》是继《天义报》出版的无政府主义报纸，1908 年 4 月 28 日秘密创刊，共发行十一号，现在所能见到的为一至八、十各号。二者均在日本东京出版。"

我所收藏的《衡报》复印件，亦缺第九、十一两号，此件系京都大学狭间直树十多年前所赠，想必即天石所见之同一藏本。唯上述杨文以介绍《天义报》为主,对《衡报》则只略有提及，因此尚有补充说明之必要。

《衡报》存在时间虽短，但无政府主义旗帜仍极鲜明。其刊名英译乃 The Chinese Anarchist News，意为中国无政府主义者新闻。刊头列"衡报大旨"四条:第一条"颠覆人治实行共产主义"，英译为 Anarchist Communism，意即无政府主义的共产主义；第二条提出总同盟罢工（General Strike）；第三条提出联络"直接行动派"，均为当时无政府主义者的主张与口号。显然这都是由于幸德秋水等人的影响。

第一号载有《发刊词》，署名 Sun Soh 叔，即刘师培（申叔）。

内有“大道之行,天下为公。庄铨齐物,墨尚大同。芸芸众(生),禀性唯均”。仍然保持《天义报》特色，尤着力于从传统典籍中寻找理论根据，与《新世纪》之侈谈巴枯宁、克鲁泡特金等西人学说有异。

第二号载《论共产制易行于中国》，略谓：“共产制度，于中国古史确然有征。《礼记·祭法》篇言，黄帝明民共财。共财二字，其指井田与否，虽未可知，然足证太古以前，确为共财之制。”然后又引征古籍力图证明三代以后为“宗族共产制”“乡里共产制”，“至于近代共产之制犹有存者”。与欧洲相较而言，中国之“共产制度未尽脱离，而财产私有制度亦未尽发达，故中国易于实行共产主义”。对于实行方法，作者主张从收取地主之田、官府之产与富商之财以供同享着手，然后发展生产，提供能满足全社会人民需要的物资，以免于相争，共产制度即可永远保存。

第三、四两号连续报道与评论5月14日汉口小商贩数千人同盟罢市,且发表《汉口暴动论》长篇时评,借此宣扬:“吾党之意,以为中国革命非由劳民为主动，则革命不成；即使克成，亦非根本之革命。故吾党所希望者，唯在劳民之直接行动。幸近岁中国劳民渐生自觉之心，暴动之举，其由劳民发端者，一为镇江抵抗警察，一为万顷湖抗税，均含有社会革命之性质者也，而近日汉口暴动其效尤著。”同时还连载发表《社会革命与排满》一文以相呼应。

第五号在“警要新闻”栏中，以显著位置刊载《汉口农民暴动又起》，报道6月1日汉口后湖农户数千人，为保护围垦田地产权向清丈总局示威一事。编者按云：“汉口罢市案甫息，而农民暴动复起，则本报前号所谓，中国劳民革命当由汉口发端者，验于此而益信。据访函所言，此事主动虽半由田主，然一湖之田为三千余户所分有，则小农之自有其田者，必不乏其人。此次暴动必以小农占多数，此可预决者也。昔法国大革命以前，农民小叛乱 Jaquerica 三百次。今观之中国，则数载以来，若镇江之闹漕，芜湖万顷湖之叛乱，浙江桐乡之反对加漕，合以汉口此变，均农民之小叛乱也。由是而降，则农民抗税之革命，必可普及全国，孰谓农民无革命资格哉！”同期还发表《论中国宜组织劳民协会》一文，认为欲提倡劳民革命，必先从组织劳民团体着手。

第六号续载《论中国宜组织劳民协会》，并在“警要新闻”栏刊登《苏州机匠罢工之胜利》《万顷湖农民请撤公司》等报道。

第七号为“农民号”，英译 An appeal to the peasant，意谓对农民的呼吁。首篇为《无政府革命与农民革命》，认为根据中国的国情，“欲行无政府革命必自农民革命始”，因为“中国大资本家仍以田主占多数”，倾覆田主即必倾覆资产阶级；而“中国农民仍以农民占多数，农民革命者即全国大多数人民之革命也。以多数抵抗少数，收效至速”。同期还刊有《论中国田主之罪恶》，对地主群体构成及田租之种类与危害，均有痛切论述。结论是“故知异日中国之田，必悉操于大地主之手；非实行农民革命，废灭土地私有制，则佃民所罹之苦，岂有涯乎？”此外尚刊有《农民讨官吏檄》《论农业与工业联合制可行于中国》《苦鲁巴金（克鲁泡特金）氏之农业论》等文章。本期附录亦刊有“各省佃民之疾苦”（来函）、“军警扰民汇记”等。

第八号侧重报道两广水灾及灾民惨状，并刊登图片五幅：（1）Flood—Woe in South China（华南之水患）；（2）A Junk Sinking as too Many Inhabitants Onboard（帆船载人过多沉没）；（3）

Deadbodies after Deadneap（灾后尸体）;（4）Hungry Populations Driven by the Mandarins（官吏驱赶饥民）;（5）Rice—Rob by the Poor after Flood（灾后贫民抢米）。同时刊载《论水灾即系共产无政府之现象》《论水灾为实行共产之机会》《论官绅放赈之弊》等文。本期首篇为时评《大水灾论》，除分析洪水之原因、教训与结果外，特别强调："凡古今之大乱均生于大灾之后。盖大灾之后，必有流民，流民无食，必兴叛乱。况现今之中国，水旱之灾遍中国，而救济之法有名无实，及迫于饥寒，未有不铤而走险者。即灾区以外各省，谷物均输往灾区，其结果亦必乏食，乏食以后即生革命之心。则此次大水灾，所以促中国平民之革命者也。"

第十号内容不如前几期之比较集中,但有署名申撰(刘师培)《衡书三篇》一文，讨论"一旦人治既废，黎庶共财"之后，又应采取何等对策。作者认为："厥策有三：一为国学问题，一为生计问题，一为人种改良问题。"作者认为既往之国学多为曲学阿时，实行无政府共产主义以后，人们无生计之忧与人治之虑，可以从容自主治学，并谋文字改革，使国学为世界共享。至于生计问题，共产以后人口必定大增，欲维持共产制度，必须实行"加力生产"，效仿中国古代"区田之法"，改进农业布局，提高生产效益云云。此文未完，文末缀言："尚有人种改良篇录于下号。"可惜迄今未见第十一号，不知申叔又有何奇思异想。

综观当时各种革命报刊，对农民问题与农民革命的关切程度，当以《衡报》为最。尽管无政府主义的理论基础与政治主张是错误的，但《衡报》撰稿人对于农民在中国革命过程中重要性的认识，却颇多真切之言。当时刘师培夫妇已经向两江总督端方自首，何以回东京后又办《衡报》鼓吹无政府主义与农民革命？如果说是为了披着革命外衣来破坏革命，则又没有多少史实表明他们确实充当了清朝政府的密探。如果说是借宣传无政府主义以搅乱革命阵营思想并分裂革命队伍，则似乎又有以十多年后共产党内路线斗争的模式来硬套清末这段历史之嫌。历史现象总是错综复杂的，其产生根源也必然有多种因素在起作用，要解开《衡报》之谜，还需要作更为深入的探讨。

《衡报》不同于《天义报》之处乃是秘密出版，故刊头把编辑发行者说成是“澳门平民社”，其实那是个子虚乌有的地方，读者不必深究。

革命评论

《革命评论》创刊于日本东京，八开本，每期八页，另有附录二页，专登“土地复权同志会纪事”。明治三十九年（1906）九月五日刊行第一期，次年三月停刊，共出十期。北山康夫私人收藏并赠送给我的是第一至八期。该刊大体上分为“欧洲革命大势”“中国革命大势”“东亚纪事”“志士风骨”“短篇小说”等栏目。

宫崎滔天撰写的《发刊词》是一曲慷慨激昂的革命颂歌。此文首先宣布办刊宗旨：“余辈热望完全之和平，故而欢迎有根底之革命。欲破坏社会沉滞腐败之要素，欲开拓清新明洁之新天地，非革命不能毕其功。”接着追溯了自法国大革命以来的欧洲资产阶级革命发展历程，并且指出由于资本主义社会的贫富悬殊，“社会革命与人类同胞主义之暗流乘势激荡发展，遂成为当然之事”。

该刊对俄国1905年革命充满同情，但更为密切关注的则是中国革命。1906年10月20日，滔天在第四号发表《孙逸仙》一文，称中山为“据理义而建立主义，以救苍生于危困之中为己任之革命真英雄”；“熟知孙逸仙之部分日本人士曾云，彼为支那人中之卓越者也。试问，超乎孙逸仙以上之人，日本何处有之？余辈不幸，实未曾见。孙逸仙堪称旷世之才也”。该刊1907年1月的新年号更命名为《支那革命号》，并发表《迎接革命的新年》

时论，宣告："丁未之年，实为世界革命之年也。欧洲之俄国，革命运动将益增其势；东亚之支那，将倾覆满洲朝廷，创立基于正义正道原则之自由新国体，以竭其全力期能有所贡献于世界之文明。世界之视听将悉集于此两国矣。"此期第一页且以显著位置刊登湖南会党首领马福益就义前的大幅照片，称之为"中国革命之先驱"。同期还以《中国革命殉难者小传》的通栏标题，用整整两个版面刊登了史坚如、邹容、陈天华、吴樾四位烈士的大幅照片，并配以洗练而充满激情的悼念文字。宋教仁当年曾在日记中说自己读《革命评论》后不禁痛哭流涕，大概就是由于此类至情文字的触动。

《革命评论》与当时许多激进报刊一样，也受到当时日本流行的无政府主义的较大影响，几乎每期都刊登不少宣扬无政府主义的文章和照片。如创刊号第一版刊登"虚无党之始祖"巴枯宁的照片，第二版"欧洲革命之大势"专栏刊载《水雷革命》《桑诺夫之宣言》《炸弹之发源地》《西班牙之无政府党》《沙俄之铁地狱》等文，无不与无政府主义有关。同期第六版"志士风骨"栏，还刊有U·R·生（即池亨吉）所撰《巴枯宁》一文，介绍了巴氏的生平和思想。

但《革命评论》的编者似乎并非真正的无政府主义者，他们所欣赏的不过是无政府主义者提倡的暗杀之类反抗手段。除第一号前已列举有关文章外，第二号《帝王暗杀之时代》《沙皇之犬》，第三号《暗杀之俄国》，第四号《暗杀思想之变迁》，第六号《自杀与暗杀》等文，都是宣扬这种带有个人英雄主义色彩的暴力革命观。因此，日本《上州新报》曾评说《革命评论》是"以火、血与剑等文字填其版面，正所谓鼓吹革命思想之杂志也"。

《革命评论》有关社会主义的文字亦多，但并无明确的目标与内涵。正如滔天在《革命问答》一文中所云："吾辈不知人世进步之结果将为无政府抑或共产，但信相互敌视之人类将成兄弟，人将脱离不自然之自由而抵自然之自由乡。人世若能达到此乡，即使仍奉戴君王亦无不可，因其与兄弟和睦共奉父母之道无异也。若欲选举大总统亦无不可，因其与兄弟相谋共操家政之道同一义也。若欲设立政府亦无不可，因其不过为兄弟相商之事务所之变名也。"在他们的思想和行动中，多少称得上是急进的还是"土地复权主义"，其每期附录"土地复权同志会纪事"，在这方面为我们留下了大量弥足珍贵的研究资料，而这些资料对于探讨孙中山的"平均地权"思想也是可以作为参考的。"纪事"的文字大多出于滔天之兄民藏之手，笔名常用"巡耕"。除《土地复权同志会主意书》(即该会章程)和一些论文外，每期还刊载宫崎民藏和相良寅雄在山梨、长野、新瀉、富山、石川、福井、京都、三重和歌山等地宣传土地复权主义的《巡历日志》。宫崎兄弟与孙中山在土地问题上相互应和但并不完全一致，前者比较接近于华莱士一派，后者则服膺亨利·乔治的单税主义。民藏的代表作为《土地均享·人类之大权》，《革命评论》曾多次刊载大幅广告，介绍此书各章条目，如"大权恢复之必要""大权恢复之条理""大权恢复之方法""大权恢复之效果"等。

《革命评论》可以说是《民报》的姐妹刊物。《革命评论》的刊名系由章太炎题签，并用红色套印。《民报》第12、13两期和临时增刊《天讨》都曾为《革命评论》刊登大幅广告，着力推荐说："此种杂志，实活跃于地球表面之革命时运所生出，请观今日露西亚革命之现状，支那革命之暗流，独、佛社会党之活动，伊、西无政府党员之努力，英、米各国最显著之人权之发达，以及印度、南洋、亚非利加各民族，皆稍能反抗蹶起，谁云二十世纪，非世界革命社会改造之时代耶！”《革命评论》也经常为《民报》刊登广告，在它的创刊号上就登载了《民报》的六大纲领，并且介绍说："《民报》乃支那革命党之机关报也，故欲知支那之新思想，支那民间之实情乃至革命党人之精神意气，不可不读《民报》也。”从《革命评论》第二至五号连续刊登的 1906 年 8 月 12 日至 11 月 4 日的《编辑日志》中，还可以看出孙中山、黄兴、宋教仁、章太炎等和《革命评论》同人相互宴请欢聚、纵谈时事的热烈情景。其中，10 月 1 日《日志》曾记载周树人（鲁迅）来社一事，亦为中日革命者文字之交的佳话。

在《革命评论》各期“革命风流”一栏，经常刊登同盟会员与《革命评论》成员互相唱和的诗句。我最欢喜的是陈家鼎的两首：

其　一

地狱沉沉是夜叉，阿谁苦口托词家。
昨宵梦见卢梭笔，生出枝枝革命花。

其　二

专制千年是亚东，平权从此唱欧风。
只教文章点点血，流作樱花一片红。

新世纪丛书

辛亥前中国无政府主义者有两个中心，一在东京，即前述以刘师培夫妇、张继等人为主导的《天义》；一在巴黎，即以李石曾、吴稚晖等人为主导的《新世纪》。我曾在《红旗》杂志社资料室曾得见《新世纪丛书》第一集，系巴黎新世纪书报局刊行，简介如下：

（一）《革命》（1907 年真民著）

此文倡言“政治革命为权舆，社会革命为究竟”。认为“排满诚革命之一端，而不足以尽革命”。与其言排满，不如言排皇。但排皇犹不足以尽革命，至社会革命始为完全之革命。所谓社会革命，“即平尊卑也，均贫富也。一言以毕之，使大众享平等幸福，去一切不公之事。然社会革命必自倾覆强权始，倾覆强权必自倾覆皇帝始”。作者还驳斥了“中人无革命之资格”“革命致瓜分”等谬论；同时也批驳了“中国无行社会主义之资格”“社会主义有不利于本国”等不同意见。他认为“社会革命为二十世纪之革命，为全世界之革命”。作者标榜的革命大义为：自由、平等、博爱、大同、公道、真理、改良、进化。而革命的“作用”（实为方法）是：书说、结会、抵抗（抗税、抗役、罢工、罢市）、结会、暗杀、众人起事等。

（二）《思审自由》（1901 年巴若夫 Prat-Jamal 著，1907 年真民译）

略谓：“地球进化”，“生物进化”，“社会进化”。凡以大众和平为念者，应尽去祖国与国家主义，“此之谓人道大同”。而“无人能为业主，凡产业尽属公共，此共产主义”。

（三）《告少年》（1880 年克若泡特金著，1907 年真民译）

大意为劝少年学科学、医学、法律、工艺，光凭教习都不行，“一定要同我们社会党谋那社会革命的事了”。

（四）《秩序》（1880 年克若泡特金著，1907 年真民译）

倡言“欲去尊卑贫富之分，必先倾覆秩序”。

（五）《世界七个无政府主义家》（1889 年爱露斯 Eltzbacher 著，1907 年真民译）

介绍高德文、蒲鲁东、司梯尔、巴枯宁、克若泡特金（克鲁泡特金）、梯于格、道司道（托尔斯泰）等人思想与事迹。

（六）《无政府主义与共产主义》（1889 年克非业 Cafiero 著，1907 年真民译）

放言“自由即无政府也，平等即共产也”。徒逞口舌之快而无补于现实生活，此为当年中国无政府主义者的共同特征。

同时，我还看到新世纪杂刊之一：《萍乡革命军马福益》。

对 1906 年萍浏澧起义评价极高：“自萍乡革命军之兴，而中国始有正式之革命旗帜，建于扬子江流域。我《新世纪》以法、德、伊、西、俄十数种之文字，评论世界之革命事业备矣，独论述之以中国文字者，亦托始于此篇。”称赞马福益：“伟哉！二十世纪开幕时中国一人物。”

此书还收有纪念禹之谟、批判立宪派等文章。末篇为千夜：《就社会主义以正革命之义论》。

从所刊广告可知，《新世纪杂刊》还有《中国炸烈弹与吴樾》《上海国事犯与邹容》《广东抚台衙门与史坚如》《湖南学生与禹之谟》等。

《辛亥革命时期期刊介绍》第三集所收胡绳武《新世纪》一文，对《新世纪》周刊（1907 年 6 月 22 日创刊，1910 年 5 月 21 日停刊，共出 121 号）介绍甚详，而对《新世纪丛书》着墨不多，所以有略作以上简介之必要。

觉 民

我所见者为《觉民》第九、十期合本。

其中黄天《答秋枚书》所附邓秋枚原信，对“文明之民族主义”的解释颇能发人深省。秋枚名实，为辛亥时期国粹主义派的主要代表之一。他认为“且自以为尊贵，而此外皆目之为夷狄，日日肆其谩骂，亦非世界公理。盖日日以夷狄贱种骂人，亦适自形其野蛮也。故文明之民族主义，自爱其同种，而异族之与吾无侵犯者，我亦视为朋友，以讲外交之谊。……今人之持民族主义，在守之太狭，凡欧美之人，一概目为夷狄。故以欧美极良之政法，亦以为夷狄之政法而拒绝之。极其弊，必至于守旧。夫使其旧足以敌欧美，犹可言也。而其旧又不足以相敌。知其不敌而必欲守之，以至于败亡；及其终局，则惟有尽节之一策，而吾种卒无救也。仆则以为莫若法日本矣，日本于欧美之政法，莫不事事师之，而种族之界，则持之必坚。……今日宜守文明国之民族主义，而不宜守旧日之攘夷主义者也。”

《觉民》现今保存者甚少，丁守和《觉民》一文（载于《辛亥革命时期期刊介绍》第 1 集）曾有较详尽介绍。该刊系由清末民初诗人松江人高旭等人组织的觉民社创办，其他撰稿者尚有黄节、陈家鼎、包天笑、马君武、刘师培、马一浮等。丁氏记其始末云：“《觉民》一九〇三年十一月（光绪十九年，即癸卯年，九月）创刊，在江苏金山张堰镇出版。每月一期，初为油印本，从第六期起改为铅印（第一至五期合本亦铅印再版），三十二开本，觉民社发行。停刊日期不详，现在看到的有十期，第八期一九〇四年七月八日（甲辰年五月二十五日）出版，第九、十期为合刊，未注明出版时间，实际在一九〇四年八月。该社除在张堰和上海东大陆图书译印局设总代派所外，还在上海棋盘街镜今书局、四马路普益书局，江苏松江、苏州、常熟、洙泾、亭林、崇明，以及浙江宁波奉化，湖北武昌等地设分售处。”过去研究辛亥时期社会思潮者，多半侧重利用东京留学生编印期刊如《江苏》《浙江潮》《湖北学生界》等，即令利用国内报刊也大多限于上海、汉口、广州等大城市所出者，对于内地县城所出刊物之利用则非常不够，今后似应在这方面有所改进。

克复学报

我所见者为该刊第二、三期。

印象较深之文章为《粤难记事本末》，共分十三章：第一章、乱前之情状，第二章、省垣之乱，第三章、顺德乐从墟及佛山之乱，第四章、靖乱情形及张督移节后之措置并前后奏告，第五章、无辜遭惨及勇警惊扰，第六章、旗满人之情形，第七章、新军之受嫌疑，第八章、民团之成立，第九章、官场之得意与库款之耗糜，第十章、外人及粤人对于革命军，第十一章、京师及各省之风鹤与粤省之再警，第十三章、补遗及别闻。

该刊1911年4月创办于上海，编辑人李瑞椿。据云现存三期，而我至今尚未见第一期。《粤难记事本末》一文显系配合革命派武装起义之作，因此外还刊有《革命党列传》《梁说驳谬》等文。惜李瑞椿其人已不可考，或系革命者托名，亦未可知。

《女报》临时增刊及其他

在前《红旗》杂志资料室，还看到柳亚子家藏的辛亥时期零星刊物。

一曰《女报》临时增刊《越恨》，为纪念秋瑾英勇就义编辑，己酉中秋出版。内容有秋瑾照片、“奇冤案”“要电汇志”“专件汇志”“函牍汇志”“官场发表秋瑾之罪状”“清议”“时评”“轩亭冤传奇”等。

刘巨才对《女报》已有全面介绍(《辛亥革命时期期刊介绍》第 3 集)，略谓 :“《女报》是陈以益一九〇九年一月在上海创办的。陈曾参加《女子世界》的编辑工作，并支持秋瑾主编的《中国女报》。秋瑾牺牲后，他为了纪念秋瑾曾创办《神州女报》，不久因经济困难等原因停刊。他又会同金能之、叶似香等人筹款创办《女报》。”又云《女报》为月刊，设有论著、教育、家庭、社会、文艺记载等栏。每期都有插图，文字雅俗并行，现在所见到的仅有三号和临时增刊《女论》《越恨》。可见《越恨》只是《女报》增刊之一种，另一《女论》则未见过。可能是由于当时管理尚未就绪，一时难以清理齐全之故。但《越恨》为纪念秋瑾殉难编印，其中对冤案始末与各界反应记述甚详，亦属研究秋瑾之重要史料。

一曰《越报》第一期，宣统二年九月三十日发行于上海。赵汉卿任编辑，主要撰稿人有铁厓、白坚、陈华国、苍石等，似多数为旅沪浙籍学生。所以其简章宣称："取勾践中兴之义，故定名曰《越报》。"

第一期刊有白坚《论浙江当自立不当崇拜汤寿潜》，谓有"流播于全浙而浸淫一般人脑海之语：浙江不可一日无汤寿潜。无汤寿潜，则无人敢出而对今日无理高压之政府，则浙路将随政府之意，或由之断送于外人也，亦未可知"。其立意显然在于消除立宪派影响，为革命派争取群众。此文与其他多数文章之温和论调有别。

吴根梁对《越报》第一期亦有简要介绍（《辛亥革命时期期刊介绍》第3集），大体可供参考。但主要撰稿人之一铁厓（雷昭性）并非浙人，其籍贯为川南自流井。1904年赴日本留学，1905年参加同盟会，曾创办《鹃声》《四川》等杂志。1907年7月返沪任中国新公学等校教职，复因鼓吹革命被清吏指名捉拿，遂出走杭州白云庵为僧。但仍为《越报》等进步刊物撰文，《越报》发刊词即出自他的手笔。

一曰《新世界》第一期，编辑人煮尘客，上海《新世界》杂志社1912年5月出版。内容有仁荣《理想社会主义与实行社会主义》、煮尘《社会主义讲演集》《欧洲矿工大罢工》等。

蔡乐苏对此刊已有详尽介绍（《辛亥革命时期期刊介绍》第4集》），指出："《新世界》是中国社会党绍兴分部主办的刊物，民国元年五月在上海创刊，现存一至八期，编辑兼主要撰稿人煮尘客，发行人周继香。该刊标榜自己是'社会主义'杂志。从刊名、大纲、栏目到绝大部分内容，都无不围绕着这一主题。它封面上宣示四条大纲：'一、社会主义之大本营；二、中国数千年破天荒之新学说；三、解决二十世纪之大问题；四、造成太平大同之新世界。'主题是很明确的。"所谓主题明确，即旨在建立社会主义的新世界，而首先还是传播社会主义的新学说。

煮尘客不知何许人也？该刊第二期刊载《社会主义大家马儿克之学说》，并署名“势伸译述，煮尘重治”。蔡乐苏在脚注中认为“势伸”乃“蛰伸”之误，确实如此，因此文系以朱执信在《民报》第二号发表的《德意志社会革命家列传》一文为“底本”。蛰伸是朱执信常用笔名之一，此文为何署名蛰伸译述，煮尘客重治？煮尘客与朱执信有无关系？我认为煮尘客有可能亦系执信笔名，因煮尘为朱执信之谐音，煮尘客在《新世界》发表的文章从思想到文笔都与执信其他论著相近。或问：《新世界》为社会党绍兴分部主办，执信为粤人，似乎很难扯在一起？但执信原籍固为浙江萧山，亦未尝完全没有乡谊可言。且执信即令是外省人，也未尝不可为《新世界》撰稿。如雷铁厓为四川人，亦曾为浙人主办之《越报》撰稿。

《日新学报》第一篇

在京都大学初次得见这本学报，系明治三十七年七月二十日即光绪三十年六月七日印行，东京高等师范学校教授葛冈信虎纂辑。赞助人列名有二，一是东亚同文会副总裁、东亚同文书院院长长冈护美子爵，一是东京高等师范学校校长、弘文学院院长嘉纳治五郎。弘文学院专为中国留日学生所设，相当于升入日本正规大学之前的预备学校。

这本学报设有论说、教育、地理历史、理学、法制经济、殖产兴业、传记、特别讲义、艺苑、汇报、学海丛录、广告等专栏。

第一篇之论说栏刊载长冈护美《告清国志士诸君》一文，内称：

> 近时清廷深悟既往谬计，虚心降气，孜孜图治，以故观光重臣，留学士子，相踵东渡，就我寻师。我国上下，亦同感动其热心求道，为公忘私，胥俱竭力殚虑，日思切磋琢磨，忠告相导。而其少壮人士，才隽气锐，矫枉过正，或有放言妄议，空想一跃直与美洲同其政体，主张共和。遂使彼中外枢要，老成贤达，嫌疑引身，顾虑无为。而宇内大势，推移不已，东亚同盟，多为阻止。蚌鹬相争，渔翁得利，其误国自毁，祸决非小也。苟真实忧国愤世之士，岂当如是耶？

论说栏还有葛冈信虎《学报所以急于今》一文，强调日本“任开导之天职”，以学校、图书、报刊“启发陶冶清人思想”。“现在东京清国留学生，其数及二千余名。”“清国留学生等于东京所刊行杂志亦有六七种，然记事大抵偏一局，且其论说或有弄过激之言，猥煽世人之弊。或不免孟浪杜撰之讥，往往传误谬揭僻说，有灭却彼我真相之虞。”

这本学报主要是为中国留学生预备教育而创办，但其政治倾向则是维护清廷而反对民主共和。当时《湖北学生界》《浙江潮》《江苏》等期刊已接踵而起，东京中国进步留学生革命思想日趋成熟，所谓“弄过激之言，猥煽世人”，即针对这一趋势而言。

作为《日新学报》赞助人之一的嘉纳治五郎，对中国留日学生曾有长期教育工作经验。早在 1899 年，他就将自己主持的私塾改名亦乐书院，接待张之洞派遣的 11 名留学生，校名亦乐系取“有朋自远方来，不亦乐乎”之意。1902 年 1 月，他又在亦乐书院的基础上创建弘（宏）文学院，以适应日益增多的中国留日学生的需要。该校主要是为中国学生在接受高等教育前进行预备教育。三年制本科讲授日语及中学课程，第三学年分为文理两科。然后又在此基础上增设分别为一年、八个月、六个月的速成师范科、速成音乐科等。弘文学院发展很快，据 1906 年的《宏文学院一览》记载，该校已毕业 1959 人，在校学生 1615 人。分 36 班，班名多以地区命名，如南京普通班、湖北普通班、四川速成师范科班等。黄兴、鲁迅、陈独秀等初来日本时均曾在该院就学。但嘉纳治五郎办学成绩并非甚好，《江苏》第一期发表的《弘文学院学生退校善后始末记》已有所陈述。日本有识之士也为留学生速成教育感到忧虑，1905 年 7 月 17 日东京《朝日新闻》刊载《中国留学生问题》一文，即曾痛陈中日双方热衷速成教育之失策。嘉纳治五郎为了赢利，除迎合中国政府与学生急于速成心理外，还加强与中国官府联络，游说他们派遣更多的留学生。他的这种思想状态，在《日新学报》上自然会有所反映。（参见实藤惠秀《中国人留学日本史》）

《海外丛学录》第一期

访日期间曾阅《海外丛学录》第一期，亦系光绪三十年八月二十日发行，云南留日学生由宗龙、刘昌明、陈诒恭编。

此期有论说、政治、法律、教育、武备、理财、外交、实业、历史、地理、科学、卫生、日俄战事记、杂俎、东京见闻录、中外近事、余录等。

卷首刊例称："本书以资学识开民智为宗旨，选择务求纯正，凡有背于中道者，概从屏弃，以端学术而正人心。"求纯正，持中道，端学术，正人心，完全一派官腔，显然是以革命报刊为对立面。但也正因为如此，更值得加以注意，因为我们以前对留日学生界的保守报刊确实研究不够。

常昭月报

十多年前，为探访翁同龢故居及虞山别业，曾顺道参观常熟图书馆，因此得见此刊。回汉后，承蒙该馆赠复印本一套，得以保存至今。

此刊第一期刊行于宣统元年八月二十日，编辑兼发行为常昭教育会，发行所为海虞图书馆。潘任所撰序称："夫常昭（指常熟、昭文两县——引者）地滨大江，波涛之声，兴于昼夜。里传文学，弦歌之声，不绝今古。人多俊秀，士知礼让，风气早开，甲于列郡。其故在闻声而先觉，亦因善以其声启人听也。会中固多聪明特识之士，会外亦多开通知变之才。斯报一行，则能以声鸣其学术、政治、法律诸思想者，不知凡几，其发达也，必矣！"庞树柏所撰绪言则对常昭革新进程有所概括："于是创教育会以谋民智之沟通也，立地方自治会，以保比闾之治安也，设商会以斯贸易之振兴也。以外，蒙小学堂、戒烟局等，亦几林立境内。忽忽数载于兹，回首故乡虽屡呈变态，但细察其进步，不啻泛舟江河，风水俱逆，有寸进尺退之势，欲使一朝达于彼岸，戛戛乎其难之（也）。此实二三君子之责也，然使吾邑得渐革其敝俗，粗具今日之文明者，亦未始非二三君子之功也。或曰，吾邑之现状，自今以始，不可不有以记之。同人斯有月报之作，庶几其责有未尽也，本报可鼓吹之；其功有难泯也，本报可表扬之。以及四乡物产，一方掌故，皆可连类以书，亦他日民史之资料乎！”

《月报》分论说、记事、文牍、演稿、批评、文艺、专件、杂俎等栏，内容以学务、地方公益为主，带有教育会、自治会之公报性质。“以推广教育、改良社会为宗旨”，基调比较温和，虽然其成员以后有成为革命者。常熟图书馆共收藏四期，第四期刊行于宣统元年十一月二十日，不知是否就是最后一期。“文革”期间，馆藏书刊颇有损毁流失，现已无从查考。

第二期论说栏《论常昭米市堕落之原因》、书牍栏《某君报告南乡社会现状书》、记事栏《教育会开职员会》等文，对于了解清末县一级新政推行实况颇有裨益。《社会一班（斑）》相当于现代报纸的《社会新闻》，本期有《竹老爷敲竹杠》《绅士作赌棍》《家丁索诈》《邑侯善政》《盗贼横行》《迷信毁家》《劣董怪象》《警察腐败》等，略似现今的“焦点访谈”，颇能突显舆论监督功能。

第三期书牍栏刊有《孙邑侯致商会邵总理书》，内称：

某某仁兄大人阁下：

昨弟至自治公所，得见大函，知悉一切为难。唯查常昭自治公所，本由贵商会与教育会、劝学所、自治研究会四团体组织而成，为一大集合体。以经济论，贵会独宽裕于三团体，乃贵会尽弃义务，不肯分任，致阁下以空函搪塞。而穷如三团体者，昨日会中决议，竟能再设法筹备五百元，连前担借之五百元，已一千元矣。昔组织自治公所时，贵会不在三团体之后，今维持自治公所经济，首先退缩者，反在优于经济之贵会。据此评议，弟窃为贵会同仁不取也。意者贵会得勿误会，贵会之款，不可挪借与自治公所用也。

弟敢进一解，曰：挪商会之款，暂借自治会用，则不可；盖商会与自治会，各为一团体也。至挪商会之款，暂借自治公所用，先其所急，勉为公益，自无不可。盖自治公所，系以商会、教育会、劝学所为分体，以主体协助分体，必需之款，分所应为。今三团体既筹一千，贵会素裕经济，当如何慷慨挪借，仍请不必推委。阁下即受代去职，商会团体自在；旧令尹必告新令尹，愿执事先以弟今日之信，宣布贵会同仁，释其疑团。贵会选董之日，弟与（于）春初，当再与贵会同仁同研究此义也。

临颍不胜盼祷之至。

县为国家政府基层单位，清末地方自治在县一级具体运作之研究还很不够。此函颇能反映当地官、绅、学、商在地方自治推行过程中的角色、作用与相互关系。函稿出于公文老手，情、理、法三者均能点明，而软中透硬，于谦恭中隐喻强势，此又不可不注意者。至于知县政绩究竟如何，则又另当别论。

第三期“演稿”栏刊有《钱南山君演说追悼沈北山太史原因》一文，内称：

讲到那北山太史，我们追悼他，必有一个道理的。有的说他是个翰林，我们拍他的马屁，所以追悼他的。殊弗得知北山穷无立锥，有什么能力去运动呢？就是运动，那今天赴会的来宾，挤得连坐地都没有，那绅商学界送的哀词挽章，挂得密密层层，连门上树上假山脚上，多挂得不留余地，还有许多不曾挂的，这也是可以运动的么？……我们追悼北山的宗旨，不是敬太史的胆气，是敬太史的识见。太史参劾的三凶，是弄坏我们江苏全省的元气，是弄坏我们中国全体的大局的。这三个人，一个是刚毅，清赋一役，弄得我们江苏省民穷财尽，叫苦连天。那赋税是国家正供，我们做百姓的，原来是应尽的义务，整顿漕弊原是不差的。但是他果真实心实力，涓滴归公，固然是应该的；无奈他狠心狠命，剥了一阵的地皮，多到了他腰包里去，岂不是我们江苏的元气，被他一个弄坏的吗？其余两个，一个是荣禄，列位晓得的，拳匪的祸殃，都是他怂恿了端王，勾通了宫禁，是弗是要想驱逐洋人，惹动了八国联军，打进京城，弄得那天子蒙尘，六龙西驭。又是我们百姓该晦气，摊偿了无数的赔款，至今还未了结。那紧要的所在，险阻的地方，通通被他们占了去。我们中国的一只纸糊老虎，被洋人拆得穿里穿，看我们中国一个钱多不值，这不是荣禄惹下的祸殃吗？一个是李莲英，他不过是个太监，靠了些势力，作福作威。同俄国道胜银行的总办，鬼头鬼脑，结拜了兄弟……（以下显然把李鸿章的劣迹误扯到李莲英身上，故从略——引者）咳，我们今日处了这极危险的时局，想起根由细底，总是这三个人的罪魁祸首。当时他们的势焰熏天炙手，满朝的臣子都是像哑子一般，不敢开口。北山一个穷翰林，为什么倒要去蚂蚁撼石柱，不过料定他们几个人必定要坏事的，故所以拼了性命上这折子，要想救中国危险的日子罢了。

这篇演讲记录的最后结语是：

我们今天这个追悼会，并非是为沈太史一个人，是痛恨我们中国的前途，是痛我们中国的同胞，是恨我们中国的从前，是望我们中国的将来。

语极诚挚且富深情，颇能反映当时苏南地区知识界爱国心之日趋高昂。

沈北山，苏州常熟人，初名棣，改为鹏，字北山，号诵棠。

属“翁门弟子”之列，但翁同龢谪居乡里，颇畏其狂直牵连，在其日记中颇多蓄意划清界限之语。北山于光绪己亥（1899）疏劾大学士荣禄、刚毅，太监李莲英，格于上官不得达，继奉严谴，革职监禁，经年出狱。宣统元年（1909）七月二十二日卒于寄庐，享年不过40，亦为清末翰林中之敢于直谏者。《翁同龢日记》己亥十一月九日曾有记载："沈鹏日前到山（指虞山别业——引者）投刺，闻往三峰；所欲递之折（指《告讦三凶疏》——引者）竟入《申报》，可怪可憎。”我不知道松禅老人这些话语是否发诸内心，但常熟各界人士并不认为沈鹏“可怪可憎”，反而在其身后举行盛大追悼，可见公道自在人心。

第四期载《常昭城区调查户口数》："正附户二万八千七百九十四户，男女口十二万一千十八口，应得议员三十四人。”批评栏《茶肆与报纸》一文称："茶肆以消磨岁月，报纸乃开通风气。东西各国，虽车夫仆隶无不阅报纸者。吾常昭则反是，城厢内外茶肆林立，茶客云聚。调查报纸之消（销）数不及五百份。夫数十万之人口，阅报者乃仅有此数，此亦社会之怪现象也。移茶资阅报纸，鄙人所馨香而祝之者。”又有《菜馆与书坊》一文，内称常昭菜馆规模大者有五六个，小者以百计，但贩卖新书之书坊只有海虞、孚记两家。菜馆每年营业额不下10万，书坊则不到1万。

第四期杂俎栏刊《戏代当道致〈民吁报〉主笔书》，略谓："执事等惑于欧西之谬说，以为言论自由，设报即所以监督在上之行为，提倡在下之志气。不知欧西与我言语不通，风俗殊制，口不言先王之法言，身不服先王之法服，施之于我国，冠履倒置矣。执事等又引亭林先生“天下兴亡，匹夫有责”之语以为宗旨，此又误也。夫处士横议，衰世之风，辩言乱政，圣王必诛，亭林先生当季世，特一时愤激之词耳，而乃引为口实，侮先贤矣。……比因执事等伤及大日本帝国之名誉，责言朝下，贵馆夕封。某等愧未能防维于事前，致挑强国之怒，而又悯执事等之无知妄作，误用其忧国之忱也。故仅封禁传审，不及其他。何者，严大国之威，所以保平和而示宽大也。往者已矣，来者可追。执事等俟谳定释归之后，便宜闭门深思。关口夺气，凛金人缄口之戒；悟及慎言，师娄公唾面之风。养成盛德，毋再意态自雄，重蹈履尾之咎，则执事之福。抑亦某等所愿望焉。”语谑而虐，其讥刺政府、同情革命之寓意呼之欲出，正所谓反弹琵琶是也。

爱国报

昔时曾从旧书肆购得《爱国报》线装合订本两册，其一从辛亥年十二月初一（第1831号）至十二月二十三日（第1853号）；其二从民国元年六月十五日（第1964号）至七月十三日（第1996号）。此报为日报性质，但篇幅较小，每号16开6页。设“演说”“国事要闻”“本京新闻”“来稿”“宫门抄”等栏。从所刊广告可以判定，此报在北京编印。康有为之《共和政体论》在此报连载，分13次刊完。但由于武昌起义后革命形势发展极快，此报已迅速转向革命，自十二月初七（第1837号）开始连载《中华民国宣告各友邦书》，自十二月初十（第1840号）开始连载《驳康有为虚君共和说》。

辛亥十二月二十六日出套红号外，报头有“恭祝中华民国万岁隆裕皇太后万岁　宣统皇帝万岁　本馆同人恭祝”字样。其所以出号外，是由于清廷谕旨，令袁世凯以全权组织临时共和政府，与民军协商联合办法，其底线为“皇帝但卸政权，不废尊号”。

就所见两册而言，此报以刊载新闻为主，立论比较温和而近于保守，而无论其政治主张如何随时变化，都不属于旗帜鲜明之列。

京都日报

此报亦系购自旧书肆，线装合订本六册。其一为宣统三年八月一日至三十日，其一为宣统三年十月一日至二十九日，其三为宣统三年十一月一日至三十日，其四为宣统三年十二月一日至二十五日，其五为民国元年二月二三日至三月十五日，其六为民国元年三月十九日至四月十四日。此报篇幅亦小，16开6页。分“演说”“要紧新闻”“本省新闻”“各省新闻”“拉杂古董”“要件”“宫门抄”诸栏。

八月二十日前“要事新闻”一栏主要是报道四川保路同志会起义之事态发展。八月二十一日“电奏”栏刊载《湖广总督致内阁军咨府陆军部请代奏电》，报告捕获革命党彭楚藩、刘复基、杨洪胜三人，并就地正法，武昌、汉口地方一律安谧云云。但八月二十二日“要紧新闻”，头条即为《湖北省城失守之汇电》，同日“时评二”对鄂督瑞澂猛烈抨击。此后每日“要紧新闻”均报道各地革命党起事消息。八月二十四日刊登“时评二”，略谓：“警厅下谕，禁报纸登载鄂乱，推其用意，不过为熄浮言以镇人心，诚保护治安之要道也。然禁载之后，报纸可以不登矣，浮言遂果可以熄乎？吾恐报纸愈秘，则浮言愈多，人心愈不能镇定，反不如前谕所言，调查详确，准其登载者，为熄浮言镇人心之妙用也。”八月二十五日“时评二”：“二十一日，警厅通饬报馆，缓登鄂乱。二十二日，各报一律不载，非有所惧而然也，以厅谕无论是非，固我国之政令也。乃各报所遵凛者，而《顺天时报》独敢明目张胆，捏造谣言，惑人心以摇动市面。若以报律纠之，虽封门治罪，犹有余辜，而今日则仍照旧发行。记者执笔踌躇，尤百思不得其解。或解之曰：此所谓法外施恩也。子未从该馆过乎，固高悬日本旗者。”《京都日报》一贯亦属温和立言，但时至辛亥秋季，已转而讥刺政府而无甚顾忌矣。

八月二十六日第一版头条代演说栏刊登《十八夜鄂垣拿获革党详情补志》，要紧新闻栏刊登《关于鄂事之面面观》，可见警厅谕令已成具文，虽都门之内清廷号令亦难贯彻。此后连日报道各地革党起事不断。十月以后言论更趋急进，十月一日第六版增辟革命史栏目，二日第一版相当于社论的演说栏，刊登《上海可真开国会了》，公开倡言："国会一开，则独立可以统一；独立统一，则所有外交内政可以推行无阻。斯时也，欲决君主民主之胜负，虽妇人孺子，亦能数计而周知矣！"十月十九日演说栏刊登秋蝉《祭发辫文》，略谓："唯宣统三年十月十七日，秋蝉谨偕剑胆、皺章、季苏、兰谱、谱青、益三、位三、赞臣，并本馆排字先生崔文元等十君，用并州之快剪，各将万缕烦恼丝一挥而断。随裹之以报章，供之于几上，备有清茶一杯，致祭于发君之灵。……所以迟迟未与子别者，以功令所在，子固三百载之国徽也。今煌煌谕旨，许臣民剪发自由，若再不脱离子之压制，而仍低首下心以奉戴子也，是诚愚冥之甚矣。"剪辫而设祭礼，此亦辛亥冬京都一景。

十一月十七日演说栏，刊登秋蝉《快承认共和吧，紧上加紧》，反映北京市民渴望共和统一、平息纷争的焦急心情，此文可读，为过去我们所忽略之文献。从十二月初九开始，演说栏连载《识时务者为俊杰》长文，至十二月十九日始续完，用意与上文相同。

史料拾零

赵凤昌藏札

史学界对赵凤昌藏札的关注，起始于上海历史研究所的资深学者徐崙。

20 世纪 60 年代初，上海若干报刊展开关于张謇评价的讨论，认为是民族资产阶级上层者居多数，认为是大地主大资产阶级或干脆称之为官僚资产阶级者亦有之，但很少有人敢于比较全面肯定张謇的历史贡献。1961 年 10 月，武昌举行纪念辛亥革命 50 周年学术讨论会，徐崙提交的论文题为《张謇在辛亥革命中的政治活动》，由于本来就是争论热点，而且又征引了大量原始史料，所以在会上引起强烈反应。文中多处即以赵凤昌藏札相关函电为论据，由于是首次公开利用，更激发到会学者的浓厚兴趣。

徐崙的结论是："张謇在经济上是民族资产阶级上层，在政治上是反革命的助手。"我对此论断不尽同意，但却为张謇这个人物的复杂性及其相关史料之异常丰富所吸引。

1962 年专程到南通搜求张謇史料，并参观大生纱厂、南通博物苑及其故居等历史遗迹。此行最大收获，是在曹从坡、穆烜等当地友人协助下，仔细阅读了现存的《张謇未刊函电稿本》第 7、8、26、27、29、31、32、33、34、35、36 等册，以及扶海垞辑藏的《来函汇集》、张孝若辑藏的《父训》、沈燕谋辑藏的《张謇致沈敬夫函札》等珍贵文献。同年，江苏人民出版社影印出版了《张謇日记》，虽然前14册（自同治十二年九月初四日至光绪十八年五月二十九日，其中缺第10册）被沈燕谋携至台北以《柳西草堂日记》原名付印，而且当时内地尚无法购买补齐，但已经为张謇研究提供极大的方便。此后，我决心投入张謇研究并为之写传。

1963年，我被全国政协文史资料委员会借调赴京，除协助北洋史料征集工作外，大部分时间用于张謇研究。由于都是性质相近的兄弟单位，北京图书馆善本阅览室对我非常热情，让我从容而又比较细致地检阅了赵凤昌藏札经过裱糊成册的原件，真是琳琅满目，美不胜收。不过馆藏名称为《近代史料信札》，其中107、108、109三册与辛亥前后史实关系最为密切。徐崙未见原件，所以其引文注释称之为北京图书馆藏《辛亥史料》第107—109册（据张静庐抄本），可见张静庐对这批函电的关注更早于徐崙，而且他确实是看到赵氏藏札原件的。

赵凤昌是清末民初一位奇人。1856年生于江苏武进，比张謇小三岁；死于1938年，比张謇晚12年，即多活9年，终年82岁。凤昌字竹君，号惜阴，又称惜阴堂主人。少年家贫失学，在钱庄学徒习贾，颇为聪慧干练。后因得朱姓富户赏识，代为捐官县丞，分省广东后补，从此开始长期幕僚生涯。曾先后任粤藩姚觐元、粤督曾国荃幕客。1884年转入新任粤督张之洞幕府，前后追随九年，颇得张氏倚重。1889年随张氏移督湖广，并升任总文案，相当于现今的秘书长，地位相当重要。但也因此引起同僚猜忌与清议指摘，1893年，被参奏革职，勒令回籍，从此决意不再入仕。但张之洞仍然倚重如旧，私下将他安排在武昌电报局挂名支薪，并派往常驻上海为两湖督署与各方联络以搜集重要中外情报。正是由于有此背景，赵凤昌广泛结交高官名流、绅商耆硕，俨然成为沪上闻人。庚子以后，从“东南互保”到立宪运动，东南地区一系列重大事件，赵凤昌都曾参与其核心策划。因此，武昌起义爆发以后，他在上海的住所——惜阴堂，便成为各派政治力量相互联络的主要管道之一，不少重要政治磋商都在这里进行。民国建立以后，从各派党争到“二次革命”，直至反对帝制，惜阴堂主人仍然是政治上极为活跃的幕后人物，其依违向背常能体现风云变化的重要趋势。

赵凤昌因为是幕僚出身，对来往函电非常注意保存。由于他的特殊身份，这109册函电原件，便成为研究晚清和民国初年政治史极为重要的史料结集。现今人们大多只注意其中之107、108、109三册，即所谓《辛亥要件》。上海历史研究所编辑的《辛亥革命在上海史料选辑》（上海人民出版社1981年刊行），已将107册之22件、108册之20件、109册之30件收录，并增补第1册、32册、104册有关壬子、癸丑重要事件之函电。我不知道《选辑》付印者是根据北京图书馆所藏原件，还是根据张静庐的抄件。1963年我在北图阅览时亦曾有系统抄录，至今尚未与《选辑》逐一核对。但赵凤昌全部藏札所涉及的史实尚涉及辛亥以前，如中法战争、洋务运动、庚子事变、立宪运动等，且相关函电数量极多，至今尚未见人利用。我认为最好的办法是将这109册藏札全部影印出版，以杜绝抄写排印难以避免的误漏，这将给历史学者以更大的方便。

赵凤昌自罢黜以后，始终未曾重入仕途；虽然关心并参与若干重要政治活动，但并无任何权力野心与个人干求，操守堪称清明。晚年曾以《惜阴笔记》为题，陆续在《人文月刊》发表历史回忆文章。其子赵尊岳亦曾应政协文史资料委员会之约，撰写《惜阴堂辛亥纪事》一文，对其父重要活动有所陈述，可惜比较简略，难以作深入寻究。不过这些文字，以及赵凤昌密友如张謇等人的日记、函札，都可以作为研究赵凤昌藏札时的重要参考。

张謇曾为惜阴堂题写楹联："有闭关却扫之风，脱略公卿，跌宕文史；以运甓惜阴为志，方规前秀，垂范后昆。"大体上可视为赵凤昌的画像，虽然多少有点溢美。

张謇赠通师毕业生诗

王生天水之少年，十七南学，赢粮两月，道路经六千。
比于王伯舆，跋远而志坚。
五载不归去，朱丹肆摩研。
独爱文学探陈编，攀窥汉魏唐宋诸儒贤。
吐尽世俗里儿语，侏儒兜昧尤弗专。
不知所造浅深与高下，英气超绝尘垢缠。
岁时休暇窃娱乐，从人更受丝桐传。
出视所蓄命操缦，欲其正直如朱弦。
为语文法及书法，略指途径犹蹄筌。
生家固有秦渭田，有父有母俱华颠。
学成合藉授经养，思归动引义以宣。
河洛甲兵，秦陇风烟。行不由陕，其必由川。
川中四将兵满前，忧非五盘岭栈三峡船。
闻生戒路心凛然，天下蜩螗羹沸煎。
读书奉亲命苟全，奚世不谐无违天。
生为奏一曲，吾为歌一篇。
炯炯风义江云骞，行矣无慕何蕃欧阳詹。

兰州大学历史系王劲教授两年前给我寄来张謇赠其叔祖王新令诗卷的照片，来信说：

张啬翁赠叔祖新令公诗卷，原有两件，一件毁于“文革”，

> 现存一卷。现寄上所存一卷的照相，原打算放大一下，你看起来方便，不意底片一时翻检不出，只好这样寄上。两诗啬翁集中《诗录》均收有。陈衍、冒广生、高一涵题跋亦寄上。新令公离开南通师范后，在安徽、西安、兰州做官，供职于方振武、于右任、邓宝珊部下。1935 年去南京，做了十多年的监察院委员，1949 年末去台湾。奇特的是，他的党派是民盟（重庆时期加入）。他与章士钊、于右任、沈尹默等颇有交游。

陈衍、高一涵的题跋侧重书法评价，如“草圣张颠笔有神，山阴妙腕更无伦”之类。难免溢美而流于俗套。倒是冒广生（鹤亭）更着眼于师生之间的深厚情谊：“啬翁久作踉山书，绝笔长谣墨尚新。增得人间师友重，间关一卷不离身。东坡白发扬州路，尚感欧阳国士知。难怪今朝王法护，抚琴一恸为钟期。”另有濮一乘题诗亦尚可读：“徇知老笔意殷殷，嘉话何殊白练裙。一任张芝夸绝艺，王家自数右将军。负展江东路几千，濠南宾馆散如烟。知君展对增惆怅，绛帐尘封二十年。”

王劲来信还附有 1937 年 3 月 8 日出版的《文艺》双周刊一篇文章的复印件，题目是《啬庵师送王生毕业归天水诗卷跋》，署名怡生，又自称公毅，为新亭通师先后同学。此文提供了诗卷有关历史背景，并追忆张謇为新令饯别时的赠言，不仅可以增进对诗卷的理解，而且充分展示了通师尊师爱生的良好风气。全文如下：

> 天水王生新令，以民国二十五年十月自京（南京——引者）寓书公毅，谓啬师前贻诗卷装就，将广征题咏，请先为文发其凡。越一月，卷至，申前请。啬庵师之言曰：“不民胡国？不智胡民？不学胡智？不师胡学？”此吾师创设

师范学校之旨趣，且以开全国师范教育之先。远省闻其风，多资遣学生业我师校。以甘肃言，先后毕校业者，狄道七，天水四，武山一，凡十有二人。皋兰刘太史尔炘榜书“西被流沙”为师校颂。师应陇上师范学校之请，书校内“坚苦自立，忠实不欺”成训赠之，而以南北学风有大同之一日相勖焉。新令于十二人中为后至，师校第二十届本科毕业生也。其时师校以江苏省第一代师范学校著称，经营村落历三十年，师亦稍稍暇矣。

新令将归，求师书奉其父正平先生。师为写一诗，诗曰：“王翁七十姥五八，经义晚婚森四男。伯氏服农儒季子，天西弱岁客江南。学勤好古诸生冠，归有余师二曲参。游笈到家嬉白发，寿觞充溢酒泉甘。”旋就中公园南楼饯新令，席次，公毅与于君敬之、曹君勋阁、王君辛伯皆先新令。师曰：“新令之师应先，为新令行，余将首进之酒。”师尝谓教育当养成有礼法不苟简之人，故所次若是欤。师即席诏新令者恳切周详。新令为鼓琴适然亭上，师闻之，掀髯而笑。明日贻新令长句，即此诗卷。

当诏新令时，有云：“文章有一定之气运，文在唐必变，惟昌黎足以承之。初学文或诗，不厌摹仿；摹仿既熟，自不难进而辟一新路，成一格局，至此则陈言可去而词由己出矣。”此种意境非好学深思不能知之，诗（师）谓为语文法者略若是。又云：“字须一笔一画有着落注意常人所易忽略处，从平正方面用力，尤须多玩味古人。今人于篆隶多推邓完白，不知何子贞实驾而上之。何读书多，邓读书少；一则士气，一则将气。”又云：“执笔用拨灯法，写碑帖皆宜。曩摹颜柳苦不肖，用拨灯法后即头头是道。”诗（师）为语书法者略若是。此民国十五年六月事，民国十五年即师校创设之二十有四年。未逾两月而师归道山，则此卷也，几于绝笔之列矣。

新令之归，公毅私以何时再见此卷为叹，不图仅阅十年，又得珍重审览。吾师当年饯别之心情，授书之神态，如复见之。此十年中，师校忽焉由省代用（管？）复私立。定章，师范附设中学，师校又忽焉称中学。未几，师校又忽焉奉令复师范由附设复独立。“天下蜩螗羹沸煎”，诗言至可味也。新令与余各遭无父之痛，且同在民国十八年，若敬之若勋阁则又先后失母。“有父有母俱华颠”，诗言尤可念也。新令游学国外之志未遂，历浙、皖、豫、晋、青海诸省，军书政牍，时有杂逯之感，而未尝一日废书。今列监察院，闻其爱文学，探新编，窥摩汉魏唐宋诸儒，仍一如诗所云。

新令持此卷若拱璧，为言从师校归去，国民军败衄，道路为梗。惧此卷之失也，内之铁匣，付诸邮传。途次检查苛，编韵句探字，竟全损。贤韵句宋字，前韵句将字，船韵句岭字，并损。又言天水为匪窖数年，家人苦心护持，此卷得未罹兵燹，言之不胜累欷太息之情。今又殷殷然乞余文。诗云：“炯炯风义江云骞”，新令体验盖已久矣，此则展卷而益为之悠然神往不置者也。

张謇赠王新令两诗均收入《张季子九录·诗录》，题为《送王生毕业归天水》《天生求书，归奉其父，其父年政八十，母五十有八，兄弟四人，生最少者也，写一诗予之》。张謇对王新令的赠诗蕴含着他对通州师范学校的一往情深，他为这所学校已经倾注无量心血与精力，而且把它看做自己的骄傲与希望。当这所学校还在筹建之际，他即已自豪地宣称：“夫中国之有师范学校，自光绪二十八年始；民间之自立师范学校，自通州始。”他亲自为这所学校选定校址，关注并指导全部修建工作。由于过分劳累，他在1903年初曾“腰酸咳血”，但仍然没有停止任何一天工作，有时不顾病痛住在校内照管修建工程。在开学前一天晚上，他亲自与庶务（职员）逐一敲牢学生宿舍门上挂名牌的钉子。他的作风一贯严谨扎实，门牌要正，挂钉要牢，不容许有丝毫差错，因为学校的环境、建筑、设施、管理都将对学生产生经常而深远的影响。在70多年后的今天，我们可能对赠诗中某些陈腐观念难以苟同，但却不能不为这位忠诚的教育家对学生的诚挚情愫所感动。

旅通韩人金泽荣

“文革”后，曾蒙南通市图书馆寄赠该馆与南通博物馆合编的《金泽荣资料》（油印，1976年8月）的复印本，共45页。内容包括：一、金泽荣简介；二、金沧江年谱；三、金泽荣撰辑书目；四、金泽荣墨迹、遗物目录；五、载有金泽荣诗文、资料的书报篇目索引；六、金泽荣后人情况一览表；七、金泽荣在南通的故居；八、附录：《金沧江先生出殡狼山》、关于殷末周初箕子去朝鲜建国的问题。

金泽荣是张謇的少数外国友人之一，也是长期居住在南通的一位朝鲜历史学家与爱国诗人。此书对于研究金泽荣或张謇均有参考价值。

“金泽荣简介”称：金氏1850年生于朝鲜开城府东部，1927年卒于南通，享年78岁。泽荣1891年会试中进士，先后任议政府主事隶编史局、中枢院参书官兼内阁记录局史籍课长、弘文馆纂辑所、正三品通政大夫等职。甲午战后，日本加强对朝鲜殖民统治，1905年以后实际上已完全吞并。金泽荣愤而辞去官职，携妻女由仁川乘船来华，随身仅带书箱若干，别无其他财物。

金泽荣与张謇为多年以前的故交。张氏曾于1882年作为吴长庆幕僚随庆军去朝鲜，与金允植、金泽荣等当地文士常有诗词唱和，关系颇为融洽。因此，泽荣到上海后即去通海实业账房拜访张謇。张謇同情其悲惨遭遇，且敬佩其品格高尚，遂安排他到南通翰墨林印书局任编校工作，并购买房宅供其居住。泽荣在南通前后共 22 年，翰墨林照顾他年高且言语不通，故分配编校工作不多，让他以主要精力从事自己的撰著，所以其平生著作绝大部分在翰墨林编印出版，诚为中韩文化交流史之佳话。主要撰述有:《朝鲜历代小史》(28 卷)、《校正三国史记》(50 卷)、《新高丽史》(53 卷目录 1 卷)、《高丽季世忠臣逸事传》《沧江稿》(14 卷)、《古本大学私笺》(6 卷) 等，另外还在《南通报》文艺副刊发表诗文甚多。

金泽荣不仅关心祖国的命运，对中国社会的进步也很关心和支持。1911 年秋，武昌起义爆发，南通旋即光复，金泽荣全家为之欢欣鼓舞。曾作《感中国义兵事五首》，其中有“武昌城里一声雷，倏忽层阴荡八垓。三百年间天帝醉，可怜今日始醒来”“箕域地灵应愧死，寥寥仅只产安生”等热情诗句。第二年中华民国肇建，他立即申请加入中国国籍，对刚诞生的共和国寄予厚望。但其著述署名仍多冠以“韩国遗民”“韩侨”“韩客”“韩产”等名称，以示始终不忘故国。朝鲜爱国志士在上海法租界组织临时政府，他也为之代拟《陈情表》，希望中国政府给以必要支持。1922 年泽荣已 72 岁，但仍满怀激情写《曹公亭歌》，呼唤中韩两国人民联合起来，发扬以李舜臣（朝鲜抗倭英雄）、曹顶（南通抗倭名将）为代表的抗击外侮光荣传统，共同反对日本军国主义侵略者。诗云：

往者万历倭寇东，韩臣有李忠武公。
奇韬妙略似神鬼，杀倭满海波涛红。
当时倭儿患疟疾，背书其名胜药功。
三百年后汉江竭，修罗蚀月凶肠充。

使我奔伏淮之侧，白头欲举羞苍穹。
奈何今日中州彦，籧篨之病颇相同。
慨然共思曹壮士，沫血击贼卫南通。
奇功垂成身径殒，愤气化为青色虹。
叱工筑亭安厥像，横刀立马生长风。
请君且揽新亭涕，与我赊酒向新丰。
一杯酹我李兵仙，一杯酹君曹鬼雄。
巫阳与招魂气返，旂光剑色摩虚空。
擂鼓鼓动两国气，人间何代无勇忠。

1926年夏，泽荣之终生挚友张謇病逝，大生资本集团风雨飘摇，翰墨林印书局甚至发不出工资。加以中国政局混乱，战祸连年不断，金泽荣既慨叹暮年之凄苦，又深苦复兴故国之无望，遂于1927年4月底服鸦片自杀。当年5月8日《南通报》曾刊载《金沧江先生出殡狼山》之报道，略谓：

一时仪仗排列，宾朋云集，循原定路线行至南门段家坝卸舆，仪仗均行屏退。送至墓地者，有小轿三乘，小车四乘，系男女眷属，及引柩沙弥二名。外有黄包车十数辆，均系宾朋，如：张孝若公使、王翰霄、钱内方、钱浩哉、钱艳姓、孙延阶、罗鑫泉、黄量如、方汇泉、江养如等。张退公（张詧，张謇之兄——引者）临时以另有要事未至。柩至山麓，已九时半矣，狼山区徐署长早已派警照料一切。随由内方指点先生墓穴，系南向照三合配置，为癸山丁向。又由罗君用望远镜窥测，知墓向正对隔江福山中峰，与江中航行目标相对。该墓位置甚高，风景甚佳，在骆宾王墓之上坡。墓碑系张退公所手书，为‘韩诗人金沧江先生之墓’。墓穴系用水泥筑成，由孙廷阶经办。柩入墓后，上面用水泥筑长方式之墓顶，周围短栏，与啬公之墓相仿佛也。

可见南通人民对沧江先生的尊重与怀念！张孝若是张謇之子，五个月以前刚刚安葬了父亲，现在又为父亲最亲密的外国诗友送殡，其心情之悲痛可想而知。

张謇生前与金泽荣诗文之交甚密。1910 年初（宣统二年正月二十九日），张謇有《与金沧江同在退翁榭食鱼七绝三首》。诗云：

昨日刀鱼入市鲜，匆匆先上长官筵。
如何顿得非常价，江上春寒过往年。（刀鱼）

王字河心水不波，霜头雪尾网来多。
渔人不惜终宵苦，卧醒时闻打桨歌。（银鱼）

新城城外港通潮，蚌味清腴晚更饶。
一勺加姜如乳汁，冒寒应为退翁消。

1920 年 8 月 1 日有《沧江翁今年七十，不以生日告人。八月一日为延客觞翁于观万流亭，赋诗为寿，属客与翁和之》：

六十七十翁发皤，旧运新运天旋螺。
春秋惟有乱可纪（指翁作《韩史》），忧乐合以诗相磨。
看花老辈应逾共，载酒佳时莫厌多。
槛外朝来云物好，从容等视万流过。

东北浮云屡变更，秋风落日汉阳城。
南坛幕府萦吾梦，左列词曹系子情。
一局烂柯嗤对弈，几时得尽话长生。
引年送日须歌舞，准备缠头听玉笙。

其他尚有《沧江示所和诗复有赠》《己未中秋约沧江叟、吕鹿笙、张景云、罗生、退翁与儿子泛舟，用东坡八月十五日看潮五绝句韵》《梅欧阁一月一日，招金、吕、方、刘、欧阳诸君暨怡儿，就阁小饮，即席各有诗》《视沧江病》等。《视沧江病》大约作于1924年，此时沧江已74岁，张謇也有71岁。诗云：

闻病抛诗叟，来探借树亭（沧江宅名借树——引者）。
填栖书锸被，烧炕拙连扃。
扶掖怜参术，荒寒满户庭。
余年犹兀兀，史笔耿丹青。

对贫病交加的沧江极为同情，且又盛赞其晚年仍能秉笔直书朝鲜历史。

张謇尚有《金沧江刊申紫霞诗集序》（1907）一文，记两人结交始末甚详。文云：

往岁壬午，朝鲜乱。謇参吴武壮军事，次于汉城。金参判允植颇称道金沧江之工诗，他日见沧江于参判所，与之谈，委蛇而文，似迂而弥真。其诗直窥晚唐人之室，参判称固不虚。间辄往还，欢然颇洽。沧江复为言其老辈申紫霞诗才之高，推服之甚至。予亦偶从他处见申所流传者，盖出入于晚唐北宋之间。甲申既归，遂与沧江暌隔，不通音问。阅二十年，忽得沧江书于海上，将来就我。已而果来，并妻孥三人，行李萧然，不满一室，犹有长物，则所抄申紫霞诗稿本也。久复谋为刊印，然沧江所得书局雠校之俸，固不丰。又久之，乃为节删而印行焉，犹近千篇。沧江于紫霞之诗可谓有癖嗜者矣。比与余书："子方劫劫然忧天下之不活，而仆忧诗人之不传，度量相越甚远。"余语沧江："活天下难，若子传一诗人亦不易。"相与大笑。……紫霞之诗，诗之美者也。沧江学之而工，而辛苦以传之不迂。独念金参判年过七十，以孤忠穷窜海岛，不复能有握手谈诗之一日。见沧江所编紫霞之诗，得毋有人事离合相形之慨也乎！

金参判即金允植，亦为张謇海外知己。1912年正月二十六日，张謇有诗《朝鲜金居士赴至，年八十七矣，哀而歌之》：

破晓飞来尺一纸，开缄叹嗟泪盈眦，
朝鲜遗民老判书，生已无家国俱死。
国何以死今匪今，主孱臣偷民怨深。
强邻涎攫庇无所，昔尝语公公沉吟。
自是别公三十载（癸未与公别），东海风云变光怪。
居州独如宋玉何，楚人甘受张仪绐。
一窜投荒不复还，国社夷墟犹负罪。
李家兴废殊等闲，河山辱没箕封贤。
白发残生虏所假，赤心灰死天应怜。
噫吁戏！朝鲜国，平壤城，李完用不死，安重根不生，运命如此非人争。
居士低头惟诵经，诵经之声动鬼神。
后生拔剑走如水，亡秦三户岂徒然。
从会九京良有以，公胡遽化九京尘，浡患缠忧八十春。
回忆南坛驻军日，肠断花开洞里人（花开洞，居士昔居处）。

张謇旅居朝鲜的时间并不长久，但却为这个民族的悠久历史文化蕴藏的魅力所吸引，同时也为这个文明古国的沦亡而感到悲愤。他终生反对日本军国主义者，希望中国与遭受日本侵凌的其他各国人民联合起来，共同反抗这个亚洲最强大的邪恶势力，而这也就是张謇与韩国二金诗文之交更为深刻的意蕴。

严修赞张謇

天津图书馆藏有《严修日记》。1921 年日记曾云："友人多以余拟南通张季直先生，毋乃不伦。拈此示之：我羡南通张啬庵，孔颜乐趣老犹酣。爱兄不愧端明马，教子还同太史谈。一国文明聚江北，半生事业在濠南。无盐不耻来唐突，只恐西施意未甘。"1921 年为张謇一生事业之鼎盛时期，实业、教育、慈善三大部类事业都发展到高峰，所以严修为之心折。但其时亦为大生集团由盛而衰的转折点，一年以后败相已见端倪。世事无常，福祸相依；但张謇自有其业绩在，后世不能以成败论英雄。

黎元洪私档

1964 年春夏之交，为开展中国近代社会历史调查研究委员会筹备工作，杨东莼亲自去天津与各界联络，随行者有邵循正、郝斌、何重仁、周天度、王公度和我。在津期间，除听取天津市政协文史资料委员会袁主任汇报有关情况外，还到市档案馆、图书馆、博物馆参观摸底。

天津市博物馆特为我们开放黎元洪私人档案储藏室。由于房间小而文献多，又未经整理，杂乱无章，成堆放置。所以只能简记所见如下：

黎宅土地房产契图石印三本。

黎宅租簿两三本，收租日记一本。

“企信”函件一大批。

1917 年各国公使来电，保存尚称完好。

1916 年各省函电及复文（如江西李烈钧问题，密报孙、黄等人动态，山东民军改编，奉天张、冯交恶，浙江吕公望等争执，四川刘、罗之争，湖南督军任免，陕西陈、李之争，宗社党活动，郑家屯案，张鹏飞赴日考察报告等）。

1916 年至 1917 年府院之争函件（包括李经羲、康有为、丁世峄、王占元等,其中还有黎元洪要求天津报馆更正谣传的信件）。

1916 年 5 月湖北进步党支部攻击孙武借办党骗巨款经商的信件。

丁巳复辟与解散国会的相关文献（有张勋、孙毓筠、孙武等人信件）。

黎元洪政书稿本，凡 15 册 26 卷，自辛亥八月至退休后。

武汉战记两本（初稿）。

文稿十本（实即黎元洪函电存稿）。

仅就上述简略情况，即可见其史料价值之可贵，惜至今仍未经系统整理编辑出版。北洋时期，档案管理无法规可循，总统、总理乃至总长离任后可将政府档案随身携去，所谓私档实包括许多公档，史家对此不可不加注意。

杨东莼谈社会历史调查

1964年春，由胡乔木建议，经中宣部、统战部同意，由全国政协文史资料委员会、近代史研究所和华中师范学院共同筹建中国社会历史调查委员会，杨东莼任主任委员，刘大年、黎澍任副主任委员。王来棣、周天度、王公度、刘望龄和我负责具体筹备工作。4月3日，在近代史研究所开筹委会的成立会，杨东莼就社会历史调查的重要性作了长篇发言。东老平生谨慎，新中国成立后很少写学术性文章，这次发言多少能反映他的某些学术见解。现根据当时笔记，摘要如下：

> 当前史学界有几种偏向：1.抄旧材料，贴新标签；2.有框框，无材料；3.找孤证，以说明自己观点；4.随意引用解释经典著作。恩格斯说过，在旧社会，资料和历史可以用钱来买。
>
> 《列宁全集》卷一第443—444页，《民粹主义的经济内容》一文即曾强调调查研究的重要。
>
> 恩格斯写《英国工人状况》，做了大量调查研究，包括所见、所闻、所读。恩格斯还高度评价摩尔根花了40年时间生活在印第安人中间进行调查研究，《古代社会》是堪称划时代的少数作品之一。《古代社会》一书的序言可供我们参考。
>
> 据拉法格回忆，马克思引用过的材料，几乎是百分之

百准确。

列宁的《帝国主义是资本主义的最高阶段》以及有关帝国主义的笔记亦可参考，包括对待材料的态度、研究过程及分析问题的方法都值得学习。

从《列宁全集》第一、二卷对民粹主义的批判到《俄国资本主义的发展》，都包含大量调查研究成果，特别是对皮尔木省的调查，均可供参考。

生物学家达尔文写《物种起源》也花了20年时间，大部分精力都用于调查研究。

我国现代文学家也有这方面的好榜样，如茅盾的《子夜》《春蚕》，周而复的《上海的早晨》等，都是建立在大量调查研究的基础上，决不是全凭想象。

希望大家充分认识社会历史调查的意义，决心做无名英雄。前人种树，后人乘凉，物质不灭。有其功，不由我居，其功自在。

当时杨东莼讲得很多，但我记得较少而又残缺不全。不过时至今日，这些话仍有警世作用，故节录如上，以表示对这位前辈学人的怀念。

《盛世危言》版本补遗

中国史学会主编中国近代史资料丛刊《戊戌变法》编者注称：

《盛世危言》一书的版本很多，我们看到的有四种版本。第一种是光绪二十四年图书集成局铅印本。这种版本分三编：首编六卷，二编四卷，三编六卷，共十六卷。第二种是光绪二十四年著易堂石印本，这种版本不分编共十四卷。第三种是上海六先书局铅印本，这种版本也不分编，共九卷。第四种是光绪二十三年文瑞楼石印本，这种版本也不分编，排印在自强学斋《治平十议》书内。由于分卷不同，对于篇目的编排也不一致。本书所采用的版本是第一种。

我曾见稍早于上述四种版本的《盛世危言增订新编》乙未（1895）版。

这个版本卷首有江苏布政使邓华熙进呈此书奏抄。其次为彭玉麟序及壬辰《盛世危言》初刊自序。再次为郑藻如序（壬辰）、陈炽序（癸巳）。最后为王之春撰《盛世危言增订新编》序（乙未）。此书凡例称：

溯自同治元年，承江苏善士余莲村先生改正，即传手民，名曰《救时揭要》。先传至日本，即行翻刻。同治十年，又将续集分上下本，名曰《易言》，寄请香港印务局王子潜广文参校。不期亦付手民，风行日、韩。光绪元年，遂请沈谷人太史、谢绥之直刺删定，亦名《易言》，印数百部，分赠诸友。光绪十九年续集，尤多□□□（原文缺字——引者）玉轩京卿、陈次亮部郎、吴瀚涛太令、杨然青茂才同为参订，改名《盛世危言》。中日战后，时势变迁，大局愈危，中西之利弊昭然若揭，距作书仅年余耳。而事□迥异，故未言者，再尽言之，已数易其稿，请王子潜广文、吴瀚涛太令及深通时务者，同心参订。”又云：“原刊目录，道器、学校、西学、考试、议院、日报、吏治、教养、游历、廉俸、通使、训俗、善举、藏书、公法、交涉、书吏、狱囚、女教、医道、税则、商务、商战、技艺、纺织、农功、垦荒、旱潦、治河、赛会、铁路、电报、邮政、银行、开矿、铸银、禁烟、传教、贩奴、国债、建都、防海、防边、练兵、民团、水师、船政、火器、弭兵上下篇，共计五十七篇，并附录未尽之词及中外通人明体达用、因时制宜、援古酌今、有益世道之文，共三十篇，两共八十七篇。今因时势迁变，复略为增订，推广其意。”“续刊目录，商务二三四五篇、商船上下篇、保险、商战下篇、修路、练将、练兵下篇、民团下篇、海防下篇、边防四五六七篇、江防、间谍、巡捕、典礼上下篇、刑法、条约、交涉下篇、入籍、停漕、厘捐、盐务、旗籍、卫屯、驿站、限仕、汰冗、革弊、度支、僧道、工资，共计四十三篇，并附录未尽之词及中外通人救时之文，两共百十三篇，统计二百篇，类分富国、强兵、开源、节流四大端，共十四卷，装成八本。

此序说明从《救时揭要》到《易言》，到《盛世危言》，及乙未以前历经增订的版本变迁颇为翔尽，故录供学者参考。

此书最后附有王韬《易言》原跋，作于光绪六年（1880），内称：“去年春，余将有东瀛之游。杞忧生之友，忽以书抵余，谓当今有杞忧生者，天下奇士也，胸怀磊落，身历艰辛。……心有所得，笔之于篇。此《易言》上下二卷，固其箧里秘书、枕中鸿宝也，非先生则不敢就正焉。”

按：王子潜亦作紫诠，即王韬。《盛世危言》图书集成局戊戌版自序云：“曾将全作邮寄香港，就正王紫诠广文。”杞忧生则系《易言》著者最初署名，后改为慕雍山人，“意期再见雍熙之世”。这当然是一种自我保护方法，以求避免触怒朝廷。戊戌版前亦有王韬序，则系乙未（1895）年作，称杞忧生又名守璞子。郑观应对王韬颇为推崇，因王为维新思潮前驱，且在19世纪70年代即已享誉中外也。

我还见过一本《盛世危言后编》，此书未说明出版处所及时间。但封面有汪洵署检，时在己酉孟秋，郑氏自序亦云作于宣统元年中秋，大体可以判定为编订于1909年。《后编》自序云：

> 今年老多病，悉辞差事及一切义务，退居濠镜，习静养疴。取历年草稿，择其要者，分类抄存，留示子孙。而友人谓，救时之言，无需身后始出，乃删定授诸手民，补前著《盛世危言》所未发，名曰《危言后编》。首卷言道术，即正心、修身、穷理、尽性、至命之学也。二卷至十五卷言治道，即齐家、治国、安内、攘外、自强之说也。而中外圣哲所论炼金、神术、医学、地学之秘，有关于世道人心者，亦略采其要义，附以所闻。

濠镜即澳门，为郑氏晚年居所。1996年10月，我应澳门文化委员会邀请顺道访问，曾与魏美昌、霍启昌诸先生计议筹建郑观应研究中心。据云当地政府准备收购郑氏宅地（几经转折已为房地产商人所有），修建郑观应故居（即待鹤山房）纪念馆，甚愿此事能够办成。

我所见《后编》为华中师大图书馆藏本。其扉页右侧有“庚申十一月三十日”字样，卷一第一页右侧有“戊午六月廿六”字样，又称系番禺潘飞声兰史编，则此书付印在郑氏身后，内容亦较原稿有所增补。潘飞声序云：

然观山人出而任事，创办电报局，则与西人大北公司争回利权，赎还吴淞旱线并厦门鼓浪屿海线。迨津沪江浙闽粤长江等处电线告成，即辞上海电报局总办，而预订商股善后章程。继而创办上海机器织布局、造纸局，经营筹划，均不受薪水，且为各友押账赔累巨款。创设开平粤局与接办汉阳铁厂，开源购煤，条陈靡绝。总办轮船招商局，大有起色，中日之役，密策换旗，赖以保全。而抉剔积弊凡数千言，不稍忌讳，同列瞠目，洋役丧魄，莫敢欺饰。及受神机营扎委，驻沪随时选购军械，兼侦探敌情。彭刚直奏调粤防，亲赴西贡，密察法人举动。又至暹京，说其内附，毋资敌人。复密授越南渔人联结奇计，皆以身投虎口，若牺牲其生命者。代理左江道时，西氛最炽，大吏弭逆术穷。山人先清理教案，以省交涉，擒获匪首罗庆基等，境内宴安。创设巡警，兴办中小两学堂。仅月余而左江大治，群盗敛息，士民交颂。总办粤汉购地局，以美工程师沿途欺压乡民，即将所犯各罪，列明布启，旋与湘省合力争回此路自办。在广州与同志创设商务总会，亲拟振兴工艺章程。举凡四十余年，殚精竭虑，以期不负所学；盖昔之所言者，皆以一身踵而行之也。平生所蓄条陈上书论说序跋，稿本丛积，可束牛腰。余于戊申十月至澳门，寓待鹤山房三月余，与山人日夕讨论时局，尽读丛稿十六册。乃采择要著，编为八卷，名曰《盛世危言后编》，以别于前编。盖前编所言者其所知也。后编言者其所行也。

此序作于宣统二年（1910）冬月，是在编辑定稿之后一年，距正式出版约十年。潘氏住澳门郑宅逾三月，且朝夕与观应倾谈时局，编辑工作当能符合作者意愿。序言叙观应生平要言不烦，且评论得体，故录于此，以供参考。

此书校者何卓勋亦有序，作于宣统三年（1911）暮春，内称何氏于1910年返沪，“适郑君雨生出乃翁陶斋观察手著《盛世危言后编》十六册，属为作序”。又云：“（郑氏）平日所著书约有二十余种……而尤以《盛世危言》前编为最著。前编行已三十余年，编中所载，皆富国强兵建学治民要旨至详。”

此书卷八所收《复考察商务大臣张弼士侍郎》一文，郑氏自述简历云：

> 昔应年十七，小试不售，即奉严命，赴沪学贾。从家叔秀山学英语，入宝顺洋行，管丝楼，兼管轮船揽载事宜。从英华书馆教习傅兰雅读英文夜馆。开江西、福州揽载行。年二十六，宝顺洋行停业，当上海和生茶栈通事。旋承办和生祥茶栈，代两湖、江西、徽州茶客沽茶。洋商士多达等举官应为公正长江轮船董事，兼做荣泰驳船公司。年二十九，和生祥茶栈停业，当扬州宝记盐务总理。年三十二，上海太古洋商创设轮船公司，聘为总理，兼管栈房。开汉口、四川、上海太古昌揽载行，又开牛庄、汕头、广东北永泰字号，代客办货。年三十七，奉北洋大臣札委，总办津沪电报沪局。次年，武进宫保与官应等招股承买津沪电线，并推广江浙闽广长江等处电线，禀请北洋大臣在沪创设机器织布局、造纸局、船坞、开垦公司、蠔利公司。年三十九，辞太古轮船公司总理，奉北洋大臣札委，会办

轮船招商局，游历各埠，兼到南洋考察商务，与唐君景星等合办天津沽塘耕植畜牧公司。年四十，奉神机营前醇贤亲王札委，驻沪采办新式军械，兼探法越军情。年四十二，奉督办粤防彭刚直公奏调赴粤差遣，扮作商人，亲往西贡等处侦探敌情，并到暹罗说服该国摄政王，不为法助。年四十五，又奉北洋大臣札委，总办开平矿务粤局与开平矿局，唐君景星、李君玉衡集资合买广州城南地基，并升科海滩百亩，建筑轮船码头、栈房，运销开平煤到粤销售，揽装客货回津。此五十岁以前，三十年来经营商业之大略也。

此文较潘飞声所述较为具体，两相参照，可作撰写郑观应传略之基干。

许寅辉撰《客韩笔记》

1994年夏，我与何建明一行前往庐山图书馆了解外国传教士书籍收藏情况，顺便也到中文旧书库稍事检阅。无意中发现许寅辉撰《客韩笔记》一书,记述甲午至乙未客居韩国见闻，颇多有意义之记述，可作研究甲午中日战争之参考。

此书为光绪丙午(1906)长沙刊本,线装一册,有黄绍箕题签。为此书作序者有金坛于渐逵，苏州凤曾叙、汪先弼、许寅清等。

凤序内容充实，略谓:"光绪三十年秋，予以沈君习之之召，至汉口主笔武汉小报馆。既因沈君得两友焉，一曰金坛于吉仪君渐逵，一曰上元许复初君寅辉。两君皆淡交，而于予相视如故。许君通英吉利诸国语言文字，相见论当世事，持国粹主义而运以欧化主义，与余合者盖什而六七。所为《客韩笔记》，甲午、乙未间事，多当时人未尽知者。其所不忍言，则区盖之内讳也。""高丽之役，不失败于财殚力痡，而失败于上下之无一不相欺，此知言君子所不暇讳也。兵家言:知彼知已，百战百胜。非不知彼也，非不知己也，而梦梦焉，而昏昏焉，相率出于自欺，其有不败者哉！"凤、许均系清末有头脑之报人，对时局的评论多能发人深省。

许寅清为作者胞弟，序文谓其兄自韩归来，"须发颁白，若别十稔"，可见作者忧患之深。

作者自序称：

癸巳春，余应驻韩英使之聘，至韩办理文案兼翻译。越一载，会中日失和，华官下旗回国，商务由英使保护。事之繁难，日甚一日。余以书生，孤掌从事，屡濒于危，卒未罹于锋镝，亦云幸矣。爰节录是时事迹，而为笔记一卷，起于甲午正月，讫于乙未八月，盖亦安不忘危之意云尔。光绪辛丑嘉平月既望，上元独醉商人自志。

甲午中日战争期间，作者既为交战国一方（中国）之公民，同时又须以中立国（英国）使馆职员身份代管旅韩华商事务，其处境和办事之艰难，可想而知。

以下为正文摘录：

驻韩京英总领事官禧在明君，寓华有年，曾充英使头等参赞，系余旧识。壬辰冬，予客沪上，禧君因韩京交涉事，托上海领事官哲美森君聘余前往办理公牍，因事不果。癸巳三月，函催数次，始来汉城。

此为作者去韩缘由。

六月以来，中国驻韩官商，风鹤惊心。官则移眷回华，商则奔命返国，置货物产业不复问。时署总领事嘉君妥玛由厦门调来，嘉君在华三十年，遇事持平，兼有血性。嘱予晓谕华商民勿动，中日决裂，华商由英保护，产业货物亦如之。倘日人见欺，可来署禀报，代为申理。

战争刚起，华官已慌忙送家眷回国，华商自然更加惊恐，乃至弃置货物产业而不顾。劝谕华商勿动并承诺给予保护，此事竟须由英国总领馆代劳，亦属可耻已极。

（六月）二十一日早，日兵进王宫，毁电报局，为驻兵之所。李太守率电报学生数人，将入英署暂避。因华人来者已数百名，英兵把守极严，太守遂避入德领事署。俟接

> 太守请援之函，遂力商副领事傅夏礼君，速出护照，请总兵官签名，总领事盖印，迎太守入内。……稍谈，太守奇饥，遂嘱庖人取鸡子四枚食之。其时袁总理幕友吴晓北君从衙门后墙越出，面手俱跌破，行至海关无人理问。继来寻余，而门禁极严，不得入，乃请嘉君同出大门迎吴君入。旋陈丹臣、周茂亭诸君复来寻唐少川太守，蔡树棠翻译官又来，皆由嘉君迎入。嘉君见有华捕携刀者，亲手代为解去，以符公法。所有避难诸人，除总理府与理事官绅外，尚有商民数百人，自朝至午，坐立于炎天酷日之中，饥渴交加，不可言喻。余遂选能庖者两人，治庖款客，且以粥糜食众商民。晚间邀嘉君同至各处安慰避难诸人，人皆感泣。

这段笔记把华官的狼狈逃窜描绘得淋漓尽致，而日军可以公然攻进朝鲜王宫，华捕则需解除刀械，此所谓“以符公法”？

> 七月中旬，有华商数十人来署泣诉，近日日人强买货物，无以为生，祈代禀请保护，因代拟禀稿。
>
> 八月二日嘉君返华，在韩华商闻知，均欲卧辙攀辕。然势难挽留，于是沿途设茶果、燃香烛以致敬。

中国官军畏敌奔逃，旅韩华商近似被遗弃之境外孤儿，乃至视英国外交官为保护神，是谁之过?

> 自华商归英保护，凡华商有事，皆由宁波人陈德济领带来署，周旋数月，颇称竭力。众商联名举陈德济为汉城华商南北帮总董事，英署批准，发给戳记，并知会各国备案。

举汉城华商总董事，须经英国总领馆批准并发给公章，且由其知会各国。我不知道“各国”是否包括中国，如果包括，那真是天大的荒唐！旅韩华人虽无亡国之名，已有亡国之实。

> 当是时也，华民在韩危如累卵，不独日人欺侮，即韩

官民亦鄙贱而揶揄之。其政府忽出新章数条，略谓中国商民在韩难保尽属善类；凡有形迹可疑者，均可随时拘拿。于是无赖韩民藉端讹诈，挟嫌诬攀，日或数起。华商无以聊生，一再乞余转请英使照会外部，删去新章不便之条，往返力争，政府不允。

自旅顺失后，欧洲各国皆亲日而疏华，即朝鲜妇孺，多有见华人而呼为清国狗者，闻之殊堪痛恨。而日人见华人则以手作刀势，自砍其颈，盖言华人皆作刀下之鬼也。

过去研究甲午战争史者，大多忽略旅韩华人的悲惨遭遇，《客韩笔记》为这段历史作了重要的补充。

仁川三里寨地皮，多系华商购置，值千余万。失和后，日人占为屯兵设帐之所。旋由华商吴礼堂等公禀英署禧君，遂作函致朝鲜外署辩论。凡有教化之国，两国虽有兵衅，不得强占商旅产业，措词极当。由予译出华文，照会朝鲜外署，日人遂无异说，其地皮仍归华商管理。十月下旬，朝鲜寒冷已极，日人素处温暖之地，不惯严寒，在外道之日兵，冻毙者尤众，因思藉南门中国街、二宫街一带丈量标记。华商董事陈德济，将标记提揭来署控诉，且云：南门中国街、二宫街各处，华商精华所聚，共计产业货物不下千余万。现虽返国，而银钱珠宝皆埋藏井中，货物则堆置间室。二宫街和丰号有火药房二间，储存甚多，为王宫花炮之用。若日人入室，则银钱货物搜掘一空，况火药系军需要物，安保日人不以华商接济军需为词。倘不设法阻止，为祸甚烈。予委婉曲折商诸禧君，几至舌敝唇焦，并将标记交禧君面验。次日，禧君嘱华商董自往日署商量，盖欲卸肩于董事。董事不敢行,余嘱其措词谨慎,勿庸畏惧,始往见日领事。云华商空室原可借住,不必租赁,但各铺主均不在汉,吾亦非各铺主亲旧。且吾有总董华商之责,不能越礼而行,唯有从速作函回华,俟各铺主回复,当无不可。日领事云:何日可得复音?陈云:铺主有在烟、津,有在沪、杭者,吾必一一作函,总之愈速愈妙。后日署迭来催促,而总董推诿延展,将至决裂。余周旋其间,亦心力俱瘁。幸两三月来,天气渐近和暖,故屯兵之议亦懈。此一事也,保全华商银钱货物值千余万,南北帮巨商闻之,无不颂万家生佛。

在极其艰难危险的情况下,许寅辉与陈德济见义勇为,殚心竭虑维护旅韩中国商民生命财产,做了大量卓有成效的工作。他们都不是政府官员,也未经任何政府官员的正式委托,只是出于爱国热忱与同胞情谊,及时向众多受难商民给予关切与援助。历史应该记下他们的名字,因为他们的行动体现了民族的传统美德,并且保持了中国人固有的尊严。

中旬有牙山、平壤等处溃散之华兵,流离失所,惧为日兵查出,改鲜装,转徙来汉。华商王文潭带领九名前来,乞予救护。予即出署外,伊等跪诉苦情。予见其鸠形黧面,异服异冠,心伤泪下。旋入署,与禧君商筹救护之策。禧君云:保护华兵,显违公法,断不能行。后每人发一元,并传总董来署,嘱将北帮会馆出屋两间,暂为伊等休息,从速薙发,改归华装。后外道又来华兵十三人,经婉商,禧君一律发给护照。日后陆续来者共计二百余人。余与陈总董等倾囊倒箧,心力交瘁,支撑数月。和局仍无成议,伊等归华不得，三顿饱餐后即出外闲游滋事，实堪痛恨。内有直隶二人，原乘高升船来韩者，因半途高升船击沉，凫水漂于孤岛。渴吸海水，饥食野草，四十余日，遇救来汉。余荐二人至烧饼铺为伙，但资火食，不计辛工。余亦力言于华商铺，设法位置，然华商多不愿收纳。迨次年二月间，法公使署起造房屋，多用鲜人为小工，而小工头则华人也。余暗嘱改用华人，复托法署文案张君极力赞助，送去八十余人。后托仁川北帮会馆略筹闲款。于是送往仁川者三十余名。至三月间，均已安置妥帖，如释重负矣。七月后，皆得乘轮归华，始庆更生。

清军不能保护旅韩中国商民，反而于溃败后向商民寻求庇护，初步得到安置后又出外闲游滋事，说明清朝政府已经病入膏肓，无可救药。作者说“实堪痛恨”，其实更应该痛恨的乃是制造这样丢人现眼的军队的政府。

只有在除夕，作者才能稍得休闲并苦中作乐。有文为证:“除夕大院君派员送肴酒一席，平壤歌妓两名，余受席而返妓。良友二三，畅谈竟夕。将寝，作家书为母贺禧，并赋七律一章寄内。”受席而返妓，作者洁身自好，没有入境随俗，维护了中国人在境外的形象，比许多外访官员高尚得多。烽火连三月，家书值万金。佳节思亲，人之常情，临睡写家书、情诗，这又反映出作者家庭的和睦与温馨。

乙未年是中国奇耻大辱的一年，可记之事甚多。大年初一即不寻常。“乙未元旦，有华兵百余名排列户外，叩贺新禧，余谢之。当严嘱伊等不得成群结队在街巷行走，免日人向英署诘问，众唯唯而退。”

“自中日失和起，至华官回韩日止，所有华商禀稿前后数百起，皆出余手。”这并非作者表功，只能说是华官失职，让一个外国领馆的华人雇员独自冒险犯难。

“上元节，日人高悬示谕，夸张某日得威海卫，获华战船若干艘、鱼雷艇若干艘等语。……是日，更有无知华人，招集朝鲜歌妓，歌舞欢乐，以庆佳节。鲜人见者，詈其不知国耻，蠢如豚犬云。”

“二月初旬，华商三人，为日兵在外道刺伤，解至汉城，由英署索回，治愈。”

“（二月）中旬，又有华商五人因吃洋烟为朝鲜巡捕捉去，亦由英署索回。内一人，犹请英署代追烟具，即俗所谓‘做好不见好，倒来寻烦恼’，真可笑人也。何怪外人动言吾华为少教化之人乎！”同为华人，有被刺伤且无辜被捕者，有不知国耻而挟妓寻欢者；同为华商，同为被捕，经英署索回后有安分守己者，亦有乞求英署代追鸦片烟具者。虽为往事，至今仍足以警世醒俗。

《马关条约》对作者刺激尤深。“三月闻和议有割地、偿款两端，忧愤不寝食者屡日。时华友林君旅韩，素具气节，善词令，慨然欲入都诤之。遂送之行，并赠诗云：谈瀛未倦敢归耕？倚槛高歌送客行。拔擢真材期上相，安危大计仗奇英。艳阳时节三春梦，故国云山万里情。从此前程须努力，好凭古剑定升平。”

“六月，朝鲜义士曹某、李某等谋讨在廷贼臣。事泄，贼遁，其党诬以谋逆，陷戮于市者五人，流于荒岛者十八人。予以诗吊。”“贼臣”即朝奸，主张投降日本者。作者坚持抗日立场，故以诗吊谋讨逆而蒙冤牺牲者。

“七月前，襄办唐少川太守来韩，华商举手相庆，如稚子之获见父母。太守遂派周委员文斋驻华署，遇事商请英署办理。余重负稍释，所有前后交涉条件详告周委员，以免日后办事茫无头绪。”唐少川即唐绍仪，为清政府驻韩商务襄办，时隔一年始重返汉城，恢复办理中朝通商事务，故作者向周委员交接以后，责任得以减轻。但此时中国已为战败国，日本完全控制朝鲜，旅韩华人处境更加困难，因此作者只能说“稍释重负”而不是“如释重负”。

乙未八月，作者接到家书，母病危，遂离韩归国。

“八月初旬，由朝鲜釜山登轮舟，至日本长崎，藉游横滨、神户、东京等处，察看华商情形。闻道路口碑，咸谓中日失和，各口华商由美领事保护，一载以来，颇为平允。”家书报母病危，作者仍能注意考察旅日华商情况，不愧为关心国家大事之有心人。

“八月十二抵沪，寓岳家曾府。晚间检查囊中仅余洋银两角，亲友不能信。取衣质库，得二十七元，以十二元应旧雨王君之急，五元作回省川资，十元归奉老母。”放洋归来荷包里只剩下大洋两角，亲友自然难以相信。但我倒认为有此可能，盖作者是自费返乡，在日本各地旅游都是花的在英领署打工挣来的钱，加以在汉城期间“倾囊倒箧”救济溃散清军，自然所剩无几。这又与达官贵人公费出洋考察，大把大把花国家银钱，还可以乘机化公为私捞取好处，形成鲜明的对比。

“（八月）十九日晨，返省，入仪风门，见北极阁。心喜曰：吾今日得见老母，吾骨得归故乡矣。入门呼母，母骇然若失，久之乃恍然曰：不见数年，儿何若是其老也？若途遇，恐不识矣。”老母“骇然”，是由于寅辉已经像伍子胥过昭关那样骤然“须发颁白”。

可惜百年前没有电视，更没有“东方时空”，否则如若把许寅辉当做“讲述老百姓自己的故事”节目的采访对象，肯定会使观众大为感动。

王先谦自批《虚受堂文集》

我所见者乃湖北省图书馆藏本。封面署王先谦著，庚子九月校刊。共六本十五卷。前有湘乡陈毅、平江苏舆序，此书即系他们所编。

卷一收策论八篇。卷二至卷六为序文。卷七为赠序寿文等应酬文字。卷八为传记、行状。卷九神道碑。卷十至十一墓志铭。卷十二墓表。卷十三论文。卷十四祭文、书札等。卷十五骈文。此书大部分是应酬文字，唯有卷一、卷八较有参考价值。

鄂馆藏本封面有“手泽宜宝藏”“有亲笔宜宝藏”“有亲笔”“手泽”等字样。其后多页有王先谦亲笔眉批注明增删意见，如“请蒋先生写此目录，富春堂寄信来要，请大小写匀才要得”等语，似准备增订再刊。

根据批语，可知卷一拟增《太息论》，卷三删《谈瀛录序》，卷六增《王氏□□（原文如此——引者）三修谱序》《抱拙斋诗文集序》《三家诗义集疏序》，删《今文尚书考证序》《文昌功过格序》，如此等等。

王先谦（1842—1917），湖南长沙人。同治四年进士，曾任国子监祭酒、国史馆总纂、实录馆总校。光绪十六年以后，先后主讲湖南思贤讲舍、城南书院、岳麓书院，俨然士林泰斗。先谦思想并非全然保守，对湖南维新举措，最初曾持赞同态度。梁启超出任时务学堂总教习，先谦参与学堂公宴，并拟“议于曾忠襄祠，张宴唱戏，普请各绅以陪之”。熊希龄等筹划轮船运输，先谦自称“断无置身局外之想”。但不久即因经费报销与维新人士发生冲突，终至站在戊戌维新对立方面，成为守旧势力的精神领袖（参见汤志钧《戊戌变法人物传稿》下编卷一）。但先谦治学颇勤，著有《东华录》《皇清经解续编》《汉书补注》《后汉书集解》《新旧唐书合注》等，在学术上尚有所成。为《虚受堂文集》写序之苏舆为先谦门人，曾辑《翼教丛编》，吹捧先谦对康、梁早就“洞烛其奸，摘发备至”。先谦则称赞《翼教丛编》为佳书，师生均反对进步潮流，且颇为契合。

劳乃宣同情农家疾苦

劳乃宣因镇压义和团与参加民初帝制复辟活动，颇为后世史家疵议，但他早年确曾同情农家疾苦。有书为证，即《桐乡劳先生遗稿》。我所见者为“丁卯冬日桐乡卢氏校刊”本，全书共四册，木刻线装。

卷六收《劫余草》诗，其中有“车厂歌”一首：“从此农家无寸土，王家赋重皇家轻。嗟我乃作王家氓，催租吏来谷未熟。鸡飞过篱儿女哭，吞声不敢惹吏嗔，拼向前村卖黄犊。”诗虽不算甚佳，但情景真实，颇得老杜“三吏”“三别”余韵。

读此书所附自订《年谱》，可增加对“车厂歌”内容的了解。其同治三年丁丑三十五岁一条，记当时劳乃宣奉藩司委查办涞水县车厂村礼王府圈地案甚详：

> 村在涞水县西北山麓。村地三十余顷，有十余顷为佃种礼王府猎户之地，余皆民业也。同治间，以欠租涉讼狡猾之徒，勾结王邸家奴，诬指合村皆王府产，挟县令插旗定界勘交重租。村民不服，结讼累年，瘐死囹圄，叩阍跸路，卒不得直。余奉委，会同涞令陈君杰，亲诣履勘，廉得其情，縶王邸奴子痛惩之。白诸上官，力请奏明提省彻究。上官未尽用吾言，委大员覆勘，从事调停，蠲其逋负，轻其租额。民既得释其重累，亦即隐忍而罢。

劳乃宣（1843—1921），浙江桐乡人。同治进士，历任南皮、吴桥等地知县，求是书院监院、浙江大学堂监督、江宁提学使。1908年任宪政编查馆参议。1910年任资政院议员、京师大学堂总监、学部代理大臣等职，虽参与清末新政，但思想陈腐如故，尤憎恶自由民权之说。民国建立以后避居青岛，与前清遗老周馥、赵尔巽、张人骏等时相往还，自称“十老会”，在诗文唱和、酒食征逐中，“相与劳苦慰藉，释其迟暮之感，坚其隐沦之怀。”青岛成为帝制复辟策源地之一。

劳乃宣与德国侵略分子尉礼贤关系密切，曾在青岛合力创建尊孔文社，因此把清室复辟希望寄托于德国。他曾向溥仪正式建议“联德复清”，应向德国公主求婚并去德国留学。1913年以后的帝制复辟活动连续不断，乃宣均曾积极参与或附和，直至1917年“丁巳复辟”的彻底破产。《桐乡劳先生遗稿》可看做其一生发展轨迹之实录，但不能以人废言，其《东厂歌》惜不为当今史家所注意。

《遗稿》卷首有像赞、年谱、墓志铭。卷一收文15篇，能反映作者政治思想者，有《变法论》《论古今新旧》《共和正解》《续共和正解》《君主民主平议》《论孔教》等。卷二收文32篇，《端忠敏公奏稿序》《直隶旗地述略》可参考。卷三收文20篇，《书陈东塾先生说长白山篇后》《十老图跋》《印行正续共和正解跋》《重印正续共和正解、君主民主平议及三函稿跋》可参考。卷四收文31篇，致赵次珊、周玉山、刘潜楼诸人书可参考。卷五收文17篇，《青岛尊孔文社建藏书楼记》可参考。卷六收诗《劫余馀草》《釜麓草》《劳山草》。卷七收诗《近圣草》。卷八收诗词《劳山后草》《劳山诗存》，亦颇有可读者。

庐山图书馆西文藏书

1994 年暑假，华中师大信息管理系（原图书情报系）1992 级少数学生前往庐山图书馆实习，在协助清理西文藏书时，偶然发现一本书中夹有蒋介石与宋美龄的生活照片。馆方认为是重要发现，并引起新闻媒体注意，遂有意邀我前往鉴别。我对蒋、宋生活照片毫不在意，因此前在台北阳明山庄所见实已太多，倒是该馆所藏 3 万多册西文藏书对我有较大吸引力，便偕内人与何建明夫妇前往庐山图书馆“探宝”。

这批西文图书主要是从前牯岭图书馆接收过来，原有 6 万多册。由于几经转移，人手又少，无法在短时期内整理就绪，所以迟迟未能向读者开放。1961 年 12 月，该馆曾请当地外语教师整理编目，其间断断续续，直到 1963 年 1 月才告结束，实际工作约为半年。他们从 6 万多册西文书籍中挑选 31126 册（其中包括 3326 册复本），编成 600 多页的《庐山图书馆馆藏英文文献目录》，可以作为我们现今继续整理、利用这批图书的重要依据。但是，我们一进入外文图书室便感到此项工作很难着手，因为经过“文革”多年无人过问，加以搬进新馆又无内行专人料理，所以信管系少数学生的所谓整理，也只限于“估堆”式地将极为散乱的图书放置在书架上而已。大体上有所分类，但已很难与已编《目录》逐一核对，还有许多图书零乱地堆在地上或书架顶端，灰尘、蛀虫、潮湿已给不少书籍造成严重损害。

所以，我们只能就力所能及作有限的考察。

民国时期，牯岭是西方传教士的避暑胜地，所以牯岭图书馆也主要是为外国传教士及其家属服务。文学类（特别是古典文学）数量最多，因为避暑即为休闲，白天可以徜徉山水之间，晚间却无电视可看，只有读文学书籍消磨长夜。其次为历史、地理两类（特别是中国历史、地理），这当然是为了在中国传教的需要。宗教类书籍亦占很大比重，据我们粗略观察，其数量未必少于史、地。其原因在于传教士避暑期间仍需灵修，且亦有借此潜心研究神学者。特别是在二战期间或建国前离开中国的传教士，大多把私人书籍部分或全部捐献给牯岭图书馆，这是宗教书籍增多的重要原因。此外还有大批中小学教科书，则系 1947 年从山东迁来庐山的内地会芝罘学校的教学用书，学校主管返美时所捐赠。

西文书籍中亦有少量系为蒋氏夫妇需要购置的，“美庐”展览陈列的西文书籍，有些即系借自牯岭图书馆，上面盖有该馆印章。夹有蒋、宋生活照片的英文书，是抗战期间曾任南京汪伪政府宣传部长的谭良礼（音译，Tan Lean-Li）写的汪精卫英文传记，上海中国联合书局 1930 年出版。照片上除蒋氏夫妇外，还有一戴学士帽的年轻姑娘，其人已无从查考。可能蒋、宋在看政敌汪精卫传记时随手将此照片夹入，而向牯岭图书馆还书时又忘记取出。

我们最感兴趣的是西文宗教书籍。其中有各种文字和版本的《圣经》,仅英文版且收入《目录》者就有 20 余种,其他还有德、法、意、瑞典等各种文本,大多出版于 19 世纪 60 年代至 90 年代。如果把这些不同种类的《圣经》集中陈列，仅就版本研究而言，即可使庐山图书馆西文藏书室增高学术身价。19 世纪初叶以来，为研究与宣讲《圣经》而编撰的各种大型百科全书（相当于我们的宗教词典）、《圣经》疏解、《圣经》研究，以及其他各类神学专著，数量之多更属惊人。其中如 1868 年伦敦出版的《如何研究〈新约〉》（Alford，H.，*How to Study the New Testament ?* ），1847 年伦敦出版的《第一使徒书至哥林多书注解》（Barnes，A.，*Notes on the First Epistle to The Corinthians*）、1844 年费城出版的《麦第其教皇世家的后续基督教道德》（Browne，T.，*Religio Medici，Iits Sequel Christian Morals*），1859 年纽约出版的《以西结书中的福音》（Guthrie，T.，*The Gospel in Ezekiel*），1853 年伦敦出版的《启示录的思想》（Newton，B. W.，*Thoughts on the Apocalypse*），1861 年纽约出版的《长老会教会手册》（Parker，J.，*The Presbyterian's Hand-Book of The Church*），1872 年爱丁堡出版的《苏格兰神学与神学家》（Walker，J.，*The Fheology and Theolo gians of Scotland*）等，都是国内一般图书馆难得见到的西文古籍。

比较宗教学一类书籍亦有相当数量，时间较早的有 1880 年纽约出版的《宗教哲学导论》（Caird，J.，*Introduction to the Philosophy of Religion*），1898 年纽约出版的《非基督教世界的社会邪恶》（Dennis，J. S.，*Social Evils of the Non-Christian World*），1887 年纽约出版的《龙、偶像与恶魔》（Dubose，H. C.，*The Dragon，Image and Demon*），1891 年伦敦出版的《基督教与科学及道德的关系》（Maccoll，M.，*Christian in Relation to Science and Morals*）等。

宗教类收藏不限于基督教，还有佛、道、伊斯兰诸教书籍，如 1887 年伦敦出版的《佛教》（Davids，T. W. R.，

Buddhism），1907 年上海出版的《大乘教义中的信仰苏醒——新佛教》（Ashvagosha，P.，*The Awak ening of Faith in the Mahayana Doctrine——The New Buddhism*），1907 年上海出版的《成佛导引》（Richand，T.，*Guide to Buddahood*），1910 年爱丁堡出版的《高级佛教新经》（Richard，T.，*The New Testament of Higher Buddhism*），1907 年纽约出版的《伊斯兰教》（Zwemer，S. M.，*Islam*），1907 年纽约出版的《我们的伊斯兰姐妹》（Sommer，S. M.，*Our Islam Sisters*）等。

西文藏书中堪称鸿篇巨制者，首推各种神学辞书（包括词典与名副其实的百科全书），小者一二巨册，大者十几巨册乃至数十巨册，常能摆满书架好几层。其中出版较早的有 1843 年伦敦刊行的《最新〈圣经〉词语索引大全》（Cruden，A.，*A New and Complete Concordance to the Holy Scripture*），1860 年伦敦刊行的《〈圣经〉经文百科全书》（Inglso，J.，*The Bible Text Cyclopedia*），1877 年爱丁堡出版的《〈圣经〉文学百科全书》（Kitto；J.，*Cyclopedia of Biblical Literature*），1887 年内地会在上海编印的《中国官话语汇解析》（*China Inland Mission：An Analytical Vocabulary of the Mandarin Dialect*），1891 年伦敦出版的《〈圣经〉评注百科全书》（Fausset，A. R.，*Critical and Expository Bible Cyclopedia*）等。宗教词书部头越出越大。1909 年爱丁堡出版的《宗教与伦理大百科全书》（*Encyclo pedia of Religion and Ethics*）即已达 12 卷，1913 年纽约出版的《天主教大百科全书》（Herbermann，C. C.，*The Catholic Encyclopedia*）则有 16 卷之多，仅索引即单独印成 1 卷，可见所收词条之多及释文总量之大。

这些书虽然历经半个世纪乃至百年以上的沧桑，霉烂、虫蛀之害随处可见，但由于印刷用料特优，封面尤为坚固，80%左右的书籍尚称完整。只要改进保藏条件，重新整理、编目、上架，即可供海内外学者利用。但该馆由于编制与经费有限，这些年只能安排一个馆员负责保管与修补破损工作，进度极慢而藏书仍在继续遭受潮湿空气侵蚀。我们为此甚为焦急，曾邀请中国内地会（China Inland Mission）创始人戴德生（James Hudson Taylor，1832—1905）的曾孙戴绍曾（英文名字与其曾祖相同）夫妇前往庐山图书馆参观，因为藏书中很大一部分来自内地会系统。戴氏夫妇非常关心，又邀请另一对英国夫妇同来做了好几天“义工”，把部分图书重新归类整理，并答应协助改善图书馆保藏条件。但由于戴绍曾的主要精力在于经营“海外基督使团”（Overseas Missionary Fellow Ship），而该团继续奉行内地会的传统，即不容许公开募捐和筹款，所以财力极受限制，很难对庐山图书馆作进一步资助。我们也曾寄希望于前江西省省长吴官正的“打庐山牌”，但庐山数以百计的各种民族文化风格的西方人遗留的别墅至今依然破烂如故，除开始向外商出售外，别无任何保护或修复举措，更不闻有任何高层领导关心这数万册正继续霉损虫蛀的西文图书。而何况吴先生现已调往他省，不知其继任者又将如何打庐山这张牌？

老戴德生有一句名言：“假使我有千镑英金，中国可以全数支取；假使我有千条性命，决不留下一条不给中国。”他是这样说的，也是这样做的。他的生命连同躯体可以永远留在中国，内地会在各地的房地产其后继者决不索还（戴绍曾夫妇恪守祖训，已作明确表示）。至于这批早已捐献给我国公众图书馆的珍贵书籍，在某种程度固然也可以看做是老戴德生等人的遗泽，但保存、整理以供利用的责任应当由我们自己来承担，而首先是应该由当地主管部门来承担，不应该总是把希望寄托于外来的援助。缀此数言，但愿能引起有识者关注。

庐山图书馆中文藏书

庐山图书馆中文藏书，除建国后购置者外，大多亦系接受自原牯岭图书馆，特别是其中的古旧书籍。1963 年，庐山图书馆在对西文藏书整理编目的同时，也将 4555 部中文线装书籍加以清理，并按《中小型图书馆图书分类表》（草案），编成《庐山图书馆馆藏线装文献目录》一本，共 209 页。

牯岭图书馆亦为蒋氏夫妇（主要是蒋介石）提供阅读中文图书所需，因此收藏范围比较广泛，主要是文、史、哲、经、军、政、法等，也有一部分艺术类书籍，特别是绘画、法帖（包括部分真迹），可能是供蒋氏休闲时观赏。但从版本而言，则甚少珍稀，大多是晚清、民国刊本。史部图书所占比重极大，可能是供蒋氏随时检阅查考。其次则为地方志，有 500 多部，包括河北、山东、山西、河南、江西、内蒙古、陕西、甘肃、辽宁、黑龙江、安徽、湖北、湖南、云南、福建等十余省，而以浙江、江苏两省为最多。庐山志所收亦多，达 50 部以上。

宗教类图书亦有相当数量。其中以佛教最多，有 300 多部，大多为各种佛经与经解。道教书籍亦有少量收藏，如宋张伯端的《悟真篇》《悟真篇外集》《参同契分集解》《参同契笺注分集解》等（明姚汝循校刊本），明伍守阳撰《仙佛合踪语录》（清宣统刊本），明陆潜虚纂辑《方壶外史丛编》（铅印本），清王士端撰《养真集》（乾隆刊本），清刘一明述注《道书十二种》（光绪刊本）等。基督教中文书籍则不过14册，与西文同类书之收藏之富正好成为鲜明对照。但清末出版的《基督受难记》（英国司徒克撰）、《基督教缘起之时代》（英国马林著）、《旧约摩西五经》（杨格非译）等书，至少亦可作为历史文物收藏。

此次庐山之行前后约十日，因主要精力集注于检阅西文书籍，故未能详细考察中文图书收藏内容。但可以肯定，其中必有富于史料价值者，如前文所已介绍的许寅辉《客韩笔记》即系意外的发现。又清末期刊亦有多种收藏，除人们熟知的《点石斋画报》《万国公报》《知新报》《求是报》《昌言报》《时务新报》《湘学新报》外，尚有《西国近事汇编》（蔡锡龄等编）24期共96卷，刊行时间从1876年至1899年，则为过去所未及见，只有留待以后再行借阅。另外，该馆中文线装书室还收藏许多清代科举试卷，可能是土改时从九江乡村地主家抄收者，亦为难得之文物与研究资料。

治史偶感

因诗悟史

诗人不一定是史学家，正如史学家也不一定是诗人。但诗中有史、史中有诗，即非史诗佳作，昔人诗词中亦有富于史识、史感者，读之可以增添治史悟性。

唐朝孟浩然有《与诸子登岘山》五律一首：“人事有代谢，往来成古今。江山留胜迹，我辈复登临。水落鱼梁浅，天寒梦泽深。羊公碑尚在，读罢泪沾襟。”此诗即富于史识、史感。

孟浩然是湖北襄阳人，岘山在襄阳以南九里，一名岘首山，为风景佳胜之地。晋武帝时，羊祜镇守襄阳，风流儒雅，颇得民心。《晋书·羊祜传》云：“祜乐山水，每造岘山，尝叹曰：‘自有宇宙，便有此山。由来登望如我者多矣，皆湮灭无闻，使人悲伤。’”祜既卒，襄阳百姓为之立碑于岘山。杜预称之为“堕泪碑”，盖以读其碑者莫不流泪，可见感人之深。孟诗中“羊公碑尚在，读罢泪沾襟”，即用此典，且甚贴切。

江山永在，人事无常。“人事有代谢，往来成古今”，孟诗固脱胎于400多年以前羊祜的慨叹，但又富于哲理且形成超越。羊祜之悲伤在于登望如我辈者皆湮灭无闻，浩然之觉悟则在于时间流转与人事代谢均为永恒。历史正是如此，过去、现在、未来，总是前后连续，而且三者又都是相对而言。过去亦曾为现在；现在于过去为未来，于未来则为过去；而未来又必将有其未来之未来。先我登临岘山者固已湮灭，后我登临岘山者将世代相续，则我之湮灭又何足道哉？但浩然读羊公碑仍然落泪，此即所谓未能免俗，盖虽有所悟而仍有窒碍，尚未进入彻悟境界。

浩然诗句之佳在于“代谢”“往来”，有此两词，历史遂有生命，时间顿呈鲜活，表现为运动中之绵延。后此300余年，苏东坡《题西林壁诗》则以空间的视角为史学提供借鉴。诗云：“横看成岭侧成峰，远近高低各不同。不识庐山真面目，只缘身在此山中。”诗人并非不可知论者，他不仅承认庐山真面目的客观存在，还找出“不识”的原因，无非是由于人们主观认识的局限。而欲识庐山真面目，又必须横看、竖望、远眺、近观、俯瞰、仰视，然后才能经过比较、分析，综合成为比较切近真实的总体形象。我常爱说“治史犹如看山”，即系脱胎于东坡此诗。

识山固然不易，识史恐怕更难。因为史学决不限于形貌的观察，它还需要透过历史现象把握内在联系，最终达到本质的、带规律性的认识。而这又需要借助理论思维，并有赖于各种认知方法与手段的不断改善。

辛弃疾词慷慨纵横，不可一世，亦具深沉史感。杨慎《词品》云：“辛词当以《京口北固亭怀古·永遇乐》为第一。”但我则更喜爱《登京口北固亭有怀·南乡子》一首。前者以“千古江山，英雄无觅孙仲谋处”起始，以“凭谁问：廉颇老矣，尚能饭否”结尾，于沉郁苍凉中显示英雄迟暮。但用典用事较多，略显滞碍。后者仅用孙权一典，情景交融，明快流畅，于豪迈之中寓深沉，堪称千古绝唱。词云：“何处望神州？满眼风光北固楼。千古兴亡多少事，悠悠，不尽长江滚滚流。　年少万兜鍪，坐断东南战未休。天下英雄谁敌手？曹、刘。生子当如孙仲谋。”1903年《江苏》杂志第五期刊载金松岑《陈君去病归自日本，同人欢迎于任氏退思园，醉归不寐，感诗因作》长诗一首，其中有“娶妻当娶韦露碧，生儿当生玛志尼”一句，显然是借鉴辛词而略显生涩。

此词通篇洋溢史感。“千古兴亡多少事，悠悠，不尽长江滚滚流”与孟诗“人事有代谢，往来成古今”寓意相同，均为通晓世事，看透人生，富有历史哲理之言。无所谓消沉，亦无所谓悲观，只能以达观与超越视之，因为诗句传达了不以人的情意为转移的永恒信息。

即令是咏叹身世之感，亦不乏寓有凝重历史意蕴者。唐人陈子昂《登幽州台歌》云：“前不见古人，后不见来者！念天地之悠悠，独怆然而涕下。”作者把自己置于历史绵延的长河之中，而又超越于世俗庸众之上，因而呈现出卓绝千古的孤寂，令读者心灵为之震撼。这是此诗得以长期流传的重要原因之一。清人魏源《悼鹤》诗云：“月前孤唳为谁哀，无复双栖影缘苔。岂是孤山林处士，只应花下一雏来。”以鹤寓人，以景写情，作者内心的孤寂也是浓郁而又深沉，但读者的回应只有共鸣而无震撼，因为它缺少时间纵深的力度。比较贴近陈诗者，倒是晚清张维屏一诗：“沧桑易使乾坤老，风月难消千古愁。多情唯有是春草，年年新绿满芳洲。”

仅仅“千古”一词，并不一定就能产生史感。柏格森曾将时间概念区分为两种，一种是纯粹而无杂物的，一种则是偷偷引入空间观念的，而时间的绵延只属于有意识的心灵。(《时间与自由意识》)张诗的“千古”与陈诗的“悠悠”一样，都是已经引入空间与世事“杂物”的时间，而且潜藏于其心灵的绵延已经外化为深情感人的词语。但两诗苍凉的色调则有异，陈诗流于黯然的伤感，张诗则结尾于充满生命活力的新绿。世人但知传诵张氏《三元里》长诗，而此诗反受冷落，可叹！

史感并非与生俱来。许多人治史十余年乃至数十年，却始终未能捕捉到真正属于自己的史感，其中有些人则是根本不懂史感为何物。尽管他们也经常强调什么“一切以时间、地点、条件为转移”，但历史在其笔下往往成为枯燥的史料堆积，或者竟是抽象的理论图谱。其所以如此,原因比较复杂。有客观困难，也有主观局限；有思维格局问题，也有认知方法问题；还有资质禀赋与学术素养方面的差异。

时下若干年轻学者常用西方“同情的理解”（sympathetic realization）一词，其实陈寅恪对这层道理早就说得极为深透。他在对冯友兰《中国哲学史》的审查报告中强调,学者必须“神游冥想，与立说之古人处于同一境界，而对于其持论所以不得不如是之苦心孤诣，表一种之同情，始能批评其学说之是非得失，而无隔阂肤廓之论”。此语非深得史学精髓且具有深厚学术素养者不能发，观《元白诗笺证稿》即可知其言不诬。多年以来我常劝人治史要“设身处地”，亦即继承阐发陈氏此义。

清人崔东壁则从反面阐明此义，即治史不可“以己度人”。他在《考信录提要》中指出：“故以己度人，虽耳目之前而必失之，况欲以度古人，更欲以度古之圣贤，岂有当乎？是以唐、虞三代之事，见于经者皆纯粹无可议，至于战国、秦、汉以后所述，则多杂以权术诈谋之习，与圣人不相类。无他，彼固以当日之风气度之也！故《考信录》但取信于经，而不敢以战国、魏、晋以来度圣人者遂据之以为实也。”今之学者如能深入领会此正反两面议论，当可增添“一切以时间、地点、条件为转移”一语的内在意蕴。

史学寻找自己

这些年，我在海内外各地，经常讲的一个题目就是——史学寻找自己。

史学之所以需要寻找自己，是因为史学在某种程度上已经自我迷失，而首先是因为许多历史学者在不同程度上已经自我迷失。

早在2000多年以前，屈原的《楚辞》招魂篇即已发出“魂兮归来，反故居些”的千古绝唱。直至20世纪30年代，偏僻的江南农村，由于缺医少药，还保持着“叫魂”的古老习俗。病者的亲属一人在自家门口反复呼唤：“××（病者小名）回来呀！”一人则在远处高声回应：“回来了！”其声摇曳凄婉，闻之令人心碎。特别是在严冬傍晚，这种悲切之声从远处传来，更增添天寒岁暮的几分苍凉。

如果不算夸张，我正是带有几分苍凉为史学招魂：“魂兮归来，反故居些！”

史魂即史德，用现代话语来表达，就是这个学科固有的独立品格。而与此相对应的，就是以史学为业者必须保持独立的学者人格。这决不是什么空穴来风！我们的祖师爷司马迁，早在2000多年以前即已给史学以很高的定位：“究天人之际，通古今之变，成一家之言。”要究，要通，才能有所成；也只有抱持一家之独立品格，才能究有所明，通有所识，而不至于人云亦云地“炒现饭”。去年冬天辞世的匡亚明前辈，认为孔子思想的可贵之处，即在于“提出了有独立人格、独立个性和独立志气的人的自觉”，讲的也是同一意思。

唐代刘知幾也对史学与史学家提出很高要求：“史才须有三长，世无其人，故史才少也。三长：谓才也、学也、识也。夫有学而无才，亦犹有良田百顷，黄金满籯，而使愚者营生，终不能至于货殖者矣。如有才而无学，亦犹思兼匠石，巧若公输，而家无楩柟斧斤，终不果成其宫室者矣。犹须好是正直，善恶必书，使骄主贼臣所以知惧；此则为虎傅翼，善无可加，所向无敌者矣。脱苟非其才，不可叨居史任。”(《旧唐书·刘子玄传》)清代章学诚肯定刘氏“史才三长”之说，但认为“犹未足以尽其理也”。他更为强调的是“史德”，指出：“能具史识者，必知史德。德者何？谓著书者之心术也。夫秽史者所以自秽，谤史者所以自谤，素行为人所羞，文辞何足取重？……而文史之儒，竞言才、学、识，而不知辨心术以议史德，乌乎可哉？”(《文史通义》卷三《内篇三》)。以著书心术论史德，堪称一绝，实乃大彻大悟之言，至今犹足以警世醒俗。

章氏既强调“笔削谨严”，又强调“别识心裁”，用现代语言来说就是独立思考。他本人就是这样，当时人“纷纷攻击”《通志》，“势若不共戴天”的时候，他却挺身而出，再三为郑樵辩诬，申言：“郑樵生千载而后，慨然有见于古人著述之源，而知作者之旨，不徒以词采为文、考据为学也。于是遂欲匡正史迁，益以博雅；贬损班固，讥其因袭。而独取三千年来，遗文故册，运以别识心裁。盖承通史家风，而自为经纬，成一家言者也。”(《文史通义》卷五《内篇五》)

把引文的注释（“自注”）提高到史德（心术）的层次，章氏亦能言前人所未曾言："且人心日漓，风气日变，缺文之义不闻，而附会之智，且愈出而愈工焉。在官修书，唯冀塞职；私门著述，苟饰浮名。或剽窃成书，或因陋就简；使其术稍黠，皆可愚一时之耳目，而著作之道益衰。诚得自注以标所去取，则闻见之广狭，功力之疏密，心术之诚伪，灼然可见于开卷之顷，而风气可以渐复于质古，是又为益之尤大者也。"(《文史通义》卷三《内篇三》)

我们现在所缺少的，正是"辨心术以议史德"的高度自觉，所以敷衍塞职者有之，剽窃成书者有之，精品难出，赝著充塞，乃至在史学界也需要厉行打假扫劣。

半个世纪以前，法国年鉴学派的先驱布洛赫，在《历史学家的技艺》一书的导言中，用天真的小儿子的一句话作为开头："告诉我，爸爸，历史有什么用？"而这正是至今仍使我们感到困惑的一个问题。布洛赫极为严肃地对待这个问题，他说："无疑，有人会认为孩子的问题未免太幼稚了，可在我看来，这个质问切中了要害。……一位年迈的工匠（布洛赫自称——引者）扪心自问：花一生的精力来从事这行当值吗？这时，他心中难道不会忽然产生一阵疑惑吗？'历史有什么用？'这个问题已远远超越了职业道德之类枝节问题，事实上，我们整个西方文明都与之有关。"（此处用张和声、程郁译文，下同）为此他写了这本书，不仅是回答孩子的问题，而更重要的是回答学术界和整个社会的质疑。

我也有类似的经验。1990年秋天，在弗吉尼亚理工学院攻读博士学位的侄子到普林斯顿来探亲，经常开车陪我到远处旅行。年轻人性急，车速快而路又不熟，因此经常迷路。每逢这种情况，他必定问我："我们在哪里？"于是我立即翻开地图，对照路标帮助他找出自己的位置，然后才能确定继续前进的方向。如此反复多次，我受到某种启示，也不禁反躬自问：“史学在哪里？”

长期以来，史学走过的并非全是康庄大道。过去是政治干扰太多，往往使史学受损害太多，甚至湮没自己的本真。20世纪80年代以后，政治对史学已渐宽容，但又遭到商品大潮更为猛烈的冲击。过去，史学尽管受到这样或那样的磨难，但史学工作者总算还有铁饭碗可端。现在的处境更为困难，简直是面临存亡绝续的严重关头。若干大学的历史系已经改办旅游系、旅游学院，有的考古专业则开珠宝古玩店，为数不少的年轻历史学者干脆下海或从政，真正专心致志坚持在漫无边际的史学海洋中执着远航的人，为数已经愈来愈少。加以现行学位制度与职称评定中存在着严重问题，学术领域的急功近利导致率尔操觚之作泛滥，而直接的或变相的抄袭之风愈演愈烈。

我决不认为史学现在已经是漆黑一团，史学仍然在困境中挣扎前进，优秀的人才与优秀的论著仍然在不断涌现，但消极的现象毕竟已经十分严重，我们怎能熟视无睹！最令人担忧的是，许多人已经不再注重史德或心术，而刻意追求的只是个人的眼前利益。“秽史者所以自秽，谤史者所以自谤”，正是这些人最好的写照。

我郑重呼吁史学同行认真阅读布洛赫此书，他还没有来得及完成全部书稿，便为反法西斯伟大事业献出自己的生命。他为我们留下的是对民族与史学的无限忠诚，而这正是我们所最需要的史德和心术！

治学不为媚时语

顾炎武与友人书曾云："尝谓今人纂辑之书，正如今人之铸钱。古人采铜于山，今日则买旧钱，名之曰废铜，以充铸而已。所铸之钱既已粗恶，而又将古人传世之宝舂锉碎散，不存于后，岂不两失之者乎？承问《日知录》又成几卷，盖期之以废铜。而某别来一载，早夜诵读，反复寻究，仅得十余条。"（《亭林文集》卷四）以"采铜于山"与买旧钱以铸劣币相对照，与焦裕禄"别人嚼过的馍不香"寓意相通；就史学而言，则如同章学诚所云"笔削谨严""别识心裁"，然后庶几能得佳作。以亭林之博学多才，早夜诵读，反复寻究，一年"仅得十余条"，此《日知录》所以历经300余年而魅力仍不稍减。

真正的学者与真正的科学家、艺术家一样，都具有超越世俗的纯真与虔诚。工作对于他们来说，奉献更重于谋生，其终极目的则在于追求更高层次的真善美。唯有如此真诚，才能不趋附、不媚俗、不作违心之言。也只有这样的心术，才能获致"秽史自秽，谤书自谤"这样的觉悟。而现今专事剪刀糨糊、电脑拼接，剽窃之法日巧，附会之技愈工，以出书多而且快自炫之徒，对此能无愧怍？

对真善美的追求，不仅需要毅力，需要胆识，更需要大无畏的气概。孟子曰："居天下之广居，立天下之正位，行天下之大道。得志与民由之，不得志独行其道。富贵不能淫，贫贱不能移，威武不能屈，此之谓大丈夫。”（《孟子·滕文公下》）这是我国数千年来士大夫的优良传统，也是真正的学者区别于政客、市侩的根本特征。真实是史学的生命，求实存真是历史学家无可推卸的天职，因此也就更加需要孟子所提倡的大丈夫刚直的浩然之气。

楚图南前辈为戴震纪念馆题诗云：“治学不为媚时语，独寻真知启后人。”20 世纪 80 年代以来，我常以此语自勉并勉励青年学者。我认为史学应该保持自己独立的科学品格，史学家应该保持独立的学者人格。史学不是政治的婢女，更不是金钱的奴仆。优秀的史学是民族的文化瑰宝,而且可以为全人类所共享，流传于千秋万载，这就是真诚的历史学者终生追求的学术永恒。尽管史学在社会上暂时受到冷落，但历史学者千万不可妄自菲薄，必须保持学者的尊严与良知，以高品位的学术成果争取社会的理解与支持。我深信，除非是史学自己毁灭自己，只要还有一个真正的历史学家存在，史学就绝对不会灭亡。何况当今真正的史学家何止一个，有的是一批乃至一大批。勇敢地迎接权势与金钱的挑战吧，史学与史学家们!

历史的公正

布洛赫在《历史学家的技艺》第四章“评判还是理解？”一节中，提出历史的公正这一重要命题。

他认为有两种形式的公正无私，一是学者的，一是法官的。两者的基本共同点是忠于事实，但学者只限于观察事实并作出解释，而法官则必须依照法律作出裁决。学者的公正表现为尊重“与其最偏爱的观点相悖的事实”；法官的公正则表现为尊重证据而不管其内心倾向于何方。

古往今来，实现历史的公正或公正无私的历史，无论在中国还是在外国都是很困难的。按照布洛赫的说法，史学家往往把自己的角色误认为是法官。“长期以来，史学家就像阎王殿里的判官，对已死的人物任情褒贬。”布洛赫不同意这种做法，指出：“将一个人、一个党派或一个时代的相对标准加以绝对化，并以此去非难苏拉统治时期的罗马和黎塞留任枢机主教时的法国的道德标准，这是多么荒唐啊！而且，这种评判极易受集体意向和反复无常的个人爱好的影响，就没有什么比它更容易变化了。加上人们重视汇编荣誉名册，轻视搜集随笔记录，种种因素使历史学天然地蒙上一层反复无常的外表。空洞的责难，然后又是空洞的翻案，亲罗伯斯庇尔派，反罗伯斯庇尔派，发发慈悲吧！仅仅告诉我们罗伯斯庇尔是怎么一回事。”我相信，当今中国读者对此都会产生共鸣，因为我们对于这种空洞的责难与空洞的翻案的游戏，已经是太熟悉了。

布洛赫的感慨是深沉的："我们对自己，对当今世界也未必有十分的把握，难道就这么有把握为先辈判定善恶是非吗？"这又使我想起清代学者崔东壁所说的一段话："人之情好以己度人，以今度古，以不肖度圣贤。至于贫富贵贱，南北水陆，通都僻壤，亦莫不相度。往往径庭悬隔，而其人终不自知也。"（《考信录提要》卷上）可见，真诚历史学者的心总是相通的，虽然他们生活在不同的时代与不同的国度。

东壁还为我们讲了两个"以己度人"的故事。其一：邯郸至武安六十里，大半为不能通车的山路。有个和尚急公好义，主动募捐修路，因布施者甚少，"乃倾其囊以成之"。这本来是损己利人的善举，但许多人却议论说：和尚原意是想借"多募以自肥"，只是由于捐款者少，才不得已而拿出自己的积蓄修路。其二：东壁本人在福建任内，"无名之征悉蠲之民，有余之税悉解之上"，其清廉为当地百姓与上官所深知。回故乡后，住在山村，每餐不过一盂饭、一盘菜，堪称清贫淡泊。但故乡之人反而认为是携有重赀而不愿露富。所以东壁慨叹："故以己度人，虽耳目之前而必失之，况欲以度古人，更欲以度古之圣贤，岂有当乎？"

我也曾多次讲过一个故事。吴县沈寿是清末民初刺绣大师，但体弱多病，家庭处境亦不甚佳。南通张謇担心其艺失传，不仅借宅供她养病，而且亲自协助她整理出《绣谱》一书。沈寿死后，张謇挽联极为沉痛："真美术专家，称寿于艺，寿不称于名，才士数奇，如是如是；亦学诗女弟，视余犹父，余得视犹子，夫人为恸，丧予丧予。"稍知张謇者都了解，此人不是庸俗的市井商贾，他不仅在实业与教育两方面都有很大的抱负与成就，而且对文学艺术也有较高的素养与执着的癖爱。他在南通女子师范学校设绣工科，随后又创办绣织局与女工传习所，目的都是推广与发展沈绣的技艺。他还在南通创办伶工学社与更俗剧场，聘请欧阳予倩主持戏剧改良，嗣后又在剧场建梅欧阁并刊印《梅欧阁诗录》，大力奖掖梅兰芳、欧阳予倩这样的年轻表演艺术家。所以，当时京沪两地许多著名演员或后起之秀，都以能得南通张四先生的品题与墨宝为殊荣。但是1986年某电视台为纪念张謇逝世60周年而制作的电视剧《杜鹃啼血》，却杜撰张謇与沈寿的爱情作为此剧的主线，看后令人啼笑皆非。这可能是出于收视率的考虑，但确实使稍知张謇者有“以今度古，以己度人”之感，仿佛男人与女人关系比较密切就必定会谈恋爱，而下海从商的大老板更必定会“包二奶”。

20世纪60年代初，我曾就历史真实与艺术真实问题，与故事片《林则徐》导演郑君里多次通信讨论。我认为历史学家应对文学艺术持宽容态度，在必然性与可能性的前提下，文艺作者应能拥有想象驰骋的广阔空间。但文艺家亦应尊重历史，应该充分研究当时当地的情、境、人、事，不可毫无根据地主观臆测。特别是对历史人物，应该尽量贴近其本来的性格、情操、心态，否则就不宜自称是历史剧。文艺家常常抱怨史学家在史实情节上的挑剔，这是由于他们不了解史学家的职业规范。布洛赫说得好：“历史是历史学家的暴君，它自觉或不自觉地严禁史学家了解任何它没有透露的东西。在文献上没有详细记载墨洛温王朝时期的物价，因此，我们永远无法列出当时的价格统计表。”史学家并非出于忌妒而是由于谨奉“暴君”的指令，严格得近乎苛刻地批评文艺家在史实描述方面的随心所欲。但是，文艺家也不必对史学家绝望，因为布洛赫在同一本书中又说过：“历史学所要掌握的正是人类，做不到这一点，充其量只是博学的把戏而已。优秀的史学家犹如神话中的巨人，他善于捕捉人类的踪迹，人，才是他追寻的目标。”在对人的执着追寻方面，史学家与文艺家是否也有灵犀相通之处呢？

历史的公正（续）

作为历史学家，布洛赫希望自己的同行不要扮演法官角色，但我们过去却长期习惯于用法官的眼光看待历史上的人和事。所谓“三七开”或“四六开”之类的功过区分，往往成为盖棺论定的套语。

这种传统来自古代史学的正统观。王夫之曾把它总结为：“论人之衡有三：正邪也，是非也，功罪也。”划分正邪、是非、功罪的标准，当然是统治阶级的价值体系与道德规范。但船山不愧为颇具史识的大儒，他反对简单化的两极评判，强调历史本身的复杂性。指出：“正邪存乎人，是非存乎言，功罪存乎事；三者相因，而抑不必于相值。正者其言恒是而亦有非，邪者其言恒非而亦有是，故不可以人废言。是者有功而不必如其所期，非者无功而功固已施于世；人不可以废言，而顾可以废功乎？论者不平其情，于其人之不正也，凡言皆谓之非，凡功皆谓之罪。乃至身受其庇，天下席其安，后世无能易，犹且谪之曰：此邪人之以乱天下者。此之谓不思其反，以责小人，小人恶得而服之？已庇其身，天下后世以安之而莫能易，然且任一往之怒，效人之诃诮而诃诮之，小人之不服非无其理也，而又恶能抑之？”（《宋论》卷六）这番议论堪称至理名言，所谓“平其情”与“思其反”，都是史家应该特别注意的要领，否则便只能“效人之诃诮而诃诮之”，难以形成自己的真知灼见，自然也就无从寻求历史的公正。

值得注意的是，被船山贬之为“论史者之奖权谋堕信义”，而且“益鼓其狂澜而惑民倍烈”的李贽，倒是船山平情思反的同调。他不满于班氏父子讥刺司马迁“是非颇谬于圣人”，反驳说：“若必其是非尽合于圣人，则圣人既已有是非矣，尚何待于吾也？夫按圣人以为是非，则其所言者，乃圣人之言也，非吾心之言也。言不出于吾心，词非由于不可遏，则无味矣。有言者不必有德，又何贵于言也？此迁之史所以为继《麟经》而作，后有作者初未尝案古圣人以为是非也。”(《藏书》卷四十)而且他还认为“迁、固之悬绝，正在于此”。所谓此，就是前者具有旷古只眼的“独见”，而后者则不过是按古圣人以为是非的“文儒”。

类似的语言，我们可以在培根《新工具》一书中发现。作者在解释困惑人们心灵的“洞穴”等假象之后指出：“人们之所以在科学方面停顿不前，还由于他们像中了蛊术一样，被崇古的观念，被哲学中所谓伟大人物的权威，和被普遍同意这三点所禁制住了。”他把出于先入为主的判断和凭依他人权威而形成的同意，斥之为“苟从与附和”；并且强调：“真正的同意乃是各种自由的判断通过恰当的考验而归于一致。”培根还尖锐地批评了16至17世纪英国的各级学校与各种学术团体：“在学校中、学园中、大学中，以及类似的为集中学人和培植学术而设的各种团体中，一切习惯、制度都是与科学的进步背道而驰的。在那里，讲演和实习都排定得如此严整，致使任何人都难在这常经以外去思想或揣想什么事物。若有一二人竟有勇气来使用一点判断的自由，那他们须是全由自己独任其事，不能得到有人相伴之益。而如果他们对此也能忍受下去，他们又会觉到自己的这种努力和气魄对于自己的前程却是不小的障碍。因为在这些地方，一般人的研究只是局限于也可以说是禁锢于某些作家

的著作，而任何人如对他们稍持异议，就会径直被指控为倡乱者和革新家。”（中译本，商务印书馆，1986）

不同国家、不同历史文化背景的三位思想家，在自主判断与学术自由方面的认识却如此契合，这除了都处于社会转型时期（从中世纪走向近代或前近代）以外，主要还是由于他们都具有高度的学术良知。用我的习惯语言来说，就是学者的独立人格与学科的独立品格。没有这个前提，就谈不上什么历史的公正。

求实存真是历史公正的基础，努力贴近并维护历史真实应是史学家的职业道德。因此，由于史学家不可能生活在真空，他所厕身于其中的社会有许多现实因素对其工作产生影响或干扰，诸如社会心态、文化趋势、意识形态、权势干预、金钱诱惑、人际关系等等，他们需要有极大的勇气与毅力才能维护史学的自主与尊严。在我国，史学与政治的关系至今仍然是比较敏感的话题。史学当然无从也不应脱离现实政治，但两者之间应是平等关系而非隶属关系。史学是在保持独立的前提下关注现实，其中也包括关注政治，而决不是供政治任意驱使的臣仆。在布洛赫这样优秀的历史学家的身上，我们可以看到历史公正与社会正义的完美结合，捍卫史学尊严与捍卫民族尊严在他的生命中融为一体。因此，法西斯的子弹只能结束其肉体的生命，却无从阻遏其精神与学术通往永恒。

史学与政治

历史学不会同政治学争地位，政治学也不会同历史学比高低。它们之间是不同学科之间的平等关系，然而史学家与政治家之间的关系就比较复杂，特别是与那些有权有势的政治家之间的关系更为微妙。

我相信，史学家与政治家主观上都是想友好相处、互相合作的，因为一般说来，他们不仅有共同目标，而且还有许多共同利益，大家毕竟都是生活在同一国土上与社会中。史学家其实是最好管理的公民，他们多半老实巴交，既不想升官发财，又不爱惹是生非，充其量无非是想拥有一片可以独立研究与自由思考的空间。政治家当然比史学家伟大得多，他们不仅要忙于安邦治国，而且还要努力实现政党的和自己的宏伟目标，掌握政权的政治家的一言一行都关系着国计民生。不能说他们不重视史学，但他们更为重视的是史学家应该如何协助自己安邦治国，特别是为自己的政治方案及其实践寻求历史借鉴。史学家也许会受宠若惊，但随之而来的是对于独立研究空间缩小的担忧；他们希望保持史学本色，尽可能避免泛政治化。

史学家并非不想与政治家保持一致，但他们多半恪守培根的箴言："真正的同意，乃是各种自由的判断通过恰当的考验而归于一致。"学者在其学术领域应有自主权利，他们不希望有过多的政治干预与指令约束,并以"苟从与附和"为耻。即使是"自由的判断”，史学家也比其他一些学科专家麻烦更多，因为他们不仅需要掌握大量史料，而且还需要有较大的时间跨度以供宏观审视。法国年鉴学派是强调长时段研究的，哲学家保罗·利科认为这是由于受到经济学家的启发：“经济学家的趋势和周期概念启发了历史学家，使他们学到了长时段概念，而这种时间概念也是政治体制和政治态势的时间。”（《法国史学对史学理论的贡献》，中译本，上海社会科学院出版社，1992）有些历史的是非功过，并非短时间内所能判断，往往需要十几年、几十年或者数百年，才能作出比较合理的解释与判断。古人常说的“盖棺论定”，就是这个意思，而即使盖棺也难以论定的历史人物岂非也大有人在！林则徐150多年以前发出的“青史凭谁定是非”的喟叹，至今仍然感人至深，特别是容易引起我们历史学家的共鸣。

因此，历史学家常被讥刺为迂腐，不通人情世故，简直是呆头呆脑。在当今这个功利主义泛滥的世界，史学与史学家受到冷落是必然的。但史学家历来并不缺乏自信。司马迁早在2000多年以前即自称：“究天人之际，通古今之变，成一家之言。”这是何等气概，何等担当！西方史学家，特别是近世史学家，虽然没有什么载道、资治或惩恶劝善之类伟大传统，但也有不少情深意挚的自我期许。马鲁说：“我赋予历史的一项基本功能是：使往昔的文化价值历久常新，从而丰富我的内心世界。”（《论历史认识》，转引自利科《法国史学对史学理论的贡献》）把生命奉献给社会主义的布洛赫对史学更是一往情深。他说：“历史学以人类的活动为特定的对象，它思接千载，视通万里，千姿百态，令人销魂，因此它比其他学科更能激发人们的想象力。伟大的莱布尼兹对此深有同感，当他从抽象的数学和神学转向探究古代宪章和德意志的编年史时，和我们一样，亲身感受到探幽索奇后的喜悦。”(《历史学家的技艺》，中译本，上海社会科学院出版社，1992）

我毫无王婆卖瓜之心，因为史学的价值已是客观存在，且为古今通人所理解。我只想唤起政治家们的注意，史学是一门具有独立品格的学科，决不是一种可以任人随意摆布的小玩意儿。我们过去曾批评过胡适，说他不该把历史比做一串大钱或百依百顺的小姑娘。但就在我们这些批评者中，有些人比胡适走得更远，把历史看成单纯是一种编纂手艺，而不必考虑是否有充分的史实依据。所谓史学为政治服务，就是意在把史学变成宣传，变成为某一时期政治中心任务的舆论造势，或者是为某一政策的出台作“学术”注解。

我在评论《帝国主义侵华史》第二卷时曾经指出：“作为一个史学家，如果没有自己真诚的科学追求，没有维护历史真实与坚持科学真理的勇气，甚至随时要看某些有影响的人士（甚至是外国人）的脸色办事，那就是徒有其名而无其实。‘文革’期间，由于极不正常的政治环境，许多人（包括我们史学界）或多或少说过一些违心的话，内心的痛苦自然难以言说；而科学的尊严也受到肆意践踏，其痛苦更有甚于自己在人格上所蒙受的羞辱。这样沉痛的教训,难道还不足以使我们警醒过来吗？”(《治学不为媚时语，独寻真知启后人》)重提这段往事，并非为了重新挑起政治家与史学家之间的争吵，仅只为了敦促政治家进一步理解史学家的内心衷曲，更加尊重史学自主与史学家的独立人格。我相信，只要加强相互沟通，增进彼此理解，政治家与史学家之间一定能够建立良性的互动关系，而那将是我们民族很大的福气。

“头是 × 姓物”

张謇《啬翁自订年谱》记庚子五月“东南互保”策划事颇生动。当时，北京清廷已贸然对外宣战，张謇等东南绅商害怕战火延及长江流域，便到南京劝说两江总督刘坤一，联合湖广总督张之洞实行“东南互保”。这无异于公开违抗清廷宣战谕旨，其风险之大不言而喻；所以两江督署幕僚中颇有力持异议者，刘本人也犹豫不决。他问张謇：“两宫将幸西北，西北与东南孰重？”张回答说：“无西北不足以存东南，为其名不足以存也；无东南不足以存西北，为其实不足以存也。”于是，“刘蹶然曰：‘吾决矣。’告其客曰：‘头是刘姓物’”。

甲午战败以后，刘坤一暮气日深，并非很有胆识的封疆大吏。但决定倡行“东南互保”，确实表现出很大勇气，“头是刘姓物”一语更是掷地有声。我常向年轻学者讲这个故事。“头是 × 姓物”？难道我们就不该扪心自问吗？头既然长在自己身上，理应属于自己。就史学家而言，这就意味着必须秉笔直书与独立思考，而不应总是“唯书唯上”（借用陈云语）。但是要做到这一点并不容易，因为政治家虽然经常以“创造性地发展”自炫，而给史学家留下的创造性思维空间却很小很小。史学家大多是循规蹈矩的读书人，但政治家总有点不大放心，唯恐他们在史事陈述中塞进什么有违政治原则的“微言大义”。

写到这里，我忽然想起电视连续剧《宰相刘罗锅》中的一个故事。和坤派人暗中审查刘墉新刻的诗集，那人翻来翻去却查不出任何问题。和坤倒是胸有成竹，贼眼一翻对那人说："你不会鸡蛋里挑骨头吗？"纵观历史，史学家受"鸡蛋里挑骨头"之害难道还少了吗？远的不说，就是1949年以来，从《武训传》到《海瑞罢官》，从李秀成评价到《燕山夜话》，岂不都是政治家对史学家大张挞伐，岂不都是"鸡蛋里挑骨头"的专业户们乘机大显身手。我无意重新揭开已经愈合的历史疮疤，只希望不要忘记沉痛的历史教训。

《新工具》的作者培根，毕竟是做过大官的学者，他既理解学者的秉性，也深知政治家的心术。他认为"由新运动而来的危险与由新见解而来的新危险根本不是一回事"，新运动可能搅动现存的社会秩序，而新见解则使人们从四面八方听到"新事功和新进步的喧声"。但是他也指出在理性上说来如此的事情，"在实践上做的却并非这样"，政治家更为信赖的还是阻遏科学进步的管制。

我奉送给史学家的话语是"无畏"，奉送给政治家的词汇是"宽容"，我仍然期待着这两种人通过对话以形成沟通与理解。

对话与理解

我很欢喜对话这个字眼，因为对话双方理应处于相互平等态势。国与国之间、党与党之间都需要对话，更何况同一社会中的不同职业族群之间。

但我现在已不想再谈政治家与史学家之间的对话，因为做比说更为重要。我在这里思考的问题是：在历史学范围内，研究者与研究对象之间是否也应对话？换言之，今天是否需要与往昔对话？

我历来对此持肯定态度。我注意到法国历史学家也曾有类似的思考。马鲁在《论历史认识》一书中强调指出："文献在向我们呼唤，要我们'像今天朋友了解朋友那样'去了解过去的人。"朋友了解朋友的最好方法是对话，只不过与死去的朋友的对话乃是潜在与无声，也就是法国历史学家所说的"潜在的共鸣"。布洛赫总是把理解看得重于评判。他语重心长地说："千言万语，归根结底，'理解'才是历史研究的指路明灯。……甚至在诉讼时，人们也往往轻易下结论，动辄指责他人，而从来不提倡充分的理解。任何与我们不同的人，如外国人，如政敌，几乎毫无疑问的是恶人。在双方不可避免的冲突中，有必要加深一些理解以便于疏导，如有时间进行充分的理解，就能防止冲突。只要历史学能抛弃它那假天使的架子，就能避免上述弱点。理解包括体验人类千变万化的差异，包括人们之间不断进

行的交往。只要这种交往是善意的，就会对生活与科学有百利而无一弊。”（《历史学家的技艺》）

400多年以前，明人李贽早就有过类似体会，而阐述更为深切。刘东星《藏书》序云：“予为左辖时，获交卓吾先生于楚。先生手不释卷，终日抄写，自批自点，自歌自赞，不肯出以示人。予因异而问焉，先生曰：‘吾镇日无事，只与千古人为友。彼其作用，多有妙处，其心多有不可知处。既已覷破，实不与旧时公案同，如何敢以语人也？以故特书而藏之，以俟夫千百世之后尔。’”（《藏书》卷首）李贽《与焦弱侯书》对此亦有所说明：“山中寂寞无侣，时时取史册披阅，得与其人会睹，亦自快乐，非谓有志于博学宏词科也。尝谓载籍所称，不但赫然可记述于后者是大圣人；纵遗臭万年，绝无足录，其精神巧思亦能令人心羡。况真正圣贤，不免被人细摘；或以浮名传颂，而其实索然。自古至今多少冤屈，谁为辨雪！故读史时真如与百千万人作对敌，一经对垒，自然献俘授首，殊有绝致，未易告语。”（《续焚书》卷一）

用我自己习惯语言来说就是“设身处地”，而为此就必须通过潜在无声的对话与历史人物沟通以形成理解。这也就是马鲁所说的“‘像今天朋友了解朋友那样’去了解过去的人”，布洛赫所说的“理解才是历史研究的指路明灯”，以及李贽所说的“与古人为友”，“与其人会睹”。这与其说是一种方法，倒不如说是一种境界，一种进入融通的研究层次。保罗·利科认为：“理解虽不能构成一种方法，却是方法的灵魂。”说的也是这个意思。朋友了解朋友是平等对待关系，史学家在研究的初始阶段是求知者而不是裁判员，在相当程度上应持价值中立态度，这样才能作客观冷静的理性探索。我们常说“一切依时间、地点、条件为转移”，但在撰写论著时却往往先入为主，预设结论，并且脱离当时的特定历史环境来评判某些事件和人物。其实，这种情况也并非中国所独有，布洛赫就曾慨叹于法国史学与此相类似的毛病。他说："不幸的是，由于习惯于判决，也使人们对解释失去兴趣。过去的偏爱和现在的成见合为一体，人类的现实生活就变成一张黑白分明的图画。”他还深刻地指出："褒贬路德要比研究路德的思想容易多了，相信格里高利七世对国王亨利四世的看法，或赞同亨利四世对格里高利的看法是很容易的，而要揭示西方文明史上这场伟大话剧的内在原因就要难得多。”(《历史学家的技艺》)

我特别欢喜布洛赫的一句话："要窥见前人的思想，自己的思想就应当让位。”(《历史学家的技艺》) 所谓让位，即设身处地，把自己设想成处于当时的历史环境，根据确凿史料分析前人思想与行为的成因与后果，这样才有可能窥见其心灵深处的奥秘。为了进一步阐明自我思想“让位”的必要，布洛赫还以法国大革命时期没收土地问题为实例："在恐怖时期，政府废除了过去的法律，决定将土地分小块出售，而未进行竞争性的拍卖。此举的确严重损害了财政部的某些利益，为此，某些学者严厉抨击这一政策。要是他们敢在当时的国民议会中这样大声抗议，那才算得有勇气呢！在远离断头台的地方猛烈抨击当年的政策，这只能令人发笑，与其如此，还不如考察一下共和三年人们的真实想法。当时的人希望小农能获得土地，首先考虑的是救济贫农，以确保他们对新政权的效忠，而不是考虑预算平衡。他们这样做是对还是错呢？谁会在乎历史学家自己的马后炮呢？我们应当提醒那些学者，不要沉迷于自己的观点便忘了当时的可能性。”(《历史学家的技艺》) 对于当代中国读者，对布洛赫的陈述可以不作任何解释，因为在我们这里类似的情况太多。

1964 年秋天，报刊忽然开展有关李秀成评价问题的讨论，我试图从 19 世纪中期中国旧式农民思想的内在矛盾，来分析李秀成自述中那些往往自相抵牾的话语及其临终表现。却不料立即被戴上“为叛徒辩护”的大帽子，并作为折中主义加以猛烈抨击。我不知道带头向我讨伐的这位作者现在处境如何，也很难想象在国家危难之际他是否会慷慨成仁。我对他倒丝毫没有个人恩怨可言，所遗憾的乃是这种“判决”完全脱离李秀成那个时代的特定历史环境。拜上帝会不同于中国共产党，太平军也并非人民解放军；他们既无科学理论作为行动指南，也很难形成坚定的信仰与铁的纪律。何况太平天国领导集团在其后期已经严重蜕化变质，忠王究竟应该忠于什么？忠于教义与纲领吗？他们曾经信奉的教义与纲领早已被几位最高权威人士解释得混乱不堪。忠于人民吗？当时农民似乎都是皇权主义者，而且忠王与其他诸王一样，早已远远脱离了平民百姓。唯一可忠的就是封他为忠王的洪秀全，而这个“上帝之子”早已变得荒诞不经乃至失去了理智，何况他在城破之日即已见上帝去了。国破主亡，兵败被俘，李秀成还能做什么呢？他几乎已无从自我选择，因为他的命运掌握在曾国藩手中。摆在他面前的只有两条路：就义或是投降。他或许考虑过投降，但清军杀降之举已经很多，特别是对像他这样的太平军统帅。他并不怕死，十几岁便开始疆场厮杀的一条汉子，生死早已置于度外，何况即令投降亦未必免于一死。他在写自述时，除力图为后世留下太平军的可信史实外，似乎还思索着如何争取时间。他允诺投降，但并非全无条件。他要求招抚旧部，实即借此保全随同自己征战多年的袍泽，同时也让饱经战乱之苦的东南百姓早日得到一点休养生息。他的这些思想和行为诚然不足为训，但在当时当地却是有可能出现的。

我无意为李秀成辩护，只是出于职业习惯想寻求一种合理解释。我并不认为自己的解释必定正确，而无非是提出来供大家商榷。但当时的形势已不再需要理解，唯有判决与声讨才是天经地义。我由于被认定是为叛徒辩护，因而也就失去了为自己辩护的权利。

历史的复杂性

历史是人类社会生活的记录，社会生活的错综复杂、千变万化决定了历史的复杂性。历史的复杂性给史学家的理解带来很大的困难，上述法国的和中国的两个事例，已足以说明。

历史的复杂性不仅是由于社会环境本身的复杂，而且还由于厕身且活动于这种复杂环境之中的人也非常复杂，特别是他们的思想与心理。无论古今中外，只要是认真研究而又较为严谨的史学家，一般都能正视历史的复杂性。王船山提出“论人之衡有三”，即正邪、是非、功罪。但他并没有把历史人物的评论简单化，却指出这三者相因而未必相值。正者的话多半为是，但也难免有非；邪者的话多半为非，但也可能有是。是者有功而未必如预期的那么大，非者似无功德可言而世人可能久已受其惠。(《宋论》卷六)他指摘司马迁挟私成史,为李陵辩解系“背公死党之言”，我们现今未必都能认同。但他确实是始终注意到历史的复杂性，不愿为正者有所掩饰。

布洛赫没有读过王船山的书，但他在历史复杂性方面体会得似乎更深。他说：“人的内心世界往往是多重的，有些人表现得特别明显。居斯塔夫·勒诺特尔大为吃惊地发现，在大革命时期的恐怖主义者中间竟有不少慈父。有人把革命者描绘成凶神恶煞，以取悦中产阶级，即使我们伟大的革命家真的是嗜血恶魔，居斯塔夫·勒诺特尔的惊讶也无非暴露出自己思想的狭隘。

有许多人愿意并成功地保持着多重人格。究竟有多少人过着这样的生活呢？”（《历史学家的技艺》）他还为我们举出若干事例：罗马皇帝弗罗里安曾经写过令人泣下的诗歌，但却时常鞭打自己的情妇；中世纪的商人白天公然违反教皇有关高利贷与物价的戒律，大发不义之财，晚上却跪在圣母像前故作虔诚地忏悔，或在晚年向社会捐赠巨额慈善金。布洛赫问道：“他们这样做是为了逃避上帝惩罚，还是出于对上帝的真正虔诚？还是由于严酷的现实生活使其良心泯灭，借此略为缓解内心愧疚呢？”（《历史学家的技艺》）中国读者看到此处必定莞尔而笑，因为类似情况，无论是历史还是现实，我们已经见得太多。

恩格斯前不见王船山其人，后不见布洛赫其书，可是他却从哲学高度论析了历史的复杂性。他说：“在黑格尔那里，恶是历史发展的动力借以表现出来的形式。这里有双重的意思，一方面，每一种新的进步都必然表现为对某一神圣事物的亵渎，表现为对陈旧的、日渐衰亡的、但为习惯所崇奉的秩序的叛逆；另一方面，自从阶级对立产生以来，正是人的恶劣的情欲——贪欲和权势欲成了历史发展的杠杆，关于这方面，例如封建制度和资产阶级的历史就是一个独立无二的持续不断的证明。”（《路德维希·费尔巴哈和德国古典哲学的终结》）此前，他在《家庭、私有制和国家的起源》中也说过：“卑劣的贪欲是文明时代从它存在的第一日起直至今日的动力。”而更早则在《不列颠在印度的统治》中具体指出：“英国在印度斯坦造成社会革命完全是被极卑鄙的利益驱使的”，因此英国“毕竟是充当了历史的不自觉的工具”。

比恩格斯早生近200年的王船山，则是从反面来表达了类似见解：“论者不平其情，于其人之不正也，凡言皆谓之非，凡功皆谓之罪。乃至身受其庇，天下席其安，后世无能易，犹且摘之曰：‘此邪人之以乱天下者。’”（《宋论》卷六）比恩格斯迟生近半个世纪的章太炎，也敏锐地注意到历史的复杂性，并形成自己的“俱分进化论”。他认为人类历史并非单纯是一往直前地进化，而是“善恶兼进”，“乐之愈进，苦亦愈进”。以欧洲历史为例，从斯巴达、雅典时代到近世等级贵贱、上下尊卑的差别“日见铲削”，人人皆有平等观念，这诚然是社会的进步。但随着文明的发展，金钱又成为新的不平等的表征，于是见利忘义，惜命苟安，比比皆是。“风教陵迟，志节颓丧，其进于恶也，盖已甚矣。”（《俱分进化论》）

似乎无需再作更多的征引，历史复杂性早已成为众多中外学者的共识。问题是，我国史学何以至今还存在着简单化的顽症？

一是由于传统史学的消极影响。我们拥有丰富的史学遗产，这是一笔宝贵的文化财富，但是也容易成为一种沉重的包袱。即以评判价值标准而言，正邪、是非、功罪的区分在过去曾有其合理性，但沿袭既久便难免走向僵化，终至无视历史的错综复杂、千变万化，产生如同船山早已指出的那些弊端。我们长期涵泳其间，濡染甚深，因而也容易在不同程度上把历史人物脸谱化、历史过程简单化，表现在革命与反革命、路线斗争、左中右划分等方面。还有根深蒂固的正统观与为尊者讳、为亲者讳等因素，也严重地妨碍历史复杂性的应有彰显。

二是由于史学的错误定位。千百年来，治史被看做是一种政府行为，司马迁虽居史官之职，犹蒙“挟私以成史”之讥。历代统治者都把史书看成是“资治”和“教化”（惩恶劝善）的工具，应体现为君、为臣、为民的道德规范与行为准则。近世以来，虽然有识之士多次倡导史学革新，但几代政府对史学的定位并无根本变化。新中国成立以后，由于历史唯物主义的广泛运用，史学从理论、方法到实践都面目一新，而且确实有许多高水平的学术成果问世。但是，由于“史学必须为无产阶级政治服务”口号的误导，以及多次政治运动对史学的严重干扰，历史人物脸谱化和历史进程公式化的弊端仍然屡见不鲜。“四人帮”所惯用的“影射史学”，正是这一弊端淋漓尽致的恶性发作。

在一定时期内，史学实际上成为政治的仆从，成为为某一政治方案、某一政治中心或某一政治需要的注脚。很难断定，现今这种消极影响在某些政府官员乃至某些史学家心中是否已经荡然无存。而这正是我仍然极力强调史学家应保持独立的学者人格、历史学应保持独立的学科品格的原因之所在。

“拉贝”现象

人们都知道，1937 年冬天日军曾在南京进行惨绝人寰的大屠杀。

人们都知道，这次屠杀的人数高达 30 万以上，而且由于日军持续不绝的烧杀淫掠，南京已成为名副其实的人间地狱。

人们都知道，日本军国主义者 60 年来，从来没有停止过对历史的歪曲，力图把这次大屠杀说成是子虚乌有。而中外主持正义的人士，也从来没有停止过对侵略者无耻谎言的揭露与驳斥。

但是并非人人都知道，在日军占领南京这些空前黑暗痛苦的岁月里，救济城内 20 余万难民的艰巨任务，主要是由一个仅有 20 多人组成的外籍人士小团体毅然承担，而这个小团体的头头竟然是一个德国的纳粹。

此人就是南京难民区国际委员会（以后改称国际救济委员会）的第一任主席（1937 年 11 月至 1938 年 12 月）拉贝（John H. D. Rabe）。他是德国西门子中国公司驻南京代表，德国国社党南京小组组长，千真万确的纳粹分子。国际委员会的美英人士推他当主席，当然有利用其国籍以应付日军当局的用意，但拉贝在主席任内尽心尽力从事难民救援工作，也是不争的事实。我们的结论是有充分史实依据的，其中包括德国驻华使馆给外交部的报告，国际委员会的大量档案及其主要成员的信函日记，还有从南京逃出的不少难民的口述或文字记述。

1938 年 1 月 15 日，德国驻华使馆政治秘书罗森向本国外交部报告：“日本军队放的大火在日军占领一个多月之后，至今还在燃烧，凌辱和强奸妇女及幼女的行为仍在继续。日军在南京这方面的所作所为，为自己树立了耻辱的纪念碑。仅在所谓安全区，德国人、美国人及其中国雇员就发现数百起被野蛮强奸的不容反驳的证据。……这个委员会向日本当局发出的一系列信件，确实包括令人震惊的材料。”

几乎在同一时间，南京难民区主任费吴生（George A. Fitch，美国人），在一封秘密送出的长信中指出：“我们委员会中三位德国朋友（指拉贝、克罗格、史波林——引者）赢得了赞赏和好感。他们曾是力量的高层次——如果没有他们，我不知道我们的工作怎样才能坚持下去。”我的老师贝德士（国际委员会的主要骨干之一）也曾在 1 月 10 日秘密送出一封长信，极力称赞说：“国际委员会的援助很得力，其事迹堪称奇迹。三个德国人干得很出色。为了同他们保持伙伴关系，我几乎愿意佩带纳粹徽章。”终生服膺宗教自由与政教分离的贝德士，自然不会当真去加入纳粹；但纳粹徽章当时却真有点管用，拉贝曾多次挥舞纳粹袖章把意欲奸淫或抢劫的日本兵赶走。

一个西方纳粹分子，他的国家和领袖以后曾在奥斯威辛——比克瑙集中营残酷屠杀 400 万无辜难民，而他本人此时却在南京扮演了难民守护者的角色；难以令人置信，然而是千真万确的事实。人类社会没有任何堪称纯之又纯的群体，好的群体中难免有害群之马，坏的群体中也未尝没有善类混迹其间。就是从某一个人来说，好人并非都是绝对的好，坏人也不一定都是绝对的坏。正如佛家所言，阿赖耶识本来就伏藏着善与恶两类种子，章太炎则把此义发挥成为：“种子不能有善而无恶，故现行亦不能有善而无恶。”(《俱分进化论》)战争本来是残酷的，在非正义的侵略战争中，征服者更易于把平素隐藏着的兽性与各种卑劣情欲宣泄无遗。而征服者的血腥罪行除了进一步增强受害者的愤怒与反抗以外，也往往会激发受害者和本来与受害者无关的众多人们的相互同情与怜悯之心。从某种意义上来说，南京国际委员会与日本占领军之间的交锋，就是人性与兽性之争的曲折表现。拉贝拒绝德国使馆撤退的劝告，在很长的时间里留下来与其他欧美人士一起从事难民救援工作；善的种子显示了自己的力量，他认为自己不应该在困难的时候遗弃中国难民。甚至在日本外交官和军官中间,类似的情况也并非绝无仅有，他们暗中默默地为国际委员会提供若干力所能及的帮助，其人性（善的种子）尚未完全泯灭。

1949 年以后，特别是中美关系严重恶化以后，国内史书在陈述南京大屠杀史实时，往往只字不提国际委员会的正义行动，仿佛它根本未曾存在。少数有关史书偶尔提到国际委员会，却又把它说成与日本占领军狼狈为奸，连曾受前中国政府明令褒奖的贝德士，也被描绘成助纣为虐的伪善者。这大概是由于他的国籍和传教士身份引起了新的麻烦。

由于政治因素的干扰，在不同程度上有意无意忽略历史复杂性的事例可以说是不胜枚举。在政治挂帅的那些年月，喜怒无常的政治家和摒弃理性的政治运动，往往使尊重历史复杂性的史学家深受灾殃，也难怪有些学者至今还心有余悸。最近，我在一些报刊上看到不少正面介绍拉贝的文章，内心感到一种无名的喜悦。并非由于是对拉贝情有独钟，更不是由于我较早肯定了 1937 年 11 月至 1938 年 2 月的拉贝而沾沾自喜，只不过是感到社会毕竟是进步了，学者享有较多的宽容所以才能发出由衷之言。或许可以说，承认历史的复杂性，也是社会与史学进步的标志之一。

广义的对话

历史的复杂性决定了对话的必要，不仅是史学家与研究对象的潜在对话，而且还包括历史学者与其他各科学者之间的外在对话，我把它称做广义的对话。

潜在对话常表现为无言。戴叔伦《题三闾大夫庙》:“沅湘流不尽,屈子怨何深！日暮秋风起,萧萧枫树林。”杜甫《蜀相》:“丞相祠堂何处寻？锦官城外柏森森。映阶碧草自春色，隔叶黄鹂空好音。三顾频烦天下计,两朝开济老臣心。出师未捷身先死,常使英雄泪满襟。”诗人与古人均形成超越时空的无声对话，亦即思想与感情的沟通,其贴近感正如“海内存知己,天涯若比邻”。史学家唯有如此贴近自己的研究对象，才能形成真正的沟通与理解。

古之学者颇重虚静，今之学者与历史人物对话也需要虚静。唯虚始能承受，始能容纳新知，用我们法国同行的话来说，就是要把自己的思维暂时从头脑中退出去，而把古人的思维让进来。静是一种心境，外在的环境可能匆迫烦扰，但学者的内心必须平静如水，超然物外而又沉潜于学，如此才可以有所悟解。李白诗云：“众鸟高飞尽，孤云独去闲。相看两不厌，只有敬亭山。”(《独坐敬亭山》) 刘长卿诗云：“遇雨看松石，随山到水源。溪花与禅意,相对亦忘言。”(《寻南溪常道士》) 这是诗人与山峦、溪水、松石、花草的无声对话，忘言正是有言，唯禅意玄妙难以言说耳!

山水本无知觉，经诗人想象而人格化，而有灵性，关键仍在作者内在的虚静。古人本有生命与知觉，但因时空隔绝已多，治史者必须设想自己身临其境，历经其事，想其所想，然后始能与其形成对话、沟通、理解。布洛赫深知其中奥妙，所以才说："褒贬路德要比研究路德的思想容易多了。"旨哉斯言!

从学科分工而言，历史学家虽然侧重研究过去，但也并非沉溺于古而冷漠现实，况且我们往往是以现实社会生活经验为基础，逆行而走上通向往昔之路的。司马迁所说的"究天人之际，通古今之变，成一家之言"，早已把道理讲得很全面。必须强调，如果不能通古今之变，就不能或难以成一家之言。古与今都是客观存在，通的任务便落在历史学家的身上，也正因为如此，史学便成为把过去与现在及未来连接起来的桥梁。但现代社会生活更为错综复杂，而历史学家自身的实践经验与知识结构毕竟是非常有限的。因此，为了不断扩展对过去认知的广度与深度，历史学家便不得不经常向许多其他学科专家求助，如社会学、人类学、经济学、政治学乃至科技专家等等。我把这种求助也称之为对话，因为历史学家不是乞丐，并非零打碎敲地向其他学科索取若干急需的知识，而是学科与学科之间平等对待的交流与互补，在科际整合过程中历史学家并非消极的附和。我早就说过："史学不是静止地、消极地等待其他学科来渗透，它会主动走近、嫁接许多学科有用的理论与方法，而这正是历史学蓬勃生机之所在。"（为乐正《近代上海人社会心态，1860—1910》所写序言）

现今已进入信息时代，社会生活节拍更趋急速，对学者工作亦产生深刻影响。加以出版社急于抢先求利，职称评定决定于是否出书，项目资助更限定进度与结项时间，功利主义遂弥漫于学术界，而拼凑、剽窃之作日多。在这种情况下还侈谈什么虚静、对话、沟通、理解，必然会被一些人讥刺为迂腐、落后于时代。但我仍然深信史学自有其内在规范，实系千百年若干代人心血与经验熔铸而成的。顾炎武云："尝谓今人纂辑之书，正如今人之铸钱。古人采铜于山，今人则买旧钱，名之曰废铜，以充铸而已。"将前人所铸精良之钱，舂锉碎散以成粗劣新钱，这一比喻对现代某些纂辑之书而言，仍然是惟妙惟肖，尽管方法已经从剪刀糨糊进化为电脑拼接。

强调职业道德与学术规范，诚然为当务之急。但更为重要的，还是主政者应该按照学术规律来领导学术，为学术健康发展营造宽松正常的环境。现今有关学术发展与学者成长各项政策的制定，都有可以商榷之处，诸如学术职称评定对成果重量而忽略质，遂使率尔操觚乃至剽窃拼接者得以节节高升，沉潜于学并严谨撰述者反而被埋没。就文科而言，各级科研项目资助投入极少而要求甚高，各种手续、报表又极繁琐。对项目承担者而言，不啻经常处于鞭策之中，徒增紧迫之感而难入沉潜之境。学者或有因此不愿申报项目者，但又往往不容于所在单位，因为单位的评估指标体系中又有共获项目资助若干个，共若干元之类。如若不作彻底反省，加以必要改进，长此以往势必会出现黄钟毁弃、瓦釜雷鸣的可悲局面。

贵在通识

《文史通义·内篇四》有《释通》一文，曾谓“《说文》训通为达，自此之彼之谓也。通者，所以通天下之不通也”。《内篇五》有《申郑》一文又云：“郑樵生千载而后，慨然有见于古人著述之源，而知作者之智，不徒以词采为文，考据为学也。于是遂欲匡正史迁，益以博雅；贬损班固，讥其因袭。而独取三千年来遗文故册，运以别识心裁;盖承通史家风，而自为经纬，成一家言者也。”章氏虽然是侧重通史体例建言，但亦不乏涉及通识之议论，因为体例与内容固密不可分也。如所谓别识心裁，自成经纬，均与司马迁“通古今之变，成一家之言”寓意相近。

梁启超在谈史学革新时亦曾强调通识之重要，指出：“历史上各部分之真相未明，则全部分之真相亦终不得见，而欲明各部分之真相，非用分功的方法深入其中不可。此决非一般史学家所能办到，而必有待于各学科之专门家分担责任。此吾对于专门史前途之希望也。专门史多数成立，则普遍史转易致力，斯固然矣。虽然，普遍史并非由专门史丛集而成，作普遍史者须别具一种通识，超出各专门事项之外而贯穴乎其间，夫然后甲部分与乙部分之关系见，而整个的文化，始得而理会也。”（《中国历史研究法》）稍后，在讨论先秦政治思想史研究方法时，他又强调要把学者之著述及言论、政治家活动之遗迹、法典及其他制度、历史及其他著述之可以证察时代背景及时代意识者四

类资料，“全部贯穴熔铸之”。(《先秦政治思想史》)

梁氏所谓通识，也是就通史（普遍史）而言，但同样适用于整个史学研究。他强调的要发现“甲部分与乙部分之关系”，实系一种泛指，既包括纵向的前后连续性，也包括横向的相互关联性等等，只有超越相关各类专史而又加以“贯穴熔铸”始能得之。我所接触过的一些老辈学者，经常强调纵通、横通、中外古今法、东西南北法，大抵都是这个意思。而时下一些海内外学者所运用的系列研究或系统学方法，与此亦有相通之处。据我切身体会，专则易入，通始能出。若无深入的专题研究作为基础，所谓通识则如水无源，如木无本。但史家如缺乏通识，亦易流于支离破碎，乃至成为饾饤之学。

通识诚然可贵，但形成亦殊不易。章太炎在《蓟汉微言》跋文中曾自述思想迁变之迹，其中就特别谈到会通问题。自称少时治经，谨守朴学，只能在文字、器数之间略有疏通证明；博览诸子,只能随顺旧义略识微言,涉猎《华严》《法华》《涅槃》诸经也未能“窥其究竟”。及至1903年6月入狱,囚系上海三年，专攻法相、唯识佛学,始知其契理契机与朴学相似。由此得窥“大乘深趣”，深感佛学尤胜于晚周诸子。1906年出狱东渡，编辑、讲学之余，又复钻研古希腊与近代德国诸哲人著作，同时还向流亡日本的印度学者求教，对古代印度地区的哲学流派有所了解。其时太炎正为诸生讲解《说文解字》，历览清代各家解说均未感满足，终于在翻阅大徐本（北宋徐铉校订本）《说文解字》十几遍之后豁然贯通，理解了语言文字的本原。由是再攻古文经典，往往可知其微言大义，而所见乃与传统笺疏琐碎者相殊。以后又为诸生讲《庄子》，间用郭象等注疏多不惬心，遂深入阐析《齐物》，并与《瑜伽》《华严》相互印证，顿觉“千载之秘，睹于一曙”。旁及荀、墨，亦能寻绎其精奥。1913 年至 1914 年被囚于京师龙泉寺，“始玩爻象，重籀《论语》”，乃知“故唯文王为知忧患，唯孔子为知文王”。又以庄证孔，居然可明“耳顺”（“六十而耳顺”）、“绝四”（“毋意，毋必，毋固，毋我”）之真谛，乃悟儒、释、道三家相异而终于相通。太炎虽系自述思想变迁轨迹，但却可视为通识形成之一个案，且对史学家亦有重要参照意义。

1949 年以来，我国高校史学教育受苏联影响颇深，专业分工过细，课程设置单调，教学内容与教学方法都较划一而呆板，所以很难形成严格意义的通识，20 世纪 80 年代以来，始注意历史学科内部之中外古今相通，与历史学科同其他相关学科之相互渗透。但现今治学者又多失之于功利主义太重，著述往往异化成为晋升手段。或过于急切追求社会时尚，通识之意亦唯少数学者言之，而言者谆谆，听者藐藐，通识通才之难得更甚于往昔！但今后史学之发展，仍然呼唤通识与通才，有抱负的年轻历史学者需要继续朝这个方向努力。

集团·群体·中间层次

1964 年春，我随同杨东莼、邵循正诸先生前往天津考察，有幸看到收藏完整而且内容又极为丰富的天津商会档案。邵先生颇有感慨，再三向我强调社会集团研究的重要性。邵属于沉默寡言型诚朴学者，平常少于言谈，但每有建言必定是经过深思熟虑。他显然是不满于当时贴标签式的“阶级分析”，因此才提出这一发人深省的意见。

事隔近 20 年，1983 年 8 月在复旦大学举行的“近代中国资产阶级讨论会”上，我才提起这件往事，并且就此问题稍作阐明。会后，我把自己的发言整理成《关于改进研究中国资产阶级方法的若干意见》一文，经由《历史研究》杂志发表。略谓：“集团研究可以作为个案研究与类型研究（或个体研究与阶级、阶层研究）之间的中间层次。因为，阶级、阶层决不是个人简单的相加，正如资本主义经济体系也不是企业的简单相加一样，而集团则是个体与整体之间的纽带。马克思在《资本论》中曾把资本家称作‘经济范畴的人格化’，实即代表资本主义经济领域的一系列规定和关系的综合。这些规定和关系，在资本家个人或单个企业中固然已经存在并以多种样式表现出来，而在一定集团（如资本集团、行业、商会等）中则往往可以更为丰满也更为明确地得到表现。多样性的充分展示，常使统一性的揭示更为容易，这是许多探索历史规律性的学者的共同认识，近代中国资产阶级也不例外。”

我还认为：“无论是人类社会或自然界，无论是社会或自然的哪个领域，其本身结构和研究方法都是多层次的。以生物学为例，个体的研究必须经过种、属、科、目、纲、门的逐次归纳分类、演绎比较，然后才有可能获致对于动物界和植物界的整体认识。而且，个体内部结构有细胞→分子→量子诸层次，个体外部环境有种群→群落→生态系统诸层次，其间同样也存在着许多规定和关系，因而也就决定了生物学及其分支学科研究方法的多层次性。人与一般动植物固然不能相提并论，但个体与集体的关系及其间的多层次性，则是共同具有的。……因此，在资本家个人和资产阶级整个（或其某一阶层的整体）之间，多做一些集团（如资本集团、行业、商会以至商团、会馆等等）的研究，然后再进行类型的归纳与区分，所得结论可能比简单的上、中、下层划分更切合实际一些。这是由于，构成资本主义经济范畴的许多规定和关系，在集团中间比在个人（或个别企业）身上展示得更为完整和清晰，从而也就更加有利于对阶级、阶层作总体的理论概括。”

拙著《张謇传稿》虽属个案研究，但已采取群体研究方法，着重说明他如何从一个农家子弟经过科举成为士人群体的一员，又从士人群体的低层逐步上升到高层，然后再从传统士人群体向新起的绅商群体转化。我的学生作群体研究者亦多，如赵军研究辛亥时期的日本大陆浪人群体，桑兵研究晚清学堂与学生群体，朱英研究晚清商会与商人团体，马敏研究清末民初绅商群体，等等，均各有建树。最近王奇生又研究国民政府时期县以下政权各层次群体状况，也有许多创新之见。

提倡群体研究并非意在取代阶级分析，而是弥补既往阶级分析的缺失，并且使之与阶级分析相互补益、校正。

离异与回归

离异与回归是人类文化史上经常交替出现或相互伴生的两种趋向，也是文化史动态研究带有永恒魅力的重要课题。

特别是在从封建社会向资本主义社会演变的过程中，开创新制度的思想先驱对于传统文化大都有离异与回归两种倾向。资本主义发展最早的西欧是一种类型。那里的离异，主要表现为对于中世纪千年黑暗的批判与背离；那里的回归，则主要表现为从希腊、罗马古代精神文明寻求人文主义的力量源泉。或许可以说，这是一种跨越时间距离的离异与回归。长期沉睡于中世纪落后状态的东方又是一种类型。这里的离异，首先表现为向西方近代文明的模仿、学习与趋近；这里的回归，则主要表现为从传统文化中寻求本民族的主体意识，以求避免被先进的外国文明所同化。或许可以说，这是一种跨越空间距离的离异与回归。

就东方国家而言，表现为趋向于西方近代文明的对本国传统文化的离异，从总体上来说是进步的历史潮流。然而由于强弱富贫的差距悬殊，也很容易产生缺乏自信与民族自卑感，乃至流于全盘西化主义与民族虚无主义。至于向传统文化的回归，情况则相当复杂，顽固派的守旧复古，对抗新的潮流，自然是一种倒退倾向。一些开创新制度的思想先驱往往也向传统文化回归，则主要是由于担心独立的民族精神可能丧失，意在防止被西方文明完全征服与同化。这种回归自然包含某些合理的、必要的积极因素。但由于旧传统年深日久，盘根错节，惰性太大，新的社会力量在有限的离异之后很容易经由回归走向复旧。因此，在东西文化交流过程中，离异与回归都需要适度：离异不可无根，回归不可返古。

我觉得，我们已经为周而复始的体用之争、西化论与本位论之争耗费了太多太多的时间，现在我们应该既超越西方文化又超越传统文化，根据现实生活与未来发展的需要来营造新的价值体系。当然，这种新的价值体系并非无根无源，无依无傍，但它既非传统文化价值体系的简单继承，更非西方文化价值体系的盲目抄袭。它既应择善而从，兼容并包，更应该有自己新的开拓与创造，而为此就必须首先提供一个开放、民主、自由的宽松环境。我们现在已经是一个独立的社会主义大国，因此就不应该继续保持那些在半殖民地和农业宗法社会中长期形成的畸形心态，而应该以更高的自信与更大的气魄来对待外来文化与传统文化。不必害怕泥沙俱下、鱼龙混杂，更不必忧心忡忡于民族文化独特素质的丧失，应该更勇敢地走进世界，同时也更勇敢地让世界走进中国。我们这样一个具有古老文化传统的泱泱大国，只有在强手如林的世界大竞技场上奋勇拼搏，才能荡涤那些年深日久的陈规陋习，并且重新焕发出无穷无尽的青春活力与创造潜能。

我们过去已经对世界作过伟大的贡献，今后应该为世界作出更为伟大的贡献。我们既要广搜博采世界文化中的一切精英，更要把新的绚丽多彩的中华文化奉献给世界。我们既没有理由自满，更没有理由自卑，排除一切外在的与内在的、行为的与心理的障碍，勇敢而又稳健地走向 21 世纪吧！

境 界

——追求圆融

我在《走出中国近代史》(《近代史学刊发刊词》)中，对于如何改进本学科的研究已有较全面的说明。主旨是提倡上下延伸从时间上走出中国近代史，同时横向会通从空间上走出中国近代史。“只有把中国近代史置于更为绵长的多层次多向度的时间里和更为广阔的多层次多维度的空间里，我们的研究才有可能进入一个更高的境界。”

古人称良史必兼有才、学、识三要素，境界应属于史实范畴。时下讨论史学革新，多着眼于理论、方法，而常忽略境界的提升。

境界系我国传统美学范畴。此词源于佛教用语，《成唯识论》云:“觉通如来，尽佛境界”。唐代王昌龄最先借用于论诗，《诗格》云:“诗有三境:一曰物境，二曰情境，三曰意境。”此后被历代沿用乃成美学范围，而王国维《人间词话》更把境界推崇到美的本源地位:“有境界，本也”，“有境界则自成高格”。

王国维曾以前人词语说明三个境界:一曰“昨夜西风凋碧树，独上高楼，望断天涯路。”二曰“衣带渐宽终不悔，为伊消得人憔悴。”三曰“众里寻他千百度，蓦然回首，那人却在灯火阑珊处。”国维此意并不限于文学，多年以来已被引申成为治学必经之不同阶段。记得周恩来总理生前亦曾用上述词语勉励我们刻苦攻读，努力攀登科学高峰。

中国古典诗词素重含蓄不露，如“写境造境”“有我无我”“隔与不隔”之类，往往可领悟而难言传。而据我多年治史粗浅体会，就学术而言，境界不仅是营造的结果，而且是运思的过程与状态。治学虽然是脑力劳动，但也需要如运动员一样，在刻苦而又合理的训练基础上追求最佳竞技状态。此状态为何？陈寅恪早已点明：“神游冥想，与立说之古人处于同一境界，而对于其持论所以不得不如是之苦心孤诣，表一种之同情，始能批评其是非得失，而无隔阂肤廓之论。”此语非深得史学精髓且具有深厚学养者不能发。而国维所谓：“入乎其内，故有生气；出乎其外，故有高致”，说的也是一种佳妙境界的追求。这都是我们至今仍然可以体味与借鉴的。

学无大成者如我，平素尝不断以融通自励，此亦梁启超所谓“贯穴熔铸”之意，而实缘起于佛家之“圆融”。天台宗有“三谛圆融”之说，认为：“一心念起，即空、即假、即中”，只有实现“空谛”（真谛）、“假谛”和“中谛”圆融，以此观察与理解世界，才能彻底领悟佛理（诸法实相）。国维所谓学者必须领悟宇宙人生方可成高格出佳句，亦属同一理路。

我之所以反复强调学术境界的追求，并非唱高调或故弄玄虚，乃是有感于现今治学者功利主义太重，或过于急切迎合社会时尚，著述遂往往异化成为晋升手段或沽名钓誉之工具。应知历史不仅是人类集体记忆之载体，而且是人类集体智慧之宝藏。我们需要着重发掘者不仅是历史真实，而且是蕴藏于史实之深处的智慧。总之，唯有智慧者始能发现大智慧，唯大智慧之发现始能出良史、出大家。

是耶非耶？知我罪我，愿聆公论。

图书在版编目（CIP）数据

实斋笔记 / 章开沅著 . -- 杭州 : 浙江古籍出版社，2021.9

（日知文丛）

ISBN 978-7-5540-2079-1

Ⅰ . ①实… Ⅱ . ①章… Ⅲ . ①随笔—作品集—中国—当代 Ⅳ . ① I267.1

中国版本图书馆 CIP 数据核字（2021）第 167693 号

实斋笔记

章开沅 著

出版发行 浙江古籍出版社

（杭州体育场路 347 号 电话：0571-85068292）

网　　址 https://zjgj.zjcbcm.com

责任编辑 刘 蔚

文字编辑 徐 立

封面设计 吴思璐

责任校对 吴颖胤

责任印务 楼浩凯

照　　排 杭州立飞图文制作有限公司

印　　刷 浙江海虹彩色印务有限公司

开　　本 889mm × 1194mm 1/32

印　　张 14.875

字　　数 350 千字

版　　次 2021 年 9 月第 1 版

印　　次 2021 年 9 月第 1 次印刷

书　　号 ISBN 978-7-5540-2079-1

定　　价 86.00 元